中國新聞史研究輯刊

四 編

主編　方漢奇

副主編　王潤澤、程曼麗

第 **11** 冊

蔣介石對新聞宣傳的建構與失控（1928～1949）
——以《蔣介石日記》（手稿本）為中心的考察

王靖雨 著

花木蘭文化事業有限公司

國家圖書館出版品預行編目資料

蔣介石對新聞宣傳的建構與失控（1928～1949）——以《蔣介石日記》（手稿本）為中心的考察／王靖雨 著—初版—新北市：花木蘭文化事業有限公司，2019〔民108〕

目 4+246 面；19×26 公分

（中國新聞史研究輯刊 四編；第 11 冊）

ISBN 978-986-485-820-0（精裝）

1. 中國新聞史 2. 讀物研究

890.9208　　　　　　　　　　　　　　　　108011528

ISBN-978-986-485-820-0

9 789864 858200

中國新聞史研究輯刊

四 編 第十一冊　　　　　　　　ISBN：978-986-485-820-0

蔣介石對新聞宣傳的建構與失控（1928～1949）
——以《蔣介石日記》（手稿本）為中心的考察

作　　者　王靖雨

主　　編　方漢奇

副 主 編　王潤澤、程曼麗

總 編 輯　杜潔祥

副總編輯　楊嘉樂

編　　輯　許郁翎、王筑、張雅淋　美術編輯　陳逸婷

出　　版　花木蘭文化事業有限公司

發 行 人　高小娟

聯絡地址　235 新北市中和區中安街七二號十三樓

　　　　　電話：02-2923-1455／傳真：02-2923-1452

網　　址　http://www.huamulan.tw 信箱 hml810518@gmail.com

印　　刷　普羅文化出版廣告事業

初　　版　2019 年 9 月

全書字數　237772 字

定　　價　四編 13 冊（精裝）新台幣 26,000 元　　　版權所有・請勿翻印

蔣介石對新聞宣傳的建構與失控（1928～1949）
——以《蔣介石日記》（手稿本）爲中心的考察

王靖雨　著

作者簡介

王靖雨，博士，畢業於中國人民大學新聞學院，就讀期間，先後師從趙雲澤教授、方漢奇教授，從事網絡傳播、中國新聞傳播史、政治傳播研究。曾受中國國家留學基金委員會公派，赴美國賓夕法尼亞大學社會學系，進行博士研究生聯合培養。

提　　要

　　1928 至 1949 年，是蔣介石實質統治大陸的 21 年，此間，他始終親力親爲地實踐著他有關新聞宣傳的思想。首先，蔣介石自認爲是中國的拯救者，推崇自己的領導人魅力，將自己作爲宣傳體，通過演講，親自參與鼓動造勢。其次，蔣介石對媒體具有很強的控制欲，並認爲親自接見記者是拉近媒體關係、清楚闡釋自己主張的好辦法。再次，蔣介石十分重視新聞宣傳方針的貫徹，因此重視新聞宣傳基層人員的訓練，並且將新聞工作與情報工作相結合，提高信息收集和派發的效率。最後，蔣介石認爲宣傳應該偶爾放煙霧彈，他在很多演講中的觀點與其《日記》中記載的實際觀點有出入。

　　蔣介石有關新聞宣傳的布置中，也埋藏了很多隱患。首先，蔣介石用來指導新聞宣傳工作的理論思想，與當時的社會環境不符；其次，其對新聞宣傳的行政干預過多，且時而使用暴力、秘密警察，越過司法的行爲招致輿論反感；第三，新聞宣傳組織，對蔣介石個人負責，運行效率低，這都促成了 1943 年之後，國內、國外兩個陣地的新聞宣傳工作的失利。

目
次

第 1 章 引 論

　　本書使用大量的一手資料，以《蔣介石日記》爲切入點和線索，結合蔣介石所生活的時代背景、政治背景，結合其思想背景等，梳理和論述了 1928 年到 1949 年期間，蔣介石針對國內外局勢變化、實際統治需求，採取的相關行動，也包括他的新聞宣傳思想、新聞宣傳的機構與官員如何執行和反饋蔣的命令、蔣介石所犯的新聞宣傳管理的部分錯誤等幾個大問題。從國內外政治經濟環境和最高領導人的意志出發，整理出其新聞宣傳的布置和管理，以及在各方間發生的角力和輿論事件，試圖解釋集權體制下，民國時期輿論控制情況和結果。

　　通過綜合分析美國本土各圖書館收藏的《蔣介石日記》、《宋美齡檔案》、《陳布雷日記》、《中國情報委員會檔案》、《埃德加斯諾檔案》及各種檔案材料，臺灣地區各圖書館、檔案館藏《蔣中正總統文物》、《國民政府文物》、《先總統蔣公思想言論總集》等的分析，本文認爲，中國傳統儒學文化（尤其是王陽明的心學思想）、基督教思想、三民主義是蔣介石思想的主要理論來源，也是他演講中使用的主要理論框架，這種特有的哲學觀也成爲他諸多管理行爲的理論指導。對於新聞宣傳，蔣介石認爲，它是民間輿論和政府政策的表徵，也是進行國民教育、戰爭、外交的手段。在新聞宣傳的實踐中，蔣介石首先對作爲領袖人物自身的宣傳價值有清醒的認識，將自身作爲一個宣傳本體進行經營，親自出席演講、會見記者是他組織新聞宣傳的首選方法，他還親自制定宣傳綱領、針對焦點事件策劃宣傳，訓練宣傳人員。蔣介石政權中的情報系統與新聞宣傳系統高度交叉，這保證了極權體制能夠有足夠的信息進行統治決策。

　　蔣介石具有強烈的「新聞宣傳」意識。他幾乎每日閱報，並時時在《日記》中記錄閱報後的感想，借助報紙瞭解新聞，批評報紙誤解自己的言論，親自布置宣傳任務。抗戰期間，他直接或間接掌控了對美進行的定向宣傳和焦點事件宣傳。從蔣介石的角度來說，「新聞」與「宣傳」沒有本質的區別，「新聞宣傳活動」都是他向社會宣揚自身主張、爭取輿論支持、進行國民教育的手段，這種宣揚，可以通過各種演講進行，其對象可以是接受檢閱的軍隊、參加紀念週活動的學生，也可以是新聞記者。他認爲新聞和輿論，是未來局勢的晴雨錶。中國民間新聞被他看做是中國民間輿論的反映，他甚至關心「茶館」中的議論，而外國報刊中的新聞，也常被他看作是所在國民間輿論的反映，並認爲這些新聞得以發表，是民間向政府施壓的一種手段，由此可以預見外國政府的政策走向。

　　蔣介石對媒體所有權的重要性也有清醒的認識。1946 年，蔣介石「從上海的報紙上讀到圍繞著重慶較場口事件所發生的爭論，他關注的重點不在誰是誰非，而是報導中對政協會議意義有「荒唐」的稱讚文字，和此種報導競載之於孔祥熙投資的《時事新報》上。爲此，他專門把其子孔令侃召來「痛斥嚴責」。由此不難瞭解蔣對較場口事件衝突爭執的傾向如何」〔註1〕。

　　蔣介石有著清晰的新聞宣傳的行動思路，直接參與針對國內外的新聞宣傳策動和管理，但是一方面，中央政府實行訓政體制，蔣介石個人影響力過大，輿論對他一人的不認同容易直接導致對國民黨、政府和整個政治體制的討伐；另一方面，這種體制本身隱藏著很多弊端，首先，新聞宣傳機構雖然建制完善，但是由於蔣介石的管理事無鉅細，因此所有的人員本質上是對蔣介石個人負責，從而導致人浮於事和管理混亂。尤其在黨報管理問題上，雖然蔣介石認爲黨報必須服從黨的管理，配合黨的宣傳任務，但具體執行中，人事錯綜複雜，時常出錯。其次，蔣介石受個人經驗限制，在管理新聞宣傳時，難免有認識上的誤區，對於輿論問題，經常越過司法體制，用行政手段進行解決，這也導致國內外輿論對其建設民主法治社會誠意和能力的質疑。

　　1928 年是國民黨訓政時期的開始，到 1949 年，雖然只有 21 年的時間，但蔣介石政權和中國、國際形勢都幾經變化。從北伐開始，蔣介石開始擁有國民黨嫡系的軍事權，北伐戰爭結束，蔣介石進駐北京，聯合閻錫山、馮玉

〔註1〕 楊奎松（2011），蔣介石與戰後國民黨的「政府暴力」——以蔣介石日記爲中心的分析，《近代史研究》，4，p49。

祥等人整頓軍務開始，此後，經過中原大戰、寧漢合流、東北易幟（蔣介石
獲得張學良的支持，直接導致汪精衛於 1931 年 1 月 1 日下野）等一系列政治
和軍事鬥爭，這種軍事和地域上的統一被加固，1931 年 2 月經過約法之爭剔
除反對者胡漢民，蔣介石確立了在國民黨黨內的領袖地位，雖然最終導致蔣
介石於同年 12 月下野，但僅僅一月之後，孫科內閣辭職，蔣介石重掌大權，
並邀汪精衛出任行政院院長。幾乎同時，知識分子也掀起了民主與獨裁的討
論，以蔣廷黻爲代表的眾多知識分子，認爲當時中國軍閥割據，內外交困，
需要一個強有力的領導人。這也證明了，在當時的中國，並不具備施行民主
政治的條件，一切角逐最後還是統一到了軍事和經濟實力。但是約法之爭後，
胡漢民在反蔣的過程中，打起「反獨裁」的旗號，給蔣介石帶來了「獨裁」
的惡名，並成爲反對者最常使用的宣傳標籤和反宣傳的著力點，給蔣介石的
新聞宣傳工作埋下了很大的隱患。

　　1931 年到 1937 年，日本在軍事上步步緊逼，先後佔領東北、熱河、平津，
發動一二八事變，佔領上海，民族危機日益嚴峻，蔣介石在政治上和軍事上
的反對者，開始暫時放下政治分歧，統一於蔣介石麾下。蔣介石也在 1932 年
重新上臺後，反思約法之爭和下野的原因，並在此後的幾年間，致力於中國
內部機構改革和社會改造，並取得一定成果。這一階段，蔣介石的新聞宣傳
重點集中在三個領域，首先，是通過塑造自身「國父繼承人」的形象，樹立
作爲領導人的權威形象，塑造兩代領導人的個人崇拜，並開始維護與媒體間
的關係。第二是對內聯絡報界、完善新聞宣傳機構，並進行國民教育和社會
改造。第三是對外，爭取國際輿論干預日本的軍事行動。此時的對外宣傳還
沒有形成完善的機構組織，策動宣傳主要由蔣介石指揮部分外交人員進行。

　　1937 年，全面抗戰爆發，中日雙方不宣而戰。從抗戰開始到 1941 年底太
平洋戰爭爆發，蔣介石的新聞宣傳工作，由二變三。首先，國內社會改造運
動與戰爭動員相結合；其次，由董顯光領銜，國際宣傳處建立，開始搜集與
監聽各國新聞，開展有組織、成規模的對外活動。對日宣傳加強，組織專門
針對日方的反宣傳活動。國際宣傳處在國內組織外國記者並進行外電審查，
在海外設置宣傳機構，向國外報刊投稿也自行出版刊物；第三，全面抗戰吸
引了大量外國記者來華，國民政府被置於國際輿論的審視中，新聞審查變爲
戰時新聞管制。抗日戰爭前期，外國駐華記者同情中國處境，尤其在珍珠港
事件後，美國決定將中國作爲其太平洋戰爭的盟友，並有意讓中國作爲戰後

東亞局勢的主導者，使得整個輿論環境有利於蔣政府，宋美齡此時的訪美活動也取得巨大的成功。但隨著國際援助到達和國際戰爭形勢的變化，來自國際的監督和對政府效率的要求隨之而來，援華的美軍和記者發現，中國的現實和未來與國民黨對外宣傳的「自由中國」差距甚遠，加上國共衝突再次顯性化，國際輿論環境惡化。

1943 年後，通貨膨脹加劇、國民黨戰事不利、金融腐敗案頻發，戰後「五子登科」的「劫收」，「接收大員」帶著來自大後方的道德優越感，龐大的社會管理工作暴露了政府的腐敗和效率低下，政府在收復區仍使用軍人擔任地方行政官職，忽視地方勢力，民間怨聲載道。因此，蔣介石在 1943 年到 1949 年的新聞宣傳活動，面臨更加多元的對象，更加複雜的國內和國外環境。期間，皖南事變、河南災荒、重慶政府的金融腐敗案、美國派出赴延安考察團、宋美齡訪美、史迪威事件、開羅會議、廢除不平等條約等等，都是重大的新聞宣傳事件。由於惡性通貨膨脹、外國記者開始反抗新聞審查、美國對華政策的變化、重慶政府抗戰不力、戰後接收腐敗等等因素影響，國內外輿論對重慶政府的評價急轉直下。

在這整個的輿論翻轉的過程中，知識階層起到的作用不可小覷。國內知識分子對通貨膨脹的厭惡、對「民主」「法治」「聯合政府」的要求，使得他們對國民政府越來越不滿，這些意見直接反映到國內外媒體對中國政府的評價中。國民黨中央系新聞媒體的改革，使得蔣介石對國內新聞輿論的掌控逐漸失控，在國內、國外輿論鬥爭中腹背受壓。這一過程中，蔣介石沒有有效措施遏制通貨膨脹，也無法改善與知識分子群體的關係，更無法增加中國在戰後格局中的比重。他雖仍在尋求美國政府的幫助，但隨著美國國內經濟形勢變化、杜魯門政府外交政策加重援助歐洲等對華政策改變，蔣介石在大陸的新聞宣傳、社會統治全面失敗。

領導人的新聞宣傳意志處在複雜的個人意識、組織運行、人員管理，以及國內、國際政治經濟形勢的裹挾之下，新聞本身也如此，其產生、影響都出在被複雜變量充斥的場域中。新聞宣傳的角力結果，並不是權力更迭的決定性因素，但能爲權力此消彼長的過程，提供最顯性的呈現。新聞宣傳理論需要置於具體的社會歷史情境中進行考察。本文對蔣介石的新聞宣傳布置與管控的考察，力求理清歷史事實，爲當下的政治傳播提供前車之鑒和歷史之據。

　　蔣介石是集極權（Totalitarianism）與威權（Authoritarianism）特徵於一身的典型中國政治人物，一方面他並沒有實行「極權」的客觀條件，在主觀上也不具有實行極權的絕對欲望，但他仍然希望壟斷權力，實施個人獨裁，事無鉅細的實行「手令制管理」，另一方面，迫於中央政府能力有限、國內外的力量制衡和輿論壓力，在實行一定程度的民主政治的同時，蔣介石也利用政府權威和暴力手段，控制社會自由度。他對民國時期的新聞宣傳運營具有重大影響，研究他如何真實地看待、參與、管理新聞宣傳事業，對於理解中國體制下的新聞、宣傳、輿論、政治傳播等概念具有重大意義，《蔣介石日記》（手稿本）為我們提供了這樣一個契機。

1.1 概念界定與文獻綜述

　　本文所使用的「新聞」，是指一般意義上的「對新鮮事物的報導」。「宣傳」的概念，在中西方學術界的分歧較大，「有意為之」和「虛假報導」是西方學術界定義「宣傳」重要的兩個特徵，但本文所指稱的「新聞宣傳」，是泛意上的、與蔣介石和國民政府相關的報界、新聞事業、政府針對新聞界的管理和政府布置的發布新聞、進行宣傳等一系列活動。學術界目前對於「輿論」的定義，大都基於盧梭的「公意」和「眾意」，但根據民國時期政論〔註 2〕、商業報刊的實際，以及本文主要的研究對象──蔣介石，將「輿論」界定為「顯在的社會意見」，以及「能夠傳達至蔣介石面前的社會意見」，在美國記者對中國的報導中，由於美國記者所接觸的意見來源大多當時在大後方的知識分子，因此，「主流知識分子的意見」在論文的某些部分中，也作為「輿論」使

〔註 2〕民國時期的「輿論」，無法使用現代西方針對「輿論」的定義，也無法套用陳力丹教授在《新聞理論十講》中提到的「三分之二數量的社會意見」的概念。這一時期恰逢中國新聞史中政論報刊與商業報刊並存的興盛時期，各個政黨派別均十分重視報刊政論與輿論陣地的爭奪，袁世凱在前清任直隸總督時，就直接指示辦過《北洋官報》，于右任在上海租界創辦《民立報》時，編輯部有宋教仁、范鴻仙、景耀月、陳其美、章士釗、葉楚傖、張季鸞、呂志伊、馬君武等，這種團體借用報刊宣傳自身的政治主張，有時甚至進行事實捏造，商業報刊也難以傳達社會大眾的真實聲音。在重慶政府時期，隨政府遷入大後方的知識分子的構成，已經與民國前期呈現很大的差別，底層文人的意見已經難以進入「輿論」，更難以通過報紙、人際的渠道傳達到蔣介石面前，因此，本文對「知識分子」和「輿論」的討論，不包括「邊緣知識分子辦報」話題中的人員和社會意見。

用。除此之外，本文未對具體的「新聞」「宣傳」「輿論」概念的細節進行學理的區分和考究。

一、民國新聞史研究現狀

中華民國時期自 1912 年到 1949 年，是中國近現代史研究的重點領域。改革開放後，大陸的民國史研究逐漸成爲熱門領域，除通史外，地域史、專業史、黨派史、名人傳記研究也都有重大進展。

新聞史研究大致分爲兩個部分，一部分是人類歷史中新聞活動的研究，包括媒介史〔註3〕、新聞人物史、新聞活動史、新聞制度史等，第二部分是針對「新聞史」學科本身的研究，即新聞史學史，包括新聞史應涵蓋的研究對象、研究方法、研究範式。從歷史分期來說，清末及民國新聞史研究，一直是中新史的重中之重。改革開放以來，在方漢奇先生《近代中國報刊史》和《中國新聞事業通史》的框架下，民國時期報刊、廣播研究，報人活動研究，以及抗戰新聞史等專題研究都已經得到了比較充分的研究。

按照新聞生產流程的五個環節來劃分，新聞文本研究始終是學界重點，目前新聞史研究使用的「新聞史料」也主要使用新聞文本。復旦大學的王中教授曾提出，過去的報刊史研究，太注重宣傳「內容」，而忽視了「如何宣傳」，即「資產階級革命派的宣傳思想、宣傳方法和新聞業務若干觀點和問題」〔註4〕。

新聞效果研究受到無法統計歷史輿論數據的限制，有些研究使用預設立場，將「媒體發表」與「輿論影響」等同。這種「輿論效果研究」的局限性是顯而易見的。新聞當事人在具體時空中常常具有認識事物的局限性和新聞造假的故意性，新聞本身也需要在一個動態的歷史過程中才能形成對歷史的眞實記錄，新聞文本一旦脫離當時發表的歷史環境，其眞實性和對歷史進程的影響就極爲有限。另外，由於新中國成立前，中國文盲率高企，雖然在某一時期內，辦報人多爲邊緣知識分子，但是眞正影響社會進程的話語權更多的集中於上層知識分子手中，所以新聞史中的新聞效果研究的學術價值，還有待評定。

〔註3〕 媒介史內部也有框架之爭，近年來，黃旦提出，媒介史的組織框架應該進行變革，即從「革命史」「發展史」的邏輯中跳脫出來，以媒介本身爲中心進行「媒介史」研究，本文不再進行更加細分的討論。

〔註4〕 王中（2004），《民呼日報》、《民吁日報》和《民立報》，《王中文集》，上海：復旦大學出版社，2004，p130。

　　新聞生產研究雖存在，但主要使用的是新聞從業人員的回憶錄、日記等材料，視角較爲狹窄。現有的研究，一是研究報人如何生產新聞，二是研究某個個人與最高領導者的關係是否影響了新聞的價值取向，這些視角都是從新聞業內部出發，這種「單一中心」的視角存在局限性。

　　民國時期的輿論控制，已經有研究成果存在，這些成果可以細分爲「國民黨黨報研究」，「國民黨新聞制度／政策研究」。在新聞管控方的研究，主要集中在新聞審查和管制。制度和法律研究並未與新聞內容生產相結合。輿論控制領域的研究成果容易受意識形態影響，用有色眼鏡看待管制，忽略了政治管理的普遍性，將限制輿論的措施歸結爲國民黨統治的反動性，蔣介石在輿論管控方面的作用和心態研究，亦被忽視。

　　政府的新聞制度分析、媒體場域的言論分析，都是非常常用和典型的新聞史視角。人大新聞學院劉繼忠的博士畢業論文，《新聞與訓政：國統區的新聞事業研究（1927～1937）》，與曹立新的博士畢業論文《在統治與自由之間：抗戰時期國民政府的新聞政策與國統區的新聞實踐》，兩者在時間上先後相繼，但都採用了這一視角。後者綜合了「民國時期的輿論控制」與「抗戰新聞史」兩個領域，從國民黨新聞統制的制度淵源出發，分析了以《中央日報》、《大公報》、《新華日報》爲代表的三種不同類型的媒體，在抗戰時期，如何應對官方新聞檢查，另通過三家媒體的社論分析，展現了新聞統制下，媒體場域的言論交鋒。臺灣地區，高郁雅的《國民黨的新聞宣傳與戰後中國政局變動（1945～1949）》的聚焦時間則更晚，僅僅集中在國民黨在大陸統治的最後 4 年，從新聞宣傳的角度觀察戰後政治變局。

　　黨報作爲政黨重要的宣傳輿論陣地，是一黨用來影響社會輿論的重要手段，因此，國民黨《中央日報》研究，可以看作是輿論控制研究的一個部分，蔡銘澤的《中國國民黨黨報歷史研究（1927～1949）》一書，使用了詳實的材料，分析了北伐戰爭到新中國成立前，國民黨黨報的發展歷史、黨報的功能定位、宣傳方針以及失敗的教訓等等。

　　民國時期的法制史、制度史研究也在輿論控制的大題材下，成果較爲突出的是民國時期或國民黨的新聞傳播制度研究，王凌霄的《中國國民黨新聞政策研究（1928～1949）》、向芬的《國民黨新聞制度研究》是其中的代表作。這些作品有一個共同的缺陷是，雖然承認國民黨是「以蔣介石爲軸心的一黨專政的黨政體制，上層領袖意旨對新聞傳播制度產生直接的主

導作用」〔註5〕，但是新聞管控的研究卻沒有上溯到管控的源頭——最高領導人，蔣介石。由於民國政治制度的特殊性，法律、制度本身的條文性規定，與具體的政策執行存在一定空隙，在新聞宣傳領域，往往根據具體短期政治目標隨時調控政策執行度，因此，領導人和管理者的意見就尤其重要。既有研究的缺陷與《蔣介石日記》（手稿本）及其他相關人員的原始檔案的難以獲得有密切關係，相關研究目前尚沒有形成專題式的研究著作。

總體來看，目前中國大陸地區的中國新聞史研究慣性較大，雖然政治史、思想史範式的引入，打破了媒介史一統學界的局面，但深度研究仍多精研一點，歷時性研究又往往史料使用不夠充分，與學術性歷史作品還存在較大差距。出於各種原因，國民政府系統的新聞官研究較少，可以說尚有半壁江山有待開掘。

二、蔣介石研究現狀

由於蔣介石與近代以來中國發展的特殊關係，海峽兩岸的蔣介石研究始終具有濃厚的主觀色彩。大陸地區早年的蔣介石研究受左的傾向影響，單純否定蔣在北伐戰爭和抗日戰爭中的歷史貢獻，有失學術的客觀性。中國社科院近代史研究所、浙江大學蔣介石與近代中國研究中心是大陸地區蔣介石研究的重鎮，但相關研究大多集中在蔣介石和近代中國的權利機構、軍事機構的組織和運作，以及蔣介石與近代外交、經濟發展。總體來說，蔣介石研究與中國近代政治史、經濟史、外交史關係密切，與新聞史關係疏遠。利用《蔣介石日記》進行的研究已經初具規模。楊天石是其中著述最多的，他的研究偏重使用編年史體例，利用《蔣介石日記》，用線性方式對相關歷史事件進行了串聯整編和校正。

從時間範圍來說，抗戰時期是蔣介石研究的重點，蔣介石與戰時經濟、戰時外交的研究比較充分。由於蔣介石的政治運作主要是一種依賴於人際關係的「人身政治」，王奇生《黨員、黨權與黨爭》一書，從國民黨黨內的派別鬥爭和人際鬥爭出發，梳理了國民黨的組織結構。而汪潮光的《蔣介石的人際網絡》一書，單獨從人際關係這一特殊角度切入蔣介石的感情和軍事、地緣研究，別具一格。

臺灣地區的蔣介石研究的檔案優勢明顯。一來，以國史館、國民黨黨史

〔註5〕 向芬（2009），《國民黨新聞傳播制度研究》，中國社會科學院，北京。

館、中正紀念堂等機構爲代表，從檔案學角度對海內外收藏的蔣介石相關檔案進行了充分的集結和分類，並已有相當一部分實現了電子化和線上閱覽。二來，充分的檔案，爲相關研究提供了材料支持，其研究領域主要集中在蔣介石與近代中國的外交關係、政黨關係、抗戰進程、中國社會的現代化等幾個領域。相關著作，學位、會議、期刊論文討論充分，這些論文在黃自進《蔣中正資料研究目錄（1985～2000）》中都有提及。齊錫生在 2017 年出版的《從舞臺邊緣走向中央：美國在中國抗戰初期外交視野中的轉變 1937～1941》就極爲細緻的梳理了抗戰時期，中美關係從疏離到愈漸緊密的過程。另外，戴鴻超《槍桿、筆桿和政權》、王豐的《宋美齡，蔣介石的第一情報員》兩書，分別在蔣介石研究中，引入毛澤東和宋美齡兩人，在比較視野中，建構出蔣介石研究的衍生領域。

在蔣介石百年誕辰之際，臺灣政治大學與臺灣社會科學院近代史研究中心舉辦「蔣中正日記與民國史研究的回顧」學術研討會。呂芳上、黃自進、楊奎松、張淑雅、川島眞、家近亮子、陶涵（Jay Taylor）等海內外高水平的蔣介石研究專家悉數參加並提交論文，會議論文以《蔣中正日記與民國史研究》出版，本書是目前漢語出版物中，能看到的較爲全面和高水平的利用《蔣介石日記》（手稿本）的學術研究。其中，臺灣學者張瑞德著有的《侍從室與戰時國民政府的宣傳工作（1937～1945）》一文，對侍從室在戰爭宣傳中起的作用，進行了比較系統的總結，呈現了蔣介石直接指揮下的新聞官員的相關活動。

艾愷（Guy S. Alitto）於 1987 年出版的《西方史學論著中的蔣中正》對美國的蔣介石研究進行了系統總結。美國漢學家對一些問題已有大致定論，例如蔣介石對土地問題的忽視、不敢徹底發動群眾，以及蔣介石思維的刻板和守舊是他「丟失大陸」的主要原因。但是，由於缺乏對中國傳統文化和實際情況的理解力，以費正清爲代表的研究者，往往站在一種想當然的優越地位上，來理解和指責蔣介石的具體行動。易勞逸的《流產的革命：1927～1937年，國民黨統治下的中國》也具有類似視角。Jonathan Fenby（喬納森‧范比）曾任《南華早報》記者，他所撰寫的《Generalissimo：Chiang Kai-shek and the China He lost》（2005）一書也極具代表性。本書認爲蔣介石殘酷無力，而孔宋家族貪婪傲慢，由於大量使用二手資料，作者描述的史實眞實性堪憂，作者也由此得出了很多夾著臆斷的結論，宋美齡與威爾基的緋聞即由本書提

出，並進行了渲染。鑒於「中國存在著強大的反道德主義傳統，大家普遍把政治看作道德之延長，而政治家必須用道德規範來約束，他們應是道德上的完人」〔註6〕，中國社會對於政治人物的道德缺陷，容忍度低，同情度低，這些緋聞軼事，雖然沒有學術價值，但經過向中國內部的傳播，起到了一定的否定蔣介石政權合法性的作用。

前美國駐華外交官陶涵由於長期從事外交和中國事務研究工作，他所著的《蔣介石與現代中國的奮鬥》（The Generalissimo: Chiang Kai-shek and the Struggle for Modern China）一書，最大限度的突破了文化壁壘，相對客觀的呈現了蔣介石在大陸執政時期的各種糾葛。

美國華人學者對蔣介石的研究，大多脫離了「崇蔣」和「貶蔣」的二元敘述。其中，華人學者的背景使得他們能更深刻的根據中國文化背景，分析蔣介石的所作所爲，同時與大陸和臺灣政治距離的疏遠，也呈現出一種遠觀廬山的態勢，較少的受到現實環境的約束。黃仁宇的《從大歷史的角度解讀蔣介石日記》，使用獨特的大歷史觀，將細節史料置於宏大的歷史背景中使用，縱橫捭闔。

目前大陸的蔣介石研究，使用的材料，一般爲《總統蔣公大事長編初稿》和《蔣中正總統檔案事略稿本》，《蔣中正總統五記》的地位相比次之，但這幾份材料都對其中《蔣介石日記》的內容進行了大量改編。本文作者在對照《事略稿本》與斯坦福大學所藏的《蔣介石日記》（手稿本）後發現，兩者存在很多出入。

三、「蔣介石與新聞宣傳」研究現狀

這一論題的研究成果大多零星分佈在其他主題的論文中。在《國家哲學社會科學學術期刊數據庫》中以「蔣介石」爲關鍵詞檢索，條目總數爲 5087 條，絕大多數爲史學類研究，新聞傳播學界的雜誌，只有《新聞與傳播研究》發表過 125 篇，這其中，眞正以蔣介石爲主角的，又只有中國海洋大學俞凡的幾篇《大公報》與蔣政府的關係研究。蔡銘澤曾在《論抗日戰爭時期國民黨人的新聞思想》一文中，提及，「蔣介石認爲，新聞事業和新聞記者在抗戰建國事業中負有重任，是國家的喉舌和民眾的導師」。蔣介石對中國近代新聞輿論史的影響，是一個亟待補足的領域。

〔註6〕 金觀濤、劉青峰（2001），《開放中的變遷：再論中國社會超穩定結構》，北京：法律出版社，p165。

近年的中國新聞史研究中，從蔣介石與《大公報》、張季鸞、吳鼎昌的關係出發，出現了一些注重一手資料使用的研究成果，但這些研究中，蔣介石一般作爲配角出現。蔣介石如何看待「新聞宣傳」，他的宣傳觀念採用什麼路徑進行貫徹，以及蔣介石對新聞宣傳組織和人員的具體安排和操控，他的「領導人意志」是怎麼「變現」的，目前還是一個空白領域。

抗戰時期的國際宣傳研究、國際宣傳處研究，已有成果，沒有超出中國新聞史的現有研究框架，還是多集中在文本研究中，外國記者與官方的互動，也多集中在中共方面與斯諾、史沫特萊等左派記者。這一時期的在華外國記者研究，《抗戰時期美國記者在華活動紀事》的價值無出其右。王曉樂的《中國現代公共關係實踐之發軔——對全面抗戰時期國際宣傳的歷史考察》一文，則對國宣處的人員和活動做了比較詳盡的考察，將國宣處視作戰時情報、外交、公關的共同體。但這些研究，對整個對外傳播的過程，傾向於宏觀描述。尚未有研究立足於蔣介石與國際宣傳處官員的決策生成，外國記者對國宣處新聞審查的配合程度，以及最終的新聞報導的差別。

臺灣地區的中國新聞史研究已經出現嚴重斷代，主要成果還是曾虛白在上世紀六十年代撰寫的《中國新聞史》。「蔣介石的新聞宣傳思想研究」同樣年代較遠，例如，李瞻曾在《三民主義新聞政策之研究》的基礎上，撰寫有《國父與「總統」——蔣公之傳播思想》一文，馬星野也有《蔣公論新聞道德》一文，但受時代和作者的個人政治傾向局限，偏向性較爲嚴重。

就「蔣介石對於民國新聞宣傳的把控」這一主題，零星的出現在一些作品中，並未曾成爲海內外學者研究的重點，因此也是本文希望尋求的突破點。這一主題在楊天石、黃仁宇的相關著作中也有涉及，但都不是這些歷史學家研究的重點。在新聞史學科中，蔣介石的新聞宣傳研究，也處於相對邊緣的位置。目前所能見到的蔣介石新聞思想研究，是臺灣政治大學，閻沁恒教授的《蔣中正先生的新聞傳播思想》一文，他把蔣介石的新聞傳播思想歸結爲，「宣傳爲革命成功的有效方法」、「宣導國策促進國家進步」、「新聞是一種擴大的教育」、「弘揚文化與提升道德水準」、「傳播自由民主的訊息」，這篇論文引文單一，全文引注全出自秦孝恒的《總統蔣公思想言論總集》。《蔣介石日記》的引用率低，在蔣介石的新聞傳播思想與行動的研究領域，是一個普遍的現象。

1.2 本文對新聞史研究新材料的開掘

　　蔣介石認爲國民黨和政府體制「藏污納垢」〔註7〕，「黨事之不統一，黨員之幼稚無識，尤爲可慮，前途危難」〔註8〕，因此需要以自己爲中心建立新的體制，重視發展與高級官員的私人關係，他在新聞宣傳上的領袖意志，經過他信任的一系列主管官員執行落實，宋美齡、包括董顯光等在內的新聞官員都在此列。蔣的新聞宣傳意志，從思想到執行，再到實際效果，受制於執行人和社會時代的大背景等很多因素，而這些因素隱藏在當事人和執行機構的檔案中，尚未被學界重視。

　　作者在美國訪問各大圖書館和歷史檔案館，發掘了一系列未被新聞史學界應用的材料。除斯坦福大學收藏的《蔣介石日記》（手稿本）爲本文中心材料外，斯坦福大學的《宋子文檔案》、《孔祥熙檔案》、《史迪威檔案》，美國國會圖書館藏《美西各報報導抗戰五週年》，美國賓夕法尼亞大學圖書館藏《德萊塞與宋美齡通信》，美國衛斯理學院藏《1917到1918年，宋美齡與 Emma Mills 的通信》，美國衛斯理學院藏《宋美齡檔案》，美國哥倫比亞大學圖書館藏《蔣馮書簡·民國二十四年到三十四年》、《中國情報委員會檔案》、《威廉-亨利-端納檔案，1924 年到 1946 年》，美國密蘇里州立歷史檔案館藏《Crow Carl（1883～1945）檔案》、《Powell John Benjamin（1886～1947）檔案》，美國密蘇里大學堪薩斯城分校藏《Edgar Parks Snow（1905～1972）檔案》，美國國家檔案館藏《延安考察團檔案（Dixie Mission）》，都在本文中使用。此外，秦孝儀主編的《中華民國重要史料初編》，臺灣國民黨黨史會館藏材料、臺灣中正紀念堂陳列材料、臺灣國史館的《蔣中正總統文物》、《國民政府文物》，中正文教基金會的《總統蔣公大事長編初稿》也對本文有重要的參考意義。

　　宋美齡在蔣介石執政時期，作爲第一夫人，西安事變之後的內政外交中，大多以國家代表和蔣介石的得力助手的形象出現，她在當時中美關係、對美宣傳、新生活運動等領域也發揮了重要作用，更因 1942 年到 1943 年在美國的外交活動爲國人熟知。《蔣介石日記》（手稿本）中，對宋美齡所負責的事務提及較少，但臺灣國史館所藏《蔣介石總統文物》和《國民政府文物》中，存有大量蔣宋之間的電報。通過分析發現，宋美齡承擔的工作，其宣傳作用更大，而且宋美齡在 1928 到 1949 年期間，承擔了很多內外接洽、聯絡記者、

〔註7〕　美國斯坦福大學胡佛研究所，《蔣介石日記》（手稿本），1928 年 3 月 13 日。
〔註8〕　美國斯坦福大學胡佛研究所，《蔣介石日記》（手稿本），1928 年 12 月 30 日。

協調軍用醫藥的工作，大多是按照蔣介石的想法進行，凡遇需要決斷的情景，大多與蔣介石電報商討後，按蔣的意見處理。與蔣介石一樣，宋美齡也作為一個「宣傳本體」而存在，同時，還是蔣宣傳決策的執行者。《宋美齡檔案》存放於波士頓西郊的 Wellesley 學院，這份檔案已經開始被史學界使用，成果包括《重慶大轟炸期間的宋美齡》，《美國韋爾斯利學院藏宋美齡檔案介紹——以米爾斯檔案為中心》。《宋美齡檔案》也顯示，在 1928 到 1949 年間，宋美齡通過私人和公共途徑進行了大量的對美宣傳。

除宋美齡外，蔣介石還需要一整套宣傳組織和官員，來執行他大部分的新聞宣傳意圖，他有時親自「手令」，有時令侍從室發出命令。本文討論了蔣介石較為倚重的王世杰、陳布雷、董顯光、曾虛白、張季鸞等新聞輿論幹將，綜合臺灣國史館所藏《國民政府檔案》，以及新聞宣傳官員在日記、自傳中提及的民國時期輿論管理、輿論事件中的蔣介石命令、自身意圖、具體行動和事件結果等，推測在官員管理和各種輿論事件中，蔣介石新聞宣傳意圖的貫徹、官員在具體事件中的專業權衡和運作等，梳理新聞審查和官方宣傳中具體的權力機制和權力運作。由於本文力圖呈現最高權力的貫徹，所以著重考察的是直接承命於蔣的官員，或由蔣直接策動的事件。由於這些官員同時也是國民政府國際宣傳處的主要運作者，在得知官員的宣傳意圖之後，本文也利用現存於美國的國際宣傳處出版物，通過對美宣傳實物，總結抗戰時期的宣傳品的特點，考察其是否與這些意圖相對照。

新聞記者與新聞官員博弈共生，他們依靠官員獲得新聞，又對新聞檢查進行利用和規避。政府內遷重慶時期，專門建有外國記者招待所，由於當時對外國記者實行「外電檢查」，官員與外國記者的互動非常多，本文在對外宣傳的部分中從這些在華外國記者的角度，考察他們如何看待這些新聞官員、新聞檢查，如何配合和規避中國政府管理，在具體的新聞案例中，是否有除了專業以外的目的。

在考察了蔣介石的新聞宣傳意圖和執行情況，以及他在實際操作中所犯的一些錯誤後，本文發現，從 1943 年開始，蔣介石對於新聞宣傳的管理逐漸失控，國內外輿論出於不同的原因，開始集中對蔣政府發出不滿。《中國之命運》的宣傳不利，以及 1944 年美軍考察團進入延安時期的新聞報導，都是很典型案例。國民政府的新聞官員與駐重慶的外國記者，親共派外國記者與非共派記者，記者與美國軍方、共方、國民政府方的合作、較量，最終發表出

的新聞稿件、美國軍方及政府越過國民黨的控制最終形成的對中共的看法，直接影響了抗戰結束後美國的對華政策，間接影響了戰後國共格局。在既有的文獻基礎上，本文還利用了現存美國國家檔案館的《德萊塞行動檔案》，試圖挖掘尚未被重視的細節。

在基礎資料收集中，作者意外發現了存於美國哥倫比亞大學的中國情報委員會（China Information Committee）檔案，據推測，這應該是當時國際新聞處駐美機構利用「China News Service」名義發布新聞宣傳稿時的新聞原文，綜合美國所存的三份以 China Information Committee 名義集存的檔案，我們大致可以看到當時中國對美宣傳概況，可惜這些宣傳的實際效果無從考察。

在本研究開展的過程中，我們讀到了，那些原本不是寫給我們的書信，讀到了剛剛被解密的檔案，讀到了蔣介石未必有意公開的日記，層層剝繭之下，本文試圖描繪 1928 到 1949 年間，通過權利運作和主觀意志的角度，重新闡釋這一時間段的民國新聞史，探索其中涉及新聞理論和實踐的一些問題。

1.3 本文擬完成的創新及組織邏輯

目前中國新聞史的研究，主要受兩方面的限制，一方面是意識形態限制了研究視角，凡是涉及民國新聞史的研究，必然少不了批判國民政府的「專制、反動」，往往並不能正確評價新聞人、主要媒體的歷史地位和歷史作用。這也導致了大陸可見的研究成果中，即便有相關人物的專題研究，學術價值和真實性也受到影響，例如《蔣介石的秘書陳布雷》、《找尋真實的陳布雷——陳布雷日記解讀》等書，不標注引文，對人物行動和內心活動進行大量主觀臆測。縱觀北洋與南京時期的主要政府領導人，或許他們的意識、行動與歷史潮流不符，但他們並沒有主觀出賣國家利益的意願，更何況，是否符合歷史潮流，是後世評價前人的特權，前人自身是無法選擇的。

另一方面，目前主流的民國新聞史研究，大多專注於媒介史。媒介研究固然必不可少，但是經過自戈公振、林語堂以及方漢奇先生等前人的梳理，中國新聞媒介的沿革歷史已經接近於清晰和完善。新聞媒介固然是新聞傳播的主要載體，但是展示在媒介中的文本，畢竟只是一種結果，這種結果何以產生，其背後涉及怎樣的目的，是否經歷了各方博弈，政府領導人、新聞宣傳官員與新聞機構、記者之間鬥爭、妥協、合作如何進行，都應該成為新聞

史研究的一部分。有些記者、報人的個人傳記、集體傳記、回憶錄已被出版，但傾向於被作為歷史研究或傳記文學的一部分，本研究希望將兩個領域的成果，統一到中國新聞史研究中。

在研究主體方面，本文集中於「蔣介石」個人，雖然文章也對國民政府和國民黨的新聞宣傳體制、機構、人員，做了考察，但並不是本文的主體。報人和報刊研究，一直佔據新聞史研究的主流，從統治者個人的新聞觀念到新聞輿論的控制研究，只占很少的一部分，這與相關資料匱乏有很大關係。但是鑒於中國歷史中，大一統和中央集權一直佔據國家統治的主流，中央領導者的新聞觀念，其實對新聞業態影響巨大，這種影響與相關研究一直呈現不匹配的狀態。在民國時期的新聞史研究中，趙建新的《新聞政策》、劉偉森的《新聞政策之研究》、李瞻的《我國新聞政策——三民主義新聞制度之藍圖》對孫中山、蔣介石的新聞觀點都有提及，但立場較為片面。

在歷史分期上，本文的視角集中於 1928 年到 1949 年。1927 年，蔣介石北伐成功，次年，中華民國從北洋政府時期轉為南京國民政府時期，蔣介石在後續幾年經過一系列鬥爭，成為國家黨政軍的實際領導人，幾經去職和復職，但其實際權力沒有變更，國民黨內部甚至在其下野期間，也無法找出合適的代替人物，中國進入了蔣介石時代。

1927 年北伐戰爭結束，1928 年 12 月 29 日東北易幟，國民黨召開三全大會。蔣介石掌握了國民黨的嫡系軍權，通過「約法之爭」和與地方軍閥的局部戰爭，再到東北易幟，雖然黨內各派爭鬥頻繁，但是蔣介石的軍事優勢，已經使他不能被忽視。1935 年，日本加緊侵略華北，並挑唆各派對抗蔣介石，蔣介石黨內宿敵最終決定，為共同抵禦外侮而站到蔣介石陣營，國民黨召開五全大會，擱置政治爭議，共同面對民族危亡。西安事變和平解決後，世界輿論開始將蔣介石視為中國的領導人。到抗日戰爭之前，黨政軍三權，幾乎都已收攏在他的手裏，開始扮演實際上的全國性政治領袖角色。林森的國民政府主席只是一個名譽頭銜，不掌握實權。1938 年 3 月 29 日，國民黨於武漢召開臨時全國代表大會，會上通過的《抗戰建國綱領》總則規定：「全國抗戰力量應在本黨及蔣委員長領導之下，集中全力，奮勵邁進」。此後直到 1949 年，蔣介石的頭銜雖幾經變化，但他圍繞自身建立的政治運作機制已經成型，其在中國政壇中的作用也越來越重要。

和平時期，「新聞政策是在國策和立國精神的影響下，積極地宣傳和消極

地限制言論。到了戰時，宣傳則有固定的目標，對內的管制亦需加強」〔註9〕。1937 年，抗日戰爭正式開始，根據五全大會提案，國際宣傳處設立。抗日戰爭作爲一個特殊期間，需要一種與戰爭相配合的高效的集權體制，蔣介石正是在抗戰期間，完成了對黨權和全國政權的歸攏。一切新聞管制可以以民族興亡爲藉口，政府意志對新聞宣傳的控制，遠比非戰時或內戰時容易。

　　蔣介石的新聞宣傳命令，一般經「侍從室」轉發，再由中央宣傳部和中央秘書處執行。因此，中央宣傳部部長、秘書處秘書長、侍從室陳布雷等機構和幕僚，就是蔣介石宣傳政策的主要執行人，此外，由於對外宣傳工作不受制於中宣部，因此主管對外宣傳的董顯光、曾虛白是蔣介石外宣政策的主要執行人，董顯光的工作每日必向宋美齡彙報，再加上宋美齡自身的外宣活動，因此宋美齡也是蔣介石新聞宣傳意志的執行人之一。

　　國民黨中宣部國際宣傳處，成立於 1937 年 9 月，本身是爲了配合抗日戰爭而展開。主要領導和組織者就是董顯光和曾虛白，主要從事戰時對外的新聞發報和審查工作。1939 年 1 月 27 日，「國民黨第五屆中央執行委員會第五次全體會議，決議通過《改進國際宣傳實施方案》、《切實推進淪陷區宣傳工作案》及《編輯三民主義讀物案》」〔註10〕。據《1939 年國民黨中央宣傳部國際宣傳處工作報告》〔註11〕，國際宣傳處的日常工作，在於向各國發送外文通訊稿件，聯絡外國作家和記者，進行新聞外電檢查，就失檢消息約談記者或安排相關黨政官員進行解釋，安排國內外報紙刊登相關文章，敦促並安排包括宋美齡在內的高級官員進行對外廣播演講，策動民間外交。

　　這個工作在董顯光看來是向國際說明中國的實際，但在美國人看來就是威權專制，這一點在多位美國駐華記者的檔案中都有提及，他們對新聞審查本身十分厭惡，但出於國家利益的考慮，在 1943 年之前，對審查也大致配合。抗日戰爭期間，國內外形勢實際瞬息萬變，日本的近衛內閣也頻繁進行和談嘗試，1938 年 6 月 7 日，蔣介石在《日記》中提到「敵國輿論，似轉向和平之路，然敵閥陰謀在講和時，更增險惡，不可不愼之又愼」，12 月，近衛內閣提出的「東亞新秩序」，未得到美國承認。最終，美國對日本實行石油禁運，

〔註9〕 王凌霄（1997），《中國國民黨新聞政策研究（1928～1949）》，臺北：近代中國出版社，p2。
〔註10〕 總統蔣公大事長編初稿，卷四上，1939 年 1 月 27 日，p295～296。
〔註11〕 劉楠楠選輯（2016），中國第二歷史檔案館，1939 年國民黨中央宣傳部國際宣傳處工作報告，《民國檔案》，4，p28～41。

太平洋戰爭爆發前，日本也曾與美國開展長達 8 個月的談判，力圖避免戰爭，但兩國在遠東的利益無法協調。日美談判一度接近於成功，因此給蔣介石造成了巨大的心理壓力。直至 1941 年 10 月 16 日，近衛內閣辭職，東條英機於 18 日組成軍人內閣。隨後，太平洋戰爭爆發，美國參戰，美國援華輿論達到頂峰。

但當美國開始援華，中國的抗日戰爭成為同盟國戰爭的一部分時，美國政府開始尋找蔣介石之外的合作者，美國記者們也從配合新聞檢查變為了反抗新聞檢查。王奇生在《抗戰時期國軍的若干特質與面相》一文中指出，國民黨的宣傳，包含下對上的慣例性虛報、對戰爭勝利的誇張，是一個系統性問題，牽扯很多人物、組織和機制。斯大林格勒戰役和中途島海戰對國際戰爭格局起到了顛覆性作用，1942 年底至 1943 年初，美國軍隊和人員大規模進入中國，發現中國的實際狀況與國際宣傳不符，同時，國內腐敗案頻發，通貨膨脹嚴重，使得知識分子對國民政府普遍不滿。隨著美國對中國戰場的介入加深，美國輿論對國民政府的支持也開始減弱。

當時抗戰勝利發生的太過迅速，國內社會急需一個強有力的中央政府組織戰後社會秩序，而國民黨及國家機構的組織落後，效率極低，宋子文出於穩定法幣信心的考慮，出售黃金和美元，直接導致政府財政崩潰，通貨膨脹發展的無可挽回的地步。這種欠考慮的財政舉措，也加深了國內外輿論對於國民政府腐敗已深的即有認知。在接受被佔領區的過程中，人員不足，組織不力，無法有效組織自有的新聞系統進行統一口徑宣傳，這種影響一直延續到國共內戰時期。

這一時期，除了政府組織與社會結構之外，輿論控制混亂的另一個因素大的社會背景是：反侵略戰爭剛剛結束，人心思定，新聞戰線的人員，將國共的黨爭和政權之爭，看作「人民內部矛盾」，他們認為新聞自由是建設現代國家的基礎，堅持新聞自由並不足以顛覆國家。實行民主憲政是國民政府的合法性來源，蔣政府本身無法公開否認言論自由。於此同時，美國媒體、中國媒體以及新聞從業人員也與當時社會的人民一樣，認為國民政府腐敗腐朽，共產黨領導的聯合政府、民主政體才是中國的未來。於是，國民黨的新聞宣傳，就陷入了黨內機構宣傳不力，民間機構眾叛親離的局面。

對外宣傳也是本文考察的主題之一。國民政府在南京國民政府成立後，就建立了對外國記者進行新聞發布的機制。全面抗戰爆發後，董顯光、曾虛

白組織國際宣傳處，向蔣介石直接負責。國宣處始終試圖加強對外國記者的組織和控制，重慶初期，國際宣傳處組織外國記者招待所，並定期舉行新聞發布會，報告中國社會和戰事新聞，由於外國記者人數有限、涉及的報導、管理、運作機制，都遠遠比國內的宣傳和輿論簡單。但隨著抗戰的持續，官方逐漸減少新聞發布，外國記者開始利用各種關係謀求新聞。國際宣傳處對這些各種渠道匯總的新聞保持高度警惕，加強新聞審查，外國記者對新聞審查制度的不滿，以及對中國現實的失望，漸漸凝聚爲對國民政府言論專制，甚至整個政府體制的不滿，國際輿論環境變得複雜起來。

蔣介石是本文研究的中心人物，他一生對新聞宣傳極端重視，甚至曾言「宣傳重於軍事」，對蔣介石新聞宣傳思想和行動的研究，有利於豐富民國新聞史研究，更加深入的瞭解中國特色之下，新聞宣傳事物的運行邏輯。

蔣介石是個實用主義者，個人意志非常強烈，他對事物的認識一旦形成，很難改變，因此，本文認爲蔣介石對「新聞宣傳」的認識，一方面由他所具有的哲學思想衍生而來，另一方面也由他根據實際情況的需求制定。這些「認識」指導現實的意義強烈，且具有相當的穩定性，他在新聞宣傳領域的作爲都是在他的新聞宣傳思想的指導下完成的，正所謂「認識指導實踐」。因此在理清他的「新聞宣傳」思想之後，本文繼而對他這些思想的貫徹路徑和具體實踐做出了分析。

《蔣介石日記》中，明確記載了幾次宣傳事故，蔣介石對宣傳事故的態度，是既往的研究中都未曾重視的。結合這幾次宣傳事故的來龍去脈，這些事故的產生、發展和解決，我們能夠清晰的看到，一些宣傳布置在實際的運行過程中，如何偏離蔣介石的設想，他又如何進行應對，繼而，分析了蔣介石無法被現實撼動的「新聞宣傳觀」到底存在哪些誤區。這其中，既有他處在時代大背景之下，治理哲學和組織結構設計的落後性，也有他個性中，一些固執的部分。其中，宣傳機構和人員部分，由於涉及的組織和人員非常龐雜，必須進行微觀梳理，才能看出其中的得失，因此本文分析了蔣介石對於黨和政府中，新聞宣傳管理組織的運行，參與實際新聞宣傳工作的人員選用，以及當時參與對外宣傳的外國駐華記者與蔣介石和他宣傳官員間的互動。

在抗日戰爭前期，蔣介石的對外宣傳的發展，與美國放棄中立政策，援助中國的脈絡相一致，被認爲是蔣介石對外宣傳工作的勝利，宋美齡在 1942年、1943 年在美國的訪問活動，一時風頭無兩，也被認爲是宋美齡外交和宣

傳的勝利，新聞宣傳領域的系列活動均取得喜人的反饋。盛極而衰，無論支持蔣介石政府，還是放棄蔣介石政府，美國的遠東政策，始終是尋求能夠領導遠東戰後秩序的盟友。在中日兩國間選擇中國，一來是因為美日在遠東利益衝突強烈，二來是日本的政治體制使其無法承擔作為盟友存在。這就使得美國希望中國以一個安定的民主憲政國家的身份成為美國的遠東盟友。皖南事變發生後，國民黨向世界輿論界聲稱事件為新四軍叛變，但斯特朗在《紐約先驅論壇報》和《星期六晚郵報》發布相反報導。斯諾也發布相關報導。出於多種原因，國際輿論將此事作為蔣介石打擊異己、推行獨裁統治的關鍵性事件，蔣介石在國內外輿論中的形象蒙上陰影，這也為戰後重建與蔣介石的獨裁形象埋下了國際關係的隱患。戰後，國家尚未進入完全和平，也未全面開始戰後秩序重建的時候，國民政府迫於內外形勢，進行憲政改革，對中央媒體進行企業化改革，主動快速的放棄輿論工具佔有，為國民黨在內戰時期的輿論戰失敗打下了伏筆。蔣介石和他的新聞宣傳官員，他們的思想、行動路線，都沒有改變，理念和操作的誤差早就存在，這些偏差在戰後迅速匯聚。

從深層原因來說，當時的統治者，沒有代表中國最大多數人的利益，無論是以蔣介石為代表的本土派，還是留洋回國的高級官員，無法引領未來中國的道路。從組織結構來說，國民黨自 1927 年進行「清黨」以後，一直無法深入社會基層，「地方黨部從不作事，宣傳與訓練毫不注重」〔註12〕，導致一來幹部來源不足，二來對基層社會控制不力。拉攏底層人群是統治者保障自己先手優勢的必然手段。蔣介石並非不知道這一點，但是當時的環境下，無法進行徹底的土地改革，因此，他在敗退臺灣之後，反覆閱讀新民主主義論，並對臺灣進行土地改革。

「贏得群眾的並非是成功的煽動，而是一種有活力的組織，實實在在的力量」〔註13〕，當時的中國，以農業經濟為基礎形成統一秩序的社會組織，在沒有打破傳統士紳統治秩序的情況下，工業化無從組織和推廣，新聞宣傳的失敗，僅僅是這整個道路失敗的一個表徵。在第六章，本文描繪了這一表徵，也試圖通過表象，探尋新聞宣傳中更深層的政治經濟機理。

〔註12〕美國斯坦福大學胡佛研究所，《蔣介石日記》（手稿本），1942 年 4 月 3 日。
〔註13〕漢娜・阿倫特（2008），《極權主義的起源》，北京：生活・讀書・新知三聯書店。

1.4《蔣介石日記》（手稿本）的使用方法與信度、效度

中國新聞史學研究在史料使用上，主要存在三個問題，一是對已開放檔案缺乏重視，新聞史學界對檔案的儲存、開發和調閱情況缺乏公開的詳細信息，例如蔣介石研究中常被提及的《大溪檔案》，其實早在 1996 年便從大溪檔案室移交至國史館，檔案名稱也變爲《蔣中正總統檔案》；二是當下使用的新聞史材料主要集中於新聞文本，主要原因是新聞文本經由正式發表，容易收集、統計、分析。至於這些新聞文本的眞實性、影響力，由於驗證困難，而被漠視，易得性慢慢發展成思維慣性，凡經發表的新聞，就被默認爲具有輿論影響力，但僅利用已有報導作出的研究，往往只能闡釋「其然」，而不能解釋其「所以然」，新聞產生的背景研究被忽視；三是研究對象較爲狹窄，學界普遍重視新聞內容研究，而忽視上游的新聞生產和新聞管制研究，例如蔣介石的新聞宣傳觀念與行動的研究一直比較邊緣。

以《蔣介石日記》爲例，目前美國斯坦福大學胡佛檔案館所存的《蔣介石日記》（手稿本），是目前可見的，最原始的《蔣介石日記》，除少量塗抹外，保留了蔣介石手寫內容，沒有進行任何潤色和篡改。這份資料已經在近代史研究中被廣泛使用，2008 年，中國社科院近代史研究所召開題爲《近代中國研究的新視野：新史料與民國史研究》座談會，針對《蔣介石日記》（手稿本）的開放進行了研討，同年 12 月，臺灣中央研究院近代史研究所，主辦《開拓或窄化？：蔣介石日記與近代史研究》討論會，討論了相似主題。

但《蔣介石日記》（手稿本）在中國新聞史研究中，尚未得到重視。蔣介石作爲 1928 年到 1949 年，中華民國和抗日戰爭的主要領導者和決策者，他的《日記》爲這一時期的中國新聞史的研究提供了豐富的資料，爲充分瞭解中央政府的新聞宣傳生產過程，進一步開拓中國新聞史的研究題材提供了廣闊的空間。

一、《蔣介石日記》（手稿本）與其他材料的比較價值

有學者將《蔣介石日記》分爲原稿本、仿抄本、類抄本三種，本研究使用的《蔣介石日記》（手稿本）統一爲斯坦福大學胡佛研究所藏的手稿本，爲與《蔣中正總統檔案事略稿本》《總統蔣公大事長編初稿》《蔣中正總統五記》中使用的日記進行區分，故稱爲「手稿本」。

目前大陸的蔣介石研究使用的檔案材料，一般爲《總統蔣公大事長編初

稿》《蔣中正總統檔案事略稿本》，《蔣中正總統五記》的地位相比次之，但幾份檔案都對其中《蔣介石日記》的內容進行了大量改編。《事略稿本》的局限性也得到了河北大學段智鋒教授的證明，他的《差異何其微妙：〈蔣介石日記〉（手稿本）與〈蔣中正「總統」檔案事略稿本〉的對比》，列舉了諸多兩者間的差異。目前大陸地區所做的蔣介石研究，有很大一部分，雖然表明爲依託「蔣介石日記」進行的研究，但是「日記原文」全部引自《事略稿本》或者《大事長編》，在《蔣介石日記》（手稿本）已經公開 12 年的情況下，這種做法本身就缺乏學術嚴謹。

《事略稿本》與《大事長編》的記錄注重的是將蔣介石的一切活動記錄在案，而蔣介石對這些事情的重視程度，無從考察。作者在對照《事略稿本》與斯坦福大學所藏的《蔣介石日記》（手稿本）後發現，兩者的出入主要集中在文字潤色、對負面事件和語言的粉飾上，但仍有幾處，涉及具體事實的改動。如，《事略稿本》在 1932 年 7 月 29 日，有「下午批閱電汪兆銘文幹，頃閱勘日滬上各報載路透電消息中俄復交內容完全披露」。而斯坦福大學的《蔣介石日記》（手稿本）中，並無此記載，全日沒有閱報的記錄。1938 年 6 月 28 日，《日記》記有「預定四、別動隊人選之決定，五、政治部宣傳經費，六、見梁士純；注意一、倭寇求和甚急，此時應剛柔得宜，方不失機，言論應愼重，二、對英美俄法應積極運用，美國反倭之形勢日加矣，三、告倭民書」。《事略稿本》在此日，全天無任何《日記》摘錄，《蔣公大事長編初稿》中，也無 6 月 28 日、29 日兩天的任何記錄。尤其對於「見梁士純」一句，連方漢奇先生也覺驚訝，當時梁士純作爲燕京大學新聞系主任，新聞宣傳理論的專家，著有《戰時的輿論及其統治》、《實用宣傳學》，他與蔣介石的見面，想必涉及戰時宣傳的策略討論和部署。據臺灣學者考察，孔祥熙在 1938 年 12 月，「先後選派了梁士純、于斌、張彭春三人赴美進行（低調宣傳），並撥款 1 萬 8 千美元作爲活動費」，可見 1938 年期間，梁士純與政府關係較爲密切。1948 年 5 月 1 日，《日記》載「晚對立夫痛加訓斥」，而《事略稿本》僅載「召見陳立夫部長」，蔣介石的情緒被隱去。

《大事長編》的一些記錄，本身就很容易讓人誤以爲是《日記》原文的內容。如，1932 年 3 月 4 日，《大事長編》記載，日本「一面宣傳停止戰爭，一面仍向我嘉定、太倉之線猛攻。公歎曰：「昔者荀卿有言，挈國以呼功利，不務張其義，齊其信，唯利之求，……如是，則臣下百姓莫不以詐心待其上

矣，上詐其下，下詐其上，則是上下析也。如是，則敵國輕之，與國疑之，權謀日行，而國不免危削而亡。此荀子之論齊愍薛公也。今之倭國其詐行且過於齊愍薛公，而彼不知將因此危削而亡，思之亦爲東亞民族痛哭流涕不止長太息已也。」〔註14〕。實際上《蔣介石日記》（手稿本）當中卻並無相關文字。

其他出處不可考的《日記》版本，篡改則更加嚴重，如網上流傳的一份《日記》摘抄本記載，1926年6月23日，「國勢至此，不以華人之性命爲事，任其英賊帝國主義所慘殺，聞之心腸爲斷，幾不知如何爲人也！自生以來，哀戚未有如今日之甚也」，而實際上，蔣介石在1926年6月23日的《日記》（手稿本）爲「上午靜坐，看俄國革命史，開宣傳委員會，下午往政治部訓話，畢往東校場參加沙基慘案紀念會演講，回寓會客辦事，往政治委員會開會」，其情緒甚爲平靜。

蔣介石是個容易情緒激動的人，他的情緒波動呈現在日記的用詞用語當中。因此，《蔣介石日記》（手稿本）的學術價值，還包括全面分析蔣介石的用語習慣，來推測蔣對一些人物、事件的眞實看法，《事略稿本》《蔣中正五記》的文字經過修飾後，已經達不到這樣的效果。例如，1928年7月7日，蔣介石發表宣言，聲明與各友邦實行重定平等新約，但《日記》（手稿本）中，卻只記了「上午會客，下午陪三妹入病院，晚住湯山」，毫無對宣言的評價，甚至沒有情緒波動。這與1943年元旦前後，廢除不平等條約時期的記述具有極大差異，1943年元旦前後的《日記》（手稿本）對廢約宣傳的細節進行了細密的安排，在元旦當日，英美突然提出延遲 5 日舉行廢約儀式，令蔣介石十分惱怒。這種區別都可以看作是蔣介石對兩者的重視程度不同。

蔣介石與相關人物的關係密切程度，在日記中可以通過稱呼窺見，張學良在日記中出現多次，1930年11月19日之前，《日記》中全稱「張學良」，11月19日，「會客分省各主席，各軍代表，中央委員，各公使，行政院各校講話，各顧問計劃，各處長，各部長會議，漢卿來談」〔註15〕，此處是首次改稱張學良爲漢卿。同理，張季鸞在日記中從來都稱「季鸞」，季鸞是張的字，可以想像蔣張關係的密切和蔣對張尊重的程度。

〔註14〕 總統蔣公大事長編初稿，卷二，p185～186，http://www.ccfd.org.tw/ccef001/web/。
〔註15〕 美國斯坦福大學胡佛研究所，《蔣介石日記》（手稿本），1930年11月19日。

二、《蔣介石日記》（手稿本）的真實度與學術效度

《日記》作為研究材料有其獨特性，首先，人們在創作日記時，必然有一種「向第三方展示」的預設立場，即「沒有不意識到他人視線的日記」〔註16〕，正是因為日記的寫作過程，處於一種從第三者角度發出的自我審視，才使得「日記寫作」成為一種自省的方式。其次，受制於單一視角，日記只能呈現事實的一部分，「例如胡適，每到關鍵時期，日記就避實就虛，語焉不詳」〔註17〕，但就《蔣介石日記》個案來看，日記雖不能反映全部事實，但由於蔣介石本人情緒強烈，卻可以呈現極端化的個人情緒。楊天石也認為，「日記中記載有不能公開的事情……但日記內容又不能全信，有時候他也講一些假話，有的事情他還會完全不記」〔註18〕。因此，有關《蔣介石日記》（手稿本）真實性的討論，應該以此為基礎。

《日記》對學術利用的效度，與《日記》作者的個人性格密切相關，不可一概而論。就《蔣介石日記》這一個案來說，其學術利用的效度須從以下幾個角度進行考察。一，蔣介石深受王陽明的「心學」影響，寫日記時期修身手段，這種目的本身，就保證了其《日記》的真實度；二，蔣介石本身情感豐富且極為易怒，其《日記》在敘事之外，具有大量的情感記錄，相對來說，即便「記事」對敏感事件進行了隱晦處理，蔣介石也仍然相對真實的記錄了自身情感，研究者可從情感角度出發，反推事件真相，或將其情感反應本身作為研究對象；三，蔣介石在具體的記事中，常常採用「沉默」、「申辯」和「反語」的手法，這是其日記的典型特徵，也可作為推斷研究的重要立足點；四，宋美齡作為蔣介石夫人，其對《日記》真實度的看法，是評價《日記》真實度的重要參考標準。

1、蔣介石的「修身」觀與其日記撰寫

《日記》作為研究材料有其獨特性，首先，「沒有不意識到他人視線的日記」〔註19〕，正是因為日記的寫作過程，處於一種從第三者角度發出的自

〔註16〕川島真（2011），近代日本政治人物與日記，《蔣中正日記與民國史研究》，臺北：世界大同出版有限公司，初版，p57。

〔註17〕楊奎松（2016），關於民國人物研究的幾個問題，以蔣介石生平思想研究狀況為例，《南京大學學報（社會科學版）》，3，p107。

〔註18〕楊天石口述（2014），劉志平記錄整理，楊天石談《蔣介石日記》，《紅岩春秋》，10，p22～25。

〔註19〕川島真（2011），近代日本政治人物與日記，《蔣中正日記與民國史研究》，臺北：世界大同出版有限公司，初版，p57。

我審視，才使得「日記寫作」成爲一種自省的方式。其次，受制於單一視角，日記只能呈現事實的一部分，但是卻可以呈現極端化的個人情緒。因此，有關《蔣介石日記》眞實性的討論，應該以此爲基礎。

黃仁宇認爲，蔣介石深受儒家「省身」思想影響，寫日記是他反省自身言行、嚴格律己、提升「修養」的一種手段，他在日記中對自己行爲的反省、規勸，對戰爭、國際形勢的積極推測，其目的在於自我激勵、自我修養，不見得是爲了留給後人一個好的印象。楊奎松也認爲，「蔣介石畢竟不同於一般的知識分子……又並非如魯迅、胡適、閻錫山等，生怕被後人用來貶損自身形象……他必須用於正視自身問題，時常點醒敲打自己，以實現立德立功立言的不朽事業」〔註20〕。

蔣介石「律己」「省身」的自我要求，在《日記》中俯拾皆是，1927 年4 月 7、8、9、22、23 日，他均在《日記》結尾處，寫「立志養氣，求賢任能，沉機觀變，謹言愼行，懲忿窒欲，務實求眞」。1925 年 12 月 9 日，《日記》：一曰愼獨而心安，去人欲存天理。二曰主敬則身強，懍坎險，惕輕健。三曰求人則人悅，民胞物與，宏濟群倫。四曰習勤則神欽，敝精殫慮，困知勉行。

儒家傳統的省身思想，在宏觀上，保證了《蔣介石日記》大致的眞實性，肯定了其基本的學術價值，爲具體記述的「眞實度」考察提供了基礎。

2、《蔣介石日記》中的豐富情感

以《日記》爲中心的人物史研究需要回歸人性本身，從「人」的角度來理解研究對象。《蔣介石日記》爲瞭解蔣介石本人的豐富人性提供了一個窗口。

蔣介石本人具有濃厚的表達欲和豐富的情感體驗，同時，他重視新聞宣傳對與軍事和政治的意義，「向世界揭露日本暴行」的對外宣傳、「廢除不平等條約」宣傳、《中國之命運》宣傳，都是蔣介石首先動議並開展的。因此，他有欲望見到記者，親自向記者闡明自己的政治觀點、說明政令政策，寄希望於媒體能幫助建立有利於自己的輿論氛圍。即便是侍從室代擬的稿件，也常常覺得不合心意，必須自己親自修改才能將自己的想法表達眞切。因此，《蔣介石日記》中較大篇幅的文章，往往意味著此事刺激了他的表達欲，他傾注了較多關注。

〔註20〕楊奎松（2016），關於民國人物研究的幾個問題，以蔣介石生平思想研究狀況爲例，《南京大學學報（社會科學版）》，3，p107。

　　蔣介石的個人情感體驗極其豐富且波動很大。《日記》中大量記述了自己的各種情緒。如果僅僅將《日記》視爲其有意向後人展示的作品，那《日記》中的情感就未免太過豐富而無必要。

　　眾所周知，「怒」困擾蔣介石一生，也是《日記》中的第一大情感。蔣介石時常發怒，妻子、親人、部下都曾是其發怒的對象。但他每每怒完，又會在《日記》中檢討自己「失態」，鼓勵自己「養氣」，節制。

　　此外，《日記》中還有大量喜、哀、樂等情緒。他的快樂大多源自家庭生活，1932 年 7 月 30 日：「上午會客後，與妻甥等往遊含鄱口，及附近林場，誠一仙境也。在九十九峰亭，看漢陽峰，與鄱陽湖，心神怡悅，思想開展」；1943 年 7 月 5 日：「生病臥床，經緯探病後辭去，夫妻二人晤談別後經過，妻又報告留美經過要務，殊感欣慰」。同時，蔣介石愛好自然景觀，時常遊歷於名勝風景中，也給他帶來不少快樂，例如，1928 年 10 月 27 日：「天晚即回程，月白風清，湖水爲鏡，樂也」；1939 年 4 月 12 日：「上午獨坐樓廊，靜聽鳥聲，曠觀山色，生氣蓬勃，愁悶數週，今日始得興趣，觀稚老斥汪下文，尤感快樂，不忍釋卷，連讀三次，愈覺愉快」。蔣介石極重紀律，但並不缺乏幽默感，偶而還會在《日記》中記錄好笑之事，例如，1945 年 7 月 12 日：「美國情報處長【鼻塞兒】來談，留餐」，他在手稿中，故意將「鼻塞兒」幾個字框入了標示框中，可以推斷當時逗樂的心情。

　　蔣介石本人生性樂觀，認爲「人定勝天」，很少表現「哀傷」或者「厭世」的情緒，但他與母親關係甚爲密切，蔣母去世後，蔣介石常常觸景生情，哀傷失母之痛。1928 到 1949 年的《日記》中，只有一首蔣介石自作的詩詞，是1929 年 8 月 2 日的「月光冷，蟋蟀悲，夜氣清，孤裘寒，惟母魂來照臨，我母亡，人母存，菩提既警覺，莫滯疑，罷罷罷，快快快，何處去何處來，報思親還天地，人間事還人間」。這首詞的藝術性可不置評，但是「人間世還人間」一句，展現出蔣對現世生活的厭倦，可見其此時的哀傷程度。

　　全面抗戰初期，戰火橫肆給平民百姓帶來的傷害，也對蔣觸動很大。例如，1938 年 9 月 3 日：「每見民眾之菜色與婦孺之苦痛，不堪言狀，此謂動心忍心之實情，然此不得而知也」。

3、蔣宋二人對《日記》真實性的看法

　　《蔣介石日記》（手稿本）的檔案中，有一份蔣宋夫妻確實關於蔣介石日記本身的輿論作用和歷史作用的認識──檔案中，一份宋美齡寫給蔣介石的

信件，落款日期爲民國十七年三月三十，即公元 1928 年。此信全文如下：

「此日記本爲兄帶往前方所用，當此軍事傍午之際，最易失落，祈留心保守爲荷，至每日一明證之言語，事實最爲重要，因一言興邦，一言喪邦，如一言一事記載其上者，一爲他人所見，關係我兄前途非淺，千祈愼重爲慮。美齡十七・三・卅」

從信件來看，是宋美齡提醒蔣介石，日記應該妥善保管，如果被外人看到，影響必然非常之大，這顯示出，宋美齡認爲《蔣介石日記》（手稿本）所記載，爲「每日一明證之言語」，說明宋美齡認爲《蔣介石日記》（手稿本）大體是眞實的。

《蔣介石日記》記錄了蔣介石作爲一個「眞實的人」的存在，理應受到歷史研究更多的重視。

三、《蔣介石日記》（手稿本）的話語分析與事實考察

日記作爲一種研究材料，其學術使用過程具有獨特性，即《日記》撰寫者的用語習慣是極其個人化的。掌握某一《日記》的精髓，必然要理解這一作者的用語習慣，從而對其隱含的眞正情緒和事實進行推斷。據作者觀察，《蔣介石日記》絕大部分的敘述體記載，僅爲事實記述，但出於各種原因，蔣在記敘過程中，會加入不易察覺的情緒，特意申明對某事「不在意」或「不知情」，或者對某一事件的記述過分冗長和詳細。對這些不易察覺之處，稍作話語分析，便可深入探究，蔣在字面意義之下，想要表達的眞正內容爲何。

1、「不在意」

1936 年 10 月，是蔣介石 50 大壽的慶祝月，社會各界的慶祝活動十分宏大。1936 年 10 月 29 日，《日記》載：「雪恥，世界是一個有進步，有絕頂的階梯，今日爲陰曆九月十五日，爲余五十生辰，余並不在意也」。「不在意」一處，在此十分突兀。而隨後的 1936 年 10 月 31 日，《日記》載「上午百川、漢卿、宜生等到洛祝壽，心實慚惶，九時到軍民慶祝大會，全國民眾爲此熱烈盛情，不知將何以圖報，惟期不負今日同胞之熱望而已」，可見，此時的祝壽活動，蔣心中甚有起伏。而且蔣介石本人深具英雄主義的自負，認爲「如余健在一日，則國家必有一日之前途」〔註21〕，「不在意」顯然是一句反語。

《日記》中另一處「不在意」，並沒有明確的寫出來，但其後隱藏的情節

〔註21〕美國斯坦福大學胡佛研究所，《蔣介石日記》（手稿本），1944 年 8 月 11 日。

也頗有意味。國民政府撤入重慶後，日軍在天氣允許的情況下，經常對重慶進行地毯式轟炸，蔣介石本人多次至於危險之中，1941 年 8 月 29 日，蔣介石的貼身衛士遇難，險情幾乎危及蔣本人，但當日《日記》僅載：「內衛隊長唐偉舜，侍衛陳亦民皆受重傷，當時殉命；預定一，中俄協定內容之準備，二，研究倭美，如果戰後遠東將來之形勢與策略」。對此處日記的解讀存在兩種可能性，一是，可能蔣介石確實不在意身邊衛士的殉命。這也許僅僅出於無情，但對於自己險些殉命一事，蔣介石爲何絲毫沒有觸動？與之對比，1929 年 8 月 24 日、27 日，蔣介石與宋美齡在家中險些遇刺一事，蔣介石曾在《日記》中連續一週記載事件發展和偵破經過，並感慨「中正是誠有命矣」〔註 22〕。這就產生了第二種可能：當時正處於抗戰最困難的時期，美日兩國正在進行談判，一旦談判成功，日軍必然一舉吞併中國，不但幾年來的抗戰毫無意義，中國也將如朝鮮一樣被日本徹底抹去，蔣介石將成爲失掉國家的民族罪人，這無論如何是「民族主義」的蔣介石無法接受的。面對這種局勢，蔣介石很可能有「一日一撞鐘」的心態，並非是不在意自己的遇險，而是此時遇險尚屬於「殉國」，與抗戰失敗成爲民族罪人相比，前者尚屬於較優選。

2、申辯

此處的「申辯」是《日記》中記載極爲明確的有「申辯嫌疑」之處，即故意將事情的來龍去脈記錄得極其清楚以留給後來讀者評價。

1931 年，蔣與胡漢民就約法問題、黨治還是軍治的問題，爭的如火如荼，胡漢民因堅持黨權應高於政權，即黨魁的權力應高於國民政府主席，與蔣介石產生了約法之爭，《中央日報》成爲雙方意見爭鋒的陣地。1931 年 2 月 25 日，《中央日報》發表胡漢民對記者的談話，稱孫中山從未提出「國民會議應討論約法」。雙方都把孫中山的提議作爲自己主張的合法性來源。

由此，蔣介石與胡漢民展開了黨權與政府權力爭奪最高權力的「約法之爭」，期間，《日記》中的記載已經遠遠超出了「必要」，而帶有明顯的「申辯」和「解釋」的意味。《日記》在 1931 年 2 月 25 日至 28 日，超出篇幅、連續寫作：「下午會客後，爲胡事又發憤怒，回湯山休息，彼堅不欲有約法，思以立法總任意，毀法變法，以便其私圖，而置黨國安危於不顧，又言國民會議是爲求中國之統一與建設，而不言約法，試問無約法，何能言統一，何能言建設，總理革命，不欲民國元年參議院之約法，而主張重訂訓政時期之約法，

〔註 22〕美國斯坦福大學胡佛研究所，《蔣介石日記》（手稿本），1929 年 8 月 27 日。

重訂革命之約法，而非不欲約法也⋯⋯故中正痛定思痛，乃有此電，欲要求速訂約法，速開全國代表大會，速開國民會議，以免國內戰事，不使再有軍閥復起⋯⋯本晚宴客留胡漢民在家中而防其外出搗亂也」。

針對媒體的討伐，蔣將應對之詞都寫在了《日記》中：「1931 年 3 月 6 日，今日各報轉中央通信社消息，以展堂暈厥二次病重之說，謠惑人心，一面使余畏懼，對展堂不敢有此主張，令其回寓，自由文人書生，用意之拙劣，誠為可笑，殊不知黨員為官吏，皆無自由，何況展堂處於嫌疑，有被懷舉之道，黨中文人，垂於私情，忘卻公義，以余今日為對不起展堂，傷友明之情」。想出「黨員無自由」這一觀點後，1931 年 3 月 7 日，蔣介石利用這一觀點四處游說：「上午覆溥泉電，其中說明黨員與官吏無自由之理，吾輩為言自由，則人民與黨國無自由矣」。1931 年 3 月 8 日，又「晨起草陣亡將士祭文稿，一起筆則情不自禁，不能停筆，直書千餘言」。

《日記》使用的是預先印刷的固定版本稿紙，每頁有縱列十行左右，並印有「提要」「天氣」等欄，載體本身對日記形成字數限制，因此蔣介石在平常日期中，往往遵循限制，將日記記在一頁中，「幾日連記」的情況很少發生，這種「連記」本身就是蔣在心情不平時，由旺盛的表達欲而產生的文字。

3、沉默

《日記》中的「沉默」大致分為三種情形，第一，是已經經過歷史學家考證，確實由蔣介石直接發動的歷史事件未被提及，蔣介石出於維護自己的形象而有意隱瞞；第二，是蔣介石直接發動的運動，處於外交或輿論考慮，不便在《日記》中提及；第三，是據學者推斷，應該與蔣介石直接相關的事件，未被《日記》提及，因此無法判斷蔣介石是否知情。

第一種「沉默」的直接例子就是四一二政變和暗殺史量才事件。1927 年 4 月間，蔣介石頻繁與包括上海青幫在內的各派人員聯繫，1927 年 4 月 9 日，蔣介石命令成立「淞滬戒嚴司令部」，當日《日記》記載了「季陶來談，甚嫌惡其頹喪也，悲痛斥責之」，並未涉及戴季陶頹喪的原因，也未記載其他特殊內容。1941 年 5 月 10 日，時代生活雜誌負責人盧斯夫婦來華，得到了蔣介石親自接見，但《蔣介石日記》在 10 日，忙於處理戰事，「晚宴美國詹大使」，未提盧斯。

第二種「沉默」是在新生活運動開始期間，這一運動由蔣介石主力推動，為了向城市居民普及城市生活的規則，是對軍隊改造的擴大化。他在 1934 年

2 月 19 日的紀念週發表《新生活運動之要義》的演講，倡導「國民軍事化」，以「禮義廉恥」和「忠孝仁愛信義和平」為道德標準，從國民日常生活入手，進行社會改造。但奇怪的是，《日記》在 1934 年 2 月，一整個月內均未提及新生活運動。蔣介石的表達欲極強，常常在《日記》中不厭其煩的進行局勢分析和政策解釋，這次的沉默可能出於蔣介石對「法西斯」的複雜情感。當時社會對蔣介石試圖在中國推行「法西斯主義」一直有懷疑，《大公報》曾在 1932 年向蔣介石本人專電諮詢，蔣介石曾在 1935 年，藍衣社內部講話中，稱「法西斯可以救中國」，而這次講話內容也未在《日記》中提到。蔣介石是個實用主義者，他對德國能夠衝出重圍，實現了「富國強兵」非常羨慕，並進一步實現中國社會組織的軍事化，是進行抗日戰爭的必要條件。正是這種對「法西斯」的雙重態度，以及在 1934 年尚不能言明「對日備戰」等因素，導致了《日記》未在新生活運動伊始，記錄蔣介石的相關想法。

　　1934 年 9 月，《日記》中，蔣介石的主要注意力在於「剿匪」，並未提《敵乎？友乎？》一文的設想與成文過程，但此文此時被各報轉載，日本各報也進行轉譯，發表次年 1 月 27 日，蔣介石與日本記者談話：「中國不願世界有戰爭，解決中日問題，應以道德與信義為基礎」〔註 23〕。西安事變和平解決後，蔣介石借用「西安半月」進行宣傳，但《日記》中也未進行詳細記載此次宣傳策劃的具體過程。

　　另一種沉默的情形，是無法推斷蔣介石是否知情。例如，1929 年，胡適批判國民黨政府為對訓政進行時間限制，也沒有制定約法，本質上是一種專制統治，基本人權得不到保障，上海《民國日報》在 1929 年 8 月間，刊發相關文章指責胡適「侮辱總理、背叛政府」，國民黨第三區黨部呈文中央訓練部，要求對胡適進行逮捕〔註 24〕。此事最終以「國民黨中央規定，各級學校教職員每天至少須有半小時自修研究《孫文學說》等黨義」〔註 25〕及「上海《民國日報》、南京《中央日報》等發表一批文章，對胡適進行批判」〔註 26〕而結

〔註 23〕王泰棟（2001），《解讀陳布雷日記》，上海：作家出版社，p51。
〔註 24〕楊天石（2007），胡適與國民黨的一段糾紛，《蔣介石與南京國民政府》，北京：中國人民大學出版社，第一版，p240～241。
〔註 25〕楊天石（2007），胡適與國民黨的一段糾紛，蔣介石與南京國民政府，北京：中國人民大學出版社，第一版，p243。
〔註 26〕楊天石（2007），胡適與國民黨的一段糾紛，蔣介石與南京國民政府，北京：中國人民大學出版社，第一版，p243。

束。既然是「國民黨中央」做出反應，此事應必然曾經向蔣介石彙報，但是，1929 年 8 月 9 月間，恰逢宋美齡小產，蔣介石夫婦在自家險些遇刺兩件大事，《蔣介石日記》記載，此間，蔣介石多日陪病，並研究遇刺案情以及中俄外交事務，對其他事務記載非常簡略，因此，僅從《日記》中無法推斷相關政策是否由蔣介石動議。

4、「真」不知情與「裝作」不知情。

1929 年，馮玉祥開始準備反蔣，社會上流言風起，4 月 13 日，馮玉祥不得不發通電闢謠，陳述自己「與世無爭，服從中央」。對此，蔣介石並未警覺。無風不起浪，馮玉祥部已經暗自動作，1929 年 5 月 1 日，蔣介石在《日記》中說：「馮部人員全部離京用具皆出賣殆盡，書檢接其文電準備向潼關退卻，如此自擾，臧以國家為兒戲，何能革命」〔註 27〕。此時，馮玉祥離京準備反蔣，將駐地所有器具變賣，便是再沒有回京的意向，蔣介石竟絲毫沒有察覺其中的詭異。果不其然，在其後的 5 月 18 日，《日記》又載，「下午接馮孽劉郁芬孫良誠等通電討蔣，擁戴馮玉祥為護黨救國軍，西北軍總司令而馮覆余無電，欲吾下野，可笑已極」。可見在 1 日時，蔣介石並沒有收到任何馮玉祥有討伐自己的情報，對其變賣器具極為不解，甚至有些譏諷的意味，但也沒有應有的察覺和準備。

三十年代，由於中德關係交好，蔣介石又組織有力行社、藍衣社對其個人效忠，社會上有關於蔣介石是否認同法西斯主義的議論。「裝作不知情」就體現在蔣對這一問題的回應上。1932 年，《大公報》曾電問蔣介石對法西斯主義的看法，《日記》詳細記載了此事的經過：「1932 年 7 月 9 日，大公報電詢組織『法昔司蒂』之有否，余提筆覆之日：中國革命只有中國國民黨的組織方能完成革命使命，中正生為國民黨員，死為革命黨魂，不知有其他組織也」〔註 28〕。蔣介石不可能不知道「其他組織」的存在，也必然知道社會對他是否傾向「法昔司蒂」主義的議論，他回覆《大公報》的電文被詳細記錄在《日記》中，具有一種「自辯清白」的意味。

四、《蔣介石日記》（手稿本）與蔣介石研究中的價值評價

人物史研究很難不摻雜價值判斷，更何況蔣介石的年代並不遙遠，很多

〔註 27〕美國斯坦福大學胡佛研究所，《蔣介石日記》（手稿本），1929 年 5 月 1 日。
〔註 28〕美國斯坦福大學胡佛研究所，《蔣介石日記》（手稿本）。

檔案尚未被學術界掌握，全面分析事件本身很困難，而已有研究成果，如已經帶有偏見，則容易對新的研究造成誤導。

對蔣介石的評價，應避免幾個錯誤的方向。

第一，避免歐美標準來評價中國，中國有自己獨特的歷史和文化傳承，國外漢學家往往帶著先驗的優越視角分析中國問題，認爲發達國家的發展模式臻於完善，是中國發展的必經之路，進而將中國特定時期的發展問題視爲對完美模式的倣仿不足。對這些成果的使用必須綜合考慮這些學者的知識背景。

第二，避免以事後的視角評價前人，做馬後炮。歷史研究，由於是錯代研究，研究者在掌握了充足的資料和歷史演進的結果後，往往容易陷入「上帝視角」，苛責前人。史學研究應該致力於嚴格考察各項歷史因素，進而重建歷史場景。

第三，避免以中國當下的困境來反推、美化蔣介石的統治。作爲人物史研究，學者需要進行大量的私人檔案閱讀，這些文件往往角度片面，視角微觀、單一。例如以《蔣介石日記》爲中心的研究，如果不結合其他史料和宏觀社會背景，很容易從蔣介石一人的角度理解他的策略和做法，而無法發覺《日記》中含糊和微妙之處。

第四，避免在資料不足的情況下，觀點先行。1931 年，九一八事變後，學生進入南京請願，要求政府抗日，但出現毆打政府官員的過激行為。本月的《蔣介石日記》顯示，九一八事變前，蔣介石一直爲粵軍進攻湖南困擾不已。9 月 28 日，《日記》載「今日中央大學學生攻擊外交部，打破其頭部。上海學生來請願者絡續不絕，其必爲反動派，此主其顯有政治作用」〔註 29〕。楊天石在《九一八事變後的蔣介石——讀未刊蔣介石日記》在文末評價蔣介石對九一八事變後學生運動的處理時，這樣說：「學生年輕熱情，有時不免有過激舉動，但是只要南京國民政府改對日妥協爲對日抵抗，學生們的愛國熱情就會轉化爲愛國的巨大力量，對政府的態度也會隨之相應改變。蔣介石只看到學生運動分散政府精力以及反對政府的一面，這就走進了誤區。12 月 4 日，蔣介石總結失敗原因，認爲其一是，對於學者及知識階層太不接近，各地黨部成爲各地學者之敵，所以學生運動全爲反動派操縱，而黨部無法解鈴，反助長之。應該說，蔣介石的這一總結沒有抓到關鍵」。

〔註 29〕美國斯坦福大學胡佛研究所，《蔣介石日記》（手稿本），1931 年 9 月 28 日。

當時胡漢民故意借用輿論工具，鼓吹抗日倒蔣，蔣介石的任何軍事行動均受到輿論誣陷，因此，蔣介石在此處的反省是符合事實的。而楊天石的評價則是一種觀點站在了「當下」環境中評價蔣介石，而忽略了蔣介石在「彼處」境遇中具體面臨的考驗。

五、《蔣介石日記》（手稿本）的存儲與本文引用

現存於斯坦福大學胡佛研究所檔案館的《蔣介石日記》（手稿本），收錄了自 1917 年至 1972 年 7 月的蔣介石日記，並將其開放給公眾閱覽，由於蔣介石幾乎每天都記日記，每週、每月還有反省錄和工作預定表，使得整個日記多達 76 個檔案盒。

爲保證一手材料的準確性，作者赴美國斯坦福大學摘抄了《蔣介石日記》（手稿本）中，1928 年至 1949 年這一時間段，涉及新聞宣傳領域的全部原文，共計 6 萬餘字。以此爲基礎，本文也參考了臺灣國史館藏《蔣中正總統文物》、《國民政府文物》、《總統蔣公大事長編初稿》和《蔣中正總統檔案事略稿本》，並輔助使用了美國各圖書館藏有的當時駐華記者、作家檔案。在這些資料與日記原文有衝突的地方，以《日記》（手稿本）爲準。

第2章　蔣介石的哲學觀及其
對新聞宣傳的認識

　　蔣介石雖未接受過新式高等教育，但與舊式軍閥相比，他一生勤於閱讀和反省，重視學理知識，認爲「欲修身自立，不可不研究哲學」[註1]。以《蔣介石日記》（手稿本）的文本爲準，中國傳統儒家文化、三民主義和基督教思想是他閱讀和思考的主要理論內容，也是他用來做公開演講和教育部下時主要使用的理論。

　　在哲學觀上，蔣介石主要受儒家思想影響，儒家傳統以「立德、立功、立言」的三不朽理想，也與蔣介石「積極入世」、「積極干預」的行事風格吻合。1931年3月21日，他在《日記》中感歎曾以「成古來第一聖賢」爲理想：「曾憶少年聞人道，古人如孔孟朱王之學，與禹湯文武周公之業，竊自恨前有古人，否則此學此業，由我而發明，由我而創始，豈不壯哉！平日清夜，常興不能做古來第一聖賢豪傑之歎！」

　　蔣介石所信奉的儒家治世思想、三民主義治國思想、基督教的宗教思想，以及借用人際關係處理官方事務的思想，深刻影響了蔣介石對待外交、戰爭和權利鬥爭的態度和處事風格，也爲他的宣傳事業打上了深深的個人烙印。

　　此外，他還將這三種主要的理論進行相互融合貫通，使其與自己的行動與宣傳實際相一致，並將其作爲國內宣傳的主要內容。例如，1933年1月6日，對中央陸軍軍官學校員生講：「「中國倫理及政治哲學之重要」。勸勉員生研究大學中庸二書，一切從修身做起，以發揚民族固有道德與革命精神。又

[註1]　美國斯坦福大學胡佛研究所，《蔣介石日記》（手稿本），1931年1月18日。

對中央政治學校員生講：「進德修業與革命之途徑」。勉以力行三民主義，繼承總理所遺傳給我們的固有民族精神，來挽救國家，復興民族」〔註2〕。

2.1 蔣介石的傳統文化觀與其宣傳觀念和宣傳內容

受五四運動影響，蔣介石在 1919 至 1922 年的《日記》中，經常記錄有其研讀《新青年》《經濟思想史》《馬克思學說概要》等新學書籍，但自 1923 年訪問蘇聯後，蔣介石對左派思想的態度逐漸發生變化，1926 年之後，他的閱讀興趣發生根本性變化，陽明心學、《資治通鑒》、《孫子兵法》等等成爲《日記》記載的閱讀主流。此後，從《日記》中記錄的讀書情況來看，中國傳統文化書籍佔了很大部分。

「傳統儒家的人生觀是德性論，人生的意義在於成就聖賢所教導的君子之德」〔註3〕。孔子以「仁」作爲價值觀，以「禮」作爲社會觀，以「天」作爲哲學觀〔註4〕。經過宋明理學的「格物致知」，最終發展至王陽明的「心即此理」，這是蔣介石最爲推崇的部分。王陽明認爲人天生就具有良知，但是需要克己復禮和掃除私欲來發現良知，這就是所謂「致良知」，另外，人所具有的知識需要由行動來實現，即「知行合一」。這些基本傳統儒家思想直接影響了蔣介石的人生態度和生活習慣。

1932 年 7 月 19 日，蕭一山向蔣介石闡釋中國社會的治理，應以宗教、儒學、法律，三者並用，蔣介石頗爲認同：「蕭一山君來談，中國治道，向以黃老與名刑並用，而折中於孔子中庸之道，然孔教帶禮，又不能成爲純教，治國工具以宗教禮教法律三者並用，今中國宗教完全失效而禮法亦自曹魏而敗壞，自宋以來，禮教又爲佛教所敗，宋儒且偏重於佛學，演至今日禮教破產，所以思想複雜，法度不立，教禮失效，此天下之所以不亂，是其所見者爲法度與思想之大處，可佩也」〔註5〕。可見，這些理念也暗合了蔣介石自己對治國理念的理解。

〔註2〕 總統蔣公大事長編，卷二，p257，1931 年 1 月 16 日。

〔註3〕 李金銓主編（2013），《報人報國——中國新聞史的另一種讀法》，香港：香港中文大學出版社，第一版，p92。

〔註4〕 金觀濤、劉青峰（2011），《興盛與危機——中國社會的超穩定結構》，北京：法律出版社，p243〜244。

〔註5〕 美國斯坦福大學胡佛研究所，《蔣介石日記》（手稿本），1932 年 7 月 19 日。

2.1.1 傳統儒學思想對蔣介石的影響

一、律己

蔣介石本身心性易煩躁，加之軍事、政局變動頻繁，以「吾善養吾浩然正氣」〔註6〕來平和心緒，約束自身，成了一種高效的情緒管理方式。1927年 4 月，北伐戰事複雜，《日記》常常記載「不能安眠」，這在蔣介石的作息中很少見。4月7、8、9、22、23日，他均在《日記》結尾處，寫「立志養氣，求賢任能，沉機觀變，謹言慎行，懲忿窒欲，務實求真」，進行自我疏解和規勸。

慎獨、省身、克制私欲，也是律己的重要內容，他認為「去人欲，存天理，即是格知，亦即是力行也」〔註7〕。1925 年 12 月 9 日，《日記》記有：「一曰慎獨而心安，去人欲存天理。二曰主敬則身強，懍坎險，惕輕健。三曰求人則人悅，民胞物與，宏濟群倫。四曰習勤則神欽，敝精殫慮，困知勉行」。

吾日三省吾身，也是蔣介石堅持每日記日記的一個重要動因，他深信，記日記能夠幫助他克己復禮。1944 年元月，他曾與蔣經國交換日記，作為父子二人在「省身」過程中的相互監督。

二、禮義廉恥

蔣介石不但用「禮義廉恥」要求自己，還將其用到針對黨部、軍隊的演講，1932 年 10 月 10 日，蔣介石在湖北省黨部擴大紀念週，「提倡禮義廉恥，以轉移風氣改造人心」〔註8〕。

1928 年 5 月 12 日，在日記開頭寫「恥辱雪乎，美國政府出面調停濟南事件」，5 月 14 日，「每日必記減倭方法一條」，5 月 15 日，「雪恥之道二，教育編制，經理軍械」，5 月 16 日，「雪恥之道三，在自強精神，教育更勝於物質，總使人之精於組織，嚴守紀律，然後激之以廉恥、精勇犧牲之心」，5 月 30 日，「雪恥十七，三年整理，三年訓育」，6 月 1 日，「雪恥十九，雪恥之心，漸忘乎？」，6 月 11 日，「雪恥二十九，統一意志，整齊理論」，6 月 30 日，「雪恥三十八，人定勝天」，此後的日記開頭，均為「雪恥，人定勝天」。

「禮義廉恥」也是新生活運動教育的重要內容之一，作為教育國民的內

〔註6〕　美國斯坦福大學胡佛研究所，《蔣介石日記》（手稿本），1936 年 12 月 20 日。
〔註7〕　美國斯坦福大學胡佛研究所，《蔣介石日記》（手稿本），1932 年 12 月 25 日。
〔註8〕　總統蔣公大事長編初稿，卷二，1932 年 10 月 10 日，p236～237。

容：「新生活運動者，我全體國民之生活革命也。以最簡易而最急切之方法，滌除我國民不合時代不適環境之習性，使趨向於合適時代與環境之生活。質言之，即求國民之生活合理化，而以中華民族固有之德性——禮義廉恥爲基準……我中華民族有五千年之文化，其食衣住行之法則，本極高尚；時至今日，反有粗野鄙陋之狀態，而不免流爲非人的生活者，厥爲禮義廉恥不張之故」〔註9〕。《中國之命運》中，蔣介石曾提及「今後建國必須從事五項建設」〔註10〕，即心理建設、倫理建設、社會建設、政治建設、經濟建設，其中倫理建設，即「宣揚四維八德，認爲四維八德是中華民族的固有德性，也是立國的根本」〔註11〕。

1939年2月18日，在新生活運動5週年時，蔣介石進行廣播演講，對禮義廉恥做出新的解釋：「（一）在抗戰建國期中紀念新運，要本已有的成績，用實際的行動，推廣努力的範圍，來奠定國民生活現代化的基礎。（二）爲適應抗戰建國之需要，對於禮義廉恥的新的詮釋：（1）禮——嚴嚴整整的紀律；（2）義——慷慷慨慨的犧牲；（3）廉——實實在在的節約；（4）恥——轟轟烈烈的奮鬥。（三）對於國家促成軍事化、生產化之事業，全國同胞應本勞動服務之精神，積極參加，共同努力。（四）現代國家必須有特殊的立國精神，希望全國同胞以禮義廉恥自勉，同心一德，向生活軍事化，生產化、合理化的目標邁進」〔註12〕。

三、自強樂觀

從《日記》來看，蔣介石認爲雪恥的途徑，是「自強」：「1933年1月28日，雪恥，全在自強」。1940年，抗戰進入最困難時期，蔣介石進行了各種外交努力爭取國際援助，但是傚果不佳：「美英法蘇之對我態度皆冷漠旁觀，毫不援手，我之喉舌被困塞，然而我之抗戰本不靠人，亦不希望人，惟在自強而已」〔註13〕。10月5日，又記「自立自強，不倚不求」〔註14〕。「若不求自強，何以爲人？何以爲國？」〔註15〕。

〔註9〕 蔣中正，新生活運動綱要，臺北，中正紀念堂陳列，手稿件，無出版信息。
〔註10〕 蔣中正，中國之命運，臺北，中正紀念堂陳列，無出版信息。
〔註11〕 蔣中正，中國之命運，臺北，中正紀念堂陳列，無出版信息。
〔註12〕 總統蔣公大事長編初稿，卷四上，1939年2月18日，p302～303。
〔註13〕 美國斯坦福大學胡佛研究所，《蔣介石日記》（手稿本），1940年6月8日。
〔註14〕 美國斯坦福大學胡佛研究所，《蔣介石日記》（手稿本），1940年10月5日。
〔註15〕 美國斯坦福大學胡佛研究所，《蔣介石日記》（手稿本），1949年8月6日。

　　在面對英美列強時，蔣介石也常憤懑於其侵華歷史，認爲民族只有自強，才能擺脫被欺壓的命運。1944 年，抗戰局勢危急，英、美、蘇使館均認爲戰事危機，打算進行撤僑，而蔣介石認爲，一旦撤僑，對中國軍民信心都是打擊，並會直接威脅到國民政府存亡，力爭各國取消撤僑，此後，他不由感慨「世世子孫，若不知自強自立，何以前雪此恥」〔註16〕。

　　《淮南子》言：塞翁失馬，焉知非福。儒釋道思想包含著深刻的樂觀主義精神，這給了蔣介石困境中的希望：1937 年 10 月，淞滬抗戰後，蔣介石一度寄希望於利用國際輿論和外交方式進行解決，但是日本沒有參加九國會議，蔣介石對此心裏非常打鼓，1937 年 10 月 28 日，《日記》寫道：「雪恥，希望的實現全在忍耐地希望著。敵人拒絕參加會議，其將繼續積極侵略乎？」，一面質疑，又一面對自己進行鼓勵。

　　政府遷入重慶後，日本爲了干擾後方生產生活、瓦解重慶的抗戰決心，每年都會進行全面轟炸，蔣介石不僅作爲國家領袖承擔著戰爭的壓力，作爲個人也承受著生命威脅，宋美齡在淞滬抗戰時，就因爲去前線動員而遭遇車禍，此時更是「工作太猛，以致心神不安，腦痛目眩」〔註17〕。面對這種「死而後已」的境遇，他仍然堅信日本必敗。1941 年 8 月 29 的空襲中，蔣介石的貼身衛士遇難，他本人也幾近罹難，《日記》中卻幾無波瀾，只記述了事實：「內衛隊長唐偉舜，侍衛陳亦民皆受重傷，當時殞命」〔註18〕。

　　蔣介石的樂觀直接影響了他在抗日戰爭中的領導力。王陽明的心學，倡導心外無物、好勇、行爲優先，因此蔣介石對現實的發展總懷有一種自信。這種「堅信」甚至到了可以「無視現實」的程度。在抗日戰爭期間，盧溝橋事變後，蔣介石作爲「主戰派」堅決進行戰爭，當時他的國民黨嫡系部隊掌握現代化兵器、接受了長達十年的現代化軍事訓練，是當時中國最先進的部隊，蔣介石認爲中國有迎戰資本可以理解，但淞滬戰爭後，這些部隊迅速消耗，中國主要的工業城市和糧食主產區淪陷。他仍然認爲「倭寇死症，絕無挽救之道」〔註19〕，雖然頗具望梅止渴的意味，但也是其在抗戰中能夠堅持的關鍵。但在抗戰後期，蔣介石的樂觀也造成了不少對時局的誤判。1943 年，

〔註16〕總統蔣公大事長編初稿，卷五下，1944 年 12 月 7 日，p648。

〔註17〕美國斯坦福大學胡佛研究所，《蔣介石日記》（手稿本），1940 年 9 月 21 日。

〔註18〕美國斯坦福大學胡佛研究所，《蔣介石日記》（手稿本），1941 年 8 月 30 日。

〔註19〕美國斯坦福大學胡佛研究所，《蔣介石日記》（手稿本），1940 年 12 月 15 日。

國內外輿論形勢緊張，在無力阻止美軍考察團與中共進行聯繫的情況下，他便故意無視不利因素。1943 年 7 月，《日記》中寫道：「外國記者與武官自鄂西戰區視察回渝，對我抗戰望觀心理，完全改變，皆以我軍隊與民眾對抗戰勝利確有把握，最近頗足自慰之一事實，憂患中之一樂也」〔註20〕。1944 年，美國記者對延安進行考察，蔣介石原本非常擔憂，但 3 月 4 日，他卻認爲「共黨之虛僞宣傳，將由彼等之深入而完全戳穿。彼等亦可能深中共黨之計，承認共黨力量，而要求我政府准許其接濟共黨武器也」〔註21〕。

到了 1950 年，各方勢力均認爲解放軍會渡海攻臺之時，《日記》卻顯示，他認爲斯大林會放他一條生路，以牽制毛澤東。

2.1.2 其他傳統文化對蔣介石的影響

除儒學外，蔣介石還從傳統文化中接收了「王政復古」和「幫會思想」。對於中國傳統文化的推崇，加之特殊的歷史環境，也演化出強烈的民族主義思想。

一、傳統會黨

傳統會黨體系中的拉幫結派、人際依託與人治的隨機性，對蔣介石的思維和作風影響巨大。中國國民黨歷來有與幫會結交的習慣，在中國歷史上，也「壓根兒就沒有法治的傳統（只有人治與刑罰的傳統）」〔註22〕。

蔣介石自視甚高，具有很強的歷史使命感。他年輕時性格暴戾，在《日記》中，能清晰的感受到，他對個人集權的推崇。除自視甚高外，蔣介石無法有效統合國民黨既有的官員系統也是他重視發展個人聯繫的一個原因。「魏源在《海國圖志》中，痛陳當時彌漫朝野的兩大弊害：一是寐，二是虛」〔註23〕，蔣介石對此有類似看法，認爲國民黨系統「藏污納垢」，難以容忍，因此他更樂於繞開國民黨既有體制，建立以自己的人際爲中心的行政體制。《日記》中幾乎從未見過他描寫民主制度，這就使得他在政治組織中推崇人身依附關

〔註20〕美國斯坦福大學胡佛研究所，《蔣介石日記》（手稿本），1943 年 7 月，第一週《上星期反省錄》。

〔註21〕總統蔣公大事長編初稿，卷五下，1944 年 3 月 4 日，p489。

〔註22〕林毓生（1998），《中國傳統的創造性轉化》，北京：生活讀書新知三聯書店，p93～94。

〔註23〕金觀濤、劉青峰（2011），開放中的變遷：再論中國社會超穩定結構，北京：法律出版社，p51。

係，將大小事務的決策權集中在他一人手中變得可以理解。

在外交關係中，蔣介石也酷愛「個人聯繫」，拉鐵摩爾就曾被他當作是他與羅斯福之間的個人聯繫的紐帶。王寵惠和王世杰，都曾是蔣介石外交工作的直接執行者，擁有比正式的外交系統更廣泛靈活的活動權和彙報權。在胡適任駐美大使期間，「花費大量時間精力給蔣介石寫報告，但是他對外交部卻經常不予理睬，以致外交部官員不時抱怨他們對於美國情況頗為隔絕」〔註24〕。

二、傳統中國文化的愛面子

因為愛面子而不承認政府的失敗，也是蔣介石常被攻擊的地方，但是蔣介石的愛面子，除了深受傳統影響之外，也具有現實考量，因為在當時的環境下，承認政府體制性腐敗和怠政，往往意味著讓渡權力。

蔣介石深知戰後政府官員腐敗，痛心疾首，卻無力挽回。在戰後接收過程中，出現了大量的「劫收」的情況，1945 年 10 月 25 日，蔣介石電報：「致南京何應欽總司令、馬超俊市長、上海錢大鈞市長、湯恩伯司令官、北平李宗仁主任、孫連仲主席、熊斌市長、天津張廷諤市長，原電：「據確報：京、滬、平、津各地軍政黨員，窮奢極侈，狂嫖濫賭，並借黨團軍政機關名義，佔住人民高樓大廈，設立辦事處，招搖勒索，無所不為，而以滬、平為尤甚，不知就地文武主官，所為何事，究有聞見否？收復之後，腐敗墮落，不知自愛至此，其何以對地方之人民，更將何以對陣亡之先烈，中正得此惡耗，中心榜徨，如喪考妣，實無異遭亡國之痛，不知將有何面目再立於國際之林，生存今日世界也。如各地文武主管再不及時糾正，實無以自容，當視為我革命軍之敵人，必殺無赦，希於電到之日，立刻分別飭屬嚴禁嫖賭，所有各種辦事處之類，大小機關名稱，一律取消封閉，凡有佔住民房招搖勒索情事，須由市政當局負責查明，一面取締，一面直報本委員長，不得徇情隱匿，無論文武公教人員及士兵長警，一律不得犯禁，並責成各級官長連帶負責，倘再有發現，而未經其主官檢舉者，其主官與所屬同坐，決不寬貸，特此嚴令遵行」〔註25〕。但這些責令和檢討的內容，並未出現蔣介石的公開講話，甚至在《日記》中，他也並未因為腐敗問題，而謀求聯合政府和內部改革，與

〔註24〕出自《顧維鈞回憶錄》，第四冊，p461，轉引自，齊錫生（2017），從舞臺邊緣走向中央：美國在中國抗戰初期外交視野中的轉變 1937～1941，臺北：聯經出版公司，p73。

〔註25〕總統蔣公大事長編初稿，卷五下，1945 年 10 月 25 日，p857～859。

其「愛面子」，而不能直面這些問題有關。

三、民族主義

蔣介石具有明確的民族主義思想，認為「民族為三民主義之先務，此謂民權與民生，皆不能離開民族而獨立也」〔註 26〕。他不僅僅強調中國民族的獨立性，還衍生到亞洲各民族的民族獨立運動。

就蔣介石親歷的歷史階段來說，歐美列強對中國的侵略，早於日本，在《日記》中，蔣介石首先認為中日同種，如能聯合起來對抗歐美，才是正道：「歐美協力以謀遠東之形勢甚明，彼倭有知，當易制服，但須視以後外交之運用耳」〔註 27〕。他憎惡日本，因其不能聯合對抗英美，而將矛頭指向同為黃色人種的中國人。

當同種的日本威脅到中國民族的生存時，蔣介石的「人種論」，就讓位於「民族論」：「敵國妄想征服世界，排除白種，試問無白種之英國，何有今日之日本，此可知然白人排除日本，而乃日本排除白人也，中國未見白人來華百餘年，中國雖削弱，然尚能存在，而日本強盛未及五十年，而中國幾無終日之安，朝鮮已滅亡，隨日排白人，則白人必未排除，而中國先亡，日亦隨之，此中國今日抗日，所僅救己，實亦救日也」〔註 28〕。

蔣介石對印度民族獨立運動的態度，也一直很明確。印度的不抵抗運動與盟國的抗日戰爭結合在一起，蔣介石在訪問印度後，於 1942 年 3 月 9 日，在中央擴大國父紀念週上，發表《訪問印度的感想與對於太平洋戰區的觀察》，「指陳印度民族解放必由之路，與英國現行政策應有之改變……說明中印兩大民族關係之密切，與解決日本問題之途徑」〔註 29〕。支持印度的民族獨立運動，譴責英國對亞洲民族的奴役。

2.1.3 傳統思想與蔣介石的對內宣傳內容

一、借助傳統文化宣傳增強民族凝聚力

儒學思想教人「自強」，這也是蔣介石對自身嚴格要求的來源，上升到民族高度，就是民族的自尊和獨立，因此，蔣介石對民族尊嚴看得很重，具有

〔註 26〕 美國斯坦福大學胡佛研究所，《蔣介石日記》（手稿本），1932 年 7 月 30 日。
〔註 27〕 美國斯坦福大學胡佛研究所，《蔣介石日記》（手稿本），1932 年 7 月 18 日。
〔註 28〕 美國斯坦福大學胡佛研究所，《蔣介石日記》（手稿本），1939 年 6 月 5 日。
〔註 29〕 總統蔣公大事長編初稿，卷五上，1942 年 3 月 9 日，p34～36。

深厚的民族主義思想，希望中國最終富強，能以平等的身份與殖民帝國對話。1927 年 4 月，北伐軍推進到上海附近時，《日記》多次出現「列強未平」等字樣。蔣介石對傳統文化的推崇，除了將其作爲自身修養的工具，還有用傳統文化喚醒軍隊的民族性，並將傳統文化作爲革命的自信和凝聚力來源的考慮。1933 年 1 月 23 日，蔣介石「到軍校紀念週演講」〔註30〕：「無論何種革命，非先恢復其民族固有之精神不可，即個人之事業，亦非承接其民族之道統，不能完成，聖賢之所以爲聖賢者，革命之所以能成者，惟此而已，雪恥救國之要道。無過於是」〔註31〕。

　　蔣介石本人受中國傳統儒家文化影響甚深，「立德立功立言」不僅被他作爲治國方針大加宣揚，還被他作爲「精神動員」的主要材料，這些宣傳方針和內容被寫在《日記》中：

　　「1933 年 7 月 15 日，預定精神教育科目：一、氣節——志氣、廉恥，二、治心——修身、良知，三、信仰——自信、愾敵心、主義、領袖技藝、生死不渝、紀律，四、生命——生活目的——生命意義——人生觀，五、責任——忍耐、忠誠、犧牲、仁義、親愛精誠，六、教育——宣傳——秘密迅速確定、練膽，難役兵教育與基本生活教育，七、自強不息」。「1933 年 9 月 14 日，預定對軍官訓話，解釋團字意義與禮樂射御書數，教人之次序」。

　　1940 年 2 月 11 日，唐縱日記中也記載了蔣介石在重慶對中央訓練團的訓話內容：「委座見有許多人帽沒有戴正，皮帶沒有縛緊，大罵頹廢與不切實，後即宣讀政治的道理。此小冊係二十八年三月二十一日在訓練團所講演之稿。此書以《大學》《中庸》與《禮運》爲中國政治哲學寶典，而以《中庸‧哀公問政》一章爲政治的原理」〔註32〕。

　　在訓練宣傳人員時，中國傳統文化，也是蔣介石強調的重點：「1931 年 4 月 1 日，下午點驗宣傳員各訓話，教以入往自強及應看古書之益」。但在「三千年未有之變局」中，「入往自強」的儒學古書，並不能爲宣傳工作提供具體的操作技巧。蔣介石對宣傳內容的選擇標準，是「他自己認可某一內容」，而不是「此內容本身的宣傳力」和「宣傳效果」，他更像一個老派、刻板的私塾

〔註30〕　美國斯坦福大學胡佛研究所，《蔣介石日記》（手稿本），1933 年 1 月 23 日。
〔註31〕　總統蔣公大事長編初稿，卷二，p258～259，1933 年 1 月 23 日。
〔註32〕　唐縱（1991），公安部檔案館編注，《在蔣介石身邊八年——侍從室高級參謀唐縱日記》，北京：群眾出版社，p113。

先生，而非激情澎湃的宣傳家，無法針對受眾的接受度擬定「宣傳內容」，也是蔣介石在宣傳技巧中的一大缺失。

二、將傳統文化與三民主義相結合

1932 年 5 月 16 日，蔣介石在中央軍官學校演講《自述研究革命哲學經過的階段》：「一、日本所以致強的原因，不是得力於歐美的科學，而是得力於中國的哲學。二、總理發明『知難行易』的原理，完全要我們注重『行』字。三、『知行合一』的『致良知』的學說，是與總理『知難行易』的學說，不惟不相反，而且是相輔而行的，亦惟有致『知難行易』的良知，能實現『知難行易』的學說。四、『窮理於事物始生之處，研幾於心意初動之時』，這即可作爲我的革命哲學。五、我們不能承認唯物論者，亦不能承認唯心論者，古今來宇宙之間，只有一個『行』字能創造一切；所以我們的哲學，唯認『知難行易』爲唯一的人生哲學。六、『生活的目的在增進人類全體之生活』，『生命的意義在創造宇宙繼起之生命』，可以說是我的革命人生觀。七、大學中庸之道，是中國很好的倫理哲學和很好的政治哲學。八、總理在哲學上，不偏不倚，完全講的是中庸之道」〔註33〕。

緊接著，5 月 23 日，又在南京中央軍官學校講述《革命哲學之重要》：「一、立國的精神所在，就是『國魂』，國魂就是民族精神。二、要恢復民族精神，就先要恢復中國固有的民族道德；尤其要實行總理知難行易的革命哲學。三、『知行合一』與『知難行易』，就作用方面說，統是注重在行的哲學。四、『知行合一』與『知難行易』，都淵源於『大學之道』。革命之學，大學也；革命之道，大學之道也。五、『三民主義』就是『明德』『親民』的道理。信仰『三民主義』，實行『三民主義』，就是『止於至善』」〔註34〕。

1939 年 5 月 7 日，蔣介石對中央訓練團黨政訓練班演講《三民主義之體系及其實行程序》，明確提出「三民主義是淵源於中國固有的政治與倫理哲學的正統思想，參酌中國現代的國情，摘取歐美社會科學與政治制度的精華，再加以總理獨見的眞理，所融鑄的思想體系」〔註35〕，將三民主義與中國傳統、當下國情、世界政治制度結合起來。

〔註33〕總統蔣公大事長編初稿，卷二，p197～198。
〔註34〕總統蔣公大事長編初稿，卷二，p198。
〔註35〕總統蔣公大事長編初稿，卷四上，1939 年 5 月 7 日，p352～353。

2.2 蔣介石的三民主義觀與其宣傳觀念和內容

　　蔣介石早年在日本留學期間結識孫中山，但兩人關係並不密切，直到 1922 年，陳炯明叛變，蔣介石前往廣州救難，才算眞正被孫中山接納。「訓政」或「威權」體制得以運作，需要一個權威人物或形象，孫中山無疑是國民黨政治合法性的來源，「1925 年孫中山逝世後，國民黨在全國範圍內開展孫中山崇拜運動，將孫中山象徵符號滲入民國社會生活」〔註36〕。訓政要「以黨治國」，三民主義作爲黨的主義，也自然成爲治國方針。「國民黨的政治宣傳和民眾教育都強調民眾思想的三民主義化，民眾教育的黨義化。1929 年南京國民政府制定了《檢定各級學校黨義教師條例》，規定黨義教師必須是國民黨黨員，中學與高校的黨義教師應試三民主義、建國方略、建國大綱與歷次全國代表大會宣言四個科目，小學的黨義教師應試三民主義、民權初步、建國大綱三個科目。檢定委員會與審查委員會雙方都必須是由教育部與中央訓練部構成的」〔註37〕。

　　蔣介石也竭力營造自己與孫中山之間的聯繫，一方面，「孫中山的信任」和「孫文主義的繼承人」是蔣介石政治合法性的來源。因此，蔣介石十分樂於延續和進一步塑造對於孫中山的個人崇拜。另一方面，三民主義將當時的革命形勢、未來中國的規劃與傳統中國的歷史文化進行了鏈接，是蔣介石急需的「承前啓後」的革命和建國理論。

　　蔣介石 1926 年 3 月 20 日中山艦事件後，大權獨攬，借助陳布雷的宣傳力量將自己塑造爲孫中山的繼承人，此後始終以孫中山的繼承人自居。蔣介石一生並未著述系統的理論學說，對三民主義的強調，是他的理論來源。他認爲：「改革國民黨始成爲一眞正不妥協的革命黨，始成爲一實行三民主義之革命黨，以黨員資格整理黨務，而然以軍人干涉黨事也，總理責任交給國內青年，願以奮鬥之青年替代國民黨，然而始於黨員對三民主義疑，爲不澈底之革命黨也，爲言不澈底則俄革命必改破裂，應聯合革命的新舊黨員對外也」〔註38〕。

〔註36〕陳蘊茜（2005），時間、儀式維度中的「總理紀念週」，《開放時代》，p4，p63。

〔註37〕《國民黨中央常會通過的檢定黨義教師委員會組織通則與檢定各級學校黨義教師條例》，中國第二歷史檔案館編：《中華民國史檔案資料彙編》第五輯第一編教育（二），江蘇古籍出版社 1991 年版，第 1076～1079 頁。轉引自：宮炳成，動員與控制：國民黨執政前後民眾政策的轉型，《民國檔案》2015 年 4 月，p104。

〔註38〕美國斯坦福大學胡佛研究所，《蔣介石日記》（手稿本），1926 年 5 月 22 日。

「蔣介石是個現實主義者，他認爲主義與事實是兩回事」〔註39〕，自身信仰與社會實際之間的距離，也常使他感到困惑，他在日記中言，「中國人只有私心而無公道，只重情感而棄主義」〔註40〕，說明蔣已經認識到三民主義並不能得到廣泛認可，他一貫講演的「主義」在各項工作實踐中，並沒有被作爲中心原則，也無法作爲操作標準。但是革命理論的統一，是有利的黨宣和行動的前提，「革命理論分歧萬端，致理論中心不能建立，共信不立，互信不生，則宣傳不能統一，行動不能一致」〔註41〕。因此，他仍認爲三民主義是黨和國家主要的理論範式。

1928年11月，蔣介石在軍官團的訓話，推薦給學生的常讀書目，幾乎涵蓋了以上所有內容：「大家應常看曾國藩王陽明全書，及中外歷史對於政治沿革之利弊得失，宜深切研究精神修養之哲理方法，宜透達踐履，尤其是總理遺著全書研究，更宜貫徹以資實施」〔註42〕。

「宣傳主義用以鼓勵精神」，1928年北伐結束後，蔣介石發表《祭告總理文》：「舉凡調查戶口、測量土地、辦理警衛、修築道路等等，首宜訓練民眾，努力實行，輔之以主義宣傳，證之以實行之成績，務使全國人民之思想，悉以三民主義爲依歸；全國政治之設施，悉從本黨之指導，勵行總理以黨治國之主張，俾中國能得系統之建設」。

1932年6月6日，蔣介石在南京中央軍官學校，發表《中國的立國精神》，「講武士道與三民主義之比較」〔註43〕：

「（一）三民主義是中華民族精神的具體表現。（二）孫文學說的哲學基礎是三民主義最中心最基本的基礎。（三）日本【武士道】乃是截取我國儒教中殘餘的東西來做他們霸道立國的精神。（四）總理發明【知難行易】學說，來代替王陽明【知行合一】學說，成爲我們立國的精神，若再以我國固有的民族道德，與總理【知難行易】的哲學，融會貫通，成爲一種新的民族精神，則不惟可以保障我們國家民族不會被人侵略，而且中國一定能成爲世界上的

〔註39〕黃仁宇（2008），《從大歷史的角度讀蔣介石日記》，北京：九州出版社，p39。
〔註40〕美國斯坦福大學胡佛研究所，《蔣介石日記》（手稿本），1931年3月25日。
〔註41〕臺灣國史館藏，事略稿本——民國十七年八至九月，《蔣中正總統文物／文物圖書／稿本（一）》，1928年11月5日，典藏號：002-060100-00013-011。
〔註42〕臺灣國史館藏，事略稿本——民國十七年十一月，《蔣中正總統文物／文物圖書／稿本（一）》，1928年11月5日，典藏號：002-060100-00015-005。
〔註43〕美國斯坦福大學胡佛研究所，《蔣介石日記》（手稿本），1932年6月6日。

和平之主」〔註44〕。隨後 6 月 14 日，蔣介石又「到中學校演講以三民主義爲中國中心思想，統一中國者」〔註45〕，自覺「甚樂」。

「以建國大綱之政治建設，首在國防鞏固，又以民族爲三民主義之先務，所謂民權與民生，皆不能離開民族而獨立」〔註46〕。1950 年，蔣介石在《日記》中記錄了丟失大陸的 13 條原因，最後一條是，沒有能夠很好的宣傳和貫徹孫中山的民生主義，實行土地改革。

2.3 蔣介石的宗教觀與其宣傳觀念和內容

中國傳統的儒釋道，及其融合後的理學、心學，對蔣介石都有很大的影響，後由迎娶宋美齡而得到的基督教信仰，使中國傳統宗教觀與基督教思想對蔣介石形成了綜合混雜的影響。黃仁宇認爲，蔣介石的宗教觀帶有中國傳統的諸說混合（syncretism）和折衷主義（eclecticism），而楊天石認爲蔣介石深受道學影響，崇尚「戒名利諸欲」、講求「正其衣冠，尊起瞻視」。

蔣介石向宋美齡求婚後，應宋母要求開始研究基督教，《日記》中沒有明確記載其皈依日期，但《蔣中正大事年表》載，其在中原大戰結束後，於 1930 年 10 月 23 日〔註47〕受洗。通過《日記》經年累月的記載，能看到他這種信仰，在隨著時局不斷變化。在 1931 年時，《日記》中對基督教的討論，多從哲學角度出發，偏向表層原始闡釋，並未深入到宗教學的領域。1931 年 4 月 14 日至 28 日的《日記》中，大篇幅論述宗教的無國界性，和基督教與共產主義、馬克思主義的不同。1934 年 2 月 11 日的《日記》中：「余之讚美耶穌者：一曰犧牲精神，二曰忍耐精神，三曰奮鬥精神，四曰純一精神」。

自 1935 年起，蔣在日記中談及基督教與上帝的言論增多。至全面抗戰爆發後，隨著戰爭局勢變化，蔣開始頻繁地用信仰來進行自我勸勉和安慰，如，「1938 年 8 月 17 日，雪恥。夜夢上帝賜我以大恩，重物諸字，醒後歷歷可記也」，「1938 年 8 月 30 日，上帝之力，其惟能之」。

〔註44〕總統蔣公大事長編初稿，卷二，1932 年 6 月 6 日，p200。
〔註45〕美國斯坦福大學胡佛研究所，《蔣介石日記》（手稿本），1932 年 6 月 14 日。
〔註46〕總統蔣公大事長編初稿，卷二，1932 年 7 月 30 日，p213～214。
〔註47〕中正文教基金會，蔣中正大事年表，http://www.ccfd.org.tw/ccef001/index.php?option=com_timeline&view=timeline&Itemid=213。《蔣介石日記》中並未做記載，不知何故。

　　1937 年 11 月，棄守南京前後，蔣介石承受了很大的心理壓力，《日記》中頻繁提及基督教信仰。「1937 年 11 月 4 日，雪恥，永生的神與慈悲的父」；「1937 年 11 月 27 日，雪恥，患難中得著安樂惟在信心，不搖自反無愧，確信聖靈必祐正人也……注意四，神態不可動搖，言語更傾審愼，否則將爲人輕視矣，本日宗南未到京，辭修在宣城被炸受驚，心皆不安，故不願決定離京日期，余能多留京一日，國家人民首都與前方軍隊皆多得一日無窮之益，總理與陣亡將士之靈，亦必得多安一日也，對上對下對生對死，對手造之首都，實不忍一日捨棄，依依之心不知爲懷矣」。

　　隨著抗戰局勢惡化，蔣介石也曾一度在關注教義中對「死亡」的闡釋：「1937 年 11 月 30 日，雪恥，不可被死與罪所束縛」。1938 年 4 月 16 日，蔣介石以「爲什麼要信耶穌」爲題，「於晚間廣播演講」〔註48〕。1938 年 12 月，日軍攻陷武漢，抗日局勢進入最嚴重的時期，基督教由於其「最高神的人格化」，成爲蔣介石最直接的精神安慰：「1938 年 12 月 25 日，雪恥，中華民國雖遭爲此嚴重之國難，其勢危急，但余深信，上帝爲其子民造福必有好意，毫無悲觀」，如果眞的毫無悲觀，「悲觀」一詞就不會被寫下來，可見這是蔣介石的自我勸慰之語。

　　1941 年前後，蔣在《日記》中，對宗教問題開始深入到宗教起源這種學理層面，如 1941 年 1 月 20 日，《日記》：「雪恥。宗教起源是起在內心經驗而此外表此理解能得的上帝在我們外表的上帝是理想在我們裏面的上帝，是事實在外的上帝，是假說在內的上帝，是經驗，故上帝就在我們自己靈苗茁壯的心田裏，亦就是我們內心此汲取的活水源泉，此以人類能得快樂得安慰而得神化作用的能力」。後續，蔣還在《日記》中談及，希望軍官也學習基督教，增加自身帶兵的能力。

　　蔣介石的基督教信仰，隨著年齡的增大，而在《日記》中提及的越多，態度越懇切，如 1963 年 3 月 27 日，「上帝更使我知道祖國可愛了！我們應該信仰上帝，不可再生嫉念」，4 月 26 日，「主啊！讓我常常記住主的殉道精神，只要我在生之日，請把你的殉道精神，遺留在我軀體之中」。

　　蔣介石經常對基督教進行通俗化解釋，並藉此作爲演講主題。1926 年 3 月 5 日，蔣介石終日研看《革命心理》一書，發現「恐怖與憎惡，二者乃爲暴動之原，感情神秘與集合之勢力，在革命心理學中占一要位，而宗教式的

〔註48〕總統蔣公大事長編初稿，卷四上，1938 年 4 月 16 日，p205。

信仰亦爲革命心理唯一之要素耳，順應時勢，迎合心理爲革命領袖唯一之要件，何能之單槍匹馬忤逆毀藏，此吾今日之環境也，總理與諸先烈有靈，其發憐而援之，不使我陷於絕境至此也」〔註49〕。

　　1938 年 4 月 16 日，蔣介石在漢口廣播講演，題目爲《爲什麼要信仰耶穌？》，提出「我們要實行新生活，不僅要有新的精神，還要有新的生命。這新生命必須要有耶穌博愛的精神和犧牲的決心才能獲得」〔註50〕。蔣介石於 1938 年發表了《爲什麼要信仰耶穌》的廣播詞，他比如道「耶穌是民族革命的導師」，「社會革命的導師」，「宗教革命的導師」。蔣介石以基督徒的身份鼓勵教徒配合國民黨「黨化教育」參與新生活運動。

2.4 蔣介石哲學觀的必要性與局限性

　　蔣介石的三種人生哲學，分別與當時中國社會的不同群體的意識形態發生衝突。

2.4.1 強調傳統召來固守封閉的指責

　　自西漢獨尊儒術到蔣介石統治中國時期，中國社會歷來以儒家思想爲正統意識形態，「如果在推行現代化過程中同時強調保持社會整合，那就不能改變政治組織方式和觸及意識形態認同」〔註51〕。蔣介石對儒家思想的推崇，出於重塑社會秩序和民族凝聚力的考慮，具有相當的現實目的。宣揚中國傳統文化，是維持民族國家，這一「想像的共同體」的必須，以此才能產生民族自信和民族凝聚力。這也是蔣介石推行傳統文化宣傳的目的之一，但是，當時社會掌握輿論主導權的上層知識分子，卻認爲這是蔣介石本人落後保守的表現。

　　經歷了清末民初的西化運動，上層知識分子已經認爲尊孔尊儒，在當時社會是一種落後，自封的意識形態。「辛亥革命的領導者實際上是一批青年學生，包括留學生和國內新式學堂的學生，據統計，至 1905 年，僅當時在校的留日學生就有八九千之多；而至 1910 年，國內新式學堂的學生已達一百五十

〔註49〕 美國斯坦福大學胡佛研究所，《蔣介石日記》（手稿本），1926 年 3 月 5 日。
〔註50〕 蔣介石，《抗日言論總集》，中國人民大學數字圖書館藏，無出版信息，p63。
〔註51〕 金觀濤、劉青峰（2011），《開放中的變遷：再論中國社會超穩定結構》，北京：法律出版社，p18。

餘萬，成為一支很大的社會力量」〔註52〕，「到 1917 年，受過新式教育的人數達 1000 萬之眾」〔註53〕。

軍人政權，往往意味著中央政府意識形態的倒退，蔣的尊孔更是強化了這種印象。一來，傳統中國社會存在嚴重的兩極分化，儒家思想歷來是士紳階層的知識主體，而並非一種全民化意識形態；二來，當時中國面臨嚴重的民族危機，知識分子對儒家思想存在深刻質疑，各種思想流派以救國為目的得以引入和傳播，這也使他們對蔣介石形成一種「保守刻板」的印象。第三，傳統儒學中的「禮」，具有「君君臣臣父父子子」的內容，「開明專制」也是儒家傳統的政治理想，推行以禮治國的蔣介石自然使用威權主義進行政治統治，並認為自己具有非凡的歷史使命。拋卻這種理想是否適合中國社會的實際不論，至少，這與當時知識分子和國內外輿論要求中國實行民主憲政的歷史潮流出現很大偏差。

蔣介石的民族主義思想也直接導致「民族主義」成為國民政府推行的國策。對傳統文化的推崇，也伴著民族主義思維，蔣介石強調民族獨立自強，而對於危害中國的英帝國和日本，憤恨之極。在美國不能給予及時援助時，蔣也以民族主義考慮問題：「美國羅斯福對我呼聲要求其協助金融亦置之不理。若不自立自強，任何外交皆為空虛」〔註54〕。

在 1943 年，《中國之命運》出版後，成為反蔣輿論進行反宣傳的著力點。首先是因為，美國等國家從文本內容中，解讀出了蔣介石的民族主義，擔憂抗戰勝利後，蔣介石煽動民族主義情緒，進而制定反美政策的可能性；其次，王世杰認為，尊孔尊儒，在當時社會是一個固步自封的表現，不必單獨針對蔣介石。

2.4.2 三民主義作為治國理論的單一性

當時中國所面臨的生產力、生產關係轉型，重新組織內政，解決外交遺留問題，這些問題並非，孫中山一人，三民主義一個理論都能夠解釋得通。從社會科學的角度來看，社會問題的解決，需要循序漸進的過程，社會理論

〔註52〕 楊天石（2010），《帝制的終結——插圖本簡明辛亥革命史》，長沙：嶽麓書社。
〔註53〕 周策縱，「五四運動的背景和歷史意義」，鍾玲譯，載周策縱等：《五四與中國》，時報文化出版公司 1980 年版，p31。轉載自：金觀濤、劉青峰（2011），開放中的變遷：再論中國社會超穩定結構，北京：法律出版社，p168。
〔註54〕 美國斯坦福大學胡佛研究所，《蔣介石日記》（手稿本），1940 年 6 月 30 日。

需要來自社會學家對現實環境的反覆研磨，小範圍試效。從這些方面來講，推崇個人崇拜和單一理論，必然帶來「知行不一」的局面，但是處於集中行政權的考慮，又不得不從樹立政治偶像和單一理論開始，這是任何單一理論都需要面臨的問題。

因此，「三民主義」雖並非蔣介石的核心信仰，但確實是其新聞宣傳中，重點強調和貫徹的理論範式，這更多的是一種政治延續和維護自身合法性的策略。首先，「三民主義」本身是一種很薄弱的理論，國民黨內部也並沒有形成一套完整的以三民主義為基礎的治國思想，三民主義的理論家，也只有戴季陶一人。第二，蔣介石是一個實用的政治家，除了對中國傳統儒學和基督教的信仰外，並不具有對某種「主義」的信仰。

2.4.3 民族主義帶來的法西斯化指責

一、國內輿論對法西斯統治的擔憂

蔣介石曾在 1935 年的藍衣社內部講話中，稱「法西斯可以救中國」。在全面抗戰時期，社會盛傳蔣介石具有法西斯思想，並將力行社當作他所建立的法西斯組織。《中國之命運》一書發表後，這種說法又捲土重來，前後銜接，成了指責蔣介石妄圖建立個人極權國家的重要輿論觀點。

《大公報》曾電詢蔣介石對法西斯主義的看法，《日記》中記載，「1932年 7 月 9 日，大公報電詢組織『法昔司蒂』之有否，余提筆覆之曰：中國革命只有中國國民黨的組織方能完成革命使命，中正生為國民黨員，死為革命黨魂，不知有其他組織也」〔註55〕。「不知有其他組織」雖然是一種此地無銀的說法。但蔣雖然雇用很多德國的軍人做顧問，把當時世界各地的戰爭看作國家利益的爭奪，並沒有將這次世界大戰與「主義」掛鈎。可以推測，此後同盟國和軸心國的劃分，從蔣的角度理解，也只是不同陣線的聯盟，並沒有將其上升到人類正義的高度。1941 年，美日談判一度接近成功，7 月 7 日為中國抗戰四週年紀念日，蔣介石借機發表《告友邦書》，指出：「若誤認今日之日人與德意尚可區別而論，以為可先敵視其一而緩和其他，則後果之嚴重，更不堪設想」〔註56〕。可以看出，至遲到 1941 年 7 月，蔣介石已經將德日兩

〔註55〕美國斯坦福大學胡佛研究所，《蔣介石日記》（手稿本）。
〔註56〕蔣介石，《告友邦書》，1941 年 7 月 7 日，中國人民大學數字圖書館藏，無出版信息。

國看作是同類國家，並以「日本與德國並無二致」作爲尋求國際援助的宣傳要點。

實際上，蔣介石對法西斯的態度，涉及「中德外交」和「蔣介石的對內統治風格」兩個問題。美國在二戰時期對中國的援助，如今被熟知，但在歐戰爆發前，中美關係一直非常冷漠，德國反而是列強中最積極回應中國軍事現代化需求的國家，蔣介石將蔣經國送到蘇聯，蔣緯國送到德國，學習軍事技術，以向兩國示好，其外交重點可見一斑。

法西斯的基本特徵，是對內進行暴力恐怖統治，對外進行武裝侵略。德國從一戰戰敗國到 30 年代實現富國強兵，蔣介石非常羨慕其在短短 20 年的時間裏取得的成就。中日戰爭爆發前，希特勒曾與蔣介石通信，希望通過派遣軍事顧問和經濟交流等方式拉近與中國的關係，德國成爲中國最大的現代化武器裝備和軍事顧問的提供國。但隨著抗日戰爭全面爆發，德國選擇了中立，並在 1938 年，承認僞滿洲國地位，1938 年 5 月，德國終止向中國出售武器。力行社雖然以向蔣個人效忠爲組織原則，但其充其量是「具有法西斯主義風格的」組織，而不應是「法西斯主義的」組織。而就蔣介石在大陸地區的統治而言，更接近政治學中的「威權主義」，而非「法西斯主義」。

蔣對德國的崇拜局限於德國衝出重圍，實現了「富國強兵」，根本沒有上升到「主義」的程度。《日記》中，他自始至終對「法西斯」一詞沒有特別重視，對德意日的侵略行爲，也大都分開看待，認爲歐美對亞洲正在進行人種侵略。中德關係，最終也因中日戰爭和德日關係而走向破裂，1938 年 5 月，德國撤回在華軍事顧問，並停止武器輸入。蔣介石還認爲「歐美對亞洲」的征服威脅才是眞正緊要之事，日本作爲東亞一國，應該擱置爭議，與中國共同抵抗歐美列強，日本只顧侵略中國的行爲，鼠目寸光，沒有意識到關鍵問題：「德國奮鬥之結果竟得此最後之優勢，欣羨無遺，而美國能放棄債權，法國能變更對德政策，此乃歐美聯合對東方之大紀元，倭蠻不醒，總欲思聯歐美以壓制中華必使兩敗俱喪，東方無亞洲黃人之主權而後已，思之焦急並狀而已」〔註 57〕。

蔣介石對德國的態度，之所以不能成爲其接受「法西斯主義」的證據，還在於當時社會另有人也隨國際形勢的變化，時而採取親德的態度。在 1940 年，英國短暫關閉滇緬公路期間，重慶部分政府和言論領袖，表現出仇英情

〔註 57〕 美國斯坦福大學胡佛研究所，《蔣介石日記》（手稿本），1938 年 7 月 13 日。

緒，倡導「聯德制日」，想要將德國作爲最後的稻草，「西方學者，把當時的公共輿論看成是接受法西斯主義」〔註58〕，《大公報》也在其中。王世杰爲此懇求《大公報》總編輯張季鸞停止該報的親德言論，以防止中國失去美國的支持〔註59〕。如果蔣介石附議這種輿論，無異於自殺，但蔣介石堅持美國才是中國外援的來源，宋子文也積極在美打探消息，並向蔣介石彙報，只有美國給予英國更多援助，使其不必擔心日本，才會重開滇緬公路。軸心國同盟條約於1940年9月27日才宣告成立，此前中國已經進行了3年抗戰，這三年中，如有希望接近德國的聲音，更多是一種外交策略。

二、獨裁式的體制建構帶來宣傳體制混亂

受時代和個人認識所限，蔣介石在政府組織和內政外交方面，並不依賴組織和規則，更強調個人的親力親爲和隨機管理，蔣介石「手令」的權限大於法律和制度，內政、外交和宣傳領域都是如此。他時常「電中央宣傳部王世杰部長、董顯光副部長，指示改進國際宣傳方法」〔註60〕。他在大陸最後的統治時期，他無奈、無力、憤怒，這不像八年抗戰一樣，人民戰爭摧枯拉朽，急轉直下的局勢沒有給他時間反省。蔣介石對於輿論的把控，已經盡力照顧到了方方面面，隔著《日記》的筆跡的潦草程度，我們仍能感覺到，「他所用的工具與他預期的目的極不調和」〔註61〕。一個龐大的體系和錯綜複雜的社會橫在他的意志與政策落地之間，蔣介石沒有將其打通的工具。

蔣認爲，自己是英雄中的英雄。這種英雄主義的自負，也是國民黨內部組織原則落後的原因之一，重上層而輕下層，三民主義的號召力，從蔣介石清黨開始削弱，這種「組織力的減弱使上層組織不能緊密整合，那麼鎮壓工農運動則帶來另一個後果，這就使國民黨一直缺乏中下層社會組織者」〔註62〕。「基層組織大多有名無實」〔註63〕，受到地方劣紳滲透，黨員間爭權奪

〔註58〕 齊錫生（2017），從舞臺邊緣走向中央：美國在中國抗戰初期外交視野中的轉變1937～1941，臺北：聯經出版公司，p308。

〔註59〕 王世杰，《王世杰日記》（手稿本），第四冊，臺灣：中央研究院近代史研究所出版社，1990年版，1940年7月9、10、30日。

〔註60〕 總統蔣公大事長編初稿，卷四下，1940年4日4日，p520～521。

〔註61〕 黃仁宇（2008），《從大歷史的角度讀蔣介石日記》，北京：九州出版社，p12。

〔註62〕 金觀濤、劉青峰（2011），《開放中的變遷：再論中國社會超穩定結構》，北京：法律出版社，p281。

〔註63〕 王奇生（2003），《黨員、黨權與黨爭》，上海：上海書店出版社，p44。

利。蔣介石在《日記》中常常認爲國內宣傳幹部沒有常識或目光短淺，對抗戰中，國外宣傳重點對象的美國，蔣則認爲其國民性格浮躁幼稚，輿論界和政治界不能深刻認識世界局勢。固然，領導人的宣傳意志能否得到貫徹，與整個組織機制密切相關，但是縱觀《蔣介石日記》，蔣介石自身思想認識的因素，也影響了蔣介石在很多問題上的具體決策。

《中央日報》的管理混亂是獨裁體制和專業管理模式不當二者疊加的結果。獨裁者信息掌握不完全帶來的反應能力低下，幾乎是必然的。蔣介石作爲當時中國軍事上的最高領導者，理應對國內國際局勢的把握先人一步，但是，在《蔣介石日記》中，常常能看到他對局勢的把握，有種身在廬山，而不識其眞面目的境地。

《中央日報》其實早在1927年由武漢遷入南京時，就歸到了國民黨內蔣介石一派。但在蔣的領導下，社長走馬燈一樣換，仍然不能符合蔣的期望，在《蔣介石日記》中，經常對《中央日報》動怒，1930年2月8日：「見中央日報登載中俄交涉案，氣憤異常，又發暴躁，黨部爲業已腐朽而任宣傳爲不免於臧正也」。蔣介石希望《中央日報》明確「宣傳」定位，但其社長希望明確「新聞」定位。一方面因爲當時的社會並未明確意識到黨報的喉舌作用，中央日報成員，作爲新聞業專業人士，其辦報方針與蔣介石的期望存在差距。第二，蔣介石對國民黨無法形成強大的統一的影響力，黨內派別林立，黨報的聲音自然也無法統一。

1942年12月，時任社長陶百川又因爲搶新聞，刊出《中美、中英新約明年元旦正式公佈》，使得中國政府直接違反了與英美的外交協定，原定元旦公佈的新約，也拖到了次年1月11日。北伐成功後，外交部曾在1928年7月7日發表宣言，「聲明與各友邦實行重定平等新約」〔註64〕，其時，中國與意大利、丹麥、葡萄牙、比利時等國，條約到期，遂開始新約談判。1930年2月1日，國民政府宣佈實施關稅自主。廢除不平等條約，在1931年國民會議時就已通過，並發表《廢除不平等條約宣言》，但直至1942年10月，蔣介石才眞正等到了與大國廢約的時機，開始具體操作布置新約簽訂後的大規模宣傳，《中央日報》的搶發，不但洩漏了外交機密，拖後了簽約時間，還大大削弱了宣傳效果。

在宣傳方針和文稿的制定上，蔣介石也時常親力親爲。1942年10月9日，

〔註64〕總統蔣公大事長編，卷一，p241～243，1928年7月7日。

「上午修正西安講評稿，下午修正雙十節文告，終日修稿，幾乎無片刻休息」，「雙十節接獲美英自動放棄對我中國治外法權重訂新約之通告」〔註 65〕，蔣介石《告全體國民書》是廢約宣傳的開始。1942 年 10 月 10 日後的《本星期反省錄》中，他寫道：「此乃總理革命奮鬥最大之目的，而今竟將由我手中達成，中心快慰無言以喻」。

三、民族主義影響國際關係

蔣介石作為最高領導人，一方面極具民族主義思想，另一方面，民族主義也是他進行精神動員時所重點強調的宣傳內容。蔣介石的愛國，是史學界的共識，《日記》中也表現的很明顯：

1932 年 12 月 16 日，《日記》載「與戴、葉慨歎，深談本黨老黨員之腐敗、自私、賣老、害事，倘不更張，則必亡國也，決以世界第二次大戰之期為標準，於此期前，速行憲政，使國民共負國政，且以國民之力促進本黨之急進也，否則以黨亡國矣」。

1940 年 6 月 6 日，《日記》中，蔣介石感歎美國援歐與援華的巨大差別：「美總統與其人民，一聞英法失敗，不惜接濟一切，其熱忱非言可喻。而對我國抗戰三年，人民苦痛，經濟困難，求其現金數千萬元借款救急，彼乃置若罔聞。可知白人種族界限之嚴。惜乎倭寇同種相殘，至死不悟。如其果能以平等互助之精神與我華誠意合作，則東亞民族何至受白人如此之賤視哉？」

蔣介石對種族問題的認識，是建立在民族獨立的基礎上的亞洲同盟，他認為「倭如有識，此時決不佔領安南與南洋也，然其對余乞和之書，而特排斥白人之意畢露無遺，可長歎其昏愚，已失理智矣」〔註 66〕。在當時，歐美對中國的人種歧視，確實存在，加之列強仍不願放棄自鴉片戰爭後在中國國土劫取的既得利益，對中國存在一種踐踏和蔑視的情緒。英國自不必說，美國此時還在對日出售武器，坐觀中日戰爭。及至 1942 年，熊式輝帶領中國軍事委員會駐美軍事代表團訪美期間，也受盡歧視待遇。此時太平洋戰爭已開始，中國作為反法西斯同盟的重要一國，仍得不到平等待遇。從這個程度來說，蔣介石對歐美列強的虎視眈眈有很清醒的認識。

蔣介石希望中日兩國能在各自獨立的基礎上，實現聯合，以抗衡歐美的壓迫，但他不信任日本人和他們試圖進行的和平談判，並始終堅持，中日和

〔註 65〕美國斯坦福大學胡佛研究所，《蔣介石日記》（手稿本），1942 年 10 月 10 日。
〔註 66〕美國斯坦福大學胡佛研究所，《蔣介石日記》（手稿本），1940 年 8 月 9 日。

談必須有國際參與和歐美強國的保證。但在 1938 年，由於日本頻頻發出和談信號，使得蔣介石一度認為中日戰爭可能是一場短期戰爭：

「1938 年 7 月 31 日，雪恥。少年時代閱讀中倭甲午戰史與俄倭戰史，其時期少則數月多亦不滿一年，甚以疑其戰期之短促與戰局之狹小，為藉此倭寇之此以幸勝也，此次戰局已逾一年而倭寇弱點破綻竟暴露大部，小寇氣短量窄，決不能持久也」。但不久後，在 1939 年，日本的對華戰略，從「速戰速決」變成了「以戰養戰」，這意味著，日本將大規模利用淪陷區的資源、市場以及工農業基礎，並採取對大後方進行空軍騷擾的小成本戰略。局限在西南一隅的重慶政府，當時尚無法協調地方勢力，連統治區的礦產資源都不能進行有效開採，必然陷入長期的被動局面。到 1940 年，滇緬公路重開後，近衛內閣在日本國內受到很大壓力，頻繁向重慶政府釋放和談信號，蔣介石也感到近衛的迫切。

蔣介石的種種民族主義情節，在《中國之命運》一書中進行了充分的展現。書中強調列強加與中國的不平等條約，一方面是為了宣揚自己的廢約之功，以加強個人統制的合法性，另一方面展示的民族主義並不是無意為之。但他並沒有考慮到這種提法對盟國關係的影響。

蔣介石的思想，處於一種將中國傳統的士人文化、西方現代思想、當時中國實際，三者相結合的三岔路口，但尚未實現「與時俱進的中國化」，這一半成品與現實需求不可避免的存在差距。在野方攻擊執政方，只需攻其三寸，不必顧及其餘，無法實現美式民主，又不得不以美式民生為願景爭取美國援助，中央權力虛弱，又試圖用武力打擊敵對方，倡導民主自由，又暴力干涉新聞出版，正是蔣介石的「三寸」，這些騎牆政策的制定與實施，固然有其現實考慮，也與蔣介石信奉的多元思想有扯不斷的關係。

但仍要看到，在當時，蔣介石示範了一種從最高領導人角度，嘗試多元理性的可能性，這在當時非此即彼的思想中，是一種難得的多元融合。蔣介石對「獨裁」和人際關係的過分依賴，也與當時政府官員的專業化不足有關，直到如今，中國仍在繼續建設專業化科層制文官系統的道路上。蔣介石在新聞宣傳中的過失，更多的是一種歷史發展階段的必然。

第 3 章　1928～1937：建構新聞宣傳網並借用宣傳整頓社會秩序

　　國民黨本身具有濃厚的辦報傳統，1900 年，《中國日報》在香港創辦，成為興中會第一份機關報，此後，1905 年同盟會成立，《民報》作爲機關報創刊，國民黨在革命時期，始終具有濃厚的借助報刊進行論戰和輿論爭奪的傳統，于右任等元老級人物，本身也具有相當的辦報熱情，是辦報的主力。蔣介石本人在 1912 年，曾在東京參加過「《軍聲》〔註1〕雜誌的編輯工作，並經常爲其撰稿」〔註2〕。第一次國共合作期間，受前蘇聯黨報思想影響，孫中山、胡漢民等人也反覆強調黨報作爲宣傳武器的作用，在這一思想指導下，新聞就是宣傳，宣傳就是新聞媒體的主要業務，爲了實現政治目的，新聞宣傳也可以進行策劃、誇大和造假。

　　1924 年開始，中央社、《中央日報》、各地黨委機關報相繼成立，國民黨從中央到地方，開始建立起相對完善的黨營新聞事業。但其政治派別和思想流派眾多，各方之間的博弈，直接體現在報刊輿論當中，因此，國民黨掌握的報刊並不能形成一種統一的輿論腔調。蔣介石自北伐戰爭起，開始逐年逐步，靠近國民黨最高權力，這就使其本身只能佔據各派別「之一」，在其統治大陸期間，始終受困於黨內派別傾軋，甚至北伐期間，還出現過地方黨報攻

〔註1〕　據中正文教基金會，《蔣中正大事年表》記載，民國一年，即 1912 年，蔣介石「赴日本創《軍聲雜誌》」http://www.ccfd.org.tw/ccef001/index.php 跡 option= com_timeline&view=timeline&Itemid=213。

〔註2〕　劉繼忠（2010），新聞與訓政：國統區的新聞事業研究（1927～1937），北京：中國人民大學，p98，注釋 1。

擊蔣介石的言論。

在這種情況下，蔣介石認爲，黨報應完全服從於黨中央的宣傳政策。1927年 4 月 9 日，北伐軍推進到長江流域，蔣介石一心希望將軍事統一作爲反抗民族壓迫的開端，在日記開頭寫著「列強未平」。但國民黨系統由於早期各派分歧嚴重，各地黨報出現相互攻訐的現象，各地黨部攻擊蔣介石和北伐軍的言語「竟公然宣傳於會場，復大登特登於黨報」〔註3〕，1927 年 4 月 9 日，北伐軍收復上海，蔣介石到歡迎會對群眾演講，但繼續向北推進的過程不算順利，蔣介石接「魯泳安滁州來電，前方戰鬥激烈，陣腳似有搖動之象」〔註4〕。此時的各地黨組織「莫能適當行使，內之百萬黨員準備奮鬥，而不知聽命之何從」〔註5〕，甚至「淞滬底定，漢口黨報竟皇然誣國民革命軍爲匪軍」〔註6〕。蔣介石發表演講，認爲「黨報爲宣傳本黨革命主義之機樞，亦即黨治下一般民眾視聽之所寄託，乃漢口民國日報一月以來之所揭載，大書深刻，莫非動搖革命基礎，隳壞本黨中心人物信仰之紀錄」〔註7〕。

蔣介石的歷史任務，是對內整頓，對外追求國際平等，內外應付。他本人也具有改造社會的意圖，1920 年 12 月 1 日，他在《日記》中寫道：「矜張自肆，暴躁不堪，對於社會厭惡更甚」。31 日又說：「對於中國社會厭鄙已極，勢必有以改造之」，想要掌握社會的所有權，進而進行社會改造。黃仁宇認爲，九一八事變到盧溝橋事變，是蔣介石一生對中國社會最有貢獻的幾年。這一時期，他逐步鞏固了軍、政、黨的最高領導權，他對國民黨既有的新聞宣傳機構的介入，是隨著其黨內地位的穩固而層層深入的。北伐之後，蔣介石漸漸進入國民黨核心層，1929 年 3 月，蔣介石主持國民黨三全大會，通過《訓政綱領》，進入「訓政時期」。按照孫中山的設想，「訓政是教導素質低下的國民具有憲政素質」〔註8〕，訓政體制下的新聞宣傳，自然需要承擔推進革命、教導國民的任務。爲此，蔣介石首先開始建立個人權威，並利用演講、組織新聞宣傳網等手段，建立起以自己爲中心的新聞宣傳體制。

〔註3〕　總統蔣公大事長編初稿，1927 年 4 月 9 日，卷一，p146～153。
〔註4〕　美國斯坦福大學胡佛研究所，《蔣介石日記》（手稿本），1927 年 4 月 9 日。
〔註5〕　總統蔣公大事長編初稿，1927 年 4 月 9 日，卷一，p146～153。
〔註6〕　總統蔣公大事長編初稿，1927 年 4 月 9 日，卷一，p146～153。
〔註7〕　總統蔣公大事長編初稿，1927 年 4 月 9 日，卷一，p146～153。
〔註8〕　劉繼忠（2010），新聞與訓政：國統區的新聞事業研究（1927～1937），北京：中國人民大學，2010 年，p59。

　　中國是宗法制和農業化社會，人際關係黏連，「社會尚未進化到各人權利職責可以明確交代之境地」〔註9〕。打破陳規陋習，建立新社會的組織需要大規模的精神教育、社會組織重建和財政支持。精神教育和新生活運動，就致力於實現這些目的。國民教育與精神動員，是建設現代國家的任務之一，也是蔣介石進行對日備戰的準備。

　　新聞自由與新聞檢查之間的博弈，在這一時段也有發展，迫於興論壓力，「1929 年，蔣介石曾通電全國報館，希望他們從 1930 年 1 月 1 日起，以真確之見聞，作翔實之貢獻，其弊病所在，能確見事實癥結，非攻訐私人者，亦請盡情批評」〔註10〕。九一八事變之後，社會各界舉行要求政府抗日的遊行集會，軍事不利、政府分裂、外敵入侵的形勢下，學生運動發展激烈，請願學生甚至攻入南京外交部，打傷外交部長王正廷。社會興論的要求讓蔣介石深受困擾。

　　1931 年 11 月 13 日，蔣介石對杭州到京的請願學生訓話。此後，又數次與各地來京學生談話，展開面向學生群體的宣傳戰。從 1931 年 11 月 30 日至12 月初的《日記》來看，蔣介石對效果喜憂參半。12 月 17 日，「南京、上海、北平、江蘇、安徽等地學生萬餘人在南京舉行總示威，砸毀國民黨中央黨部黨徽。下午，因抗議對運動的不真實報導，搗毀《中央日報》。南京國民政府當局出動軍警鎮壓，重傷 30 餘人，拘捕 63 人」〔註11〕。從爭取社會興論的角度，本次較量，以蔣介石的失敗而告終。

　　加之國民政府內部寧、粵、滬各派面臨必須統一的局面，蔣介石不得不開始妥協，聯合各方召開國民黨四屆一中全會，並最終在粵方的堅持下，於12 月 25 日，通電下野。1931 年 12 月 24 日，蔣介石在《日記》中反思如何整頓社會，少受束縛：「今次革命失敗，是由於余不能自主。始誤於老者，對俄對左，皆不能貫徹本人主張，一意遷就，以誤大局；再誤於本黨之歷史，容納胡漢民、孫科，一意遷就，乃至於不可收拾；而本人無干部、無組織、無偵探，以致外交派唐紹儀、陳友仁、伍朝樞、孫科勾結倭寇以賣國，而先

〔註9〕　黃仁宇（2008），《從大歷史的角度讀蔣介石日記》，北京：九州出版社，p161。
〔註10〕張季鸞，改善取締新聞之建議，《季鸞文存》，見吳相湘編《中國現代史料叢書》（第二輯），文星書店，1962 年版，p193～194，轉引自：向芬（2009），《國民黨新聞傳播制度研究》，北京：中國社會科學院。
〔註11〕《申報》，1931 年 12 月 18 日、19 日，轉引自，楊天石（2007），《蔣介石與南京國民政府》，北京：中國人民大學出版社，p299。

事未能察覺。陳濟棠勾結左桂各派，古應芬利用陳逆，皆未能預爲防制，乃遂限於內外夾攻之環境，此皆無人扶翼之所致也」。由此，全面抗戰開始之前，蔣介石的內外策略及新聞宣傳舉措，幾乎都圍繞此次反思的結果進行。

3.1 樹立個人威權形象

Jeremy E. Taylor 所著《The Production of the Chiang Kai-shek Personality Cult，1929～1975》回顧了從勵志社、亨利盧斯的宣傳。Jeremy E. Taylor 認爲，北伐戰爭在對內、對外兩個維度上，賦予了蔣介石「國家締造者」和「民主英雄」的雙重形象，在 1927 到 1937 的十年間，蔣介石尋求的是「將自己黨國領導人的形象合法化」和「將自己塑造爲中國歷史和文化的象徵」。正是這一時期，樹立個人權威形象成爲蔣介石進行宣傳的要點。與構建訓政時期的威權體制相符合，這些宣傳的中心思想，就是中國需要一個強大的「領袖」，而這個領袖正是蔣介石。亨利盧斯所辦的報刊，雖然在美國本土出版，但是其對蔣介石的宣傳也被拿來用於國內宣傳，因此對中國國內產生了影響。

在北伐過程中，蔣介石即在多次宣言中，提及「總理遺志」，1927 年 4 月 18 日，《爲完成國民革命實現三民主義而奮鬥》一文中，稱「政府謹遵總理遺志，接受多數同志之主張，依據中央政治會議決議，於四月十八日在南京開始辦公」〔註12〕，這也表明了當時國民政府工作的合法性來源。6 月 19 日，蔣介石到達徐州，馮玉祥在歡迎晚宴上致辭，也表示「蔣同志自追隨總理以還，始終忠心黨國，故總理稱爲唯一之忠實革命同志」〔註13〕。

3.1.1 樹立國父繼承人的形象

1925 年 3 月 12 日，孫中山在北京去世後，國民黨迅速分化爲幾個派別，胡漢民站在了蔣介石一邊，隨著廖仲愷被暗殺，汪精衛成爲蔣介石主要的競爭對象。黨內各派別也爲誰是孫中山的繼承人展開較量，此時，確立繼承人的形象，就意味著繼承孫中山的政治資本，取得自身權力來源的合法性。國民黨黨內採取了包括「設立總理紀念週」在內的一系列動作，樹立孫中山的

〔註12〕 總統蔣公大事長編初稿，卷一，1927 年 4 月 18 日，p150～167，http://www.ccfd. org.tw/ccef001/web/。

〔註13〕 總統蔣公大事長編初稿，卷一，1927 年 6 月 17 日，p170～171，http://www.ccfd. org.tw/ccef001/web/。

國父形象，爲國民黨謀求執掌全國政權的合法性。

「總理紀念週」，是 1925 年 4 月，國民黨在廣州法定的，規定「每週之月曜（星期一）日上午九時至十二時」〔註 14〕，每週一次，其本身就是樹立孫中山個人崇拜和推廣三民主義的政治主張的重要載體。蔣介石本人非常重視紀念週作爲宣傳和組織平臺的作用，經常在紀念週發表演講。

隨著北伐軍進入長江流域，外媒也幾乎在同一時期開始關注蔣介石。1927 年 4 月 4 日，《時代週刊》第一次在封面刊出蔣介石的頭像，並發表《征服者》一文，將蔣介石描述成孫中山的繼承者和中國的統一者。外媒的這一描述與蔣介石自身的宣傳策略不謀而合。

1928 年 7 月，蔣介石到達北京，聯合閻錫山、馮玉祥等人整頓軍務。7 月 6 日，蔣介石在孫中山的祭告典禮上，發表《祭告總理文》，追述「總理遺教」。這是陳布雷幫助蔣介石起草的第一篇重要文稿，在孫中山死後，在宣傳輿論上，幫助蔣介石接管北伐局面，蔣介石被樹立成爲孫中山繼承人。

此後，蔣介石通過採取一系列宣傳動作，一方面維護孫中山的國父形象，另一方面，將孫中山與自己進行捆綁，最終形成國民黨第一代國父孫中山，及第二代接班人蔣介石的形象。1928 年秋，蔣介石「曾指使陳布雷等人把孫中山生前寫給他的親筆信選了十幾封」〔註 15〕，裝裱後分送給軍政要員。

1929 年 3 月 21 日，國民黨「三全」大會通過《獎慰蔣中正同志案》，樹立蔣介石在黨內的個人崇拜的地位。1929 年 6 月 1 日，孫中山遷葬南京紫金山，舉行奉安大典，蔣介石進行了一系列宣傳。1929 年 10 月 21 日，國民黨中央常務委員會通過了《各級學校教職員研究黨義條例》，而「黨義」，包括「《孫文學說》《三民主義》《建國大綱》《五權憲法》《民權初步》《地方自治開始實行法》《實業計劃》等，都是那時的國父——孫中山先生的著作」〔註 16〕。1928 年底，東北易幟，北方軍事結束，國民黨召開三全大會，宣佈軍政結束、訓政開始，孫中山所著《三民主義》《五權憲法》《建國方略》等著作被定爲訓政時期「中華民國最高之基本法」。

〔註 14〕陳蘊茜（2009），《崇拜與記憶——孫中山符號的建構與傳播》，南京：南京大學出版社，p193。

〔註 15〕陳冠任，蔣介石的秘書陳布雷，北京：中國青年出版社，2010 年 12 月，第一版，p47。

〔註 16〕楊天石（2007），國民黨時代的「天天讀」，《蔣介石與南京國民政府》，北京：中國人民大學出版社，p222。

　　宣傳政策做出既定安排後，在實際執行的過程中，受到了很大的政治阻力。一方面，知識分子質疑訓政期間的「民主」和「法治」問題。1929 年，胡適批判國民黨政府未對訓政進行時間限制，也沒有制定約法，本質上屬一種專制統治，基本人權得不到保障，上海《民國日報》在 1929 年 8 月間，刊發相關文章指責胡適「侮辱總理、背叛政府」，國民黨第三區黨部呈文中央訓練部，要求對胡適進行逮捕[註17]。此事最終以「國民黨中央規定，各級學校教職員每天至少須有半小時自修研究《孫文學說》等黨義」[註18]及「上海《民國日報》、南京《中央日報》等發表一批文章，對胡適進行批判」[註19]而結束。1929 年 8 月 9 月間，恰逢宋美齡小產、蔣介石夫婦遇刺兩件大事，《蔣介石日記》記載，此間，蔣介石多日陪病，並研究遇刺案情以及中俄外交事務，對其他事務記載非常簡略，因此難以判斷此時各報對胡適的批判是否是蔣介石的命令。

　　另一方面，在國民黨和政府內部，蔣介石面臨一系列的反對者。蔣介石在北伐戰爭後，積極謀求對國民政府的最高權力，希望通過形式上的民選民治，獲得統攬大權的合法性。1928 年 10 月 8 日，國民黨中央常務委員會決議，蔣介石為國民政府主席，兼海陸空軍總司令。胡漢民作為立法院院長，出於限制蔣介石極權的目的，試圖通過阻撓約法而為蔣介石的權力增加制衡。1931 年，蔣與胡漢民就約法問題、黨治還是軍治的問題，爭的如火如荼，胡漢民因堅持黨權應高於政權，即黨魁的權力應高於國民政府主席，與蔣介石產生了約法之爭，《中央日報》成為雙方意見爭鋒的陣地。1931 年 2 月 25 日，《中央日報》發表胡漢民對記者的談話，稱孫中山從未提出「國民會議應討論約法」。雙方都把孫中山的提議作為自己主張的合法性來源。

　　2 月 28 日，蔣介石軟禁胡漢民，以謀求國民會議的「順利召開」。蔣介石在《日記》中載：「本晚宴客留胡漢民在家中而防其外出搗亂也」[註20]。但是扣押胡漢民只是蔣介石整個政治計劃的第一步，為後續計劃順利實施，必

〔註17〕　楊天石（2007），胡適與國民黨的一段糾紛，《蔣介石與南京國民政府》，北京：中國人民大學出版社，p240～241。

〔註18〕　楊天石（2007），胡適與國民黨的一段糾紛，《蔣介石與南京國民政府》，北京：中國人民大學出版社，p243。

〔註19〕　楊天石（2007），胡適與國民黨的一段糾紛，《蔣介石與南京國民政府》，北京：中國人民大學出版社，p243。

〔註20〕　美國斯坦福大學胡佛研究所，《蔣介石日記》（手稿本），1931 年 2 月 28 日。

須在先期預防此事洩漏，防止在輿論、政治安排妥當之前，將自己置於討伐的漩渦之中。隨後，1931 年 3 月 2 日，蔣介石便在《日記》中，記載了「十一、令黨部禁止京滬電話與電報；十二、令各報不准登載中央未發表之消息」〔註21〕。

隨後出版的《大公報》、《華字日報》證明這些布置均被實施：「電報與京滬長途電話，皆嚴密檢查，消息無法傳出，3 月 2 日，蔣介石在國府紀念週宣佈胡漢民罪之演說詞，也由總司令部通知各報不許登載」〔註22〕，同時「晚宴立法委員說明胡案」〔註23〕，「自撰對立法委員全文」〔註24〕，試圖將立法會爭取到自己陣營。但隨後，《時事新報》《民生報》《新民報》《中央導報》相繼刊發相關信息，社會輿論譁然。5 月，訓政時期約法通過。但是囚禁胡漢民事件，為蔣介石的新聞宣傳工作埋下了巨大的隱患。胡漢民被釋放後，從反對蔣介石的對外政策開始，「16 日，對報界發表談話，批判南京政府，以無辦法、無責任、無抵抗之三無主義，為應付日本之唯一方針，則必至國亡種滅而後已」〔註25〕，開始積極反蔣，12 月，蔣介石下野。雖然此次反蔣進行的很順利，但是運動的主力者，胡漢民、孫科、汪精衛均不掌握部隊，1932 年 1 月 28 日一二八事變爆發，蔣介石的軍事指揮權再次為他贏得了本已失敗的政治鬥爭，孫科辭職，蔣介石回寧主政，並邀請汪精衛出任行政院長。

蔣介石的個人崇拜地位，隨著他在這些反反覆覆的爭權中的獲勝，而最終得以確立。

3.1.2 照片攻略

一方面蔣介石的面目精瘦，五官突出，適合拍照，所以分送照片成了他很具個人特色的一種宣傳手段。

另一方面，蔣介石自視甚高，將自己與中國復興的命運緊密關聯，蔣介石本人對自身在中國歷史中的作用也看得極重，幹部來源匱乏，導致他常感

〔註21〕美國斯坦福大學胡佛研究所，《蔣介石日記》（手稿本），1931 年 3 月 2 日。
〔註22〕王奇生，《黨員、黨權與黨爭》，上海，上海書店出版社，2003 年 10 月，第一版，p137。
〔註23〕美國斯坦福大學胡佛研究所，《蔣介石日記》（手稿本），1931 年 3 月 4 日。
〔註24〕美國斯坦福大學胡佛研究所，《蔣介石日記》（手稿本），1931 年 3 月 5 日。
〔註25〕《亡國之三無主義》，見《胡漢民先生爭論選編》，轉引自，楊天石（2007），《蔣介石與南京國民政府》，北京：中國人民大學出版社，p317。

慨「本黨黨務何以不能發展，何以二等以上人才不肯加入本黨」〔註26〕，因此也認爲中國化解內憂外患，一雪前恥的所有希望，都繫於自己一身，這些在《日記》中有豐厚的體現：

「1930 年 7 月 31 日，切慕愛妻，然叛逆未減何以家爲，故緩圖把悟以爲全軍之表率，本日津浦線聞於攻擊以哾不佳，心甚憂慮，惟以此軍事之勝負實關乎中國之國運，勝不足喜，敗不足憂，余惟有戒愼恐惟努力奮鬥完成使命，上天不亡中國則最後勝利必歸於余也」。

「1930 年 10 月 1 日，黨國存亡全繫於一身」。

「1933 年 7 月 23 日，精神講話之歸結：一、赤匪必滅之道，二、三民主義必成之理，三、余自信統帥無第二人，四、要爲統帥而犧牲，五、統帥必對此部負責」。

淞滬會戰，尤其是西安事變和平解決之後，隨著日本侵華步伐的加緊，蔣介石的「獨裁」地位，逐漸得到黨內、知識分子、共產黨三方的承認，共產黨的口號也從「抗日反蔣」變爲了「逼蔣抗日」。1936 年 10 月 31 日，官方舉行慶祝蔣介石 50 大壽的盛大慶典，《申報》《中央日報》均使用大量篇幅進行相關活動的報導。31 日，《申報》第八版發表吳鐵城在典禮上的講話，稱讚蔣介石是「一個艱苦卓絕的領袖，是民族國家的救星」，次日第三版，又發表林森的講話，稱蔣介石使得「幾百年來萎靡不振的民族精神，重新振作起來」，而大規模的祝壽活動，是「民意的表示，民情的安慰」。在空前的民族危機面前，蔣介石的個人權威地位最終得以確立。

3.2 培植領袖自身的宣傳力

3.2.1 親自制定方針

親自擬定宣傳方針、演講稿件，是蔣介石常用的貫徹自身宣傳意圖的方法。1929 年 4 月，《日記》中幾乎每日都在「擬稿」。在 1928 年 11 月 15 日和 1929 年 4 月 26 日，分別有「上午擬稿十餘通」和「上午擬電稿數十通」，「1929 年 4 月 26 日，上午修正文稿、批閱」〔註27〕，此時尚處在蔣馮戰爭之前，電

〔註26〕美國斯坦福大學胡佛研究所，《蔣介石日記》（手稿本），1939 年 3 月 2 日。
〔註27〕美國斯坦福大學胡佛研究所，《蔣介石日記》（手稿本）。

稿內容包括與邵力子等人商量黨政事宜，以及嘗試對馮玉祥聲明「余討逆完後出辭職出洋」。4月26日日記的其他內容，也可一窺蔣介石在此時期的主要活動：「上午修正文稿、批閱，到省政府監誓就職，下午到教育會歡迎會，餘人盛世也，到省黨部講演七時上車回漢」〔註28〕。

　　《蔣介石日記》中，我們也能夠看到大量蔣介石關於制定宣傳方針、召見新聞官員、會見中外記者的記載。其中頻繁提及的，與新聞輿論相關的人物，有張季鸞、陳布雷、董顯光。蔣對自己新聞政策和宣傳方針的執行非常重視。宣傳官員的業務能力、對宣傳局勢的理解、是否摻雜個人利益，都影響到蔣的宣傳政策執行。陳布雷直接在蔣介石侍從室任職，董顯光、曾虛白的國際宣傳處在名義上先後隸屬軍委會宣傳部和國民黨中央宣傳部，但實際都由蔣介石直接領導，待遇參照軍方待遇，董顯光雖只是副部長，但是國際宣傳事務，「宣傳部長無權干預」〔註29〕。

3.2.2 公共演說與會見記者

　　談到宣傳，媒體固然是最主要的陣地，但是作為領袖人物，自身既是宣傳本體的一部分，也是宣傳媒介的一部分。蔣介石自視甚高，認為「如余健在一日，則國家必有一日之前途」〔註30〕。他非常看重自己的振臂高呼的功能，沒完沒了的演講，宣傳方針常常自己制定。蔣介石的演講，可以大致分為對內和對外兩個部分，對內演講是蔣介石進行國民教育、戰爭動員、宣傳政治主張的平臺，對外演講，包括面陳和廣播演講，是爭取國際輿論、進行政治交涉的平臺。

　　北伐結束至一二八事變之前，蔣介石採用的宣傳方式，主要是到大學、紀念週、軍校、陸大校友會、民政會議、勵志社、兵工廠發表演說。

　　蔣在紀念週的演講時間和演講內容，除了《蔣介石日記》的記載外，臺灣國史館藏的《蔣中正總統文物》中，也有不少電文記載，如1928年6月18日，就有電報「蔣中正主持軍校紀念週，講演克己復禮、天下歸仁之道，並答覆軍官團及軍校學生問題」〔註31〕。

〔註28〕美國斯坦福大學胡佛研究所，《蔣介石日記》（手稿本），1929年4月26日。
〔註29〕曾虛白（1988），曾虛白自傳（上），臺北：聯經出版事業公司，1988年，p192。
〔註30〕美國斯坦福大學胡佛研究所，《蔣介石日記》（手稿本），1944年8月11日。
〔註31〕臺灣國史館藏，事略稿本──民國十七年六月／018，《蔣中正總統文物》，文物圖書／稿本（一），1928年6月18日。

　　1928 年 7 月 17 日、18 日，蔣連續兩日赴北大講演，肯定北大作為新文化運動中心的地位和革命傳統，闡明自己反帝、反軍閥的政治理念，呼籲學界支持國民政府和三民主義。北大作為新文化運動的發源地和中國最高學府之一，具有重要的政治價值，同時，北伐戰爭為蔣介石開闢了全新的政治格局，這一演講，是他在北京面對全新的環境、北方政治集團、知識分子做出的具有標誌性闡釋政策的機會。《申報》在 1928 年 7 月 18 日，第 4 版記載「蔣今早在北大講演，到千八百（人），邵力子、陳布雷隨往」，可見規模之大。蔣介石對紀念週、軍校、校友會的主題，更加頻繁，內容也更加豐富，闡釋三民主義的政策方針、倡導中國傳統理學的仁義禮智等概念進行社會教育和精神動員等等都是常用的演講內容。

　　蔣介石非常重視利用廣播發出自己的聲音，「一篇廣播詞，總在十天以前，就開始經營了，臨到廣播，都還斟酌損益。廣播一定是在辦公室裏進行的，廣播時，總統必公服端正」〔註32〕。

　　面向記者也是發揮領袖人物宣傳作用的一環。1928 年 7 月，蔣介石駐北平期間，中國國勢走向備受關注，13 日蔣介石遂「召集新聞記者發表軍事整理意見」〔註33〕。此後直到 1929 年，蔣介石繼續整理全國軍務、黨務、統一外交權，《日記》記載其會見記者幾乎到了每月都有的程度：「1929 年 1 月 23 日，傍晚見外國新聞記者」，「1929 年 4 月 27 日，劉陳張李俞蔣甘方來議，對黨部與新聞記者談話」，「1929 年 6 月 29 日，上午會客後見美國新聞記者團」，「1929 年 7 月 10 日，上午會客見新聞記者後與百川談話」。

　　蔣介石面對記者，可能有多重目的，第一，親自接見記者，增加個人與報導者的親密性，有利於維持與媒體良好的關係，使記者發出在感情上偏向己方的文章；第二，蔣介石是個事事親力親為的人，親自會見記者更能將自己的意見表達清楚，防止誤傳和誤發；第三，會見記者是一種人際傳播，傳播者的個人氣質和態度對報導起到很大的作用，蔣介石注重自身的領袖魅力，希望藉此影響媒體的報導偏向。他的這些目的，也基本實現了。1938 年 8 月 30 日，蔣介石答路透社記者問，《為自衛生存而抗戰》，希望國際社會關注並干涉中日戰爭，強調「國際間對於現時中日兩國不宣而戰之戰爭有聯合干涉之必要」，次日，《字林西報》發表此文，在文章最後，記者對蔣介石給

〔註32〕秦孝儀，追侍總統小知十錄，曹聖芬編，《蔣總統的生活與修養》，p150。
〔註33〕美國斯坦福大學胡佛研究所，《蔣介石日記》（手稿本），1928 年 7 月 13 日。

予了很高的評價：「原只規定爲五分鐘，乃竟延長至四十五分，殊出意外。委員長並反詢記者許多問題。觀其態度至爲安穩鎮定，而神采奕奕，莊嚴偉大英武果決之神情溢於眉宇之間，誠令人不勝景仰愛慕之至云」〔註34〕。可見，親自會見記者，爲蔣介石的宣傳帶來了相應的積極評價。

　　1934 年 11 月 27 日，蔣介石對大阪《每日新聞》記者發表談話，這個談話不僅針對日本，也於次日在《中央日報》發表，向中國國民表明政府對於中日關係的態度。1935 年 2 月，《日記》本月反省錄載：「發表對日本《朝日新聞》談話，與對中央社記者談話，表明對日外交方針與態度，實爲余一生政治生命之大關鍵，國民黨諒解並多贊成，一月之間外交形勢大變，歐美震動，自信此謀不誤，此心既決，任何譭謗危害此不計也」。

　　蔣介石公開演講的習慣一直持續，這也是他作爲黨政軍領導人的重要工作之一。1937 年全面抗戰爆發後，蔣介石即多次親自會見外國記者，反覆申明中國決不投降的立場，1938 年 7 月 7 日，逢抗戰建國週年紀念，又同時發表《告全國軍民書》《告世界友邦人士書》《告日本國民書》。

3.3 布置新聞宣傳網

　　由於國民黨系統內派別林立，同時，國民黨雖然建立了從中央到地方的黨報系統，但建制不足、管理混亂，難以指揮。從《蔣介石日記》（手稿本）來看，蔣介石的新聞宣傳網，幾乎完全撇開國民黨既有的宣傳體制和媒體，以自己爲中心，訓練宣傳人員、組織宣傳機構、聯絡報人。陳布雷是蔣介石新聞宣傳網的重要節點，第一，陳布雷作爲知名報人加入蔣介石的幕僚團，他所領銜的侍從室是蔣新聞宣傳網中很重要的一環，軍委會委員長侍從室於1936 年 1 月改組而成，其中侍從室第二處直接主管宣傳事務。第二，以陳布雷爲開端，蔣介石結識了包括張季鸞、吳鼎昌在內的知名報人，並成功的將《大公報》發展爲民間宣傳機構，爲政府開展特殊宣傳業務。

3.3.1 訓練宣傳人員

　　密切關注新聞界和輿論界的動向的目的，除了知己知彼，就是適時的做

〔註34〕蔣介石，《蔣委員長抗戰言論總集》，1938，p18，中國人民大學數字圖書館藏，
　　　　無出版信息。

出反應，積極進行的輿論策動。一方面政策、報紙新聞要跟上，另一方面，蔣介石還很重視主動出擊，進行「人力宣傳」，很早就十分重視宣傳隊伍和人員的訓練，1928 年 4 月，冷欣自兗州發報，請蔣介石「派宣傳員若干人來四軍工作」，蔣介石遂安排「電徐州邵力子先生、何思源主任，應分派三十至五十人到四軍」〔註35〕。

在發覺國際宣傳不足時，蔣介石立即批示：「此次國際勞工局長多瑪氏來滬，謂我國缺乏國際宣傳，致歐美人士對於吾黨之政策與設施，及過去歷史，概未明瞭，囑爲注意，特電請擬具方案，即行提出」〔註36〕。1928 年 12 月 15 日，這一提案經報中央政治會議討論，蔣中正批示，決議交國民政府執行。

從 1931 年 2 月開始，蔣介石開始在《日記》記錄著手組織和訓練宣傳員的情形，「預定政訓處之組織與各總司令部之宣傳隊」，蔣親自參與的選拔宣傳訓練班、制定訓練方針、參與培訓宣傳人員、到軍校對宣傳員訓話等的活動。蔣介石在國民黨組織中央訓練團，並自任團長，輪流訓練黨政軍幹部。抗戰開始後，1939 年 3 月 1 日，國民黨中央黨政訓練班第一期在重慶開始，先後舉辦 31 期，歷時 5 年，訓練內容就包括宣傳。

三民主義、儒家文化和基督教思想是組成了蔣介石認識論和方法論的主要部分，前兩者是其演講的主題，基督教文化主要用來自我勸勉。在訓練宣傳人員時，中國傳統文化，也是蔣介石強調的重點：「1931 年 4 月 1 日，下午點驗宣傳員訓話，教以入往自強及應看古書之益」〔註37〕。但無論蔣如何重視，國民黨的宣傳人員始終不能得力，1931 年 3 月 10 日的《日記》中，就有「宣傳人員見缺」，宣傳人員缺乏限制了很多蔣介石的宣傳政策的執行效果，「英美新聞記者赴湘參觀而一無準備，各事皆乏人員，責研究之」〔註38〕。

戰時對內宣傳具有調動人民積極性，配合軍事行動的意義，對此項，《蔣介石日記》在 1937 年 11 月的《本月反省錄》中記有「民眾無組織，軍隊無宣傳，軍民不能合作，則一切戰爭必歸失敗也」〔註39〕。

〔註35〕臺灣國史館藏，革命文獻——會攻魯冀，《蔣中正總統文物／革命文獻／北伐時期》，1928 年 4 月 21 日，典藏號：002-0201000-00019-053。

〔註36〕臺灣國史館藏，請擬具宣傳方案俾成立宣傳機關案，1928 年 12 月 15 日～1928 年 12 月 25，《政治檔案》，館藏號：政 4/52。

〔註37〕美國斯坦福大學胡佛研究所，《蔣介石日記》（手稿本），1931 年 4 月 1 日。

〔註38〕美國斯坦福大學胡佛研究所，《蔣介石日記》（手稿本），1941 年 10 月 5 日。

〔註39〕美國斯坦福大學胡佛研究所，《蔣介石日記》（手稿本），1937 年 11 月《本月反省錄》八。

　　既然招募的宣傳人員數量少、素質差、活動範圍有限，那是否能用現有的人員兼任宣傳工作？游擊隊、黨員、青年團員就進入了蔣的視野。1925 年，黃埔學生就被用於鎮壓謠言：「黃埔一期第三隊、第四隊，曾於 8 月 13 日由教官率領往「省城維持治安，鎮壓謠言」〔註 40〕。

　　抗戰時期，對於淪陷區，蔣一直認為，中國「不怕鯨吞，只怕蠶食」，因此敢於「用空間換時間」等待國際形勢變化來扭轉中國抗戰的戰局。但是隨著抗日戰爭的持續，淪陷區被日軍統治的時間越來越久，對淪陷區民眾的宣傳就變得越來越緊迫，對淪陷區內，進行「人力宣傳」被提上日程，早在 1937 年 9 月 29 日，蔣就預定有「組織東北宣傳隊」〔註 41〕，到 1942 年 8 月 14 日，蔣認為單一的宣傳任務開展不力，應將宣傳任務交給淪陷區活動的游擊隊兼任：「各地黨部在戰區與淪陷區無宣傳無教育，以後應以游擊隊為學校與宣傳機關，故游擊隊兼負當地辦學與宣傳之責，必先破壞漢奸教育與倭語課目」〔註 42〕。

　　在國統區的宣傳工作，蔣也曾認為黨員信念堅定，深刻理解三民主義的建國方針，因此「須黨員負責宣傳協助」〔註 43〕，而且要「精神總動員與三民主義青年團同時進行」〔註 44〕。於是，其在日記中，連續兩日布置訓練宣傳人員：

　　「1938 年 4 月 12 日，預定六、青年黨員訓練之機構分省分區，七、訓練方針養成農村幹部，以農民應有智識為教材標準，不許脫離農村民生活，養成有組織宣傳統御技能之指導員」；

　　「1938 年 4 月 13 日，預定六、訓練黨務幹部，以組織指導訓練宣傳之技能，與對人對事之處理與判別力以及略與品德忍耐勞怨為主訓練行政人員」。

　　「黨報是集體的組織者」，宣傳本身也是加強黨組織的方法，「黨團統一

〔註 40〕黃仁宇（2008），《從大歷史的角度讀蔣介石日記》，北京：九州出版社，p22。

〔註 41〕美國斯坦福大學胡佛研究所，《蔣介石日記》（手稿本），1937 年 9 月 29 日。

〔註 42〕美國斯坦福大學胡佛研究所，《蔣介石日記》（手稿本），1942 年 8 月 14 日，預定二。

〔註 43〕美國斯坦福大學胡佛研究所，《蔣介石日記》（手稿本），1931 年 4 月 11 日：「第四師訓話閱兵，戒其驕慢，勉其勤勞，而未言及信義是一缺點，教部下如教子弟，視軍隊為視家庭，必欲為難伏卵而後才能成立軍隊也，再往省黨部講演，以清丈地畝調查戶口為立政之要，須黨員負責宣傳協助」。

〔註 44〕美國斯坦福大學胡佛研究所，《蔣介石日記》（手稿本），1938 年 3 月 7 日，注意二。

組織後對於黨部與黨員之領導及監督方法：黨的組織與鞏固、黨員應經常施行政治教育、加強黨內理論與宣傳工作、建立調查通訊網及派員督導中央與地方聯繫等方法」〔註45〕。

隨著局勢的變化，在軍內和黨內訓練宣傳員的辦法，已經不能滿足蔣介石對宣傳人員數量和技術的要求，系統性的新聞教育被提上日程。太平洋戰爭爆發後，董顯光牽頭，由中宣部國際宣傳處與美國哥倫比亞大學合辦中央政治學校新聞學院。

此時期，也是蔣介石新聞宣傳觀念全面形成的時期，他先後做了幾次關於新聞界的公開演說，在1940年3月23日、7月26日，蔣介石先後對中央政治學校新聞專修班一期和二期的畢業訓詞《今日新聞界之責任》、《怎樣做一個現代新聞記者》，認爲作爲新聞記者，「（一）從事新聞事業，必須明瞭怎樣推動宣傳工作，才能眞正對國家有所貢獻；（二）要改進新聞事業，必須注重；（1）傳遞迅速、（2）報導確實、（3）定價低廉、（4）發行普遍；（三）新聞記者是社會的導師，大家要抱定一貫的宗旨，修養品德，增進學能；（四）希望大家認識新聞事業前途的遠大，盡忠職責，樹立三民主義文化的基礎，達到來校受教的目的」〔註46〕。

3.3.2 聯絡報人

蔣介石重視黨宣系統建設，也同時拉攏民間輿論力量，以陳布雷爲起點，蔣介石逐步建立起以人際關係爲中心的宣傳鏈條，他的重要幕僚和國士陳布雷、邵力子、董顯光、張季鸞，在當時報界都是舉足輕重的人物，擁有相當的輿論影響力。陳布雷與張季鸞關係也十分密切，抗戰時期，陳布雷曾參與對外宣傳，也負責爲宋美齡修改中文演講稿，張季鸞爲陳布雷提了很多外宣方面的建議。

一、陳布雷

民國報界，報人從政是一種進入仕途的渠道，陳布雷是最典型的一例。《時事新報》中署名蔣介石的社論，一般出自陳布雷之手。

〔註45〕 臺灣國史館藏，電報摘要，1947年，《特交檔案（黨務）——總裁訓示及各方建議（第○二五卷）／015》，《蔣中正總統文物／特交檔案／黨務（黨史館）》，數位典藏號：002-080300-00031-015。

〔註46〕 總統蔣公大事長編初稿，卷四下，1940年7月26日，p561～562。

　　陳布雷加入國民黨後，任蔣介石侍從室第二處主任，主管機要和宣傳。蔣介石常常就具體行文事宜跟陳布雷商量，如 1927 年 12 月 25 日，《蔣介石日記》中記載「與陳布雷議致各同志信」，幾天後，「與布雷商議復職宣言」〔註47〕。邵元沖 1928 年與「布雷談此後黨務設施」〔註48〕。1931 年 6 月，擔任中宣部副部長，陳布雷曾短暫代理宣傳部事務，可見他在國民黨中對新聞宣傳事業的影響力：「瀋陽事變起後，中央宣傳部事務頓見重要，部長劉盧隱久不來京，一切與（程）〔註49〕天放協商而行，（程）天放對國外宣傳多負責任，而余則對宣傳方針之制定及國內宣傳之指導多負責任」〔註50〕。

　　檔案顯示，在此期間，陳布雷曾以官方身份，向報界發起號召：

　　「一、希望全國輿論界，在此嚴重時期，自認為國家之忠僕，人民之諍友，在國家整個的永久的利害上，不憚貢獻逆耳之忠言，乞勿只求順應當前興奮的心理，而忘卻持久苦鬥之必要。

　　二、希望全國輿論界，確認在外患期中，人民之鞭策政府是應當的，但決不是指謫政府，非難政府，或恣為辯難以窘倒政府為快心。須知惟有人民幫助政府，而後政府使有力量，而後國家可以圖存。

　　三、希望全國輿論界，喚醒國民，確認此次吾人之挽救國難，為極重要之工作，非有必死之心，不能有苟全之望，尤非有真實的力量，不能有制勝之望。存不得一些僥倖之心，著不得一毫輕忽之念。

　　四、希望全國輿論界在此時期，對於一般頹喪悲觀之心理加以注意，而與之補救，並特別發揚犧牲為國之精神，對於此次東省為國殉烈之忠勇的將士人民，應詳細調查，特別為之宣揚」〔註51〕。

　　1932 年，一二八後，蔣介石擔任軍事委員會委員長。侍從室由此時開始出現雛形，至 1945 年，發展為三個處。侍從室是蔣介石最親近的辦事人員，陳布雷從 1936 年擔任侍從室第二處主任，一直到 1945 年 11 月，侍從室撤銷。

〔註47〕美國斯坦福大學胡佛研究所，《蔣介石日記》（手稿本），1928 年 1 月 2 日。

〔註48〕邵元沖（1990），邵元沖日記（1924～1936），1928 年 6 月 21 日，上海：上海人民出版社，p434。

〔註49〕作者注：程天放，1931 年 6 月，時任中國國民黨中央黨部宣傳部副部長。同年 12 月，兼任江西省政府教育廳廳長。

〔註50〕陳布雷（1962），《陳布雷回憶錄》，香港：天行出版社，p67。

〔註51〕中國國民黨文化傳播委員會黨史館藏，《招待新聞界／陳布雷報告希望四項／戴傳賢提出五點討論》，中日宣傳部招待新聞界之消息，1931 年 10 月 1 日，一般檔案，一般 445/2.135（一）。

陳布雷是研究國民黨宣傳問題繞不開的人物，尤其是在戰爭期間，侍從室第二處與宣傳工作密切相關。在 20 世紀 20 年代，他先後在上海《商報》和《時事新報》工作，「1926 年春，邵力子攜蔣介石親簽之照片贈陳布雷」〔註 52〕，1927 年在蔣介石的勸說下加入國民黨，1929 年隨蔣介石赴北平，從此成爲蔣介石的入幕之賓。陳布雷曾在新聞宣傳領域，幫助蔣介石確立孫中山的正統地位，使得蔣介石作爲孫中山的繼承人，獲得黨政軍的統治合法性。1927 年 2 月 20 日，《蔣介石日記》中記有「與布雷談黨事及余之苦衷」。在《蔣介石日記》中，他與陳布雷的合作，在 1938 年之前是緊密和愉快的。1932 年，「一二八事起之前旬日，南京政權動搖，行政院長孫科離京赴滬，陳友仁任外交部長高唱宣戰，蔣公即發表《獨立外交》之論文，復不忍中樞擾攘無主，乃與汪相約入京共同負責。既抵滬而滬戰即起，即日決定政府遷洛陽，蔣公護送至中途，仍回京坐鎮，並督十九路軍與第五軍作戰，當時一般輿論震於蔣光鼐蔡廷鍇翁照垣等之宣傳，均以爲只有十九路軍能抵抗，慰勞之義物，亦只送十九路軍各部」〔註 53〕。

陳布雷 1935 年後任侍從室第二處主任，是蔣介石的文膽，爲蔣介石起草包括抗戰談話和《西安半月記》在內的各式文件，按照蔣介石的意思擬定宣傳綱領和宣傳方案，並幫助蔣介石聯絡報界人士。這份工作對陳布雷來說並不輕鬆，《陳布雷日記》中時常抱怨自己反覆修改多次也無法拿出稱心的稿件。《中國之命運》本由陳布雷代筆，但陳五易其稿仍不稱心，最後由陶希聖完成。抗戰勝利後，「蔣介石手令一百億法幣成立宣傳小組交陳布雷主持，負責宣傳決策的制定與執行」〔註 54〕。隨著「國共對立問題日趨嚴重，陳布雷主持的宣傳小組每週開會一次，討論相關新聞宣傳決策的執行」〔註 55〕。

1937 年，「軍委會擴大編制，設置秘書廳，以張岳軍任秘書長而余（陳布雷）兼任副秘書長，另設第一至第六部，分掌軍令、軍政、經濟、政策、宣傳、組訓等事宜」〔註 56〕。

〔註 52〕 王泰棟（2011），《蔣介石的第一文膽陳布雷》（修訂版），北京：團結出版社，p422。
〔註 53〕 陳布雷（1962），《陳布雷回憶錄》，香港：天行出版社，p70。
〔註 54〕 高郁雅（2005），國民黨的新聞宣傳與戰後中國政局變動（1945～1949），臺北：國立臺灣大學出版委員會，p165。
〔註 55〕 高郁雅（2005），國民黨的新聞宣傳與戰後中國政局變動（1945～1949），臺北：國立臺灣大學出版委員會，p106。
〔註 56〕 陳布雷，陳布雷回憶錄，天行出版社，吳興記書報發行社，香港，1962 年 10 月，p95。

　　從《蔣介石日記》看，1938 年開始，蔣介石開始對陳布雷的工作稍感不滿。陳布雷自己也為撰寫體現蔣介石意志的命令和文稿的工作，感到困擾和力不從心。在《陳布雷回憶錄》中，1937 年 8 月，「承命撰發軍事宣傳品約六七件，顧腦力極不濟，某日撰告空軍將士書，費十六小時僅乃寫成，僅兩千餘言耳」〔註 57〕。他認為全面抗戰開始，自己不能勝任，繼而請辭，蔣介石遂讓周佛海任副主任，幫助陳布雷處理相關事物。而隨後的 1938 年中，蔣設三民主義青年團，令陳準備文字，但陳布雷「五易其稿，終覺不愜意，最後所發表者，乃潘公展君所起草而余為之酌加修潤，並經蔣公親自核改者也」〔註 58〕。對這份合作與服從的關係，陳布雷力有不逮，而蔣介石也有言不盡意之感，1938 年 12 月 3 日，《蔣介石日記》載：「令布雷擬全會宣言之大意，自覺獨未盡意也」〔註 59〕。

　　即便如此，蔣仍令陳布雷承擔力所能及的工作，實在有困難的再轉給陶希聖等人處理。1938 年，「是時一般輿論，漸次認識長期抗戰與全面持久抗戰之意義，報章雜誌之要求為一面抗戰一面建國，而蔣公深思遠慮，其所著眼者又不僅戰爭有形之消長，而為戰後復興與改造民族之大計焉」〔註 60〕。

　　抗日戰爭後，陳布雷主持宣傳小組。「戰後蔣介石手令一百億法幣成立宣傳小組交陳布雷主持，負責宣傳決策的制定與執行」〔註 61〕。「戰後國共對立問題日趨嚴重，陳布雷主持的宣傳小組每週開會一次，討論相關新聞宣傳決策的執行」〔註 62〕。

　　陳布雷對新聞宣傳事業的參與，主要是依附於蔣介石的意志，蔣介石日記中頻繁提及其親自制定宣傳方針。陳布雷常年受精神衰弱症影響，但直到生命最後，也堅持承擔相應工作，1945 年 2 月 27 日，《陳布雷日記》曾載：「道（藩）公展來談宣傳事，為政文一篇」〔註 63〕。

〔註 57〕陳布雷，陳布雷回憶錄，天行出版社，吳興記書報發行社，香港，1962 年 10 月，p95。

〔註 58〕陳布雷，陳布雷回憶錄，天行出版社，吳興記書報發行社，香港，1962 年 10 月，p102。

〔註 59〕美國斯坦福大學胡佛研究所，《蔣介石日記》（手稿本），1938 年 12 月 3 日。

〔註 60〕陳布雷（1962），陳布雷回憶錄，香港：天行出版社，吳興記書報發行社，100。

〔註 61〕高郁雅（2005），國民黨的新聞宣傳與戰後中國政局變動（1945～1949），臺北：國立臺灣大學出版委員會，p165。

〔註 62〕高郁雅（2005），國民黨的新聞宣傳與戰後中國政局變動（1945～1949），臺北：國立臺灣大學出版委員會，p106。

〔註 63〕美國斯坦福大學胡佛研究所，《陳布雷日記》（手稿本），1945 年 2 月 27 日。

二、《大公報》系統

　　《大公報》作爲當時民間輿論界翹楚，民國時期「文人論證」的典型案例，與蔣介石始終有千絲萬縷的聯繫。張季鸞早年入同盟會，他與蔣介石的交往始於 1928 年 7 月，張季鸞陪同馮玉祥在鄭州迎接蔣介石，7 月 3 日，《大公報》發表社論，稱蔣「大義大勇，不愧爲革命英雄」〔註 64〕。在《蔣介石日記》的記錄中，張季鸞和戴季陶是他最常會見的兩個人。張季鸞雖 1927 年12 月發文諷刺過蔣宋婚姻，但眞正謀面後，蔣介石與張季鸞的關係迅速改變。

　　早在 1928 年，《大公報》與國民政府的關係就被社會所注意，國民黨中宣部還曾專門闢謠：「中央宣傳部昨（八）日下午二時，在中央第二會議廳，招待新聞記者，到有本京及滬漢平津各地駐京記者，共約二十餘人，首由秘書張延休報告：略謂天津大公報，近被北方反動軍當局加以責難，污其被中央收買。對於此事，該報已有社論與啓事，有所說明。於此足見反動軍閥，以其卑鄙之心理，揆度記者之人格。中央自有正當宣傳辦法，何須收買反動勢力，對大公報之此種挑撥，專爲侮辱新聞界之人格。中央乃爲全國之中央，非任何一界之中央，此種反動之侮辱，既無價值，且亦卑劣可笑也」〔註 65〕。

　　1929 年 5 月 30 日，蔣馮戰爭期間，蔣曾電令時任討逆軍第五路軍總指揮的何成濬即速查明大公報所載馮玉祥電文從何而來一事。陳布雷與張季鸞的關係非常緊密，隨著 1929 年末，蔣介石與陳布雷開始密不可分，也增加了《大公報》成爲蔣介石拉攏的主要中立輿論機構的可能性。「1929 年 12 月 27 日，蔣介石以國民政府主席的身份通電全國報館，發出求言文書，電文的抬頭爲『《大公報》並轉全國各報館鈞鑒』，以官方態度明確肯定了《大公報》在全國報館的輿論權威地位」〔註 66〕，拉攏《大公報》。

　　1932 年 7 月 8 日，《大公報》鑒於當時社會上流傳的關於蔣介石將學習意大利組建中國法西斯組織一事，特電蔣請其說明，蔣對此事非常重視，專電覆答。1933 年 6 月 10 日左右，蔣介石送給張季鸞一份「電本」，由此，張季鸞獲得了「專電奏事之權」〔註 67〕。

　　西安事變後不久，1937 年 1 月 1 日，《蔣介石日記》第一次出現「約季鸞

〔註 64〕歡迎與期望，大公報，1928 年 7 月 3 日。
〔註 65〕臺灣國史館藏，一般檔案，館藏號：一般 445/2.86（四）。1930/5/8，原載 1930年 5 月 9 日《中央日報》。
〔註 66〕王潤澤（2008），《報人時代，張季鸞與大公報》，北京：中華書局，p126。
〔註 67〕俞凡（2013），九一八事變後新記大公報明恥教戰，《國際新聞界》，p150～158。

來談」，是《日記》中記載的第一次與張季鸞約談，此後至 1944 年，《日記》記載蔣介石共約見張季鸞 30 次。

　　1937 年 2 月 1 日，張季鸞致蔣介石長信，條陳國內外大事，蔣介石 2 日，即「電季鸞、景韓、海濱來談」〔註68〕，並同時分別電宋子文、周恩來來談。5 日，蔣介石正式接見大公報總編輯張季鸞及申報總主筆陳景韓，「檢討國是，決定：（一）避免內戰，設遇內戰，則全力敉平之，以盡安內攘外之責。（二）政治軍事之整頓，採由近及遠之漸進步驟，期三至五年，以竟統一之功。（三）加強軍隊訓練。（四）分省延攬人才」〔註69〕。並向他們闡釋時間表：提及整理軍務，招攬人才，尚需三年五年。《蔣介石日記》中，張季鸞是其會見次數最多的人，抗戰期間，張季鸞不但是其新聞宣傳系統的一員還承擔了相當的情報和外交任務。

　　《大公報》的另一架馬車——吳鼎昌，「於 1932～1935 年間，通過《大公報》與蔣介石在許多問題上進行了密切的言論互動，在熱河事件、福建事變及華北事變等諸多重大歷史事件中，利用其言論配合了蔣的政策」〔註70〕。吳鼎昌不但曾任政府要員，也是蔣介石的座上賓，《日記》載「1936 年，9 月25 日，與吳鼎昌、王世杰，論外交」。

　　《大公報》遷入重慶後，張季鸞、胡政之開始漸漸退到二線，《大公報》在國內外派有大量通訊員，幫助蔣介石披露汪日密約。張季鸞本人作為蔣介石的幕僚，曾代表蔣介石與日方進行接洽，1940 年七七事變紀念日，蔣介石給張季鸞寫了一封信，作為他對日回應時應表達的原則。

3.4 精神動員與新生活運動

　　全面抗日戰爭之前，蔣介石的宣傳活動有兩個重點，第一個是統一思想和進行現代生活教育，後續進化為新生活運動；第二是攘外必先安內的宣傳。其主要宣傳對象和宣傳方式，一是利用個人演講向軍校和軍隊進行動員，二是利用大眾傳播媒介向社會進行動員。

　　精神教育，是蔣介石對中國民眾進行新聞宣傳的一個重要目的，主要包

〔註68〕美國斯坦福大學胡佛研究所，《蔣介石日記》（手稿本），1937 年 2 月 2 日。
〔註69〕總統蔣公大事長編初稿，1937 年 2 月 5 日，卷四上，p14。
〔註70〕俞凡（2015），再論新記《大公報》與蔣政府之關係——以吳鼎昌與蔣介石的交往為中心的考察，《新聞與傳播研究》，p88。

括思想政治教育和現代化生活教育。1928 年 12 月，南京市民遊行搗毀外交部部長王正廷私宅，蔣介石與 12 月 13 日召集民眾代表三百餘人在中央黨部大禮堂訓話，直到晚上八時才散，次日「念昨日市民遊行事，歎曰：人民愛國熱忱雖殊可嘉也，然民眾智識程度水準不高」〔註 71〕，以天下為己任的蔣介石，由此將教育民眾作為自己的工作之一。

1928 年 10 月，蔣介石「宣誓就任國民政府主席。發表《告全國民眾書》，提示立國之道四端，略謂：（一）發育國民強毅之體力，以挽救萎靡文弱之頹風；（二）保持中國固有之德性，以剗除苟且自私之惡習；（三）增進科學必需之常識，以辟除愚昧固蔽之迷信；（四）灌輸世界最新之文化，以力求國家社會之進步。上舉四端，為我國家存亡之所關，亦我民族消長之所繫，尤為我今日建設新中國不可缺一之要道，願我同胞共同一致，身體力行，以奠國家自強之基」〔註 72〕。

社會缺乏科學常識和基本秩序，使得蔣介石認識到國民教育的重要性。1928 年 10 月 26 日，「上午會客見學生後到國府會議通過宣言」〔註 73〕，這份訓政時期施政宣言，在教育政策上，「普及三民主義之國民教育，充實中學以上教育之內容，注重學生體格之訓練，提高實用科學之智識，使青年國民之身體精神，皆有充分健全之發育，始克保證民族無窮之新生命」〔註 74〕。

1930 年 3 月 22 日，蔣介石「對武嶺學校師生訓話，講述王太夫人與總理之遺訓，以衣食住行四事，為國民教育之唯一要旨，勸勉學生要孝敬父母，成為一個好國民。」〔註 75〕

隨著九一八事變後，中日戰爭的山雨欲來，蔣介石從 1932 年開始，便有了「全國總動員」的設想和摸索〔註 76〕。

1933 年 11 月，蔣氏在黨政軍調查設計委員會講話中說：「幾年來，我們革命的成績，只有破壞，沒有建設，而政治上不進則退的惡影響，已將過去一切軍事勝利，銷蝕無餘，整個社會的惰性或舊勢力，已早將十五年北伐所

〔註 71〕臺灣國史館藏，事略稿本——民國十七年十二月，《蔣中正總統文物／文物圖書／稿本（一）》，1928 年 12 月 13 日，典藏號：002-060100-00016-013。
〔註 72〕蔣公大事長編初稿，卷一，1928 年 10 月 10 日，p254，http://www.ccfd.org.tw/ccef001/web/。
〔註 73〕美國斯坦福大學胡佛研究所，《蔣介石日記》（手稿本）。
〔註 74〕總統蔣公大事長編初稿，卷一，1928 年 10 月 26 日，p255。
〔註 75〕總統蔣公大事長編初稿，卷二，1930 年 3 月 22 日，p46～47。
〔註 76〕呂曉勇（2014），抗戰時期蔣介石全國總動員理念釋辯，《民國檔案》。

造成的革命新時勢，完全拉轉來倒退了，剩下的只是一個更支離破碎更腐敗黑暗更紛亂貧弱的社會」〔註77〕。

　　一般認為，蔣介石是深受中國傳統文化影響的人，而通過姻親關係進入蔣介石集團的孔宋家族是深受美國文化影響的人。蔣介石的儒學、宗教思想在上一章討論，在生活習慣上，軍旅生活和早年在日本振武學校的經歷，對蔣介石的生活習慣影響巨大，「生活之能夠簡單，工作能夠有恆，四十年如一日，確是由於這一年士兵生活的訓練所奠立的基礎……堅忍、不怕一切，亦完全是受這一年士兵生活的影響」〔註78〕。通過姻親關係，他也體察到了西方社會風俗，倡導現代化簡潔化，曾認為「中國餐費時費力費心，最不合宜之事，嫌恨殊甚」〔註79〕。

　　當時中國城市的污穢和混亂，與蔣宋兩人的生活習慣差距甚大，蔣介石認為「新生活運動為救治民族病根之唯一有效辦法」〔註80〕，推行新的生活方式、改造社會作為建設現代國家的任務之一，勢在必行。同時，蔣介石也認為這種全民族的生活習慣，是日本迅速強大，並走向現代化道路的基石，成為他在中國普及現代生活教育和進行社會改造的動力和具體措施。

　　蔣介石的精神教育面向各種社會階層、團體，內容也從囊括生活常識、政治常識、戰爭動員等方方面面。為了向城市居民普及城市生活的規則，蔣介石不止從新聞宣傳出發，甚至結合宣傳，發動了新生活運動，目標是「完成國民心理建設」〔註81〕。

　　新生活運動是對軍隊改造的擴大化。為了向城市居民普及城市生活的規則，蔣介石不止從新聞宣傳出發，甚至結合宣傳，發動了新生活運動。

　　1934 年 2 月 19 日〔註82〕，蔣介石在紀念週發表《新生活運動之要義》的演講，倡導「國民軍事化」，以「禮義廉恥」和「忠孝仁愛信義和平」為道德標準，從國民日常生活入手，進行社會改造。發起新生活運動。新生活運動

〔註77〕 該不該嘲諷蔣介石的新生活運動，http://view.news.qq.com/a/20130218/000014.htm。
〔註78〕 蔣介石，對全國青年遠征軍退伍士兵廣播詞，先總統蔣公思想言論總集，中正文教基金會藏，電子版，1946 年 6 月 3 日，卷三十二，p154。
〔註79〕 美國斯坦福大學胡佛研究所，《蔣介石日記》（手稿本），1929 年 4 月 11 日。
〔註80〕 總統蔣公大事長編初稿，卷四下，1941 年 2 月 18 日，p642，為新生活運動七週年紀念，發表廣播演講，講詞要旨。
〔註81〕 中正文教會，蔣中正大事年表，http://www.ccfd.org.tw/ccef001/index.php?option=com_timeline&view=timeline&Itemid=213。
〔註82〕 作者注：蔣介石日記在 1934 年 2 月，整月未提及新生活運動。

的動因有多個方面，一是當時新興城市環境骯髒混亂，宋美齡曾在到訪南昌時幾近嘔吐，二是蔣介石受德國復興刺激，希望中國也能實現全國軍事化，作為實現國家富強的基礎：「新生活運動的最後目的，就是要使全體國民的生活能夠做到整齊劃一四個字。這整齊劃一四個字的內容是什麼呢？亦就是現在一般人所說的軍事化。……新生活運動，就是軍事化運動」〔註83〕。第三，蔣介石不便明說的原因，提高社會組織性，預備抗日戰爭。

1934 年 3 月 7 日，蔣氏又說：

「就整個國家之前途觀之，世界大戰必將於最近爆發，國家之存亡興替，即決於此。吾人……必在大戰之前夕，竭力準備。但目前因時間之迫促，人力物力之缺乏，與乎國家之迄未統一，一切準備已不能以全國為範圍，亦不能百廢而皆舉，只能在整個國家與民族利益之立場，擇定條件最完備之區域，集中人才物力準備一切，使成為民族復興之最簡式的根據地。予以為此種事業大概有兩種，一曰明恥教戰，即普遍的國民軍事訓練；一曰交通及基本工業之建設」〔註84〕。

1934 年 4 月，全國舉行新生活運動宣傳週。1934 年 5 月 15 日，蔣介石親自修訂《新生活運動綱要》及《新生活運動須知》。1934 年 7 月 1 日，蔣介石為健全組織，統一全國運動起見，在南昌改設「新生活運動總會」，統領全國各地新生活運動。蔣介石任總會長，負最高領導之責。1935 年，新生活運動已覆蓋全國 25 省市，進入巔峰。宋美齡於 1935 年 6 月，「發表《中國新生活》，載於《美國論壇》雜誌」〔註85〕，「對歐美放送廣播電音，說明新運意義」〔註86〕，並參與到發動婦女和教會的活動中。由於婦女在家庭中的角色，新生活運動中，針對婦女的工作格外重要，這與一直從事婦女工作的宋美齡的領域相符。「新生活運動促進總會，統一領導全國新運，由蔣介石任會長。宋美齡是蔣發動、宣傳新生活運動的得力助手，不僅出謀劃策，而且身體力行，全力推動」〔註87〕。1938 年 10 月 7 日，蔣介石曾記「近日吾妻對於服務教育與婦女運動之熱忱，日益精勤，不僅私心自慰，且亦使余更加興奮，患

〔註83〕 蔣介石，《新生活運動的意義和目的》，臺灣，中正紀念堂陳列，無出版信息。
〔註84〕 該不該嘲諷蔣介石的新生活運動，http://view.news.qq.com/a/20130218/000014.htm。
〔註85〕 中正文教基金會，宋美齡大事年表，http://www.ccfd.org.tw/ccef001/index.php?
option=com_timeline&view=timeline&Itemid=213。
〔註86〕 美國斯坦福大學胡佛研究所，《蔣介石日記》（手稿本），1937 年 2 月 21 日。
〔註87〕 夏蓉，宋美齡與抗戰初期盧山婦女談話會，《民國檔案》，2004 年，第一期。

難中引爲欣悅者唯此耳」〔註 88〕，對宋美齡的相關工作表達肯定。1939 年 2 月 6 日，紐約婦女俱樂部，因其「領導中國婦女從事抗戰工作，實具有大無畏之精神，特致贈獎章」〔註 89〕。

　　整個精神動員與新生活運動的推行與宣傳工作，與當時日本對華侵略的進程交叉在一起。九一八事變後，包括蔣介石在內的中國上層政商界人士和知識分子，都還對和平抱有希望，考慮到中日國力的差距，希望通過避免戰爭來爭取中國工農業發展的機會，但是淞滬抗戰打破了這一迷夢，他們認識到，日本的侵略直指全中國，和平發展不但是妄想，還將把中國拖到亡國滅種的境地。1937 年 10 月 23 日，《蔣介石日記》對抗戰局勢進行了大篇幅的分析：「一，滬戰爲敵不能速決，則敵必不參加九國會議，二，對內當百忍勿亂大謀，三，對九國會議方針，甲，不得妥協，乙，不拒絕調解，丙，不負責其調解不成之責任，由敵負責之，丁，目的使各國怒敵，作經濟制裁，及促英美先俄參戰，戊，上海與華北爲整個不可分之解決」〔註 90〕。如蔣介石所料，日本果然沒有參加九國會議，對此蔣介石心裏頗爲打鼓：「敵人拒絕參加會議，其將繼續積極侵略乎？」〔註 91〕。

　　汪精衛與蔣介石對世界形勢的判斷不同，蔣介石認爲，此次日本侵華是一種全新時代的開始。爲了應付這種侵略時代的到來，必須抓緊整頓國內秩序，社會精神和秩序上進行新生活運動，軍事上，實行「攘外必先安內」的政策，祈禱「上帝祐我中華，抗倭時期內不發生叛變」〔註 92〕。這一政策並不完全是蔣介石針對中共的方針，而是他對於國內外局勢的基本看法，在抗日戰爭期間，平衡國內各方勢力也經常讓蔣介石爲難不已，1938 年 12 月 31 日，《日記》載「寧對外大敗，毋使國內大亂。大亂則四分五裂，外侮更無已時，而國勢更危」。但「安內」政策並未得到國內和黨內支持，胡漢民也不斷鼓動興論攻擊蔣介石的抗日部隊。

　　1936 年 12 月 12 日，西安事變爆發，陳布雷協同宣傳部策動全國輿論，全國各報刊各電臺，全國新聞界發表聯合聲明。事變解決之前，《大公報》四篇評論，分別是 12 月 14 日《西安事變之善後》，16 日，《再論西安事變》，18

〔註 88〕總統蔣公大事長編初稿，卷四上，1938 年 10 月 7 日，p253。
〔註 89〕總統蔣公大事長編初稿，卷四上，1939 年 2 月 6 日，p300。
〔註 90〕美國斯坦福大學胡佛研究所，《蔣介石日記》（手稿本），1937 年 10 月 23 日。
〔註 91〕美國斯坦福大學胡佛研究所，《蔣介石日記》（手稿本），1937 年 10 月 28 日。
〔註 92〕美國斯坦福大學胡佛研究所，《蔣介石日記》（手稿本），1937 年 8 月 1 日。

日，《給西安軍政界的公開信》，並進行廣播和空投。事變和平解決後，12 月 26 日，《大公報》又刊發《國民良知的大勝利》一文。蔣介石回南京後，積極準備《西安半月記》進行相關宣傳，後接宋美齡的《西安事變回憶錄》，正中書局出版，先後印發 30 餘版，中外各報轉載。蔣介石作爲中國抗日戰爭的領袖地位，在國內外得以確認。

3.5 初步布置新聞管制與開展針對性新聞宣傳

「1928 年南京國民政府成立後，從中央到地方以兩報一社一臺爲核心的新聞事業網絡逐漸形成」〔註 93〕，中央執行委員會宣傳部掌握最高新聞檢查權，並在地方設立新聞檢查所，《中央日報》、《掃蕩報》、中央通訊社、中央廣播電臺，通過建立地方分社和地方臺，形成較爲完整的黨治新聞事業網。隨著新聞宣傳網的初步建立，新聞檢查制度和針對性宣傳行動得以漸次開展，1927 年到 1934 年間，「國民黨先後公佈了《審查宣傳品條例》，《出版法》及其實施細則，《危害民國緊急治罪法》、《新聞檢查標準》和《圖書雜誌審查辦法》等新聞法規」〔註 94〕。

1929 年，國民黨三全大會上，陳布雷等人結合當時形勢，提議在已有的新聞檢查的基礎上，完善檢查制度，用以指導全國新聞界工作，同時限制各方對新聞界的隨機無序管理：

「本黨在軍事時期獲助於宣傳力量者至大，現在訓政開始，本黨宣傳工作尤應有精密計劃與具體方針方可使全國民眾之意志統一，精神團結，宣傳工作之最重要者無過於新聞事業，本黨在過去一二年中雖曾對於各地報紙加以消極的限制與取締，但從未有若何積極的新聞政策，使全國新聞界有所遵循，本席今特提議，本黨應速確定新聞政策使全國報章均受本黨指導，闡揚本黨主義，解釋本黨政策，並宜制定一種新聞條例，在可能範圍內予新聞界以言論自由權，新聞記者除受本黨指導外，軍事當局非受上級黨部命令不能隨意加以干涉或檢查，政府對於新聞記者應根據此種條例尊重其人格，保障其自由，並予以郵電交通之便利，中央宣傳部直接指導下之各種宣傳機關亦

〔註 93〕 張謹（2015），《抗戰時期中國共產黨在重慶的輿論話語權研究》，重慶：重慶出版社，p40。

〔註 94〕 蔡銘澤（1996），三十年代國民黨新聞政策的演變，《新聞與傳播研究》，p2，p71。

應從速整頓擴充對於國際宣傳，尤其特別注意平日政府對於新聞言論之檢查，往往偏重本國報紙而完全忽視外人在中國所辦之雜誌報章，乃致帝國主義者之反動宣傳日益加甚，殊與國家尊嚴政府威信大有妨礙，本黨對於外國報章應加嚴厲的取締，如取締無效則應即刻停止郵發。

陳布雷等人聯署。」〔註95〕

1935 年 11 月，國民黨五全大會召開：「康士品為提議人，蔣中正等 65 人復議，詳細列明「中央國際宣傳總部組織大綱」，「分部組織大綱」，設駐歐分部、駐美分部、駐俄分部、駐日分部，各分部設立國際圖書館、宣傳出版社、國際調查組、國際交際組、國際電影宣傳組，國際情報組、國際宣傳財務組」〔註96〕。

曾任國民黨中宣部南京新聞檢查所檢察長和重慶行營新聞檢查特派員的石君訥，在《國民黨的新聞審查（1934～1945）》一文中指出，1934 年起，中宣部葉楚傖直接掌握新聞檢查機構，後改有軍方人士賀衷寒任中央新檢總處處長，在全國重要城市設有新檢所，按規定，當時各通訊社和報社稿件均需送檢。

新聞檢查並非僅僅檢查新聞，做出放行還是撤稿的決定。與被審查人員進行人際溝通，也是當時新聞檢查員的工作任務之一。石君訥在 1943 年就任西安新檢處處長，「西安報社來稿中常有一位叫秦鏡的稿子，送檢免登居多。我常叫處員到此人住處和他談話，勸他莫要鋒芒太露，吃眼前苦」〔註97〕。

這一策略也被應用於對外新聞審查方面，董顯光曾在「1932 年 2 月 17 日，組織政黨徹底革命，必先組織偵探隊，防止內部叛亂，制裁一切反動，監督黨員腐化，宣傳領袖主張，強制社會執行，此偵探隊之任務，而偵探隊之訓練與組織指揮運用則須另訂」〔註98〕。

1937 年 2 月，國民黨五屆三中全會通過《中國國民黨新聞政策》規定：「全國報業以奉行總理遺教，建設三民主義之文化，為其最高理想，一切記述、

〔註95〕中國國民黨文化傳播委員會黨史館藏，確定新聞政策取締反動宣傳案，1929 年 3 月，對三全代會之提案，會議紀錄，館藏號：會 3.1/33.77。

〔註96〕中國國民黨文化傳播委員會黨史館藏，速設中央國際宣傳總部統一國際宣傳工作案，1935 年 11 月 12，會議記錄，館藏號：會 5.1/25.20。

〔註97〕石君訥（1985），國民黨的新聞檢查（1934～1945 年），《新聞與傳播研究》，1，p169。

〔註98〕美國斯坦福大學胡佛研究所，《蔣介石日記》（手稿本）。

作品，以及對社會之服務，均需以三民主義為準繩……全國報業，應注意對
於國民之教導感化」。

　　1939 年春，國民黨中央將全國的新聞檢察權統一到「軍委會戰時新聞檢
查局」，「戰前國民黨的最高新聞決策機構為中央執行委員會宣傳部……因當
時處於以黨領政的訓政時期，中宣部不僅是黨的最高新聞決策機關，同時也
是掌管全國新聞事業的中心。抗戰爆發後……共分為戰時新聞檢查局、圖書
雜誌審查委員會、國民黨中宣部三個系統……戰時新聞檢查局隸屬於軍事委
員會……即便是黨營的中央社稿件，也必須送檢」〔註 99〕。國民黨先期建立
的新聞檢查系統，由此直接歸入蔣介石的直接領導中。

3.6 體制弊端、與知識群體疏離減弱宣傳效果

　　1928 年，南京國民政府成立後，國民黨相繼建立和完善了黨治下的新聞
與檢查網，但當時社會體制本身混亂，國民黨內部更是派別林立，甚至互相
仇視。巨量的內耗，是摧毀一切政權的利器，更不要提宣傳系統。國民黨的
幾個大報，分屬於不同的派系，CC 系的《中央日報》，復興系的《掃蕩報》，
孔祥熙的《時事新報》，政學系的《大公報》，三青團系的《西南日報》。這在
組織機構建設上存在很大的缺陷，在發生派系衝突時，並沒有優先保護組織
結構和原則的相關規定。

　　中國並不缺乏成文法，只是缺乏配套的現代社會架構，民國時期，中國
現代社會制度草創，政治權力結構徒有其名，並未實現真正的分權與各司其
職，社會階層結構混亂，無產農民占人口絕大多數，資產階級和工人階級比
重過低，社會尚處在宗法制度下，軍閥、鄉紳統制的農業社會中，與頂層政
權結構設置無法匹配。此時，以各層領導人為中心的「人身政治」就成了最
有效的結合頂層政權和下層社會的運行體制。蔣介石賴以生存的「人身政治」
體制就處在這種社會歷史背景下。

　　蔣介石從 1926 年開始，就每天擬電稿多通，親自擬定宣傳方針、修改稿
件，時機稍縱即逝，既有機構無法有效執行任務，蔣只能親力親為。一方面
受到戰爭時期的限制，瞬息萬變的局勢，要求一個強有力的決策層，而在時

〔註99〕張瑞德（2013），侍從室與戰時國民政府的宣傳工作（1937～1945），《蔣介石
　　　　與現代中國的型塑》，臺北：中央研究院近代史研究所，201～202。

間和社會選拔機制都不允許對決策層進行充分篩選時，一人作爲最高決策者，就成了最高效的決策組織形式，另一方面，蔣介石「捨我其誰」的個性，也容不得任何放權，前文已經提到，蔣介石在有眾多文職侍從的情況下，仍常不合心意，幾乎日日親自「改稿」。在外交中，蔣介石也一度向各國派出「特使」，作爲他個人的全權代表，打亂法理安排，在外交策略和政策執行中，與常駐當地的「常使」形成衝突。

一、黨內鬥爭、外交壓力導致宣傳無力

　　政治無非是原則掩蓋下的利益之爭，蔣介石、國民黨、民國政府，無法代表當時中國社會絕大部分人的利益，這是 1949 年，蔣介石在國共內戰中失敗的根本原因。即便在組織內部，1928 年之後，蔣介石始終只能在中央軍的軍隊中，形成有力的影響。地方部隊各有歸屬，政府內部財政、外交、宣傳運作均以蔣介石爲中心，抗戰後期，曾成爲孔宋家族重要貪污證據的「用私人賬戶接收公款」，在當時稀鬆平常：「涂克門謂大宗中國政府公款轉入孔令侃私人賬戶，似皆與採購軍火有關。其癥結則是，統帥權由蔣人身掌握，人身財政與人身外交與之配合亦事勢必然」〔註100〕。

　　蔣介石深具民族主義，他對日本咄咄逼人的侵略言行，自濟南事件後就時刻銘記在心。1928 年 5 月 14 日開始，在每日日記中先寫「雪恥」二字，對「日本」一直稱「倭」和「倭寇」，想要抵抗日本侵略，一雪前恥。在初期，蔣介石還把希望寄託在國聯和「國際公義」上，在這個階段，蔣主要採取了「廣播日本暴行」的新聞宣傳方針。

　　1931 年 7 月 3 日，日本挑唆中朝民族關係，捏造中國僑民殘殺朝鮮人的新聞，致使中方僑民與朝方農民爆發衝突，期間，日本軍警開槍射殺中國民眾。7 日，中國外交部向日本提出抗議，蔣介石認爲此時應一方面表明政府立場，嚴正制止相關行爲，另一方面開始將日本在中國的暴行訴諸輿論。24 日，蔣介石希望進一步擴大宣傳規模，「應對世界各國宣言及提出國際聯監會，暴露日本政府有組織的殺害僑民之罪惡，與其無統治朝鮮之能力」〔註101〕。儘管朝鮮記者金立三承認受到日本挑唆，編造假新聞，但中國僑民的利益並未得到補償，不久，九一八事變爆發，外交部於 19 日、20 日向日本發出嚴重抗議，中國駐國聯代表，向國聯會議報告，要求督促日本撤退，蔣介石也寄希

〔註100〕黃仁宇（2008），《從大歷史的角度讀蔣介石日記》，北京：九州出版社，p146。
〔註101〕美國斯坦福大學胡佛研究所，《蔣介石日記》（手稿本），1931 年 7 月 24 日。

望於各國記者真實報導東三省情況，將日本置於國際輿論壓力之下，10 月 4
日，《日記》載「各國新聞記者往東三省監察，公平報告」。

1931 年 10 月 12 日，蔣介石在軍校國府紀念週講話，認為應「以忍耐不
屈之精神維護領土，以犧牲無畏之精神維護公理，盡國際一分子之責任，以
表現我民族之人格」〔註 102〕。此時的蔣介石十分看重國際輿論的作用，並認
為「英美國對余擁護公理抗擊強權之訓詞皆甚震動」〔註 103〕。國際聯盟於 13
日開始商討日本侵華一事，蔣介石於 17 日接見各國公使，申明中方對日抵抗
的決心。正如蔣介石希望的，國聯於 10 月 30 日做出了要求日本撤兵的決議，
但日本拒絕執行這一決議，要求中日直接交涉，軍隊不但沒有撤退，反而更
加積極的入侵東北。國聯最終決定於 1932 年派出國聯考察團赴東北三省實地
考察。日本隨後策動上海一二八事變，蔣介石於 1 月 30 日通電抗日，並開始
向中日交戰前線調兵。

國聯最終決定於 1932 年派出國聯考察團赴東北三省實地考察。日本隨後
策動上海一二八事變，蔣介石於 1 月 30 日通電抗日，並開始調兵。這一過程
中，蔣介石遭受黨內外政敵和社會輿論的討伐。胡漢民更是九一八失敗後，
堅決反對南京政府依靠國際聯盟的外交政策，要求直接對日交涉，利用「武
裝抗日」的口號進行「倒蔣」，政治宣傳成功的帶動了上海民營報刊的響應，
「《大晚報》社長曾虛白回憶：上海為全國輿論中心，成為醞釀不滿政府對日
妥協態度的溫床。當時上海對政府不諒的報紙，我主持的《大晚報》不獨是
一份，並且是相當突出的一份，我想我那時的態度實際上是上海新聞界共同
的心態」〔註 104〕。在「二二八事變」之後，胡漢民大力宣傳「假如政府不抗
戰，那我們便說，惟有推翻不抗戰的政府」〔註 105〕，「並以抗日倒蔣為名於
1936 年發動六一事變起兵反蔣」〔註 106〕。這一宣傳策略非常成功，國際輿論
沒有如蔣所期待的給予日本應有的壓力，國內輿論倒先行壓到了蔣介石身
上，《蔣介石日記》在 1932 年 2 月 7 日寫到，「友人來電均以不增加援隊於上

〔註 102〕美國斯坦福大學胡佛研究所，《蔣介石日記》（手稿本），1931 年 10 月 12 日。
〔註 103〕美國斯坦福大學胡佛研究所，《蔣介石日記》（手稿本），1931 年 10 月 12 日。
〔註 104〕《蕭同茲和中央通訊社》，湖南常寧縣文史資料委員會 1988 年編印，p9，轉
引自：蔡銘澤（1996），三十年代國民黨新聞政策的演變，《新聞與傳播研究》，
p2，p73。
〔註 105〕胡漢民（1933），什麼是我們的生路，《三民主義月刊》，第一卷第三期，p21。
〔註 106〕劉繼忠（2010），《新聞與訓政：國統區的新聞事業研究（1927～1937）》，北
京：中國人民大學，p217。

海相責難，乃知反宣傳之大，必欲毀滅余歷史，其餘不爲革命也」〔註107〕。
寄希望於輿論改變外交的蔣介石，對輿論對自己的評價，當然也看得十分重要，面對「賣國」的輿論討伐，他採取了對內公開外交政策，對外會見路透社記者進行澄清。在《日記》，對二者都有記載：

「1932 年 2 月 16 日，下午商議定外交方針仍以一面交涉一面抵抗爲原則，事事公開無隱，以求國民之諒解也」。

「1932 年 3 月 4 日，日本一面宣傳停止戰爭，一面仍向我嘉定、太倉之線猛攻」〔註108〕。

「1932 年 3 月 15 日，閱報載，余對路透社談話，決就軍委會長事，自滬戰以來，民眾與十九路軍皆受反動派惡劣宣傳，以余爲誤國之人，故各報不載余之言行，今日時間其記載，實乃千虛難掩一實乎」。

英國李頓爵士帶領的國聯考察團於 3 月 14 日抵達上海，4 月下旬赴東北考察。最終，國聯考察無實質性措施，歐美各國也多處於觀望姿態，在歐美各國調停下，最終簽訂《淞滬停戰協議》，實質結果相當於日本獲勝。1933 年 2 月 24 日，國聯通過維護日本東北權益的報告書，蔣介石將日本問題寄託國聯解決的希望徹底破滅，但仍認爲中國無力與日本開戰。在 1937 年中國向日本宣戰之前，蔣介石及國民政府，作爲國家的代表，在處理中日關係方面，就不免陷入左右爲難。蔣介石試圖對內控制事態範圍，壓制學生運動和民間要求抗日的呼聲，避免刺激日本，引來全面戰爭。對日，當時中日作爲建交國，日本常常在非外交層面採取動作，如果中國民間出現抗日呼聲，又從外交方面抗議，給中國政府施加壓力。黃仁宇曾評價：「要是蔣不顧利害，他甚至可以用抗日作爲團結人心的憑藉。可是即在淞滬喋血、熱河事變、塘沽協定之過程中，他親自部署與日軍交鋒，又主持和議，猶且要避免張揚，使不得爲內外藉口。以後他尙要解散愛國團體，禁止排日運動，以作華北緩兵之計。以徐道鄰爲筆名發表之《敵乎？友乎？》更直接乾脆承認他自己「所標榜的一面交涉一面抵抗的政策，實在只表示當局的無辦法。這樣看來，弱國不僅無外交，尙且要放棄對內宣傳之利器」〔註109〕。實際上，在汪精衛出走之前的「1937～39 年間，和平論調並非政治禁區，討論和平並不會引起他人

〔註107〕美國斯坦福大學胡佛研究所，《蔣介石日記》（手稿本），1932 年 2 月 7 日。
〔註108〕總統蔣公大事長編初稿，卷二，p185～186。
〔註109〕黃仁宇（2008），《從大歷史的角度讀蔣介石日記》，北京：九州出版社，p112。

在道德上的譴責」〔註110〕，蔣介石之所以處在輿論的浪尖，與其掌握軍權有很大的關係，這使蔣個人的處境頗為微妙。

對內，蔣介石試圖控制事態範圍，壓制學生運動和民間要求抗日的呼聲，避免刺激日本，引來全面戰爭。對日，當時中日作為建交國，日本常常在非外交層面採取動作，如果中國民間出現抗日呼聲，就從外交方面抗議，給中國政府施加壓力。因此，1931年到1937年間，中日問題的宣傳政策，採取了「對內壓制抗日輿論，對外通過分析日本輿論，制定交涉方針」的方針。蔣的抗日轉向了加強輿論、組織、情報建設方面。在《日記》中，從此時開始，蔣開始將國外的新聞宣傳看作其所屬政府的政策、及國內民間輿論的雙重代表。

二、新聞宣傳系統的「人身負責制」和「手令制」

威權式的訓政體制下，主義信仰與個人崇拜混雜。紀念週活動，將三民主義信仰與對孫中山的個人崇拜相結合，蔣介石宣稱自己承襲孫中山的衣缽，從而將個人崇拜延伸到自己。國民黨內部，個人崇拜與政治上的人身依附相結合。蔣介石的手令具有「超越政府決議與文件的最高指示」〔註111〕的效力。

國民黨中央通訊社、《中央日報》、中央廣播電臺，是國民黨的主要黨管媒體。通訊社負責提供消息給各個媒體，廣播電臺受技術條件限制較多，因此在當時，報刊是社會輿論的主要陣地。而蔣介石對《中央日報》的關注度也最高，自1933年起，先後任命程滄波、陳博生、陶百川、胡健中（1943年秋至1946年7月）先後擔任社長。蔣介石在當時組織的人身依附的政治、軍事、宣傳體制，與當時極端的社會條件相適應，但是也極大影響了國際關係，史迪威、白修德等人對蔣介石印象不佳，直接導致了他們反對國民政府的立場。當時中共也將反對蔣介石作為口號。

對待不合心意的新聞宣傳事件，蔣介石常要求直接責任人「入京解釋」，1933年福建事變發生後，蔣介石出動空軍進行鎮壓，董顯光負責的《大陸報》登出「福州某學校受空軍轟炸的照片」〔註112〕，對此，董顯光認為是副刊主

〔註110〕齊錫生（2017），《從舞臺邊緣走向中央：美國在中國抗戰初期外交視野中的轉變1937～1941》，臺北：聯經出版公司，p125。

〔註111〕何廉回憶錄，中國文史出版社，1988年，p177～178，轉引自，劉繼忠（2010），《新聞與訓政：國統區的新聞事業研究（1927～1937）》，北京：中國人民大學。

〔註112〕董顯光（2014），《董顯光自傳——報人、外交家與傳道者的傳奇》，臺北：獨立作家，p99。

編艾薩克無意中發出，董負有「失檢」的責任，蔣介石電董，即要求他入京解釋，這一般是起震懾作用，同時蔣也借用面談的機會，拉攏這些人員。抗戰結束後，要求龔遂學的「入京解釋」也有這兩方面的考慮。

1945 年，蘇聯軍隊在東北，大有戰後佔據東北的趨勢，令蔣介石十分擔憂，5 月，合眾社新聞電稿顯示，時任大連市市長的龔學遂，在北京主張「大連問題提交聯合國解決」〔註 113〕，蔣介石對此氣憤不已，甚至不進行消息眞假核查，直接令國民政府參軍處機要室轉發手令給龔：「此等重要外交問題不應由個人主張，況兄爲大連市長，更不應發表有關大連外交問題之意見，無論合眾電所傳虛實，但兄不應對任何記者說大連有關之事，爲何如此將露鋒芒，以後應切戒爲要。中」〔註 114〕

這份手令，難免有些不講道理，新聞界傳播假消息在當時並不罕見，蔣明言「不論虛實」，就說明他也知道消息可能是僞造的。可見蔣介石當時確實怒不可遏，只顧亂罵一通。

5 月 5 日，龔學遂回電報否認，由吳鼎昌呈蔣介石：「職絕未對合眾社記者作如是談話，報紙隨便登載」〔註 115〕。7 日，龔緊急赴瀋陽發表對新聞界的書面談話，申明國民政府關於大連交接和歸屬權問題，爲避免記者隨意篡改新聞內容，邀請宣傳處鄔靜陶處長一起參加了談話會，整個談話內容，報送蔣介石：

「接收大連，實爲中外人士所關切之問題，現政府正循外交途徑與盟邦折衝中，交涉一有結果，中央明令到達，即可前往接收，查大連主權所屬，在中蘇友好條約已有明確規定，不特中蘇兩國有共同遵守之義務，且關係遠東和平至巨，至於本人接收大連後，施政要點，將遵循睦鄰國策，以建立中蘇友好關係，安定地方秩序」〔註 116〕。

與此同時，蔣介石 8 日電熊式輝，令其在龔學遂抵達瀋陽後，當面質詢言論失檢一事，並令龔立即「入京解釋」。龔當即向熊式輝澄清，絕未發表過

〔註 113〕臺灣國史館藏，官員談話管制，國民政府／新聞／宣傳／不當言論駁斥，1945年 5 月 1 日，典藏號：001-141003-0001。

〔註 114〕臺灣國史館藏，官員談話管制，國民政府／新聞／宣傳／不當言論駁斥，1945年 5 月 1 日，典藏號：001-141003-0001，蔣介石發龔學遂手令。

〔註 115〕臺灣國史館藏，官員談話管制，國民政府／新聞／宣傳／不當言論駁斥，1945年 5 月 1 日，典藏號：001-141003-0001，龔學遂回覆蔣介石電報。

〔註 116〕臺灣國史館藏，官員談話管制，國民政府／新聞／宣傳／不當言論駁斥，1945年 5 月 7 日，典藏號：001-141003-0001，龔學遂呈蔣介石對記者談話稿。

這種沒有常識的言論。在與新聞界，面對面更正謠言之後，9日，龔學遂入京面見蔣介石。吳鼎昌當時在文官處，10日，熊式輝經吳鼎昌轉呈蔣介石一份回電，傾向於認爲龔是冤枉的，「如果爲報紙故意造謠或有人從中誣陷龔市長，似無若何責任，乞設法婉爲疏解，因大連地方重要且接收期近，臨時更調不無困難」〔註117〕，而吳鼎昌也認爲，「外國記者通訊失實之事，實屬尋常，似不足十分重視，現龔市長既已應召來京，擬請於到時召見，面加訓示」〔註118〕。

既有文獻無法證明，此事到底是龔學沛撒謊還是合眾社造謠，但此事件具備讓蔣介石信以爲真的社會環境：當時，國民黨內部盛行「放棄東北」的主張，希望將東北國際化，全力保住關內，在此基礎上再謀求東北問題的國際政治解決。蔣介石對於地方官員，面對媒體時言論失當的處理方法：手令當事人，直接訓斥，並指示其從速做出相應的挽回措施；命令其當地上級進行質詢；兩層地方官員分別向蔣介石回報情況進展和自己的判斷；述職文書經由蔣介石的侍從或文官呈給蔣介石；蔣介石身邊官員對事件具有發表自己看法的權利，這些看法會被蔣參考；由蔣介石判斷事件的嚴重程度，嚴重時，當事人需要進京當面跟蔣介石陳述。

蔣介石時期，中央政府在道統、律法上的合法性、合理性不足，權威性較弱，導致中央權力虛弱，組織結構懈怠，蔣無法建立一套高效的組織系統，也難以對基層社會形成有效影響，只能借助個人威權和人際依附。對此軍事委員會侍從室六組組長唐縱有著深切的感受，他在日記中記道：「布雷先生語我，委座處理政治，如同處理家事，事事要親自處理，個人辛苦不辭，但國家大政，不與各主管官商定，恐將脫節」〔註119〕。到了1944年，「由革命到取得政權，思想和觀念已爲之大變，現在大家的觀念是現實問題。上級幹部在追求權位，下級同志在追求生活」〔註120〕。

〔註117〕臺灣國史館藏，官員談話管制，國民政府／新聞／宣傳／不當言論駁斥，1945年5月10日，典藏號：001-141003-0001，吳鼎昌轉呈熊式輝文稿，熊式輝語。

〔註118〕臺灣國史館藏，官員談話管制，國民政府／新聞／宣傳／不當言論駁斥，1945年5月10日，典藏號：001-141003-0001，吳鼎昌轉呈熊式輝文稿，吳鼎昌語。

〔註119〕唐縱（1991），公安部檔案館編注，《在蔣介石身邊八年——侍從室高級參謀唐縱日記》，北京：群眾出版社，p451。

〔註120〕汪朝光，《無奈中的低落——全國抗戰時期國民黨統治衰退的若干面向研究》，http://jds.cass.cn/xwkx/zxxx/201809/t20180928_4637243.shtml。

在中國體制下，最高領導人、執政黨、政府、政府組織方式，幾者之間沒有最本質的區別，執政黨就是政府。中國的民主也有自己的運行方式，同樣是實行代議制民主，相對於全民普選，中國使用的是科舉制和推舉制並行的選拔體制，並由此產生中國特色的重視人際關係的「文官集團」制度。蔣介石治下的政府，只是在為從農業封建國向現代工業國進化的中國的新的政治組織、社會組織形式的探路。「中國封建社會的中層組織方式是縣以下的地主鄉紳自治」〔註121〕，自此基礎上建立的資本主義中央政府，無法形成有效的中下層社會管理，自然是情理之中的事。

這套體制其實不必然低效。但從國民黨的官員管理來看，國民黨有另一個致命的錯誤，是實行「單一職務制」導致的組織力不強。與中共使用的「職務+級別制」相比，單一職務制度必然導致鬆散的黨結構，無論官員擔任任何職務，一旦職務由於各種原因中斷，則級別、待遇歸零，董顯光在美國履行職務的同時，時刻準備當汽車修理工，並曾因為學習汽車修理而短暫脫崗，這並不僅僅是一個國民黨高級官員的廉潔故事，還是一個黨管不了黨的故事。的確，「職務+級別制」也並未被歐美主要發達國家採用，但蔣介石時期，國家貧弱、政府無力，加之中國地域廣大和中央集權制的國家傳統，國民黨作為執政黨，其黨組織與官員的組織不力，無法牢固把握有限的治國人才，直接影響了整個國家體制的效率。

三、無法得到知識分子的輿論支持

民國時期是社會輿論結構較為特殊的階段。在民國之前，士人階層雖然掌握社會輿論，但對媒介的掌握尚不廣泛，但民國時期，政體和國家權力結構處在變革時期，社會始終具有文人論證的傳統。知識分子具有知世論政的欲望，政權、政策的合法性和正義性也處在知識分子的輿論監督中。

新生活運動的發起，具有對社會進行思想意識和組織結構改造的雙重目的，無論從哪個角度來說，都意義深遠，但新生活運動的宣傳活動，卻並未有效地讓社會意識到這一點，或者說，當時的社會不具備認識到其意義的客觀條件。

以新生活運動為代表的社會改造運動也沒有取得預期的效果。蔣介石承

〔註121〕金觀濤、劉青峰（2011），開放中的變遷：再論中國社會超穩定結構，北京：法律出版社，p9。

認，新生活運動「只做到表面一時的更新，而未達到永遠徹底的改革」〔註122〕，在運動過程中，甚至鬧出很多笑話。韓復榘作為一省長官，甚至在公開演講中，說出「大家靠左走，右邊留給誰」，讓人啞然失笑。倉廩實而知禮節，衣食足而知榮辱，「禮義廉恥」本身就是「仕人」的行為準則，而蔣介石希望將其全社會推行，當時的社會並沒有提供這樣的經濟基礎，一般民眾尚艱苦謀「生存」，「新生活」實在是個太過奢侈的要求。

　　蔣介石認為，中國之所以不能像日本、德國一樣，迅速由弱變強，「完全是由於我們一般國民的知識道德不及人家」，這個結論未免太過偏頗，他對改造社會的超出時代的遠見，甚至於當時社會的知識分子都感到難以理解。1935年11月，冰心接受記者採訪時，就嘲笑了「新生活運動」：「這，都是非常可笑的，這些事據說該由教育部或內政部管理的，而現在，……到綏遠去那次便有這個笑話：那邊小鎮上都有趕集的，但在新生活運動推行到了那裡之後，有許多鄉民竟不敢出來了，因為怕強迫扣鈕子，他們本來便習慣敞胸或竟不用鈕子的」〔註123〕。

　　在知識分子幾乎掌控社會輿論的當時，知識分子的不理解，就代表輿論界並不認可這一運動。如果知識分子認為中國社會的種種問題，是蔣介石的性格導致的，換一個領袖，換一個黨，這些問題自然就會迎刃而解，與知識分子接觸的外國記者，就會繼承這種觀點並向外傳達。而蔣介石一向與知識分子群體不睦，如何在知識分子群體中進行宣傳，取得認可，或者打破知識分子對於輿論的壟斷，是他整個宣傳體制中薄弱的一環。

〔註122〕蔣介石，1937年，新生活運動三週年紀念講話。
〔註123〕《冰心女士訪問記》，載《婦女生活》第一卷第五期，引自：http://view.news.qq.com/zt2013/xsh/index.htm。

第 4 章　1937～1942：抗戰前期的新聞與宣傳

　　通過樹立個人權威和將宣傳勢力聯絡到自己的人際網絡中，蔣介石漸漸形成了一套以自己為中心的新聞宣傳系統，為抗戰開始後，「一個政黨、一個領袖、一個主義、一個軍隊」的宣傳奠定了基礎。從 1937 年七七事變，到 1941 年底太平洋戰爭爆發，蔣介石對戰時新聞宣傳的參與和布置，主要集中在全面收集信息、進行鼓動和反宣傳、戰時新聞管制、情報與外交業務幾個方面。

　　首先，蔣介石本人十分重視報刊言論和民間輿論，他每日早餐前讀報，派人勘查民間茶館議論〔註1〕，密切關注國內外輿論走向。如遇宣傳契機，會親自制定宣傳計劃，與國際國內局勢相互配合，互為參照，並反覆修正。他認為，新聞要作為宣傳來利用，宣傳所表達的觀點，也具有新聞價值。新聞宣傳是民間輿論的表徵，同時，也可以利用新聞宣傳去影響輿論，爭取國際輿論支持，有助於影響政府政策，進而形成真正的外交支持。這一思路在他爭取國際輿論對日本侵華行為施壓時，表現得很充分。

　　蔣介石注意到盧溝橋事變前近一個月內，日方已在大造輿論，事件發生後，還有種種新聞不斷流出，認為此事件發生絕非偶然，「屬布雷改正宣言方式」〔註2〕，1937 年 7 月 15 日，中共提出《共赴國難宣言》，《蔣介石日記》雖然並未對此事做出評價，但當月《日記》中，仍可看出，中日局勢已經緊

〔註1〕　美國斯坦福大學胡佛研究所，《蔣介石日記》（手稿本），1942 年 4 月 3 日：「茶館酒肆戲院公共場所之宣傳應作有計劃與專人負責實施」。

〔註2〕　美國斯坦福大學胡佛研究所，《蔣介石日記》（手稿本），1937 年 7 月 18 日。

張，「倭寇既備大戰」〔註3〕。隨後在7月19日，蔣介石發表「最低四點立場」等，進行宣傳以應戰：「應戰宣言既發，再不作倭寇迴旋之想，一意應戰矣……決定發表告國民書，人人爲危，阻不於發，而我以爲轉危爲安，獨不此舉，但此意既定，無論安危成敗，在所不計」〔註4〕。

其次，「攻心爲上，攻城次之」，宣傳是一種最廉潔高效的戰爭輔助形式。準確的信息情報是戰爭決策的先決條件，限於戰爭地域廣大和瞬息萬變，以及國民黨內部由下到上的信息傳輸不暢、虛假彙報，借由報紙瞭解敵我軍情，是蔣介石的戰略部署的重點之一。蔣介石明確將新聞宣傳作爲戰爭手段，認爲「宣傳重於軍事」，對己方的「宣傳」和敵方的「反宣傳」極爲敏感。再次，在具體措施上，要用新聞宣傳「造勢」，進行戰爭動員，從鼓吹「新生活運動以備戰」發展到「教育國民以應戰」。同時對日進行反宣傳，瓦解敵方意志；向國際進行戰爭信息廣播，爭取國際支持。

蔣介石的宣傳布置，常常希望通過影響某國民間輿論來促成其國家政府態度轉變。「1938～39年間，日本方面對於和平表現出極大的主動性，而且通過不同渠道把它對和平的信息向外界廣爲傳遞。日本似乎急於通過各種不同管道向中國人傳達和談信息，也提出各種不同說詞冀圖說服中國政府」〔註5〕。1937年10月26日，國民革命軍陸軍第88師第524團400餘人據守四行倉庫，保衛上海「最後一塊陣地」，27日，蔣介石會見外國記者，利用此事進行宣傳，《日記》中載：「雪恥，不爲威武所屈服，不爲死亡所束縛，下午見英美記者後即搭車，當夜到蘇州處置戰務」〔註6〕。這也是後來被熟知的「八百壯士」。30日，又與法國哈瓦斯記者談話：「吾人抵抗日本侵略，形勢如何？在所不問，但統一局面，必因而益見強固。日本以不正當之理由，對我作戰，適足以加緊吾民族之復興與統一。中國自行決定之建國方案，仍當積極進行，無可以阻撓之者。中國人民愛國情緒熱烈如此，民氣之旺盛又如彼，吾人可因而克復一切困難。吾國此次抗戰，匪僅爲一己利害而戰，抑且爲全世界正義而戰，九國公約與非戰公約，若聽任日本撕毀，則世界和平基礎，定必發生動搖，吾人當賡續奮鬥，非至公理完全勝利不止，世界各國政府及其他有

〔註3〕 美國斯坦福大學胡佛研究所，《蔣介石日記》（手稿本），1937年7月16日。
〔註4〕 美國斯坦福大學胡佛研究所，《蔣介石日記》（手稿本），1937年7月19日。
〔註5〕 齊錫生（2017），從舞臺邊緣走向中央：美國在中國抗戰初期外交視野中的轉變1937～1941，臺北：聯經出版公司，p127～128。
〔註6〕 美國斯坦福大學胡佛研究所，《蔣介石日記》（手稿本），1937年10月27日。

關人士，深信現行局勢，雖甚嚴重，但中國必能獲得最後勝利」〔註7〕。

　　第三，抗日戰爭期間，蔣介石終於實現了集黨政軍三權於一身，同時，國民黨、國民政府的勢力範圍，也從抗戰之前的長江中下游輻射到了全國範圍，軍權大於黨權，黨權大於政權。1938 年 3 月 29 日，國民黨於武漢召開臨時全國代表大會，任命蔣介石為國民黨總裁，通過《抗戰建國綱領》，要求全國抗戰力量集中在「本黨及蔣委員長領導之下」，蔣介石認為「此時設立總裁，至少可表示本黨不妥協之決心，與敵以精神上之打擊」〔註8〕。1939 年 1 月，國防最高會議改組為為國防最高委員會，統一處理全國黨政軍工作，蔣介石又成為國防最高委員會委員長，完成權力集中。1939 年，國民黨中宣部實施「三民主義的新聞政策」，同年 6 月，正式成立「戰時新聞檢查局」。

　　國民政府在新聞宣傳領域，有充分的法律法規和組織結構安排。「在抗戰時期，新聞管制有許多法規，包括統攝所有法令的最高指導原則——〈抗戰建國綱領〉和〈國民精神總動員綱領〉，也包括〈修正出版法施行細則〉、〈戰時新聞檢查辦法〉等等」〔註9〕。據《戰時中國報業》〔註10〕記載，中央宣傳部下設：宣傳處、國際宣傳處、藝術宣傳處、出版事業處、新聞事業處、總務處，附屬機構設專員室、指導員室、編審室、人事室、中央廣播事業管理處、中央文化運動委員會、實業劇團、中國文化服務社、中央週刊社、各地書刊供應處、中央通訊社、直轄黨報。

　　從現在的專業角度來講，新聞與宣傳倡導兩套完全不同的操作標準和職業道德，但從各種資料來看，當時新聞宣傳的界線並不明顯，當事者在從事新聞、新聞審查、宣傳實踐時，並沒有多少專業主義帶來的負擔。蔣委員長與政治部部長、侍從室、外交部情報司就中共宣傳問題的互動，清晰展示了就這一事件的反宣傳，經歷了怎樣的組織進行傳達。

　　此時期，也是蔣介石新聞宣傳觀念全面形成的時期，他先後做了三次關於新聞界的公開演說，1940 年 3 月 23 日，對中央政治學校新聞專修班一期的畢業訓詞《今日新聞界之責任》，1940 年 7 月 26 日，對中央政治學校新聞專

〔註7〕　總統蔣公大事長編初稿，卷四上，1937 年 10 月 30 日，p132～134。
〔註8〕　美國斯坦福大學胡佛研究所，《蔣介石日記》（手稿本），1938 年 3 月 29 日。
〔註9〕　王凌霄（1997），《中國國民黨新聞政策研究（1928～1949）》，臺北：近代中國出版社，p119。
〔註10〕　程其恒編著，馬星野校訂，《戰時中國報業》，1944 年 3 月.初版.桂林：銘真出版社。

修班二期的畢業訓詞《怎樣做一個現代新聞記者》，1941 年 3 月 16 日，《中國新聞學會成立大會訓詞》，對新聞從業人員和新聞界提出了基本的希望和要求。

1941 年，外交權及孔祥熙的財政權被收歸到蔣介石手中，1943 年，國民政府主席林森去世，蔣介石任行政院院長及國民政府主席，正式成為政府首腦和國家元首，以國家代表的身份出席開羅會議，「中外輿情無不稱頌為中國外交史上空前之勝利」〔註 11〕。蔣介石對於宣傳機構的設置和組織運營，也延續了他「集權於一人」的組織結構思路。參事室和侍從室首先集中了蔣介石的秘書和個人代表，外交機構和對外情報、對外宣傳機構交錯，在傳統外交通道運行正常的情況下，蔣介石向海外派駐了很多私人代表，形成兩套外交機構，宋美齡、宋子文、王寵惠、王世杰、蔣百里都在其中。蔣介石嘗試發展包括羅斯福在內的，與美國高層行政官員的私人關係。赫爾曾經批評蔣介石：「發出無數歇斯底里的電信送達內閣及政府首長，不經過國務院，有時甚至不顧總統，不明了實情，而干預於一般機微而嚴重的事勢」〔註 12〕。這些駐外的私人代表和特殊情報、信息部門，同時承擔了收集情報、對外宣傳和私人社交的職責，由於受到蔣介石的倚重，在活動能力上大大超出正式的外交機構和宣傳機構。

國民黨的外宣工作，可以分為積極宣傳和消極管制兩種。積極宣傳方面，主要是對外新聞消息發布，積極聯絡外國記者、作家進行中國報導，向國外遣特派員，利用私人活動實現宣傳和拉攏外國力量。消極宣傳則有進行新聞檢查、限制國內外記者進入解放區進行採訪和報導。

國民黨的積極對外宣傳，起初很幼稚，宣傳部「缺乏相關的媒體，如大型電臺及通訊社，供散佈之用，所以只得以私人名義，投稿國內的各外文報紙，或利用規模較小的中央社及無線電臺，對內傳播」〔註 13〕。九一八事變後，對外宣傳開始變得重要，初期蔣介石希望爭取國聯的仲裁解決此次事變，隨著日本對中國的步步緊逼，對外宣傳的目的不再是爭取國聯，而是向國外，尤其是美國政府和民間，發送日本對中國戰爭的真相，爭取美國干預和援助。

〔註 11〕 美國斯坦福大學胡佛研究所，《蔣介石日記》（手稿本），1943 年 12 月 4 日。
〔註 12〕 黃仁宇（2008），《從大歷史的角度讀蔣介石日記》，北京：九州出版社，p264。
〔註 13〕 王凌霄（1997），《中國國民黨新聞政策研究（1928～1949）》，臺北：近代中國出版社，p47。

執行這項任務的主要機構是董顯光、曾虛白領導的國際宣傳處。國際宣傳處的活動分爲明暗兩個部分。明是發布官方新聞、組織外國記者在重慶採訪國民黨和政府的官方新聞、赴前線報導戰爭、進行新聞審查，同時向主要目標國家，派出新聞機構，出版中國新聞。1938 年 10 月 25 日，國軍準備放棄武漢，即是由「軍事委員會發言人對中外記者，說明此次作戰已從新決定戰略，準備自動放棄武漢之決心，另作部署，以與敵周旋。並謂此次決定乃爲軍略上轉移兵力所必須之步驟，絕無消極的退卻之意義」〔註 14〕。暗是聯絡及向主要目標國家派出活動家，以個人身份隱秘從事爲國民政府爭取外援和輿論的活動。

　　國際宣傳處之外，蔣介石借助自身的領袖力量，頻繁會見記者，主動製造新聞，形成輿論影響。宋美齡家族和主要的黨政軍官員，都從事相似新聞宣傳活動。同時，蔣介石時刻關注國內外媒體動態，經常直接指示宣傳部門主動進行某一主題宣傳，或者看到不符合心意的輿論動向，指示宣傳部門制定方針、增加工作內容進行應對。

　　1937 年 10 月，蔣介石在勵志社接見外國記者，宣佈中國將抗戰到底，絕不屈服。1938 年，隨著國民政府轉移，武漢代替南京成爲對外宣傳中心，1月下旬，斯特朗訪問蔣介石、宋美齡，蔣介石會見著名作家兼記者根室，表示中國抗戰的決心，根室爲此拍發長達二、三千字的電訊。抗戰期間，美國作家卡爾・克羅（Carl Crow）會見並採訪了當時中國很多舉足輕重的政治人物，包括蔣介石、宋氏姐妹、周恩來等等。

　　針對美國的大眾傳播和人際傳播都取得了成功，中日戰事進入到美國民間和政府、議會的視野中，由於美國與日本的遠東利益無法調和，促成了太平洋戰爭的最終爆發和對華進行戰爭援助。但過度宣傳的問題，也爲 1943 年後，國內外輿論環境的迅速惡化埋下了隱患。

4.1 全面收集信息

　　蔣介石對新聞輿論的重視，首先是出於信息需求，其次是出於收集輿情，規劃宣傳反擊的需求。抗日戰爭中，有時戰場信息不暢，蔣介石甚至需要通過各國媒體的報導來估計敵軍動向，1938 年 8 月 29 日：「雪恥。據德國通信

〔註 14〕總統蔣公大事長編初稿，卷四上，1938 年 10 月 25 日，p258～259。

社報導，敵國公報二十七日已向武漢開始急攻，長江此舉以合肥爲根據地向六安進逼。同時《滬報》稱，敵宣傳我第五戰區有四十餘師，第九戰區有六十餘師，總計兵力共爲九十師，有五十五萬人數云。詳察敵軍既知我有雄厚兵力備戰而彼之兵力並不增加，總計其已到安慶九江江西地區者最多不過七十師係十八萬而已，是其於二十七日總攻開始」〔註15〕。

在收集信息的方式上，蔣介石主要採取收集敵方新聞廣播信息、利用國宣處網羅國際信息等。1939 年 3 月，蔣介石注意到，日本報紙發布的數字顯示，日本從七七事變以來，其軍費達到 119 億日元，超過日俄戰爭時期的七倍以上〔註16〕。「1939 年 11 月 15 日，今晨敵海軍向北海防城屬之企汐砲擊，據敵宣傳已經登陸，而我軍尚無確報也」〔註17〕。可見，媒體新聞補充了當時戰報信息不及時的缺點。但有時，參考多家消息，則不知到底哪家是眞：「下午宣傳會議與軍事會報俄倭仍在張群附近相持中，據倭宣傳稱擊落俄飛機五架，俄則稱倭已侵佔其領土有二英里半之多，云本日倭軍在華未有積極行動」〔註18〕。

利用與中國友好的外國人收集零散的戰爭信息也是一種補充方式。端納在給劉大鈞的信中，提到「我是唯一能搞到戰爭新聞的人，正如我已在做的，我要加入記者行列。我和其他記者交談，每天得到戰爭新聞」〔註19〕，作爲蔣介石的顧問，這些戰爭消息可能也流向蔣介石，但在《蔣介石日記》中未獲得確認。

4.1.1 監聽日本廣播

抗戰期間，日本對華的宣傳機構、宣傳方式和內容，軍事委員會政治部曾做過詳細總結：「（日方）宣傳機構分爲國內、海外、在華三個部分，國內部分由內閣情報部、陸軍省報導部、海軍省報導部、外務省情報部、內務省放送局、外務省對華文化事業部、文部省組成；國外部分，利用文化團體者、利用言論機關者、利用其他團體及社會人士者；在華部分，有特務機關、宣

〔註15〕美國斯坦福大學胡佛研究所，《蔣介石日記》（手稿本），1938 年 8 月 29 日。
〔註16〕美國斯坦福大學胡佛研究所，《蔣介石日記》（手稿本），1939 年 3 月，第一星期反省錄。
〔註17〕美國斯坦福大學胡佛研究所，《蔣介石日記》（手稿本）。
〔註18〕美國斯坦福大學胡佛研究所，《蔣介石日記》（手稿本），1938 年 8 月 1 日。
〔註19〕蔣介石私人顧問端納與劉大鈞往來函件選，檔案架，p24，本件未標明日期。

撫班、偽組織中宣部組成。宣傳理論有，三民主義、建立東亞新秩序、共同防共、擁護東洋文明、強化經濟單元。敵寇在華的宣傳機關，最早和最普遍的，是在各地的特務機關，戰前它是敵寇製造對華陰謀的總匯，現在它主管對我的宣傳攻勢，監督偽組織的活動，其範圍並內政外交皆有。其次是敵寇的宣撫班，凡敵寇足跡所到的地方，都有這種組織，其宣撫計劃，以迅速把握民心，確保情報搜索，確保通信線及交通線等，為工作方針，並分為地區宣撫班與部隊宣撫班」，其中地區宣撫班相當於動員委員會，部隊宣撫班相當於部隊政治部」〔註20〕。

面對如此完善的新聞對手，蔣介石對日本方面的新聞信息也進行了密切關注：「1938 年 6 月 11 日，據敵廣播，昨夜佔領安慶而我軍楊森尚未來報也」。將敵方的廣播信息，成為一種可靠的信息來源，蔣介石首先下令全面收集敵對方日本的新聞信息，「嚴令聽取敵方廣播」〔註21〕，「廣播稿令每日呈閱」〔註22〕，親自「閱報研究時局與敵情」〔註23〕，在充分收集信息的基礎上，「注意倭寇宣傳，積極直接交涉」〔註24〕。

國際宣傳處「第三科負責對敵宣傳工作，又被稱為對敵科，由董顯光延攬熟稔日本事務的青年黨黨人崔萬秋擔任科長，工作項目包括搜錄敵方廣播、分析敵方情報，以及對日的中國之聲廣播」〔註25〕。1938 年 12 月至 1940 年 1 月，第三科監聽日本廣播，主要監聽地為東京和大連，聽錄《敵方廣播新聞紀要》，油印後，內部保密發行，每日一報。

這些「敵方廣播新聞紀要」網羅了各種信息，力求幫助政府進行盡可能準確的判斷。例如，1938 年 12 月 6 日下午的「紀要」包含的幾條信息為：《倭稱我在北海雷州嚴防倭兵登陸攻桂》、《我軍部禁止公務人員移住滬港二地》、《近衛將發表調整中日國交新趣旨》。1938 年 12 月 7 日，「紀要」刊發的軍事消息為《敵造謠湯恩伯部對衝突》：「武漢陷落後，敵集中敗殘部隊於平江整理，以

〔註20〕中國國民黨文化傳播委員會黨史館藏，敵偽活動宣傳方式，軍委會政治部，1942 年 10，一般檔案，館藏號：一般 715/113。
〔註21〕美國斯坦福大學胡佛研究所，《蔣介石日記》（手稿本），1938 年 10 月 26 日，預定四。
〔註22〕美國斯坦福大學胡佛研究所，《蔣介石日記》（手稿本），1938 年 3 月 27 日。
〔註23〕美國斯坦福大學胡佛研究所，《蔣介石日記》（手稿本），1939 年 1 月 7 日。
〔註24〕美國斯坦福大學胡佛研究所，《蔣介石日記》（手稿本），1933 年 9 月 14 日。
〔註25〕王文隆，中國國民黨文傳會黨史館所藏日偽《敵方廣播新聞紀要》，《國史館研究》，第九期，p37。

資防衛長沙、衡陽兩大軍事據點，但長沙大火後，彈糧殊難接濟，於是駐敵方面湯恩伯麾下……彼此以爭取彈糧，遂發生誤會，由十一月末起，卒互相發生衝突，形勢頗緊張，至十二月二日方告停止，似有相當損失云」〔註26〕。

當日的政治消息，有《倭造謠國共兩黨意見齟齬》、《倭造謠孔院長辭財長職》、《倭稱我重慶電臺最近竣工》。傀儡消息爲《僞滿張景惠發表宣言》。敵方消息爲《有田明日與克萊琪英大使會談》。

1938 年 12 月 8 日，《倭新任駐英大使重光葵在倫敦奔走》：「倫敦發同盟電，新任駐英大使重光葵氏，到達倫敦後，連日於當地政界、財界應酬甚忙，本月一日曾與巴特勒次長會談一小時，說明武漢陷落後，支那已進入新建設時期，英、日二國在支各種懸案，希望能斷次解決，其後復與煤油公司經理，及產業聯盟會長會見，同樣說明東亞之新情勢，以正其錯誤之認識。又岡本參事官，昨日亦到外交部訪問極東司長，對英政府由緬甸向蔣政府輸入武器，喚起注意，目下英上院，對日空氣雖仍強硬，惟下院則不然，巴特勒次長，日前曾在下院，表明日本最近發表之宣言，足可信賴。總之今後英政府對遠東之態度，將有相當之轉變云」〔註27〕。

1939 年 5 月 3 日，蔣介石聽到「敵廣播有【期於五月轉入攻勢之我軍】之言，是其於五月中旬進攻鄂中之企圖甚明也，敵廣播稱【汪對於國民政府政變從來之態度，公然指汪僞漢奸深表遺憾】，可知汪對倭寇至今尙以政府與彼唱雙簧爲言也，卑劣至此，敵國對汪之欺僞今始明瞭」〔註28〕。

通過這些材料，我們發現，日方的廣播新聞，事實與謠言混雜，但是即便是謠言，也可以藉此分析日方發布這些謠言的目的何在，進而推斷日方的軍事和政治企圖。1938 年，有關日本企圖對蘇聯進行攻擊的傳言，引起蔣介石的覺察，蔣介石認爲這可能是日本故意放出的煙霧彈，企圖讓中國政府相信日將攻俄，從而相信日本的和平試探是有誠意的，進而進行回應。

同時，蔣介石還通過分析日本國內輿論，判斷日本的外交態度，1941 年 8 月 16 日，英美兩國聯合發表大西洋宣言，指責侵略國家，蔣介石通過對日本國內輿情的分析，認爲「敵國輿論對英、美聯合宣言之反響，似均抱強硬之敵對態度，此乃必然之勢，日寇亦決不因此而終止其侵略也」〔註29〕。

〔註26〕臺灣國民黨黨史館館藏，《敵方廣播新聞紀要》（電子版），1938 年 12 月 7 日。
〔註27〕臺灣國民黨黨史館館藏，《敵方廣播新聞紀要》（電子版），1938 年 12 月 8 日。
〔註28〕美國斯坦福大學胡佛研究所，《蔣介石日記》（手稿本），1939 年 5 月 3 日。
〔註29〕總統蔣公大事長編初稿，卷四下，1941 年 8 月 16 日，p175。

4.1.2 網羅國際信息

　　蔣緯國曾在到訪歐洲時，向蔣介石電報歐洲輿論狀況：「迎接孔祥熙同赴英國倫敦，除受邀參加加冕典禮外，並遊覽各處名勝，對親聞當地人民思想言論自由與該國政府致力宣傳情形深有所感」〔註30〕。「1942 年 10 月 4 日，威爾基在重慶，告訴蔣介石與宋美齡說：輿論與總統個人意見，兩者重要性之比例如十之比一，相差甚巨，並進一步建議中國加強在美宣傳」〔註31〕。根據對歐美目標宣傳國家言論自由和輿論與政府政策關係的認識，蔣介石有根據國外報紙文章推測當地民間輿論和該國政府意向的習慣。美國報紙一旦對中國戰事表現出傾向，蔣就會立即認為這是美國政府的意思。

　　蔣介石對當時世界主流國家的輿論自由狀況的瞭解，使他關注整個國際輿論環境。國際宣傳處成立後，向歐美各國派出宣傳機構，並同時收集國際輿情信息，《日記》中曾載，蔣要求下屬，遇「中央路透華文電立時呈閱」〔註32〕，表明蔣介石在閱讀報紙的同時，還閱覽路透社華文新聞。

　　全面抗戰後期，蔣介石更加注重收集國際形勢的信息。他手令外交部，要求「駐英美各使館應搜集英美政界、社會輿論關於戰後社會問題之觀念，國際組織之意見及對華之心理與批評等，每月由部摘要呈報」。外交部遂「分別電飭英美大使館及澳加公使館，切實搜集駐在國政界及社會輿論對於戰後國際組織及社會問題之意見以及對華心理及批評，隨時報部。當經就駐英美使館報告中有關上項資料部分分類彙編按月呈送主席鑒核」〔註33〕。

　　1942 年 11 月 17 日，蔣介石通過電臺，向全世界發表關於時事的看法，申明謀求民族獨立和堅持三民主義的政治主張，同時否認中國有成為亞洲領導者的意圖。這一聲明發表後，蔣介石密切關注國外輿論反饋，在《本月反省錄中》，他寫道：「自余否認領導亞洲之政策在美報發表以後，英美對我之心理與觀念全變，皆一致表示好意，而紐約時報則自認其英美對華有在戰後建立平衡力量，不使中國在亞洲獨自強大成為世界新威脅之意」〔註34〕，可

〔註30〕臺灣國史館藏，《蔣中正總統文物》，1937 年 5 月 27 日。
〔註31〕王豐（2016），《宋美齡，蔣介石的一號情報員》，臺北：商周出版，331。
〔註32〕美國斯坦福大學胡佛研究所，《蔣介石日記》（手稿本），1937 年 8 月 31 日，預定八。
〔註33〕方勇（2013），《蔣介石與戰時經濟研究（1931—1945）》，杭州：浙江大學出版社。
〔註34〕美國斯坦福大學胡佛研究所，《蔣介石日記》（手稿本），1942 年 11 月，本月反省錄。

見蔣認爲報紙的態度與其本國政府的態度是一致的，甚至可以說，蔣並沒有意識到兩者間的區別，將兩者混同。

4.2 鼓動與反宣傳

　　1937 年七七事變後，蔣介石展開了面向記者、軍隊和軍校學生的全方位戰爭動員和宣傳，對記者發表談話，說明「平津局勢之轉變，絕非偶然，軍事上一時之挫折，不得認爲失敗，而且平津戰事不能認爲已經了結。日本既蓄意侵略中國，不惜用盡種種手段，則可知今日平津之役，不過其侵略戰爭之開始，而絕非其戰事之結局……今最後關頭已到，惟有發動整個計劃，領導全國，一致奮鬥，爲捍衛國家而犧牲到底。惟望全國民眾沉著謹慎，各盡其職，共存爲國犧牲之決心，則最後之勝利必屬於我也」〔註 35〕。9 月 4 日，接見美聯社記者，「告以日本侵華之目的，乃在建立一大陸帝國，進而作爲威脅世界和平之根據。我國抗戰非僅爲中國本身之存亡而戰，亦爲維護世界之和平而戰，制止日本之侵略行爲，乃爲九國公約與凱洛格公約簽字國及國聯各會員國之共同責任」〔註 36〕。9 月 21 日，接見巴黎晚報記者，表示「中國決以全力奮鬥到底，直至日本根本放棄侵略而後已」〔註 37〕，24 日，繼續接見外籍記者，使「全世界之人民，更充分瞭解日本之野蠻」〔註 38〕。同時，蔣介石親自擬稿，面向軍隊講話，進行部隊動員：1937 年 9 月 13 日，「手擬告各戰區全軍將士文，勸以固守陣地，沉著應戰，至死不渝」〔註 39〕。

4.2.1 戰時安撫與動員

　　抗日戰爭期間，安撫民眾和動員民眾，具有重要的戰略地位。日軍侵桂時，白崇禧從三個方面進行佈防，其中第一個就是「安撫民眾」〔註 40〕。與此同時，戰時宣傳還承擔了敵後國民教育的任務。蔣介石親自參與制定精神

〔註 35〕 總統蔣公大事長編初稿，卷四上，1937 年 7 月 29 日，p92～93。
〔註 36〕 總統蔣公大事長編初稿，卷四上，1937 年 9 月 4 日，p111～112。
〔註 37〕 總統蔣公大事長編初稿，卷四上，1937 年 9 月 21 日，p121。
〔註 38〕 總統蔣公大事長編初稿，卷四上，1937 年 9 月 24 日，p122～123。
〔註 39〕 總統蔣公大事長編初稿，卷四上，1937 年 9 月 13 日，p118～120。
〔註 40〕 王涵、張皓（2017），控制與反控制：桂南會戰中的蔣白之爭，《民國檔案》，4 月，p113。

動員的方針，準備「精神動員宣傳之手續」〔註41〕。

　　1939 年 2 月，國民參議會通過國民政府提交的《國民精神總動員綱領》，次月，蔣介石出任國民精神總動員會會長，公佈《總動員綱領》及《實施辦法》。國民精神總動員共同目標的三個口號：「國家至上、民族至上」、「軍事第一，勝利第一」、「意志集中，力量集中」。國民精神總動員，與戰前進行的面向全社會的現代生活教育、政治思想教育一脈相承，同時又根據全面抗日戰爭的救國的內容：「共同目標」、「救國之道德」、「建國之信仰」、「精神之改造」。

　　1939 年 5 月 3 日、4 日，日軍對重慶實施大轟炸後，「作爲戰時重慶重要宣傳喉舌的《新華日報》、《大公報》、《國民公報》、《西南日報》、《新蜀報》等，均遭到不同程度的損壞，各報單獨出版發生困難，國民黨中央宣傳部召集重慶十大報刊聯合出版爲一張《重慶各報聯合版》」〔註42〕，《朝日新聞》也對這兩日的轟炸進行了詳盡報導，並言明，除軍事設施外，包括《大公報》《新華日報》及國民黨中央通訊社等新聞機構，都是轟炸目標。董顯光的自傳中也印證了相關事實。十家報館進行聯合編報，《聯合版》成爲 1939 年 5 月至 8 月，重慶轟炸期間重要的戰時動員陣地。

　　1940 年，蔣介石在中央政治學校新聞專修科第一期學員畢業典禮上，明確指出新聞界在抗戰中的責任：「宣揚國策，統一國論，提振人心，一致邁進，達到驅逐敵寇，復興民族之目的，而完成三民主義國家之建設」〔註43〕。

一、發表講話，進行國民教育

　　蔣介石 1934 年發表著名演說，《抵禦外侮與復興民族》〔註44〕，《嘉陵江日報》在 1938 年 2 月 9 日仍進行了刊登〔註45〕。1937 年 7 月 19 日，蔣介石在盧山發表《最後關頭》，表明決不妥協的抗戰決心，並鼓勵民眾，「拼盡全民族的生命」以保持國家和民族的生存。此後，對全國進行戰時動員成爲常

〔註41〕 美國斯坦福大學胡佛研究所，《蔣介石日記》（手稿本），1938 年 3 月 13 日。
〔註42〕 張謹（2015），《抗戰時期中國共產黨在重慶的輿論話語權研究》，重慶：重慶出版社，p90。
〔註43〕 蔣介石，勸勉新聞界戰士，總統蔣公思想言論總集，17 卷，p205～206。
〔註44〕 《抵禦外侮與復興民族》，福建民報社出版，1938 年，中國人民大學數字圖書館藏，p54。
〔註45〕 張謹（2015），《抗戰時期中國共產黨在重慶的輿論話語權研究》，重慶：重慶出版社，p84。

態，退守武漢時，面向全國的知情公告有《告國民書》、《全國總動員令》、《抗戰建國綱領》、《告青年書》等，武漢失守後，蔣介石發表《八一三告淪陷區民眾書》。此後數年間，逢七七紀念日，蔣介石均發表週年紀念講話，向全體軍民廣播。

蔣介石通過各種手段，在輿論場中表達自己的意見，並爭取民眾聽從自己的意見，與自己站在同一立場，這就形成了國民教育的重要平臺，1938 年9 月 26 日，上海舉行抗日民眾大會，蔣介石提前一日，將爲次日擬定的標語電上海市市長張群等，要求立刻印發，採用傳單的形式，借由大會宣傳他的抗日主張：「6、抗日要嚴守秩序；7、抗日要行動一致；8、抗日要注重學問；9、抗日要增長知識；10、罷課使學問荒廢；11、罷工使生活困難，就不能抗日救國；12、罷市使經濟損失，就不能抗日救國；13、學生要加倍勤學，洗雪國恥；14、工人要多加工作，洗雪國恥；15、商人要暢銷國貨，洗雪國恥；16、嚴守秩序，表示愛國精神；17、遵守紀律，發揮救國精神」〔註 46〕。

1939 年 7 月 7 日，蔣介石在抗戰第二週年紀念發表《告全國軍民書》、《告日本民眾書》及《告友邦人士書》，向國內外申明中國必定持續抗戰的態度，鼓舞中國人民貫徹精神總動員，提高戰鬥精神，以及中國必將贏得抗戰的道理。1939 年 10 月 10 日，蔣介石又「爲國慶紀念發表《告全國軍民同胞書》，號召全民，粉碎日寇「以戰養戰」「以華制華」陰謀，勸勉承繼先烈爲國犧牲奮鬥之精神，完成抗戰建國的使命」〔註 47〕。1940 年，八一三紀念日，蔣介石對日本的強烈譴責。時值日本頻繁向重慶政府釋放和談信號，蔣介石認爲雖能感覺到近衛內閣的急迫，但認爲其手法拙劣，缺乏誠意。

蔣介石認爲新聞宣傳是一種戰爭動員手段。他認爲新聞界的責任，在於「宣揚國策，統一國論，提振人心，一直邁進，達到驅逐敵寇，復興民族之目的，而完成三民主義國家之建設」〔註 48〕。蔣也認爲黨員應該信念堅定，深刻理解三民主義的建國方針，因此「須黨員負責宣傳協助」〔註 49〕，而且

〔註 46〕 臺灣國史館出版，蔣中正總統檔案事略稿本（12），2010 年版，p97～98。
〔註 47〕 總統蔣公大事長編初稿，卷四上，1939 年 10 月 10 日，p434～435。
〔註 48〕 蔣介石，《勸勉新聞界戰士》，《總統蔣公思想言論總集》，第 17 卷，p203，http://www.ccfd.org.tw/ccef001/index.php?option=com_content&view=article&id=2294:0020-9&catid=147&Itemid=256。
〔註 49〕 美國斯坦福大學胡佛研究所，《蔣介石日記》（手稿本），1931 年 4 月 11 日：「第四師訓話閱兵，戒其驕慢，勉其勤勞，而未言及信義是一缺點，教部下如教子弟，視軍隊爲視家庭，必欲爲難伏卵而後才能成立軍隊也，再往省黨部講

要「精神總動員與三民主義青年團同時進行」〔註50〕。1941 年 5 月 2 日，蔣介石主持全國政工會議，發表《政訓工作與普遍宣傳之要點》，要求「（一）政工人員之基本任務，在於提高軍隊戰鬥精神，加強軍隊戰鬥意志。（二）部隊政訓工作之要點：（1）要明瞭敵我實際情況，熟察時勢需要，能夠自動研究，因事制宜。（2）要保持軍隊精神與物質之補充，尤以充實精神爲政工人員主要之職責。（3）政工人員必須知道軍隊最重要的秘訣，應堅定必勝之信念，更須增強部隊對主管官之信仰。（4）各級政治部應完成無線電通訊設備，實行每日通訊。（三）普遍宣傳之要點：（1）應發揮宣傳之效能。（2）工作應注意秘密化。（3）要能自動主動，切戒因循被動。（4）應注重時間性，把握時機，力求迅速。（四）希望大家要認清職責，明察時代與環境，發揮各人聰明才智，盡到革命任務，來完成抗戰建國大業」〔註51〕。

　　「輿論陣勢」的形成，需要多方布局，相互配合才能完成。1936 年，張季鸞與胡政之就大公報是否遷入上海問題產生爭執，張季鸞一度想另立門戶，創建《國民公報》，在進諫蔣介石時，蔣介石否定了他這一想法，明確表示，《大公報》「有影響，有權威，在中國並不多見，抗戰需要它」〔註52〕。這說明從此時起，蔣介石就已經開始考慮抗戰的輿論布置，讓直接的官方宣傳與間接的民間宣傳的配合。在爭取國際支持的宣傳中，美國對官方背景的媒體保持警惕，於是扶助民營的《大公報》成了國民黨的宣傳政策的一環。張季鸞成爲蔣介石重要的謀士和代筆人之一，《日記》顯示，蔣介石頻繁接見張季鸞，1938 年 2 月 28 日，蔣介石與「張季鸞論外交與國際宣傳」〔註53〕。1938 年「抗戰週年紀念的文告中，張季鸞曾提出國家至上、民族至上、軍事第一、勝利第一……後經陳布雷增加意志集中、力量集中，成爲抗戰時期重要的宣傳口號」〔註54〕。

　　1940 年之後，培植《大公報》的「趨勢更爲明顯，據說國民黨中宣部爲了培養《大公報》成爲輿論權威，曾經制定了黨報不爭新聞的方針。同年，

　　　　演，以清丈地畝調查戶口爲立政之要，須黨員負責宣傳協助」。
〔註50〕美國斯坦福大學胡佛研究所，《蔣介石日記》（手稿本），1938 年 3 月 7 日，注意二。
〔註51〕總統蔣公大事長編初稿，卷四下，1941 年 5 月 2 日，p686～687。
〔註52〕王潤澤（2008），《報人時代，張季鸞與大公報》，北京：中華書局，73。
〔註53〕總統蔣公大事長編初稿，卷四上，1938 年 2 月 28 日，p182～183。
〔註54〕張瑞德（2013），侍從室與戰時國民政府的宣傳工作（1937～1945），《蔣介石與現代中國的型塑》，臺北：中央研究院近代史研究所，p204。

中宣部將陶希聖、高宗武抄回的《日支新聞系調整要綱》，首先交給《大公報》發表，再由各報轉抄」〔註55〕。1941 年 5 月，密蘇里大學新聞學院授予《大公報》社會服務獎，與國民黨這一政策的施行密不可分。但張季鸞去世，王芸生接手後，雖然陳布雷幾經努力，《大公報》還是走向了蔣介石的對立面。

1941 年 12 月 31 日，《陳布雷日記》有記「閱報載羅斯福總統卅日爐邊談話廣播詞全文（合眾社電），較路透、海通兩社原稿爲詳。以委員長命，引用其詞加入告全國軍民演詞，即交中央社發表」〔註56〕。

1943 年 8 月 25 日，《蔣介石日記》載，「研究國際與國內共匪解決問題，幾窮半日之思力，獲得結論記於本冊雜錄之中」，對中共一戰的問題。在當年度《雜錄》中，「除對軍令政令必須貫徹統一，不論任何名義，除有妨礙抗戰計劃與擾亂社會行動之外，皆取寬大爲懷，一貫之方針……」，如有破壞行動，「皆以僞組織與土匪軍隊視之」。

但是，作爲執政方，社會動員的程度很難把握，動員不足，則群眾力量無法補充戰爭，動員充足，則影響正常的社會秩序，出於對統治秩序的考量，和底層動員能力不足的限制，蔣介石將戰勝日本的希望寄託於盟國的幫助，而始終避免進行全面的民眾動員，宣傳也沒有被用作全民動員的武器。

二、對汪精衛進行討伐宣傳

蔣介石與汪精衛在是否堅持抗戰問題上，存在分歧。1938 年 12 月 9 日，蔣介石對汪精衛說，「只要我政府不與日本言和，則日本無法亡我」，汪精衛則更加現實和消極，認爲「此仗如何能打下去」。

1938 年 12 月 19 日，汪精衛向國民政府申請護照，借道雲南前往越南，主張與日軍媾和。蔣介石希望其能回頭，併發電報給香港《大公報》張季鸞，希望輿論對汪寬留餘地〔註57〕。

〔註55〕王凌霄（1997），《中國國民黨新聞政策研究（1928～1949）》，臺北：近代中國出版社，p201。

〔註56〕1942 年元旦對全國國民廣播詞，轉引自，《陳布雷日記解讀》（2011），上海：作家出版社，p190。

〔註57〕此事《日記》中並無記載，因此眞實性存疑，《蔣公大事長編初稿》卷四上，1938 年 12 月 27 日，p279～280，記有「電香港大公報張季鸞總主筆，希對汪兆銘之有關輿論，寬留餘地」，但未附電稿原文，鑒於《大事長編》所含有的大量電文原文，此處不留原文，甚可疑。同日，蔣介石電龍雲原文，在《大事長編》中即有收錄：「電示龍雲主席，指出汪兆銘與敵謀和之謬妄，電曰：「汪先生梗電所稱：『在渝兩次謅談，如對方所提非亡國條件，宜及時謀和以

12月22日，日本首相近衛文麿發表了第三次對華聲明，12月29日，汪兆銘發出《致中央常務委員會國防最高會議書》和「豔電」。蔣介石嚴厲駁斥汪精衛電報，「駁斥近衛聲明之講演全文，今日遍見各報」〔註58〕。近衛政府稍後辭職。1939年1月1日，國民黨中央執委會臨時會議一致決議，開除汪兆銘的國民黨黨籍和一切公職。

蔣介石將此事作為宣傳的契機，其親自制定宣傳稿罵汪精衛，通過樹立和攻擊對立面的方式，向國內外表明中國政府的抗戰態度：

「1939年4月10日，注意一、對汪罪宣傳應加入如果不客氣的話，那就要換一套面孔說現在國家已經被你們這班不負責無誠意的奴才弄壞了，你們應該滾開，讓我來幹罷，這是你內定的兩套西洋鏡，不曉得你將究竟用那一套了，上下午終日修正對汪駁斥之文，頗費心力但自覺快慰也，晚宿黃山」〔註59〕。

「1939年4月12日，上午獨坐樓廊，靜聽鳥聲，曠觀山色，生氣蓬勃，愁悶數週，今日始得興趣，觀稚老斥汪下文，尤感快樂，不忍釋卷，連讀三次，愈覺愉快，末後代續一層交，對敵必生極大影響，而對國人之宣傳總在其次也」〔註60〕。

對軍隊的宣傳同時進行，將「汪精衛最近十日或十一日對華僑與廣東同胞廣播全文，可抄送第四戰區官兵，使其知汪逆對我廣東官兵之侮辱，與為虎作倀之漢奸言行之可痛」〔註61〕。4月11日，「中央監察委員吳敬恒發表《對

救危亡，而杜共禍』云云，所言絕非事實。此為彼今年正月間之主張，而最近在渝並未有一言提及也。相隔不過十日，前後如出二人，殊堪歎惜！彼或不知與敵言和，如果附帶有其所要求條件之一，即足以亡國，中此次在渝，並曾詳切面告汪先生等，以日寇之狡獪毒辣，若我有人向其謀和，則日寇之猙獰面目畢露，萬不可為，近衛二十二日之所以發言者，全為對汪之討價，彼竟不察，而自上其當，幸此時猶未失足，尚可為之挽救也。」《大事長編》同日的記載另有：「召見彭學沛，囑其電汪：『駐港不如赴歐。』蓋公以彭與汪頗友善，故仍欲以至誠使之感動也。公自記所感曰：「以德報怨固非人情之常；但救人即所以自救，忠恕待人，寧人負我，我決不負人，惟求心之所安而已。」

〔註58〕總統蔣公大事長編初稿，卷四上，1938年12月29日，p280～282。
〔註59〕美國斯坦福大學胡佛研究所，《蔣介石日記》（手稿本），1939年4月10日。
〔註60〕美國斯坦福大學胡佛研究所，《蔣介石日記》（手稿本），1939年4月12日。
〔註61〕陳誠（2009），1939年7月15日，蔣介石手諭將汪偽廣播詞抄送第四戰區官兵，《陳誠回憶錄——抗日戰爭》，北京：東方出版社，p414。

汪精衛〈舉一個例〉的進一解》一文，痛斥汪逆之無恥賣國行爲」〔註62〕，配合宣傳。4月17日，蔣介石借鑒中外記者，駁斥近衛內閣「東亞新秩序」，並作廣播演講《精神總動員與第二期抗戰意義》。1939年8月4日，蔣介石「指示中央宣傳部葉楚傖部長，應將汪逆兆銘甘心降敵之賣國行爲與事實，及與日敵構和陰謀滅華毒計，分段分篇，編印小冊，昭示全國」〔註63〕。10月1日，蔣介石又接見中外記者，專門就汪精衛降敵一事答記者問。

從《日記》中的相關記載，我們可以明顯感覺到蔣介石是個表達欲極強的人，同時，他重視新聞宣傳對於軍事和政治的意義，「向世界揭露日本暴行」的對外宣傳、「廢除不平等條約」宣傳、《中國之命運》宣傳，都是蔣介石首先動議並開展的。因此，他有欲望見到記者，親自向記者闡明自己的政治觀點、說明政令政策，寄希望於媒體能幫助建立有利於自己的輿論氛圍。即便是侍從室代擬的稿件，也常常覺得不合心意，必須自己親自修改才能將自己的想法表達眞切。

1940年1月13日，蔣介石與張群、陳布雷研究對日汪密約的發表和宣傳要旨。《日記》在14日記載，「上午研究倭汪密約之內容，與敵閣倒後之人選」。17日，蔣介石再度與陳布雷、王世杰商討宣傳辦法。

「1940年，《大公報》獨家發表汪兆銘賣國之文件案。該年1月22日，《大公報》香港版頭版報頭旁，刊登了一則啓事：『汪兆銘與日方所訂亡國條件揭露請閱本報第三版所載全文及第九版、第十版手稿本圖片。如有遺漏，請向送報人索取』。第三版頭條，則刊載了一則新聞，大標題爲，『高宗武陶希聖攜港發表，汪兆銘賣國條件全文』，小標題則爲『集日閥多年夢想之大成！及中外歷史賣國之罪惡，從現在賣到將來，從物質賣到思想』，同時公開的尚有〈日支新聞系調整要綱〉全文及附件，〈新政府成立前所急望於日方者〉、〈關於華方邀望之我方答覆要旨〉等材料」〔註64〕。

汪精衛等主和派，認爲中國即便與日本開戰，也不存在勝利的可能，反而會加速亡國，這種觀點只局限於數字的計算上，但卻忽略了「氣節」「精神」作爲民族國家存亡的標誌性意義。不戰而和並不能阻止日本的進攻，也

〔註62〕總統蔣公大事長編初稿，卷四上，1939年4月11日，p322～340。《大事長編初稿》全文收錄了此文，而4月12日、13日、14日，整整三天無記錄。

〔註63〕總統蔣公大事長編初稿，卷四上，1939年8月4日，p393。

〔註64〕張瑞德（2013），侍從室與戰時國民政府的宣傳工作（1937～1945），《蔣介石與現代中國的型塑》，臺北：中央研究院近代史研究所，p213。

不能為中國贏得社會發展的時間，弊端顯而易見：不僅日方會得寸進尺，國際、國內對於中國的國家氣節也將嗤之以鼻，中國在國際社會中消失，在外交中的「雪恥」根本無從談起。這一點上，蔣介石的認識是清醒的，他堅持認為，日本能接受的和平必然是犧牲中國利益的，「寧使民心悲壯而犧牲，毋使民氣消沉而屈服」〔註 65〕。「應戰」是保持「中國」是「中國」的唯一途徑，但蔣介石的決定是在充分權衡之後做出的，他明確知道整個國家和國民政府也將為其付出慘重代價，仍堅持抗日。這一點，《蔣介石日記》在 1937 年 11 月 30 載：「考慮到長期抗戰之最惡場合：甲、各省軍閥割據，國內分崩離析；乙、共黨趁機搗亂，奪取民眾與政權；丙、散兵遊勇到處搶劫，民不聊生；丁、人民厭戰，共黨煽動，民心背棄；戊、政客反動離間，各處偽政權紛起；己、各國與倭妥洽，瓜分中國；庚、倭俄以中華為戰場，陷於西班牙水深火熱地位；辛、財政竭蹶，經濟枯槁，社會紛亂」，對此做了充分的思想準備。

太平洋戰爭爆發前，汪偽政權的賣國舉動，都是蔣進行宣傳策動的關注點。1940 年 1 月 14 日，蔣介石「上午研究倭汪密約之內容……下午會客，與陳王二主任研究宣傳方式」〔註66〕，1 月 24 日，蔣介石當日注意到「汪逆與王梁諸漢奸在青島會議」〔註67〕，並「讀報載告國民書與修完告日本國民書，覺甚有興味」〔註68〕，1940 年 2 月 1 日「手示侍從室、中央黨部及宣傳部，令將「日汪密約」及上月二十四日之告全國軍民書，告友邦人士書，與高宗武、陶希聖致大公報函件原文，專印成冊，分發各級黨部與軍警學校，咸使聞知」〔註69〕。

三、利用宋美齡的特殊身份進行對內宣傳

西安事變意外將宋美齡推到了政治前臺，國民政府於 1937 年 1 月 1 日，授予其一等彩玉勳章。其母校衛斯理學院，於 1937 年 3 月 7 日授予其哲學博士學位。抗戰期間，她實際承擔了新生活運動、紅十字會工作和建設中國空軍等多項對內工作，宋本人與她承擔的這些工作，主要起到了兩個作用，第

〔註65〕美國斯坦福大學胡佛研究所，《蔣介石日記》（手稿本），1938 年 3 月 30 日。
〔註66〕美國斯坦福大學胡佛研究所，《蔣介石日記》（手稿本），1940 年 1 月 14 日。
〔註67〕美國斯坦福大學胡佛研究所，《蔣介石日記》（手稿本），1940 年 1 月 24 日。
〔註68〕美國斯坦福大學胡佛研究所，《蔣介石日記》（手稿本），1940 年 1 月 24 日。
〔註69〕蔣公大事長編初稿，卷四下，1940 年 2 月 1 日，p490。

一，作為蔣介石的助手存在，執行他的意志，第二，宣傳蔣介石的政策，增加蔣介石和國民政府的美譽度。

蔣宋 1927 年 12 月結婚，一直到 1949 年，戰爭都是蔣介石的主要工作，宋美齡，以及孔宋兩家，則為他承擔了很多後勤工作。「1937 年 7 月，中國空軍駕駛驅逐機的現役飛行員，到了 1939 年 1 月分已經全部犧牲」〔註70〕，宋美齡承擔了很大一部分中國空軍的重建工作。

1939 年 5 月 3 日、4 日的重慶大轟炸給蔣介石造成了巨大的震撼，1939年 5 月 4 日，《日記》中寫道「敵機今日傍晚來渝轟炸，延燒，實為有生以來第一次所見之慘事，目不忍睹」。是全面抗戰後，第一個重大的外宣契機，《時代週刊》《紐約時報》和《基督教科學箴言報》也都從同情中國的角度進行了報導。

重慶轟炸也是宋美齡對外宣傳的重點，她於 1939 年 5 月 9 日向澳洲發表英文廣播，此後，宋美齡還多次通過私人郵件和公開廣播的形式，向西方各國發布日本侵華的信息，其側重點主要為中國人民遭受的痛苦慘烈的狀況，和不屈不撓的民族性格〔註71〕。

宋美齡在戰時，配合蔣介石的要求，承擔了部分後勤與醫療工作：「宋美齡電蔣中正請查辦紅十字會西醫遭拘禁事等，蔣中正覆電查並無拘禁某西醫事及一星期後方能回寧又對日仍不抵抗且各軍繼續北伐」〔註72〕，「蔣中正電宋美齡請另購肉類筍菜類糖類罐頭食品等與避疫藥水一併專車送來前方慰勞將士」〔註73〕。

在抗戰結束後，蔣宋之間電報顯示，宋美齡曾直接參與宣傳方針和演講稿的制定：「蔣中正電宋美齡已將寄來講稿大意加入雙十節文告中又何日起飛盼覆」〔註74〕。

〔註70〕 王世杰日記，《王世杰日記》（手稿本），第四冊，臺灣：中央研究院近代史研究所出版社，1990 年版，1939 年 1 月 6 日。

〔註71〕 美國衛斯理學院藏，宋美齡檔案，1943/6～1943/12，中國情報委員會、泛太平洋新聞局名義出信。

〔註72〕 臺灣國史館藏，蔣中正致宋美齡函（一）／005，蔣中正總統文物／家書／致宋美齡，1928 年 5 月 5 日，數位典藏號：002-040100-00001-005。

〔註73〕 臺灣國史館藏，蔣中正致宋美齡函（一）／052，蔣中正總統文物／家書／致宋美齡，1930 年 6 月 3 日，數位典藏號：002-040100-00001-052。

〔註74〕 臺灣國史館藏，蔣中正致宋美齡函（六）／053，蔣中正總統文物／家書／致宋美齡，1949 年 10 月 11 日，數位典藏號：002-040100-00006-053。

4.2.2 對敵方的反宣傳

日本在侵華期間，一直將宣傳作爲一條重要陣線進行經營，白虹貫日事件之後，日本新聞界形成了對軍方的全面支持。七七事變後，曾要求中國「取締排日言論宣傳機關及學生與民眾運動」〔註75〕。「據 1941 年日本新聞年鑑記載，在（七七）事變發生後，四個星期內即有四百名（新聞記者被派往中國），至武漢陷落時，增至一千人，至 1940 年 3 月 20 日，增至兩千三百八十四人……後來由於戰事的擴大，廢除各報自由派遣記者的制度，而改爲軍方徵調報導班員制」〔註76〕。

爲應對日本如此強勢的宣傳戰，蔣介石也展開了針對日本部隊和本土民眾的反宣傳，「手擬對敵國民眾宣傳大綱」〔註77〕，「一面散發傳單，一面散播謠言」〔註78〕。首先，蔣介石十分瞭解戰時宣傳的基本概念並自發的重視「反宣傳」，在《日記》中反覆提及「反宣傳」一詞：「1932 年 2 月 7 日，友人來電均以不增加援隊於上海相責難，乃知反宣傳之大，必欲毀滅余歷史，其餘不爲革命也」〔註79〕。蔣介石也具有非常明確的反宣傳目標，親自修改《告日本國民書》〔註80〕，「對敵國民眾宣傳最高原理適應其目前之需要，以站在領導地位在抗倭旗幟之下標明積極建設性之主張以其時乎，上午批閱黨部陸進人員，令各地軍隊協助耕種，下午會報會客，研究敵情與宣傳要旨」〔註81〕；

〔註75〕 總統蔣公大事長編初稿，卷四上，1937 年 7 月 14 日，「日本新任「支那駐屯軍」司令官香月清司派該軍參謀專田盛壽向冀察政務委員會強硬提出爲解決事件的七項協定細目，其內容非僅止於軍事性之停戰，而已擴大及於包括政治性條件在內。即：「（一）徹底鎮壓共產黨之策動。（二）罷黜排日之要人。（三）有排日色彩之中央系機關應從冀察撤退。（四）排日團體如藍衣社 CC 團等，應撤離冀察。（五）取締排日言論宣傳機關及學生與民眾運動。（六）取締學校與軍隊中的排日教育。（七）北平市之警備由保安隊擔任，中國軍隊撤出城外。」」，p76～77，http://www.ccfd.org.tw/ccef001/web/。

〔註76〕 李瞻，劉振強（1983），《新聞學》（第五版），臺北：三民書局股份有限公司，p73。

〔註77〕 蔣公大事長編初稿，卷四上，1939 年 6 月 4 日，p366。

〔註78〕 陳誠（2009），1940 年 4 月 5 日，蔣介石手諭注重對敵後宣傳並擬定對敵宣傳競賽辦法，《陳誠回憶錄——抗日戰爭》，北京：東方出版社，417。

〔註79〕 美國斯坦福大學胡佛研究所，《蔣介石日記》（手稿本），1932 年 2 月 7 日。

〔註80〕 據《蔣介石日記》（手稿本）記載，1939 年 6 月 11 日至 20 日間，其親自反覆修改《告日本國民書》，「以總理亞細亞主義與徐之敵乎友乎之意爲中心」，並於 20 日發表。

〔註81〕 美國斯坦福大學胡佛研究所，《蔣介石日記》（手稿本），1939 年 6 月 2 日。

「告倭民，一，不能停戰之理由，若一經停戰，則一切成爲既成事實，而中國即就此滅亡，而日本亦亡矣，列舉停戰言和之史實，並自甲午以來，馬關條約乃至最近塘沽協停，與察北事件之例以證之」〔註82〕。

蔣在《日記》中記下了很多親自制定對敵宣傳方針，並有關於曾多次使用飛機投遞、發送對敵宣傳品的相關記載。他認爲對敵方的宣傳，是削弱地方戰鬥力的有力嘗試，在 1938 年後，對日反宣傳的動作就變得很頻繁：

「1937 年 1 月 16 日，注意二、對逆宣傳與對本軍宣傳品」

「1938 年 2 月 27 日，預定四、限期速製對敵宣傳綱領與標語」

「1938 年 3 月 2 日，預定八、對敵宣傳品」

「1938 年 5 月 16 日，注意二、散發敵陣營宣傳品，三、對敵攻心宣傳之道」〔註83〕

1938 年的南京大屠殺駭人聽聞，蔣介石「見我男女同胞受敵寇慘殺凶遺之照片，而不動羞惡之心，無雪恥復仇之志者，非人也」〔註84〕。但這也是一個通過報導向世界傳達日軍暴行的契機，事件發生後，蔣介石立即布置董顯光派出宣傳人員赴日本，聯絡日本士紳開展反宣傳，並聯絡各國駐東京使領館人員，向全世界傳播南京現場的照片文字。在美國作家 Carl Crow 的檔案中，也有大量當時他利用人際關係搜羅南京大屠殺的照片和信息的信件。中國官方、外國記者主導，利用多渠道向國外發送報導和照片，以及人際宣傳的方式，將日軍在中國的罪行廣而告之，在宣傳組織各部分的配合上，是一個相當成功的案例。

從 1938 年 5 月 6 日，董顯光致蔣介石簽呈中，可以清晰的看到此事件中，對日本進行反宣傳的過程。毫無疑問，這次反宣傳的行動目標對象是日本人。在屠殺現場，有各國人士目擊事件發生，《孟卻斯德導報》〔註85〕記者田伯烈搜集發表專刊在英美出版，日本軍人拍攝有照片，並被國際宣傳處得到，加上相關英日文宣傳品，通過攜帶入境的方式，赴日散發，主要的宣傳對象是駐東京各使領館、新聞媒體和日本精英階層。整個過程有檔案存證：

「謹密呈者：

〔註82〕 美國斯坦福大學胡佛研究所，《蔣介石日記》（手稿本），1939 年 6 月 11 日。
〔註83〕 此處陳列 4 條引用，均出自：美國斯坦福大學胡佛研究所藏，《蔣介石日記》（手稿本）。
〔註84〕 美國斯坦福大學胡佛研究所，《蔣介石日記》（手稿本），1938 年 5 月 12 日。
〔註85〕 今譯《曼徹斯特衛報》。

　　職部國際宣傳處前因在敵國境內推進宣傳工作，曾派外人四人赴日。茲四人中已有三人返華，報告工作成績，尚有相當收穫。

　　據報告稱，彼等赴日，將職部國際宣傳處囑其秘密攜去之英日文宣傳品分別遞送，流傳頗廣。此中並有外人敘述日軍暴行之文件甚多，頗引起相當波動。三人之一，更攜有外人在南京所攝日軍暴行影片四百尺，曾密約東京各使領館人員及開明之日本士紳作數次演映。迄四月中旬，日方警察尚未發現彼等宣傳之跡象。彼等復攜有第三國人及日人自己所攝戰區中暴行照片多套，秘密分贈東京各國使領館人員。

　　隨呈附上此種照片一套，此為日軍人在戰區所攝，送至上海洗印。由職部轉輾覓得者。日人自攝暴行，測其用意，迨欲表示其威武與孟卻斯德導報記者田伯烈，搜集戰地第三國人所記錄之日方暴行數十篇，約十餘萬言，刊印專書，將於本月中旬在倫敦、紐約同時出版，此項照片已儘量刊載此書中。

　　各該外人留日之時復廣作耳語宣傳，即向各國駐日使領館人員、各國駐日通訊記者、日本工商界領袖、日本基督徒及日本政黨要員、機關公務員等作個別之談話，告以日軍人對華作戰之不智，若何破壞其自己之市場，若何毀滅其自己之戰鬥力量。他日必為蘇俄所乘，復告以中國民眾抗戰之情緒如何昂揚，抱如何抗戰到底之決心，全世界抵制日貨運動之普遍，表示國際間對於日本侵略戰之如何不滿。

　　三外人返華後，報告日本內幕真相甚詳。茲撮其綱要，敬祈鑒核。

　　此上

　　軍事委員會委員長蔣

　　職　董顯光（印）謹呈

　　二十七年五月六日（侍從秘書號：機密乙第 5308 號）」〔註 86〕

　　其次，日軍的戰時宣傳步步緊逼，「1939 年 1 月，侵華日軍野戰軍主力第 11 軍成立「宣傳班」，專門負責全軍宣傳的組織、計劃、實施工作。該班針對中國軍民每月制定紙質宣傳品散發計劃，指揮全軍按照規定的時間、地點、對象散發指定的宣傳品」〔註 87〕。蔣介石不得不兵來將擋，多日「改正對各友邦與對敵國宣傳，幾無暇略」〔註 88〕。在戰爭過程中，也時常令陳誠注意

〔註 86〕據南京第二歷史檔案館出版《民國檔案》記錄。

〔註 87〕許金生（2017），侵華日軍的宣傳戰──以日軍第 11 軍的紙質宣傳品宣傳為中心，《民國檔案》，p7，p112。

〔註 88〕美國斯坦福大學胡佛研究所，《蔣介石日記》（手稿本），1940 年 1 月 20 日。

前線的對日反宣傳工作，1939 年 4 月 1 日，蔣介石注意到前線反宣傳一時沒有跟上，立即電令陳誠：「此次我軍退出南昌及修水一帶，陣地被敵突破之處與沿途各處，皆未有對敵宣傳品及標語，此實爲我政治工作不良及無效之表現。以後對敵宣傳方法應特別研究有效方法，且於我軍撤退之前，在原陣地及各道路應特別散佈宣傳品及大字標語與漫畫爲要……」〔註 89〕。在「告知」的同時，還應「注重對敵人之宣傳方法與各種技術，其方法應分析日本、朝鮮、臺灣各種人之心理，尤其要注重僞軍之官與兵之心理，以及語言、文字、標語、口號等各種傳達，散發秘密、明白化裝等各種技術，最好能使敵軍上下疑惑，彼此防範」〔註 90〕。

1939 年 12 月 27 日，蔣介石接見記者，駁斥日本在冬季攻勢中的戰果宣傳，對此，蔣介石認爲「此又一篇對敵攻心之文，如能生效，當可制止敵軍進佔韶關與打通粵漢路之野心。去年今日發表駁斥近衛宣言，旨在打破其政略，今年今日駁斥敵軍謠諑，則在破其軍略也」〔註 91〕。

儘管蔣介石盡可能的採取措施進行「反」宣傳。但是如同「抗日戰爭並沒有取得勝利，只是沒有承認失敗」一樣，對日本的戰時宣傳也難以衡量實際效果。無法有效動員群眾進行全民抗日，是抗戰後期，蔣介石受到的主要指責之一，「國民黨成員主要分佈在城市，動員系統在城市，經濟支持也是城市……當它退到農村和不發達地區，企圖動員農村和城市經濟以抗戰時，動員的後果往往是無組織力量進一步吞沒其組織體系」〔註 92〕。

1941 年下半年，美日進行談判，在未達成協議之前，日本就已經「發動宣傳攻勢，謠傳美日之間已經達成秘密交易，其內容是美國承諾不干涉中國戰爭，而日本承諾不採取南進政策作爲交換條件。日本宣傳同時指稱，美國已經同意解凍日本在美國的資產」〔註 93〕。如果事實如此，則意味著重慶政府不但過去幾年的抗戰毫無意義，在未來也沒有任何取勝的希望，這種宣傳

〔註 89〕陳誠（2009），1939 年 4 月 1 日，蔣介石手諭應特別研究宣傳有效方法，《陳誠回憶錄——抗日戰爭》，北京：東方出版社，p412。

〔註 90〕陳誠（2009），1939 年 9 月 21 日，蔣介石手諭對敵宣傳之各種技術盼時刻研究改進，《陳誠回憶錄——抗日戰爭》，北京：東方出版社，p415。

〔註 91〕美國斯坦福大學胡佛研究所，《蔣介石日記》（手稿本），1939 年 12 月 27 日。

〔註 92〕金觀濤、劉青峰（2011），開放中的變遷：再論中國社會超穩定結構，北京，法律出版社，p292。

〔註 93〕齊錫生（2017），《從舞臺邊緣走向中央：美國在中國抗戰初期外交視野中的轉變 1937～1941》，臺北：聯經出版公司，p510。

在中國引起震動。

　　拉鐵摩爾在華期間，曾向居里「挑明了中國可能在內部發生動亂而導致崩潰的可能性。他告訴居里稱，民間有謠傳稱山西省主席和某些軍事將領們對戰爭態度發生動搖，考其原因就是受了日本人宣傳，認爲美國最終必將走上和日本妥協一途」〔註 94〕。對抗戰中，中國社會危機四伏的局面，拉鐵摩爾與蔣介石不謀而合，具有一定的預見性。

4.3　向外廣播戰爭傷害

　　爭取國外民間輿論、對外國政府的對華政策進行交涉，是蔣介石對外宣傳活動的兩個主要目的。

　　早在 1928 年，蔣介石就曾「對日本新聞記者發表談話，說明中國國民革命之成功與否，不特關係中國民眾禍福，亦且關係東亞安危與世界治亂，希望日本國民與政府，對我北伐，勿加阻害」〔註 95〕。

　　蔣介石利用演講進行表態，進行政治交涉，貫穿於整個抗日戰爭時期。1940 年 1 月，計劃公佈「汪日密約」期間，蔣介石親自「研究宣傳要領，手擬致日本國民書稿並約幹部共同商討」〔註 96〕，並同時擬定面向國內國際的宣傳材料，「修正告全國軍民書」〔註 97〕，「改正對各友邦與對敵國宣傳」〔註 98〕。

　　全面抗戰的時間早於德國入侵波蘭達兩年之久，即便在德國佔領波蘭後，美國和英國也一度希望能夠使本國避免戰禍，保持中立，給中國政府爭取外援造成不利影響，但蔣介石政府依然按照既定步驟不斷進行爭取。從美國對日本實行石油禁運，到太平洋戰爭前，美日曾進行了長達 8 個月的談判，談判甚至一度接近成功，近衛首相答應美國不再做軍事發展，要求由美國勸告中國停戰、日美恢復經濟關係。

　　此間，宋美齡已經以第一夫人的身份，承擔對外廣播戰爭傷害的職責，1937 年 10 月 6 日，她撰寫《戰爭與中國女性》一文，「揭發日軍之侵略與殘

〔註 94〕齊錫生（2017），《從舞臺邊緣走向中央：美國在中國抗戰初期外交視野中的轉變 1937～1941》，臺北：聯經出版公司，p513。
〔註 95〕總統蔣公大事長編初稿，卷一，1928 年 3 月 6 日，p203～205。
〔註 96〕美國斯坦福大學胡佛研究所，《蔣介石日記》（手稿本），1940 年 1 月 15 日。
〔註 97〕美國斯坦福大學胡佛研究所，《蔣介石日記》（手稿本），1940 年 1 月 23 日。
〔註 98〕美國斯坦福大學胡佛研究所，《蔣介石日記》（手稿本），1940 年 1 月 20 日。

暴，並表揚中國婦女在戰爭中放棄安靜與快樂之追求，盡力於輔助戰士，救援國家的工作」〔註99〕，12日，宋美齡的《中國固守立場》一文，「交《美國論壇》雜誌發表」〔註100〕。

4.3.1 蔣介石出面的演講和拉攏來華記者

如前所述，蔣介石十分注重親自會見記者，增加記者對自己和國民黨政府的好感，以求影響新聞作品。抗戰期間，蔣介石在《日記》中，仍然記錄了大量接見外國記者的情形，1938年6月8日，日本駐華大使館人員全部被召回，蔣介石對「外籍新聞記者談話，暢論抗戰前途與必勝信念」〔註101〕。臺兒莊戰役結束後，蔣介石爲了讓外國記者相信中方確實在戰役中取勝，曾同意陳誠專門爲外國記者派了一架飛機到現場。

一、演講

每逢重要紀念日會，蔣介石通常會向國外發表「告民眾書」，如抗戰兩週年時蔣介石還曾發表《告日本民眾書》，由國民黨中宣部譯成英、法、俄、德、日、緬、印度文，向海外廣爲宣傳。蔣介石還會通過廣播向國外發表宣言或講話。

1939年，美國議會就中立法案進行討論，王世杰提交報告《對美國中立法修改問題應持之態度、步驟及如何使美國積極與蘇聯接近之對策及關於美國中立法問題之報告》。1939年7月，英國與日本在東京進行談判，英國擬作讓步，國際輿論將此次談判稱爲「遠東慕尼黑」，意在將中國比喻爲捷克斯洛伐克，等待列強瓜分。蔣介石發表演講，對輿論進行回應，聲明中國有悠久歷史、團結統一，任何犧牲、在所不辭。隨著英日協定聲明的發表，28日，蔣介石又自重慶致倫敦《新聞紀事報》，發表對於英日東京談判之感想及對英國之期望電，重新申明上述態度，並對於英國的妥協，進行嚴正申斥，稱「英國欲爲保護其在中國之利益，即使欲作暫時的讓步，亦無異於以血肉喂猛虎。即使英國以百年來在華所有整個之權益，悉數讓與於日本，日本軍閥亦斷不能停止其侵略的行動。除非應該全部放棄其在遠東一切之所有⋯⋯最後總括一言，即貴國所應採取之最賢明的舉動，厥爲立即停止與日本之談判，此爲

〔註99〕總統蔣公大事長編初稿，卷四上，1937年10月6日，p126。
〔註100〕總統蔣公大事長編初稿，卷四上，1937年10月12日，p128。
〔註101〕總統蔣公大事長編初稿，卷四上，1938年6月8日，p220。

余質直之意見也」〔註102〕。1939 年 9 月 1 日，歐洲戰爭爆發後，美國對日態度出現轉機，羅斯福推動國會，廢除武器禁運條款，並試圖對日本進行禁運。

　　1939 年國民黨組織的冬季攻勢，雖然在軍事上失敗，國際對國軍的戰鬥力信心也跌到低谷，但整個的國際戰爭局勢正在逐步好轉。在 1940 年間，「各種刊物公然指出，在中國給日人一份打擊，即減少美軍在其他戰區一份損害」〔註103〕，7 月 8 日，蔣介石面向美國民眾，「發表廣播演說，希望美對侵略者勿存恐懼與姑息心理，並停止對侵略者的鼓勵行動」〔註104〕，繼續勸說美國開展對華援助。1940 年 10 月 17 日，陳布雷與《大公報》總編輯張季鸞一起見蔣介石，研究國際局勢，「委員長認為，日美戰爭意不可免，謂國際戰爭有事前竟無跡象而突發者，未有形跡已成而不爆發者」〔註105〕。

　　1941 年 7 月 7 日，是中國抗戰四週年紀念日，時值美國、日本談判之際。蔣介石擔心美日談判成功，中國成為日本在遠東的唯一目標，早在 5 月 22 日，便「預定，七七宣傳之準備計劃」〔註106〕。在紀念日當天，蔣介石發表《告友邦書》，指出：「若誤認今日之日人與德意尚可區別而論，以為可先敵視其一而緩和其他，則後果之嚴重，更不堪設想」。9 月 10 日，他又「發表對美聯社記者談話，以表示我中國之決心，期阻止美國對倭局部禁運之鬆懈矣」〔註107〕。他在講話中明確表示：「中國不會歡迎那種將不可避免地直接或間接對中國產生不利影響的安排」。這篇講話向美國全面表達了中國政府對美日談判的不滿和批評，強調中國反對一切以犧牲中國為代價與日本妥協的方案，不能接受盟國在歐洲大西洋全力抗德而在遠東消極避戰的策略，不能接受以維護太平洋現狀為前提的美日妥協。

二、外國記者招待與接見

　　七七事變之前，中國政府一天兩次召開記者報告會，發布相關消息。全面抗戰爆發後，中國議題的報導變得重要，外國記者跟隨國民政府從南京不

〔註102〕中國國民黨中央委員會黨史委員會，中華民國重要史料初編，第三編，外交（二），p103。

〔註103〕黃仁宇（2008），《從大歷史的角度讀蔣介石日記》，北京：九州出版社，p224。

〔註104〕總統蔣公大事長編初稿，卷四下，1940 年 7 月 8 日，p554～555。

〔註105〕美國斯坦福大學胡佛研究所，《陳布雷日記》（手稿本），1940 年 10 月 17 日。

〔註106〕美國斯坦福大學胡佛研究所，《蔣介石日記》（手稿本），1941 年 5 月 22 日。

〔註107〕黃自進、潘光哲（2011），《蔣中正總統五記：困勉記》，臺北：國史館出版社，p796。

斷轉移，直到重慶。重慶基礎條件惡劣，還要不斷遭受日軍轟炸，爲了使外國記者能有相對穩定的工作環境，方便對外新聞宣傳的控制和管理，董顯光向蔣介石申請轉款建立了重慶記者招待所。至 1939 年，「陸續往來之外國記者，計有美國聯合社維斯、薩博生，《支加哥日報》記者司底爾，紐約《前驅報》戲劇記者華茲，巴黎《回聲報》記者夏明夫人，哈瓦斯通訊社遠東社長白禮亞，路透社遠東社長席貝華克，合眾社遠東社長毛理斯，海通社遠東社長美最時，倫敦《日日前驅報》記者史諾，《孟卻斯德導報》記者白春朗，法記者李蒙、郭士美、羅霖，《巴黎晚報》記者沙都能，德記者羅斯，美國《環球攝影》記者恩的可脫、《百代》攝影記者史谷脫、《生活雜誌》攝影記者宋德和，蘇聯攝影記者卡爾曼等，約二十人」〔註108〕。

全面抗戰開始後，蔣介石開始注意到籠絡外國記者在國際宣傳中的重要性，每逢重大關口，即召集外國記者，進行輿論造勢，或利用對記者的談話間接進行外交交涉。1938 年，面對外國在華投資問題，蔣介石「接見倫敦泰晤士報駐漢記者發表談話，對於若干方面深恐如中國抗戰勝利，則英國在華利益或將蒙受損失一節，表示否認。並謂中國不僅歡迎外資，且在今後若干年內，中國亟需外資協力開發富源」〔註109〕。1939 年 1 月，密電中宣部副部長董顯光宜積極聯絡美聯社在華記者「務使發出消息有利於我」，並以此對抗日本的歪曲宣傳。1939 年 7 月 27 日，「接見英國倫敦新聞記事報記者，發表對英、日東京會談之感想，指出英國政府任何對日本之讓步，將必違背九國公約之規定，無異於幫助侵略者；期望英國政府應尊重國際法律與條約，忠於諾言，勿變更其向來之根本政策而與暴日妥協」〔註110〕。1941 年 9 月 10 日，「接見合眾社駐渝記者……重申在遠東乃至世界永久的與合乎正義的和平未獲切實保障前，中國決不惜犧牲，繼續與敵周旋，同時更期望美國及各盟邦，勿爲日本政府外交上之姦猾狡詐行爲所惑，加強對日經濟制裁」〔註111〕，11 月 7 日，「接待各外報及各通訊社駐渝記者，發表談話，說明反侵略國家的聯合陣線，必需把握時機，爭取主動，堅強團結，以打擊敵人的新攻勢，並堅信人類真正平等與世界永久和平，在此一維護公理正義的聖戰中，必可獲

〔註108〕中國第二歷史檔案館，劉楠楠選輯，1939 年國民黨中央宣傳部國際宣傳處工作報告，《民國檔案》，2016 年第 4 期，p33。
〔註109〕總統蔣公大事長編初稿，卷四上，1938 年 5 月 11 日，p213。
〔註110〕總統蔣公大事長編初稿，卷四上，1939 年 7 月 27 日，p391。
〔註111〕總統蔣公大事長編初稿，卷四下，1941 年 9 月 10 日，p720～721。

實現」〔註112〕。

1941 年 5 月 7 日，《生活週刊》負責人盧斯夫婦來華，10 日，蔣介石夫婦接見，隨後由董顯光陪同前往西安，親身體驗到中國抗戰前線的情形。盧斯在中國出生，與國民政府保持了良好的關係，《生活週刊》使用了大量正面形象的蔣介石照片，幫他樹立了建設民主中國的領導人的形象，為中國在美的宣傳提供了很大的幫助。

「在回國後的一次演講中，盧斯將訪華印象做了總結：其一，中國民族德行優良，絕不能征服。其二，中國正從事於艱苦之抗戰。其三，在此種極度困難情況之下，從事抗戰，全世界各國人民均望塵莫及。其四，中國表現勇敢與堅決之偉大精神，故能克服絕大之困難，而獲得勝利。盧斯回到美國後，會見了羅斯福總統的高參勞克林-居里、國務卿赫爾、海軍部長諾克斯、陸軍部長史汀生，建議美國政府改變對日的綏靖政策，增加對華援助。同時，盧斯安排其公司的雜誌《時代》、《生活》、《財富》著文聲援中國。1943 年，宋美齡訪美，盧斯在宣傳與社交活動安排上曾做了很多工作」〔註113〕。

1943 年 1 月 5 日，美聯社駐歐洲總社社長麥更孜返美途中專程到重慶要求蔣介石接見，因時間倉促沒有如願。此後麥更孜請蔣介石就基督教對於此次戰爭的意義予以書面答覆。隨後，蔣指示國宣處代擬復稿。

4.3.2 董顯光等人與國際宣傳處的行動

蔣介石建立國際宣傳機構的意向始於 1931 年，當時「鑒於國際宣傳工作始終缺乏一貫的計劃，經濟與人力都很有限，所以在民國十九年（1930 年）初，國民黨中央第六十三次常會中，曾有設立國際宣傳局，直接隸屬中政會外交組的決議，但是卻沒有進一步的行動」〔註114〕，直到抗戰開始，才安排董顯光籌備相關事務。1937 年 8 月 1 日，蔣介石在《日記》中提及「注意四、對歐美成立宣傳機構」，1937 年 10 月，董開始擔任軍事委員會第五部（宣傳部）副部長，而當時該部的部長是陳公博，陳是親日派，兩人無法配合工作，部內人員也大多沒有外語和新聞專業的背景，不久之後，此部取消。宣傳部

〔註112〕總統蔣公大事長編初稿，卷四下，1941 年 11 月 7 日，p748～751。
〔註113〕王豐（2016），《宋美齡，蔣介石的一號情報員》，臺北：商周出版，p293～294。
〔註114〕王凌霄（1997），《中國國民黨新聞政策研究（1928～1949）》，臺北：近代中國出版社，p49。

業務併入國民黨中央黨部，董顯光繼續任國民黨中央宣傳部副部長，直接領導曾虛白的國際宣傳處的工作。而兩位的頂頭上司，就是軍事委員會的負責人，蔣介石。抗戰時期，國際宣傳處在國內的活動主要是接待外國記者、組織外國記者的戰爭採訪，以及 1944 年組織記者在美軍考察團入延安後在延安的採訪工作。

在董、曾負責國際宣傳伊始，就與蔣介石講好條件：「全權督導國際宣傳業務並得有效推動這項重要業務充分人力與經費的配備」〔註 115〕，宋美齡在重慶時，蔣介石曾令其每天晚上與董顯光通電話，監督國際宣傳工作。1942 年 11 月 15 日，《蔣介石日記》記有，「預定一、髮妻密碼本，二、發董經費……四、組織在美搜集各國和會主張與策略之情報機關……六、關於宣傳中共不法行爲書籍」，可見，宋美齡是深度捲入抗戰時期國際宣傳處的相關事務的，並與董顯光一道直接對蔣介石負責。

董顯光具體操作一部業務，領導自己專業領域內的龐大的工作體系，個人能力和人格都有更多的彰顯的機會。所以在董與蔣介石的互動中，我們能看到更多的專業建議，蔣董的互動更多的呈現雙向性。

董顯光先後在美國密蘇里大學和哥倫比亞大學接受新聞專業訓練，取得學士學位，碩士學業肄業。回國後先後負責多家報紙的採編工作，進入國民政府後，最初於 1935 年擔任外電檢查員，負責外國駐華記者新聞稿件的檢查。據《董顯光自傳》載，他做外電檢查員是源於端納〔註 116〕的邀請。

其時，端納以蔣氏夫婦顧問的名義，邀請董顯光任新聞官，他在信中說明「外電檢查不力已經影響到國際宣傳，中日關係日趨緊張，董顯光應以愛國的目的參與進來」〔註 117〕。這與董顯光從事新聞業的初衷不謀而合。學界大多將董顯光看作具有西方新聞專業理想的官員，這種看法其實有所偏差，據《董顯光自傳》載，他在美國考慮未來職業方向，就是「抱著救國的決心」〔註 118〕，報考西點軍校不成，從事新聞行業是他的第二選擇，其初衷也是救

〔註 115〕曾虛白（1988）‧曾虛白自傳（上），臺北：聯經出版事業公司，p192。

〔註 116〕端納，先後擔任孫中山、張學良、蔣介石的政治顧問，並曾參與調停西安事變，是民國時期具有重大政治影響的西方人之一。

〔註 117〕董顯光（2014），《董顯光自傳——報人、外交家與傳道者的傳奇》，臺北：獨立作家，p104～105。

〔註 118〕董顯光（2014），《董顯光自傳——報人、外交家與傳道者的傳奇》，臺北：獨立作家，p42。

國。在其自傳中，無不驕傲的提及其任《北京日報》主筆時期，推測袁世凱有意暗殺王正廷，遂編造王將出任駐美大使的消息告知路透社，這則新聞一經刊登被廣泛轉載，這種國際壓力陡然增加了袁政府的壓力，撤走了跟蹤王正廷的特務。董顯光將此行爲評價爲「善用新聞可以發生怎樣重要的貢獻」〔註119〕。這件事發生在 1913 年年底，董顯光剛剛從哥倫比亞大學肄業回國。

曾虛白回憶，董顯光認爲「情報組織」和「國際宣傳」都是極重要的作戰戰略，甚至在 1937 年制定了情報組織計劃書，但因不掌握有力的情報組織，蔣介石遂令戴笠開展情報工作，董顯光的計劃作爲基本教材。在國際宣傳方面，也具體分爲新聞、宣傳、公關等。在公共關係方面，董顯光本人出場陪同外籍記者採訪，1937 年 10 月 12 日，即曾陪同外籍記者在上海前線採訪。國民政府遷都重慶後，董顯光一來借助重慶記者招待所，爲外國記者盡可能的提供好的生活條件，力求他們在身心愉悅的情況下，寫出有利於民國政府外交方針的報導，爲中國爭取輿論支持，進而爭取經濟和軍事援助。

二來，儘量與外國記者建立個人關係。亨利盧斯是《時代》《生活》《幸福》三家雜誌的發行人，他本人生於山東，具有保守主義的政治態度，支持國民政府，與蔣宋二人友好。《時代週刊》「從 1928 年 10 月蔣中正出任國民政府主席後，就開始將蔣和美國的華盛頓畫上等號……1936 年，將這位領導人稱爲寧波的拿破崙」〔註120〕。蔣介石認爲「世界各國外交政策有正義而不變者，惟美國而已，美國政府尤以民眾輿論爲依歸，余必從事喚起美國民心，以爲我中國最友愛之友邦也」〔註121〕。盧斯的這種做法，與蔣介石謀求美國民間輿論支持的想法不謀而合。國民黨統治大陸期間，盧斯曾兩次到訪中國。蔣介石在北伐軍進入長江流域後才進入《時代》的視野，自此以後《時代》始終積極支持蔣，並將其視爲中國合法的統一者、領導者，和最強力的軍事領袖。蔣介石曾 10 次登上時代週刊的封面，並在 1937 年，與宋美齡一起，成爲《時代》「年度人物」，宋美齡也在抗戰期間，兩次登上時代雜誌的封面。

在蔣宋看來，保持與盧斯的親密聯繫至關重要，在其訪華時，不但親自接待，也儘量滿足其採訪需求。1943 年，盧斯夫婦訪華，「剛到重慶，就急著

〔註119〕董顯光（2014），《董顯光自傳——報人、外交家與傳道者的傳奇》，臺北：獨立作家，p61。
〔註120〕海外蔣中正典藏資料研析，臺北：中正紀念堂，無具體出版信息。
〔註121〕美國斯坦福大學胡佛研究所，《蔣介石日記》（手稿本），1932 年 11 月 9 日。

想到抗戰前線，親自體會中國人打仗的實際情況……董顯光設法為盧斯夫婦找到了一架軍用小飛機。蔣介石不放心讓盧斯夫婦單獨去冒險，特命董顯光陪同前往。這趟飛行十分艱險，小飛機必須飛躍大西北的崇山峻嶺，途中遇到了大雷雨，飛機的馬力不夠，駕駛員試圖飛躍高山，試了好幾次都不成功，只好退回成都。但盧斯停留在中國的時間只有五天，等不及天氣放晴，他們被迫再冒險飛行。好不容易飛到西安，飛機才剛降落，空襲警報就響起；董顯光見情況危急，顧不得禮節，帶著盧斯夫婦拼命拔腿朝旁邊的麥田裏狂奔。董顯光聽見遠方響起飛機聲，大聲喊叫：快臥倒，躺在麥田裏。盧斯夫婦跟著躺臥在麥田裏，直到三架日本飛機掃射而過，恢復平靜，三個人才敢起身離去」〔註122〕。盧斯夫婦始終與董顯光和國民黨政權保持著良好關係，儘管太平洋戰爭開始後，美國記者逐漸傾向於反國民政府的報導，盧斯及《時代》雜誌也始終未參與其中。

誤炸美國商船〔註123〕事件發生後，《蔣介石日記》和《董顯光自傳》中，分別表達了兩人的擔心，董顯光認為當時「中國正亟需美國的援助，倘使中國飛機轟炸美國商船一旦登載在美國報紙上，引起美國人的嘩噪，將予我宣傳以嚴重的打擊」〔註124〕，出乎意料的是「胡佛號被我空軍射炸後，美國態度和平，是其對我友好之精神為減也」〔註125〕。

董顯光在國際宣傳的工作中，與曾虛白關係密切，董顯光在自傳中提及，凡是自己當時做的事情，曾虛白都有參與。但正因如此，曾虛白唯有在董顯光抗戰結束後去美，和新聞局成立前的1945年8月至1947年5月間獨立工作，此前和此後均有董顯光做為曾的直接領導存在。

1945年8月至1947年5月，是戰後建國和國共謀求合作，以及最後關係惡化的關鍵時期，但國共輿論戰自1943年伊始就提上了日程。美國支持中國，動機是支持中國成為遠東民主共和國，但當時國民軍戰鬥力低下，蔣介石謀求一黨執政、一人當政的願望越來越外露。國際輿論在這一時期對蘇聯和共產主義友好，如果蔣介石政府成為民主建國的障礙，自然就會遭到國內外輿論的討伐。因此，曾虛白這時的工作，多內外受氣。

〔註122〕王豐（2016），《宋美齡，蔣介石的一號情報員》，臺北：商周出版。

〔註123〕國民黨誤炸美國商船。

〔註124〕董顯光（2014），《董顯光自傳——報人、外交家與傳道者的傳奇》，臺北：獨立作家，p113。

〔註125〕美國斯坦福大學胡佛研究所，《蔣介石日記》（手稿本），1937年8月31日。

在沈劍虹〔註126〕眼裏，國際宣傳處由董顯光和曾虛白共同負責。境外工作方面，最初由夏晉麟、Earl Leaf、Henry Evans、Malcolm Rosholt 分別負責倫敦、紐約、芝加哥、舊金山辦事處。以「Trans-Pacific News Service 名義對外發稿，如此者至少有三載之久，直至夏晉麟調美，遺缺由葉公超接手，同時改組駐美結構爲 Chinese News Service」〔註127〕，而舊金山辦事處平日活動均用 Chinese News Service 的名義進行。

國際宣傳處的重要性已經不可量化，但是仍可從側面一窺：《董顯光自傳》中，有這樣的記載「在一九四零年七月間，我們收聽敵方廣播，他們竟大言不慚宣稱，已經把國際宣傳處炸成了平地」〔註128〕。

國際宣傳處在國外的活動，可以從沈劍虹的回憶錄中一窺，沈劍虹在 1943 年開始奉調主持舊金山國際宣傳處。其從事的工作，第一是新聞播發，通過無線電接收「重慶國際廣播電臺播報的英語新聞後，發送給紐約辦事處再轉發北美各辦事處，各處據此改編油印發稿分送轄區內新聞機構」〔註129〕；第二是拜訪轄區內的新聞機構，與其負責人交換意見，接見記者，「就時事發表談話，或接受電臺訪問，有時應邀撰寫客座評論」〔註130〕；第三是參加當地社團活動。

根據在美國本土找到的抗戰時期中國對美宣傳檔案，主要是以中國情報委員會〔註131〕爲出版者。美國本土可見的爲三份，一爲哥倫比亞大學圖書館所藏爲新聞稿件，第二份爲約翰霍普金斯大學所藏《戰爭信息與其他資料》（War Messages and Other Selections），蔣宋美齡爲署名作者，中國情報委員會爲出版者，其中所含材料爲抗戰時期，以宋美齡的名義向國外發出的演講稿和信函。第三份爲康奈爾大學圖書館所存裝訂成冊的《中國情報委員會出版物》（China Information Committee Publication），以蔣介石爲署名作者。其中第

〔註126〕沈劍虹，1936 年進入中央通訊社擔任英文編譯，1937 年進入國際宣傳處，1943 年赴國際宣傳處舊金山辦事處工作。

〔註127〕沈劍虹（1990），《半生憂患——沈劍虹回憶錄》，臺北：聯經出版事業公司，p76。

〔註128〕董顯光（2014），《董顯光自傳——報人、外交家與傳道者的傳奇》，臺北：獨立作家，p149。

〔註129〕董顯光（2014），《董顯光自傳——報人、外交家與傳道者的傳奇》，臺北：獨立作家，p96。

〔註130〕沈劍虹（1990），《半生憂患——沈劍虹回憶錄》，臺北：聯經出版事業公司，p97。

〔註131〕美國各圖書館對此出版者的英譯名爲，China Information Committee。

三份材料比較複雜，作者信息爲圖書館爲了方便歸類而暫擬，其內容實爲戰時宣傳手冊，共有24冊，本書只是將這些冊子裝訂成冊。

中國情報委員會，英文名稱爲 China Information Committee，由於中英文譯名存在差異，且戰時新聞管理機構常常同一班人馬使用幾個不同的機構名稱，因此，此機構也可以被認爲是戰時新聞檢查局。其具體情況，哥倫比亞大學圖書館的檔案索引有述：中國情報委員會成立於1937年末，隸屬於當時中國國民黨新成立的信息部。其成立目的就是向國際受眾進行宣傳，使其知曉中日戰爭的進展情況，蔣介石作爲國民政府主席，是該組織的直接控制人。中國情報委員會辦公室最初駐於上海，由於戰事原因相繼遷往南京、漢口、長沙，最終在1938年末遷入重慶。它同時有駐紮在香港和其他國家的分理處。中國情報委員會最初的領導是曾虛白。1937到1945年間，它出版了大量的英文書籍和小冊子講述中日戰爭，以吸引外國援助，它曾在漢口設立無線電臺，呼號XTJ，短暫播音。由於CIC本身是宣傳辦公室（而非新聞辦公室），關於日本戰爭罪行和中國難民的困境的報導佔據了主要頁面，其間穿插了對蔣介石夫婦的報導。涉及傳教士和外國的故事也很突出。

在目前所能看到的中文資料中，並沒有發現「中國情報委員會」或「China Information Committee」的相關記載，據其存在時間和領導人物推測，與其最接近的組織應該是董顯光、曾虛白及沈劍虹自傳中都有提到的國際宣傳處。董顯光本來任中央軍事委員會宣傳部副部長，主管國際宣傳，直接領導國際宣傳處處長曾虛白的工作，後來此部取消，董顯光、曾虛白及整個國際宣傳全建制併入國民黨中宣部。無論隸屬何處，國際宣傳處的經費始終按照軍方標準，且由軍事委員會支付。

1937年9月8日，胡適赴美。向美國派出胡適，扭轉國民政府忽視對美外交的局面。胡適赴美的目的，「一、向美國民眾解釋中國爲何必須抗日，以求獲得美國人的同情；二、勸告美國人民不可在國際事務上繼續奉行孤立主義」〔註132〕。

當時中國對美國並無經濟和軍事上的特殊訴求，國際宣傳處和胡適代表團對美活動的主要目的，是傳播信息，尋求美國在道義和國際輿論中的支持，以備不時之需。胡適到美之後，「認爲中國政府對美國群眾的宣傳工作收效太

〔註132〕齊錫生（2017），《從舞臺邊緣走向中央：美國在中國抗戰初期外交視野中的轉變 1937～1941》，臺北：聯經出版公司，p39。

慢，因此他們應該從美國領袖層次著手爭取支持」〔註 133〕，但時任駐美大使王正廷並未與胡適代表團有協助和交流。

4.4 戰時新聞管制

全面抗戰爆發後，國民政府的軍事委員會成為最高領導機構，蔣介石任軍事委員會委員長，戰時新聞宣傳體制在軍委會的領導下，在組織結構、報刊運行、新聞檢查三方面作出全面調整。

軍事委員會對黨政軍進行統一指揮，下設參謀總長、秘書長及副職各一，設一至六部，其中第二部掌管政略，第五部掌管國際宣傳，之後各部任務有改動，但戰時組織、宣傳、動員等工作基本集中在軍事委員會的掌握之下。蔣介石面對的黨內競爭，終於告一段落，1938 年，蔣介石進駐武漢，全國文化界領袖提出「我們只有一個信仰，一個政府，一個領袖」的口號。

戰前國民黨中央執行委員會宣傳部的權力，很大一部分轉移到軍方，戰時新聞監察局、圖書雜誌審查委員會、國民黨中宣部三個系統構成戰時新聞宣傳管理體制。戰時新聞監察局與國際宣傳處一樣，直接隸屬於軍事委員會。「戰時的新聞管理機構可分為：戰時新聞檢查局，圖書雜誌審查委員會以及中國國民黨中央宣傳部三個主要的系統」〔註 134〕。

「戰時新聞檢查辦法，一、遵照委員長蔣手令，將現有軍事委員會新聞檢查機構改組設立戰時新聞檢查局，集中管理戰時新聞檢查事宜。

二、為期新聞檢查業務在戰時推行順利，計戰時新聞檢查局隸屬於軍事委員會，至組織訓練及技術上之責任由中央宣傳部負之。

三、局長、副局長，由中央宣傳部軍事委員會派員分任之，戰時新聞檢查局之經費以原有中央檢查新聞經費為基礎，其不敷之數由軍事委員會核發之。

……

軍事委員會委員長蔣中正鑒核備案」〔註 135〕。

〔註 133〕齊錫生（2017），《從舞臺邊緣走向中央：美國在中國抗戰初期外交視野中的轉變 1937～1941》，臺北：聯經出版公司，p40。

〔註 134〕王凌霄（1997），《中國國民黨新聞政策研究（1928～1949）》，臺北：近代中國出版社，p131。

〔註 135〕中國國民黨文化傳播委員會黨史館藏，戰時新聞檢查辦法及戰時新聞檢查局組織大綱，國防最高委員會，民國 28 年 5 月（1939～05），館藏號：防 002/0003。

　　1940年1月6日，「國民黨新聞檢查局傳達蔣介石指令，規定關於戰況之發布，除中央社稿，業經送由軍令部軍事新聞組審查後發表者外，其餘各報社一律不得擅自發表」〔註136〕。

　　軍事委員會政治部創辦《掃蕩報》，由黃少谷主持。此外，中央社在戰爭期間也得到了刻意扶植，壟斷國外通訊社消息的國內發布權。加之國民黨各級地方黨部的所屬媒體，為蔣介石提供了進行戰爭鼓動和反宣傳的陣地。

　　限制媒體刊登軍事和外交新聞，配合政府的宣傳策略，是戰時新聞宣傳管理的一般做法。在戰爭期間，蔣介石的新聞宣傳做法，並沒有很大的不同。例如，戰時西南交通是新聞報導的敏感話題，1940年，英國曾與日本達成協議封閉滇緬公路三個月，7月16日，蔣介石「接見中央社記者，為英國政府將允日本要求停止緬甸對華運輸事發表談話，對英國提出警告」〔註137〕。此後，滇緬公路和西南交通均限制新聞刊發，太平洋戰爭爆發後，蔣介石的相關外交活動也被限制刊發，1943年，「郵檢所關於最近委座行動，一律檢扣」〔註138〕。

4.4.1 中共在重慶的新聞宣傳活動

　　抗日戰爭期間，由於抗日統一戰線的需要，周恩來帶領中共南方局以重慶為中心，開展了一系列面向國統區的新聞、宣傳活動，爭取國內、國際輿論支持。《新華日報》首先在武漢創刊，1938年10月25號，從漢口撤至重慶出刊，在周恩來的領導下，採用了積極穩健的宣傳措施。從布局方面，周恩來將《新華日報》定位為「宣傳鼓動工具」。周恩來曾對《新華日報》採訪部主任陸詒說，「你實在沒有線索，不妨到茶館裏去坐坐，聽聽群眾在談些什麼，想些什麼」〔註139〕。周恩來本人具有很強的社交能力和人格魅力，這成為在重慶開展人際傳播的重大優勢。與蔣介石一樣，周恩來也重視通過發展與記者的親密性來影響新聞報導。

〔註136〕方漢奇主編（2018），《中國新聞事業編年史（第二版）》，福建：福建人民出版社，p739。
〔註137〕總統蔣公大事長編初稿，卷四下，1940年7日16日，p557～560。
〔註138〕陳布雷囑唐縱，要求郵檢所檢扣有關蔣介石行動的新聞消息，《唐縱日記》，p391。
〔註139〕陸詒（1979），在周總理領導下做新聞工作，《新華日報的回憶》，成都：四川人民出版社，p36。

　　《新華日報》還通過義賣等活動，促進發行，建立廣泛的社會聯繫，採訪國民黨和國民政府高官，國民黨對此並未防範，程滄波也曾在新華日報酒會上發言〔註140〕。由於遭遇空襲及抗戰時期物資緊張，1939 年 5 月 6 日，《重慶各報聯合版》正式發刊，《新華日報》曾一度加入聯合版。此後，《聯合版》還相繼刊發了戰場信息以及國際對於重慶轟炸的反應。1939 年 5 月 30 日，蔣介石開始進一步準備「統一重慶市宣傳與壁報」〔註141〕，並隨機管控「令各報不登某某消息與故意張揚」〔註142〕。《聯合版》對蔣介石來說是一個施行輿論一律的契機，他本可以就此取消《新華日報》。但他並未如此，而是在這一百天內，《蔣介石日記》記載，他頻繁約見周恩來，關注共黨及是否取消共黨事宜，而對《新華日報》僅採取新聞檢查等限制。「從 1940 年 12 月至 1941 年 5 月，《新華日報》稿件被國民黨新聞檢查部門不准刊登的達 260 篇，被刪節的有 150 次。各地《新華日報》營業機構被封，報刊被扣，報童被拘捕毆打」〔註143〕。

　　在面向國內的社會控制，尤其是針對反對黨派的控制中，蔣介石的布局不可謂不廣，但仍然掌握不了全局。

　　首先，輿論空間佔有不足。蔣把黨外的新聞媒體當作競爭對手，卻並沒有採取新聞管制之外的方法進行競爭，《新華日報》在重慶出版的 10 年間，中共參加了國民黨政府的參議會，以參政黨的名義在首都開展活動，但是蔣介石沒有在中共領導的抗日民主根據地派駐新聞機構和通訊人員，失去了很大的輿論活動空間，包括《中央日報》和中央社在內的國民黨系統媒體，無一家在延安開辦分支機構，甚至未派出一位駐地記者。1944 年夏天，《中央日報》記者隨記者團進入延安採訪，國民黨宣傳部本打算令其考察準備在延安出版《中央日報》，但後因困難太多而作罷。針對中共問題，蔣介石一直將其視為「地方匪患」，並來為真心尋求政治途徑進行談判和聯合，這也是為何在宣傳問題上，蔣介石始終未對解放區進行布置的原因。這種思路其實本身漏洞百出，抗日戰爭期間，日占區尚且有重慶政府方面派出的宣傳隊，

〔註140〕新華日報，1939 年 1 月 27 日。
〔註141〕美國斯坦福大學胡佛研究所，《蔣介石日記》（手稿本），1939 年 5 月 30 日，預定二。
〔註142〕美國斯坦福大學胡佛研究所，《蔣介石日記》（手稿本），1939 年 8 月 5 日。
〔註143〕張謹（2015），《抗戰時期中國共產黨在重慶的輿論話語權研究》，重慶：重慶出版社，p335。

後來游擊隊也承擔宣傳任務。中共的宣傳勢力一直活躍在重慶和各大軍區，但蔣介石始終未對解放區進行任何宣傳布置，似乎並未將解放區作爲一種實際的存在。「沉默的大多數」理論已經證明，大眾會將大眾媒體的意見誤認爲是「大多數人的意見」，持相同觀點的大眾會附和發聲，其反對意見會因爲相反的原因減少發生。因此，「輿論陣地的佔有」是政府進行宣傳戰的首要任務。

其次，新聞檢查制度本身無法檢查到所有新聞稿件，皖南事變發生後，重慶《新華日報》發表周恩來的題字：「千古奇冤，江南一葉，同室操戈，相煎何急」，具石君訥回憶，當日報紙發行後，中宣部、軍事委員會、侍從室都向新聞檢查處追查爲何放行這一稿件，結果是此稿並未送審。

第三，文藝工作掌控不力。1937 年 7 月 15 日，中共提出《共赴國難宣言》，「國民政府於 9 月 22 日宣佈准許中共加入抗戰陣營後，中共即運用其擅長的文宣工作，在文化界建立統一戰線，進行全面總動員，書局與書刊有如雨後春筍，大肆宣揚其理論，並作不利於政府的宣傳」〔註144〕。鑒於此種形勢，蔣介石主張設立藝文研究會，與中共進行宣傳對抗，總部設在漢口，陶希聖負責日常會務。藝文研究會出版有多種期刊，宣傳政府政策和三民主義，其經費來自軍事委員會。但由於中共進行的各種宣傳更能夠滿足受眾需求。左翼文化工作和左翼新聞工作幾乎掌控了整個國統區的文壇和報壇。

中共還創辦有中國青年新聞記者學會，拉攏國民黨文化節名流作爲掩護，還聘請了邵力子、于右任、王芸生、曾虛白、葉楚傖、鄒韜奮、蕭同茲、郭沫若、張季鸞、金仲華、丁文安、杜重遠、王亞明、陳博生、潘梓年爲名譽理事，出版有《新聞記者》月刊，開辦「記者之家」，「舉辦招待會、報告會，介紹青年參加新聞工作，還協助華僑記者做好戰時報導，與外國新聞工作者建立聯繫」〔註145〕〔註146〕。南京第二歷史檔案館藏《中央宣傳部每週重要工作報告》1940 年 3 月至 10 月，全宗號 11（2）1195，顯示國民黨曾希望對青年記者學會進行滲透，但並未成功。

〔註144〕張瑞德（2013），侍從室與戰時國民政府的宣傳工作（1937～1945），《蔣介石與現代中國的型塑》，臺北：中央研究院近代史研究所，p211。
〔註145〕張謹（2015），《抗戰時期中國共產黨在重慶的輿論話語權研究》，重慶：重慶出版社，p339。
〔註146〕《重慶抗戰新聞與文化傳播史》，https://wenku.baidu.com/view/f90019bcc77da26925c5b0cf.html。

4.4.2 圍繞滇緬公路和西南交通、工業的新聞宣傳管制

　　全面抗戰後，日本對中國進行全面封鎖，中國大後方的物資運輸，主要依靠法屬越南、英屬緬甸及新疆入境，1940 年，德國佔領法國，日本趁機與法國簽訂協議，關閉滇越公路，又以侵佔香港等英國遠東屬地爲要挾，迫使英國封閉滇緬公路。1940 年 7 月 17 日，英日達成協定，正式封閉滇緬公路三個月，這種釜底抽薪之舉，對中國抗戰士氣和輿論氛圍的打擊，甚至遠遠超過在實際物資上的短缺，重慶各界群情激憤。

　　對此，蔣介石首先利用首領身份，發表聲明：「如果以滇緬路運輸問題與中日和平並爲一談，即無異英國協助日本迫我中國對日屈服，其結果必犧牲中國之友誼，且必犧牲英國在遠東之地位」〔註 147〕。其次，聯絡外國領袖，蔣介石親自致電丘吉爾，並要求當時駐蘇聯大使邵力子，敦促蘇聯政府有所表態。第三，利用民間和輿論力量，在中外形成針對英國政府的輿論壓力，陳銘樞、葉楚傖、陳立夫等人聯名向英國各界致函。

　　三個月後，公路雖如約重開，但是鑒於西南交通線對整個國家的重要性，尤其是對於國家士氣的重要性，蔣介石政府試圖全面封閉相關主題的消息。

　　侍從室作爲蔣介石的幕僚機構，直接聽命於蔣，經侍從室中介，蔣的新聞宣傳命令直接到達各部委。1941 年，侍從室第二處就滇緬交通及工業建設問題發往交通部、經濟部、宣傳部的電報有：

　　「交通部張部長、經濟部翁部長、中央宣傳部王部長、并轉新聞檢查局國際宣傳處均鑒，各種交通建設及重工業建設之消息，其有關軍事國防及利用外資者，無論對內對外非經親自核准，不得發表，尤其關於滇緬公路及滇緬鐵路各種消息，更應絕對禁止登載，並希嚴戒所屬切實遵照爲要。中」〔註 148〕。

　　根據蔣介石的授意，宣傳部與交通部，相互配合相互規制，1941 年 2 月13 日，塔斯社需要中國交通建設情況，中央宣傳部國際宣傳處遂致交通部：

　　「蘇聯塔斯通訊社擬將我國最近鐵路運輸及建築情形撰文寄往蘇聯各報發表，關於事項材料，擬請大部就其可以發表之部分儘量供給，送處譯轉，以利宣傳。至希查照核辦見復爲荷」〔註 149〕。

〔註 147〕蔣委員長嚴正聲明，重慶《中央日報》，1940 年 7 月 17 日，第 2 版。
〔註 148〕臺灣國史館藏，官員談話管制，《國民政府／新聞／宣傳／不當言論駁斥》，典藏號：001-141003-0001。
〔註 149〕許茵、鄔偉選輯（2015），蘇聯方面採訪宣傳中國抗戰情形相關函電，《民國檔案》，p3，p27〜32。

但出於此問題的敏感性，1941年2月20日，交通部回中央宣傳部國際宣傳處，婉拒這一要求，並明確表示，事關機密信息：

「案准二月十三日臺函，囑將我國鐵路最近運輸及建築情形就可發表之部分撰文供給塔斯社，寄往蘇聯各報發表等由。查我國國際運輸路線多被封鎖，所餘後方鐵路運輸情形大半供應軍事及政府物資之用，似無足資宣揚之處，至於新建鐵路最近完成者甚少，且多有保守機密之必要，亦不便公開發表。相應函覆，即希查照酌核辦理爲荷。」〔註150〕

1941年5月3日，蔣介石手令時任交通部部長張功權，要求新聞檢查處禁發一切關於滇緬公路建設的消息，凡登載任何消息必須經過蔣介石本人批准：

「張部長功權宣傳部，新聞檢查處，關於交通建設事業之消息無論對內對外以後非經中批准，不得發表，尤其關於滇緬公路與滇緬鐵路，各種修築消息更應絕對禁止登載，並希嚴戒此（　），切實遵守爲要。中正」〔註151〕。

5月6日，侍從室代發一則相似手令，接受方擴大到經濟部翁部長、中央宣傳部王部長、新聞檢查局、國際宣傳處。滇緬公路與交通消息，被三令五申禁止登報，但戰時新聞管制無法預料各種事件，各種遺漏刊發令蔣介石十分不滿，在他要求徹查嚴懲時，新聞官員往往給觸犯禁令的人員說情，以減輕處罰。

1941年6月13日，蓉雅通航消息洩露，蔣介石令侍從室責任交通部張功權徹查消息洩露過程，同時向宣傳部發出相似手令：「空中交通信息亦應極端禁止發表，例如最近蓉雅通航消息係由何人負責發出登載，應即徹查」〔註152〕。

張功權的回信解釋，此消息並非交通部下屬的「成都航站送登載」〔註153〕，由於航空信息屬於敏感信息，航空公司方面原定登報廣告航班日期和票價，爲避免招搖，又改爲組織茶話會的形式，邀請「黨政軍各屆少數代表口頭報告」，並推測可能有記者得知消息後，自動刊載。

〔註150〕許茵、鄔偉選輯（2015），蘇聯方面採訪宣傳中國抗戰情形相關函電，《民國檔案》，p3，p27～32。
〔註151〕臺灣國史館藏，官員談話管制，國民政府／新聞／宣傳／不當言論駁斥，1941年5月3日。
〔註152〕臺灣國史館藏，官員談話管制，國民政府／新聞／宣傳／不當言論駁斥，1941年6月19日，中央宣傳部王世杰呈蔣介石公文。
〔註153〕臺灣國史館藏，官員談話管制，國民政府／新聞／宣傳／不當言論駁斥，1948年6月13日，交通部部長張功權呈蔣介石公文。

　　而中宣部徹查結果為：「成都分社外勤記者於參加試航成功後，得公司同意發表，來電報告本社於接電後，擬編發參考消息，嗣因渝報紙已於十七日預行刊登此項新聞，故本社乃於同日將該電發稿」〔註 154〕。對於此次失誤，中宣部表態稱，蔣介石手令嚴禁發表之事，中央社日後必須嚴格遵守。王世杰將這份處理結果直接呈報蔣介石。

　　6 月 17 日，事件經過調查清楚後，陳布雷再次轉發蔣介石命令給張功權，抱怨航空公司開茶話會是多此一舉，已經中宣部下屬各站日後對一切通航信息多加注意，實際是在告訴張，此事已查明與你處無關。

　　1941 年 12 月 7 日，太平洋戰爭爆發，日本進攻東南亞，正式由日軍切斷滇緬公路。

4.4.3 外電審查

　　新聞檢查一直為新聞從業者所詬病，民國初年，面對報界不再進行新聞檢查的要求，蔣介石曾在 1929 年做出回應，希望報界從次年元旦起，「以真確之見聞，作翔實之貢獻，其弊病所在，能確見事實癥結，非攻訐私人者，亦請盡情批評」〔註 155〕。董顯光對新聞審查持中性態度，他認為，新聞審查將政府和新聞界放在了彼此對立的位置上，但新聞審查也糾正了記者錯誤的報導，在西安事變中曾發揮了很大的作用。

　　「在中日戰爭初期，局勢對中國非常不利，不但軍隊節節敗退，重要都市也先後落入日本手中，但是對外籍記者管理的任務卻逐漸單純。由於發行外文報刊的大都市逐一陷落，所以國民黨當局對外報的管理，只限於對駐華外籍記者進行新聞檢查。而當時國際同情中國處境，所以外籍記者樂於與新檢單位合作。在 1943 年前，不論原本對國民黨政府抱持何種看法的外籍記者都不願意用言論刺激國共之間的矛盾，也不願意讓日本人從其中撈到好處」〔註 156〕。但好景不長，新聞審查很快就將中國政府和外國記者分拆到對立面上，

〔註 154〕臺灣國史館藏，官員談話管制，國民政府／新聞／宣傳／不當言論駁斥，1948 年 6 月 19 日，中央宣傳部部長王世杰呈蔣介石公文。

〔註 155〕張季鸞，國府當局開放言論之表示，《季鸞文存》，p3，轉引自《中國國民黨新聞政策研究（1928～1949）》，臺北：近代中國出版社，1997 年 3 月，第一版，p58。

〔註 156〕王凌霄（1997），《中國國民黨新聞政策研究（1928～1949）》，臺北：近代中國出版社，p144。

外國記者顯然不認為自己被審查員刪稿的原因是失實。

1941 年，國統區物價指數是戰前的 20 倍左右，「到了民國三十一年（1942 年）以後，與日本周旋五年的國民政府已經是窘態畢露了：民生凋敝、通貨膨脹、戰事僵持、政局漸趨動盪、中共的宣傳逐步發生效力，再加上時任中國戰區參謀長的史迪威將軍引進了以謝偉志和戴維思為首的親中共顧問群，使得國府的形象頗難維持」〔註157〕。尤其在太平洋戰爭爆發後，隨著美國對華軍事援助的增多，監督美國物資是否被用在了正確的地方，成了美國記者的一大關注點，來華的美國記者也多了起來，其中包括不少左派記者，本來對外國記者發稿形成有限限制的外電檢查，隨著美國人的增多開始失效，部分記者「寫作的報導既沒有時間性，不需用電訊快遞，故可不受我電檢的過濾，他們更受得美國駐華軍事機關的合作，經常給他或她們以帶稿飛美的便利」〔註158〕。

對於美國參戰可能帶來的困擾，蔣介石有所預見，1941 年 5 月 10 日，「他並不認為美國有必要和日本進行戰爭，但是他肯定希望美國能夠給予中國足夠的軍事援助，幫助中國單獨去對抗日本」〔註159〕。如關於租借物資的分配，美國認為這是它作為物資提供者的基本權利。即使在史迪威去職後，美國仍然牢牢地把物資分配權掌握在自己的手中，按照美方的計劃分配給美方認為會積極配合其對日作戰的部隊。

斯諾等左派記者的代表，與國民政府審查制度的鬥爭也是曠日持久。他在 1933 年的書信中，就開始抱怨外交部門因為他發稿不實而威脅取消發稿權，又不指出具體失實之處，1936 年報導西安事變期間，又不得不自負電報費用以發出關於西安事變的報導，但 5 天後，「南京堅持不透露張氏背叛的消息，新聞審查從對外電審查擴大到國內電訊傳輸，京滬間電報往來全部納入審查範圍，又不得不使用日占區大連的電報線路發報」〔註160〕。

皖南事變發生後，所展示出的蔣介石的極權統治傾向，引起了外國記者

〔註157〕王凌霄（1997），《中國國民黨新聞政策研究（1928～1949）》，臺北：近代中國出版社，p145。
〔註158〕曾虛白（1988），《曾虛白自傳（上）》，臺北：聯經出版事業公司，266。
〔註159〕《王世杰日記》，1941 年 5 月 11 日，轉引自，齊錫生（2017），從舞臺邊緣走向中央：美國在中國抗戰初期外交視野中的轉變 1937～1941，臺北：聯經出版公司，p340。
〔註160〕美國密蘇里大學堪薩斯分校圖書館藏，《埃德加斯諾檔案》，kc：19/1，f.10. 1936 年 12 月 26 日。

的反感。整個外國記者群體的行動策略，已經開始從配合電檢到想方設法層層突破新聞審查制度。《密勒士評論報》的鮑威爾、合眾社記者貝爾登、美聯社記者司徒華等相繼因為皖南事變的採訪和稿件審查問題與國際宣傳處發生衝突。1943 年 7 月，「負責國際宣傳的董顯光就通知太平洋學會的記者古寧瑟-史坦因（guenther stein），撤銷他每週一次免費的電臺使用權。在太平洋學會無力負擔電報費用的情況下史坦因只得使用郵寄和新聞無線電（press wireless）傳送新聞」〔註161〕。

除新聞審查本身帶來的衝突外。對於新聞的作用和真實的定義，也是外國記者對蔣介石政府印象惡化的焦點。

在河南災荒報導中，蔣介石認為抗戰勝利是當時中國的第一大事，如果為了顧及河南災民而輸了戰爭，喪命的就不僅僅是河南一省的災民，而是整個民族，不能「行一不義殺一不辜而得天下皆不為」。白修德在 1942 年河南災荒報導，被認為是新聞專業主義的典範。他對上述想法難以苟同，在他看來，他所見和報導的內容均是真實的，是蔣政府想要掩蓋的，這都是政府腐敗和無能的表現。1943 年 2 月 1 日，《大公報》記者張高峰也寫了《飢餓的河南》經王芸生改為《豫災實錄》發表，《大公報》被停刊三天。

「白修德在抗戰期間初為中國雇員，在重慶國際宣傳處工作八個月，爾後繼為《時代》週刊之客串記者，終為特派員。他的報導，常將中國在世界潮流中落後，希圖趕上的過程中，各種因素脫節而不能協定的窘態，視作個人有心之過失或道德上之虧損；也常將舊社會之習慣解釋而為現代中國人之人身性格。所以他把抗戰時期很多不如人意的地方，歸咎於蔣」〔註162〕，由於對於蔣介石、毛澤東的歷史作用，以及中國實際問題的具體走向的意見不同，白修德與他在《時代》的雇主盧斯，不得不分道揚鑣。「他（指白修德）所敘戰爭之僵局當中生意往來：日方與中國投機商人勾結，汽油、汽車、輪胎、醫藥為中國抗戰所不可少，由沿海區域運至內地；中國所產之銻、鎢、錫為日本兵工業之必需，亦由內地走私進入淪陷區，戰線則長期膠著。所以這是一種「奇怪的戰爭」（a curious war）。

「以傳統中國之愛門面，又加以抗戰時之百般無奈，總是壞消息多好消

〔註161〕王凌霄（1997），《中國國民黨新聞政策研究（1928～1949）》，臺北：近代中國出版社，p148。

〔註162〕黃仁宇（2008），《從大歷史的角度讀蔣介石日記》，北京：九州出版社，p132。

息少，更再因王陽明哲學之從主觀，任直覺，只有使中國之戰時宣傳，成爲一種不負責任之事業。因之引起西方盟國尤其美國之莫大反感。白修德原爲重慶國際宣傳處所聘雇員。他在回憶錄中寫出：「實際上我被雇去操縱美國輿論。這政府需要生存，一線希望仍在策動美國新聞界，希望得到美國支持，對抗日本。於是必須說謊，必須欺騙，必須採取一切辦法，說服美國，未來兩國前途端在並肩作戰對付日本」……他的文字曾未申明將「實際如此」與「應當如此」說得撲朔迷離，乃是中國文獻之成規……在他看來，凡稱日人爲「倭寇」，以退卻爲「向敵側翼轉進」，公佈殺敵擄獲「無算」，已都是「管制新聞」，也都帶有欺騙性質」〔註163〕。這種程度的觀點對立，難以調和。

另外，雖然 Edgar Snow，Agnes Smedley，A.T.Steele, Tillman Durdin 等人的作品最爲人熟知且具有較大的影響力。但是蔣介石所組織的抗戰時期的國際宣傳也起到了向外廣播，「咸允知悉」的效果，但其對歐美人民對中日戰爭的態度改變，已經影響美國國家戰略的程度並不可考。

由於抗日戰爭和國共內戰的長久延續，中國國內、國外，美國國內、國外形勢，幾經變化，社會環境和歷史沿革都對新聞消息的獲知、寫作、發表產生著塑形的作用。現有美國寫中國近代史的著作，根據上述印象，即稱中國之抗戰有名無實。費正清的《中國新史》（China: A New History）內中也對八年抗戰之軍事行動一字不提。他的理由爲：「歷史家總是著眼於因果關係之嬗遞。中國之前途出自延安，是以日軍及以後國民黨軍之戰敗，少有人研究，相形之下比不上中共之勃興。成功帶創造性，具有趣味；失敗則悲慘而沉悶，誰愛理它？」〔註164〕

臺灣學者高郁雅認爲：「八年抗戰是國民黨的對外宣傳最成功的時期，國民黨對抗日軍侵略的表現贏得歐美諸國重視，對外宣傳的大環境相對有利」〔註165〕。實際上，這種觀點是從抗戰的結果反推宣傳的成功，這些對外宣傳的實際效果已經無從統計。新聞眞實的討論也無從入手。戰時的特殊性，決定了此時作爲政府命令的新聞政策，出於贏得戰爭的必要性而具有了十足的合法性。

〔註163〕黃仁宇（2008），《從大歷史的角度讀蔣介石日記》，北京：九州出版社，p14～15。

〔註164〕黃仁宇（2008），《從大歷史的角度讀蔣介石日記》，北京：九州出版社，p170～171。

〔註165〕高郁雅（2005），《國民黨的新聞宣傳與戰後中國政局變動（1945～1949）》，臺北：國立臺灣大學出版委員會，p234。

　　美國在 1938 年 12 月給予了中國第一筆援助，即「桐油貸款」。美國對中國財政幫助不僅僅是物資支持，更是一種政治和心理支持。

　　1940 年 8 月 1 日，美國宣佈對日禁運，並凍結日本在美的銀行存款。二戰結束後的統計結果顯示，美國援助英國二百七十億美元，蘇聯九十億，中國十三億美元。而曾虛白認為，實際得到的「不及此數之半，因為有些物質運經西伯利亞被蘇聯扣留了，有些運經緬甸、印度被英國借用了」〔註 166〕。

4.5 情報與新聞宣傳並行

　　新聞本身就是情報的一部分，新聞宣傳為軍事行動提供信息來源和宣傳造勢的平臺，又與情報工作互為表裏。蔣介石的集權統治，依賴軍事和情報，他認為「對於情報宣傳需充分利用，並須利用情報為主動的宣傳與破壞的宣傳，以打擊敵人的造謠作用」〔註 167〕。查閱國民黨和國民政府檔案，新聞宣傳部門也承擔情報工作，情報部門也關注新聞和新聞檢查工作的狀況，蔣介石本人對「情報戰、輿論戰、心理戰」很有敏感，在《日記》中，反覆預定「散發敵陣營宣傳品，對敵攻心宣傳」〔註 168〕，黨政軍內的高級官員也如此。

　　臺灣國史館藏《蔣中正總統文物》中的《特交檔案（黨務）》檔案，顯示，在 1932 年，大量的《這一週情報》和《特種調查報告》向蔣介石彙報全國各地、各政治派別的政治主張、宣傳動態和運作狀況，例如其中一份特種調查報告彙報了：「國家主義派之組織宣傳訓練及其政策（含國家主義派中國青年黨政策大綱）、民眾指導委員會概況——改組派、中央通訊社概況、CC 團概況、政治學校概況、炮兵學校概況、中國童子軍概況等」〔註 169〕。1932 年 5 月 22 日至 5 月 28 日的《這一週情報》的內容，包括「改組派、共產黨、國家主義派、太子派、元老派、十九路軍、馮（馮玉祥）系等之活動情形及桂

〔註 166〕曾虛白（1988），《曾虛白自傳（上）》，臺北：聯經出版事業公司，p333。

〔註 167〕唐縱（1991），公安部檔案館編注，《在蔣介石身邊八年——侍從室高級參謀唐縱日記》，北京：群眾出版社，1991 年 8 月，p428～429。

〔註 168〕美國斯坦福大學胡佛研究所，《蔣介石日記》（手稿本），1938 年 5 月 16 日。

〔註 169〕臺灣國史館藏，蔣中正總統文物／特交檔案／黨務（黨史館），特交檔案（黨務）——各黨派動態（第〇五〇卷），1932 年，數位典藏號 002-080300-000 56-025。

軍近況、平津消息、各軍消息、各社團雜訊等」〔註170〕。

所謂情報與新聞宣傳並行，第一，包括蔣介石在內的黨政軍高級官員，將新聞宣傳和情報，都放在了影響戰爭局面的戰略地位；第二，在於新聞宣傳的部門與主管情報的部門，有時業務交叉，新聞部門參與情報收集和彙報，情報部門參與新聞領域的監督和管控；第三，抗戰期間，蔣介石認爲中國沒有可能依靠本國力量取得勝利，擴大對外宣傳，爭取同盟國，尤其是人員、戰力豐沛的美國的同情，顯得極爲重要，因此，在對外交流領域，也安排外交、外宣、情報，三者相互交叉。

4.5.1 高級官員同時關注新聞與情報

1928 年 8 月，張學良得知日本遣特派員到美國說明對華態度後，立即電蔣介石，要求「在美就近宣佈眞相，俾美不至爲一面之詞所惑」，得知此情報後，蔣介石立即「電美友，就近設法進行」〔註171〕。1931 年，孫科出走廣州，蔣介石得知後，「立即電令在香港的歐陽駒：此間只知哲生養（22 日）晨由滬到港，未知其到港後之言行如何？請詳告」〔註172〕。1939 年，白崇禧、李宗仁分別發現汪僞組織在其負責戰區內造謠，上書蔣介石，要求中央採取相關措施。

1943 年初，隨著美國派出延安軍事考察團，中共與美方關係突然緊密起來，中共對美國的宣傳有了更多的通道。何應欽在 4 月 27 日，以參謀總長的身份致電當時中央黨部秘書長吳鐵城，告知中共在美宣傳一事，提出：「除關於政府部分已函請中央宣傳部核辦外，即希查照核辦爲荷」〔註173〕。1945 年，昆明文化界就風雨欲來的內戰問題，向美國政府和新聞界發出電報和公開信。蔣介石令時任外交部部長王世杰注意此事並調查對方反應，王世杰遂電報英美法大使館查報，美國、法國大使館彙報稱，對方政府與新聞界並未注意此事，也沒有引發任何反應。

〔註170〕臺灣國史館，蔣中正總統文物／特交檔案／黨務（黨史館），特交檔案（黨務）
——各黨派動態（第○五一卷），1932 年 5 月 22 日～1932 年 5 月 28 日，數位典藏號：002-080300-00057-003。

〔註171〕臺灣國史館藏，蔣中正總統文物／革命文獻／北伐時期，革命文獻——東北易幟，1928 年 8 月 25 日，數位典藏號 002-020100-00024-038。

〔註172〕金以林（2009），《國民黨高層的派系政治》，北京：社會科學文獻出版社，p158。

〔註173〕中國國民黨中央委員會黨史委員會，中華民國重要史料初編——抗日戰爭時期，第五編，中共活動眞相（一）。

4.5.2 國內新聞系統與情報系統業務交叉

西安事變之前，中央檢查新聞處處長賀衷寒，作爲新聞官員，多次直接報告蔣介石當地軍事情報：「長安軍官訓練團自王以哲軍長主辦以來」〔註174〕，人員任命混亂，官員言論荒謬等反常情況。1936 年 9 月 18 日，賀衷寒電報陳布雷轉蔣介石：

「（1）天津東亞晚報十六日訊，莫德惠十三日由俄抵西安，業與張學良會晤，任務不明。最近盛傳張氏漸有希圖與舊東北軍勢力爲中心，後方與新疆省聯絡，單獨在西北方面樹立親俄政權之意。（2）同盟社十七日東京電，日政府當局擬觀中央政府如何禁絕排日，實行中日親善，故要求提出具體方法。且鑒於此中事件之重要性，請求蔣介石氏出馬直接進行徹底的交涉，以望其獲得有效效果」〔註175〕。

從電報內容來看，賀衷寒彙報的信息，主要來源於國內外媒體，他能夠快速掌握各路信息，並與社會流言進行綜合和對照，以求爲蔣介石提供多渠道和相對經過多方認證的全面信息。僅僅兩日之後，黃埔嫡系，時任參謀長上將的陳誠向蔣介石發報：張學良託馮庸向陳誠表示，自己只願抗日，不願剿匪。馮庸所言是眞是假，還需要進一步查明。此後，陳誠、邵力子，分別電報蔣介石，陳誠肯定了馮庸的說法，而邵力子則說，張學良否認曾讓馮庸代電陳誠一事。9 月 23 日，張學良親自電蔣介石，否認馮庸代電一事，重申抗日救國主張，此後也多次經陳誠等人，向蔣介石轉述抗日的想法。蔣介石一方面回電張學良，囑咐其嚴格管理部署，謹言愼行，另一方面，電何應欽，隨時準備抗戰。算是對各方消息和動作的回應。

負責國民黨情報工作的戴笠，其檔案材料中，有很多關於新聞審查的電報往來。國內輿情監測、國際輿情監測、新聞檢查效果都有涉及。

如 1933 年 4 月 1 日，戴笠向蔣介石建議互調宣傳隊和差遣隊人員，以減少宣傳中的語言障礙：「戴笠電蔣中正，關於中央宣傳隊少有北方學生，導致和東北軍語言不通，而軍分會差遣隊多爲東北講武堂和教導隊，應以差遣隊改爲宣導隊進行宣傳工作，可免語言隔閡，並且吸收東北下級幹部之優秀份

〔註174〕中國國民黨中央委員會黨史委員會，中華民國重要史料初編——抗日戰爭時期，第五編，中共活動眞相（一），1985 年，p142～143。

〔註175〕中國國民黨中央委員會黨史委員會，中華民國重要史料初編——抗日戰爭時期，第五編，中共活動眞相（一），1985 年，p143。

子爲來日整飭東北部隊」〔註 176〕。

1937 年 10 月 22 日，戴笠上報，就某一輿論事件正在調查宣傳方：「戴笠電毛慶祥，轉蔣中正，云，各方輿論對第八路軍參與抗戰戰績有過分宣揚，又大美晚報中，提及其處境困難且中央不願顯揚舊敵之諸多戰績，另對其游擊戰術未積極合作，配給槍械予農民等挑撥之語等情，戴正在查究係何人所爲等情」〔註 177〕。

1944 年 9 月 25 日，涉及蔣介石與戴笠商議怎樣查清信息是否屬實的，「戴笠批示，據蔣中正電云，林可勝在美廣播及其女書記在美國分發對中國不利宣傳文字故擬請委座代電蕭勃查明詳情」〔註 178〕。

另有一份電報，文檔沒有表明撰寫日期，但我們可以從中窺見，戴笠對新聞檢查工作也在密切關注：「戴笠電毛慶祥轉蔣中正云，新聞檢查人員不能切實負責查此次劉蘆隱逮捕之事，新聞檢查員對日前各報所披露劉之組織革命軍團自爲領袖，指揮中華青年特務隊實行暗殺自最高領袖以下各要員之證據確實之登載，竟一視無睹，已電何成濬對劉案消息之發布與法院之審理予以注意，及請注意今後中央對新聞檢查之改進」〔註 179〕。

抗日戰爭期間，對敵宣傳與對敵情報工作，是兩項蔣介石很重視的軍事環節，當時的駐美大使胡適被派給的任務之一，是「搜集美國的政治情報，供中國政府擬定更好的對美政策」〔註 180〕。通過檔案材料的分析，我們發現兩者在很多情況下穿插進行，互相交織。

1944 年 5 月 3 日，「委座訓話，首先指出各機關之缺點，無聯繫，工作技

〔註 176〕臺灣國史館藏，《戴笠史料》，數位典藏號 144-010104-0002-016，全宗系列，戴笠史料／文件／遺墨／情報，隸屬卷名／件號，戴公遺墨——情報類（第 2 卷）／016。

〔註 177〕臺灣國史館藏，《戴笠史料》，數位典藏號 144-010104-0003-031，全宗系列，戴笠史料／文件／遺墨／情報，隸屬卷名／件號，戴公遺墨——情報類（第 3 卷）／031。

〔註 178〕臺灣國史館藏，《戴笠史料》，數位典藏號 144-010104-0002-078，全宗系列，戴笠史料／文件／遺墨／情報，隸屬卷名／件號，戴公遺墨——情報類（第 2 卷）／078。

〔註 179〕臺灣國史館藏，《戴笠史料》，數位典藏號 144-010104-0003-040，全宗系列，戴笠史料／文件／遺墨／情報，隸屬卷名／件號，戴公遺墨——情報類（第 3 卷）／040。

〔註 180〕齊錫生（2017），《從舞臺邊緣走向中央：美國在中國抗戰初期外交視野中的轉變 1937～1941》，臺北：聯經出版公司，68。

術太差，不能隨便逮捕人；以後對於情報宣傳需充分利用，並須利用情報爲主動的宣傳與破壞的宣傳，以打擊敵人的造謠作用」〔註181〕。

4.5.3 外宣、外交與對外情報業務交叉

首先，對外情報與宣傳，爲外交工作提供了重要的信息基礎和扶助手段，駐外使館和人員，也相應承擔收集情報和進行宣傳的工作。

其次，國際宣傳和對外情報，兩者本來都是董顯光制定的抗戰策略，只因爲董不掌握有力的情報組織，因此蔣介石才將這部分轉給了戴笠負責，在戴笠牽頭的情報人員培訓中，情報教材還是董顯光編寫的。在組織結構上，戴笠和董顯光兩人，都直接對蔣介石負責，受蔣介石指揮。

在抗戰期間，王世杰對蔣介石政府的宣傳和外交工作影響巨大。王世杰，字雪艇，法學博士，1938 年 4 月 21 日，任軍事委員會參事室主任。1939 年，美國議會就中立法案進行討論，王世杰提交報告《對美國中立法修改問題應持之態度、步驟及如何使美國積極與蘇聯接近之對策及關於美國中立法問題之報告》指出：「一，加強對美宣傳，二，聯絡並疏通美國國會議員，三，爲美國同情中國之團體解決困難，使其同情得見諸事實」〔註182〕。王世杰認爲，中美關係直接關係到中國的整體外交格局，並建議蔣介石直接與羅斯福聯繫，蔣介石令王世杰與王寵惠擬定信件後，派個人專使攜信至美國見羅斯福。1939 年 11 月至 1942 年 12 月，王世杰擔任國民黨中央宣傳部部長，從事抗日戰爭宣傳工作，1944 年 11 月後，復任宣傳部部長，提出放寬新聞檢查，停止與中共的互相攻擊，倡導中蘇親善，1945 年 7 月，接任宋子文任外交部部長。

抗日戰爭後期，蔣介石的外宣工作中，對抗中共在美國的宣傳逐漸佔據重要位置。外交部情報司，是搜集美國情報的主要職能部門，1943 年 7 月 22 日，蔣介石曾提醒外交部情報司長何鳳山，美國共產黨解散，注意其向陝北派出代表團的意圖。1944 年 8 月 22 日，蔣介石電何鳳山，令其注意中共利用翻譯人員掌握英美在華情報新聞機關，要求其與中央宣傳部會商進行應對。

〔註181〕唐縱，公安部檔案館編注，《在蔣介石身邊八年——侍從室高級參謀唐縱日記》，北京：群眾出版社，1991 年 8 月，p428～429。

〔註182〕轉引自：黃仁宇（2008），《從大歷史的角度讀蔣介石日記》，北京：九州出版社。

蔣授意戴笠主持研究形成了《國民黨解決中共問題之方案》，也稱「戴笠方案」。該案明確，共產國際解散後，對中共應從「政治、軍事、黨務、宣傳、特務」五方面綜合施策，在宣傳方面應「發動社會輿論，加強宣傳攻勢」。

1945 年，昆明文化界就風雨欲來的內戰問題，向美國政府和新聞界發出電報和公開信。蔣介石令時任外交部部長王世杰注意此事並調查對方反應，王世杰遂電報英美法大使館查報，美國、法國大使館彙報稱，對方政府與新聞界並未注意此事，也沒有引發任何反應。

4.5.4 孔宋家族參與外交與外宣工作

蔣介石對宋美齡及孔宋家族非常倚重，在《日記》和其他檔案的記錄中，能看到大事小事，蔣都託家族內部的人代辦，這十分符合他「人際政治」的邏輯。

宋美齡只是蔣介石姻親的一環，蔣介石從與宋美齡結婚開始，就與宋子文、孔祥熙形成了政治同盟，蔣介石十分在乎他們的看法，目前所見電報檔案中，有很多類似電文，例如：「蔣中正電宋美齡以整理戰線故抽調部隊集結後方恐逆軍造謠國軍後退請告孔祥熙宋子文勿置信」〔註183〕。

孔祥熙本人曾在 1938 年至 1939 年出任財政院長和行政院長，一段時間內，參與籌劃對美宣傳並進行撥款，但由於財政系統腐敗，孔祥熙本人的宣傳形象不佳，給蔣介石造成了一定的拖累。他「不但在國內政壇無法贏得同僑領袖們的尊重，他也無法取得在華西方人士的信賴」〔註184〕，「到了 1938 年下半年，國內對孔祥熙的批評變得更尖銳，也更有組織。1938 年 10 月份，國民參政會約二十幾位委員向蔣介石表達了他們反對孔祥熙繼續留在政府裏擔任職務，到了 1939 年，隨著中國財政情況不斷惡化，對於孔祥熙的攻擊也變得變本加厲，到了 1939 年底，社會上謠傳，軍事領袖們如陳誠、白崇禧等人也反對孔祥熙擔任行政院長」〔註185〕

〔註183〕臺灣國史館藏，蔣中正致宋美齡函（一）／057，蔣中正總統文物／家書／致宋美齡，1930 年 6 月 8 日，數位典藏號：002-040100-00001-057。

〔註184〕齊錫生（2017），從舞臺邊緣走向中央：美國在中國抗戰初期外交視野中的轉變 1937～1941，臺北：聯經出版公司，p219。

〔註185〕《王世杰日記》1938 年 10 月 28 日，《翁文灝日記》1939 年 9 月 17、18 日，轉引自：齊錫生（2017），從舞臺邊緣走向中央：美國在中國抗戰初期外交視野中的轉變 1937～1941，臺北：聯經出版公司，p219～220。

　　從 1939 年開始的重慶轟炸，是對重慶政府和後方民眾的巨大折磨，宋美齡自重慶轟炸伊始，便開始通過私人途徑向國外傳遞相關消息，以爭取國際同情。「到了 1940 年 6～7 月間，當重慶再度每 2-3 天就必定遭受日本飛機轟炸時，重慶政府的耐心已經磨盡，決定必須採取有效方案去徹底改變中美關係。讓中國政府特別憂慮的是西方世界輿論似乎已經趨向麻木，對於日本濫轟中國平民，不再引起震動和譴責，這些國家似乎已經認為這就是中日戰爭的現實常態」〔註186〕。1940 年 6 月，宋子文赴美，全權代表蔣介石，開始作為蔣介石的私人代表，廣泛聯繫美國要員，直接執行蔣介石的外交命令，傳送蔣介石的意見，權力遠遠大於當時的駐美大使胡適。宋子文曾求學於哈佛大學，在美國擁有廣泛的人脈，其抵美後，迅速聯絡美國政治經濟界人士，形成了「院外援華集團」的雛形。宋子文在中美關係中發揮著重要作用，並在大眾視野之外，配合宋美齡的相關工作。《Carl Crow 檔案》的最後一頁，提到其在 1943 年 12 月，為宋子文聯繫 Sales Executive Club 演講一事。

　　宋美齡未生育子女，因此與孔令儀、令侃、令偉幾位外甥十分親近，蔣介石也是如此，甚至經常請他們向宋美齡轉達電報。在臺灣國史館所藏的蔣介石家書中，多次交代孔令儀處理的小事：

　　「蔣中正電孔令偉請宋美齡牙痛痊癒後再入川不必急來又匪情謠傳已另詳」〔註187〕

　　「蔣中正電孔令儀請代定明年度日記本其式樣一如去年在商務書館所特定者約定一百本」〔註188〕

　　「蔣中正電孔令儀前託定日記本其冊尾雜錄欄須增為三十頁其餘照舊樣本」〔註189〕

　　「蔣中正電孔令儀明年日記若已印就請即寄」〔註190〕等等。

　　日記本託付孔令儀來辦，顯示出蔣介石與孔家子女日常中來往頻繁，關係親近，但蔣介石對於國家軍政要務的處理，也常像託孩子買日記本一樣輕鬆，公私難分，一度成為攻擊當時孔宋家族貪污公款的證據。1938 年

〔註186〕齊錫生（2017），從舞臺邊緣走向中央：美國在中國抗戰初期外交視野中的轉變 1937～1941，臺北：聯經出版公司，p186。
〔註187〕臺灣國史館藏，電報摘要，1935 年 8 月 28 日。
〔註188〕臺灣國史館藏，蔣中正總統文物，電報摘要，1940/08/04。
〔註189〕臺灣國史館藏，蔣中正總統文物，電報摘要，1941/06/13。
〔註190〕臺灣國史館藏，蔣中正總統文物，電報摘要，1941/07/17。

1月14日，蔣介石致電在香港的中央銀行秘書孔令侃，要其轉信給同在香港的「三姨母」宋美齡，謂「現在急需步槍三十萬杆，每杆配彈一千發；自來得手槍三萬杆，每杆配彈一千發；重機槍二萬挺，每挺配彈一萬發；法國迫擊炮五百門，每炮配炮彈二千發；三生的七口徑戰車防禦炮五百門，每門配彈一千發。請在港設法購買爲盼」〔註191〕。蔣介石這種做法一方面固然因爲戰事緊急，孔、宋兩家在處理對外事務時有很大的活動能量，但也流露出蔣介石「家天下」的心態，在他想來家人、親友參與國家大事，就如同處理家事一般順理成章。這也就解釋了1947年，揚子公司案發時，爲何蔣介石如此難辦。

宋氏姐妹作爲一個政治聯盟，在輿論中很有影響力，尤其是三人都曾長期留學美國，是對美宣傳的重要資源。1940年1月，重慶電臺測試，宋氏三姐妹便嘗試向美國播音〔註192〕。1940年4月18日，宋氏三姐妹一起到重慶廣播電臺發表演說，並由NBC廣播網向美國全國轉播〔註193〕。1941年11月10日，宋美齡單獨以《答謝美國友誼》爲題，對美國廣播演說，「並忠告美國爲衛護正義與人道，不宜輕率傾向於妥協」〔註194〕。12月4日〔註195〕，珍珠港事件爆發前3天，宋美齡再度以《民主中國的貢獻》爲題，對美廣播演說。

除對美直接演講外，宋氏姐妹還是當時駐華記者和傳記作家的好素材。美國記者Emile Hune到中國採訪宋美齡，並撰寫了《宋氏三姐妹》一書。

1940年10月19日，皖南事變爆發，國共衝突表面化，蔣介石過分樂觀地認爲「中共除悲鳴以外當無他法」〔註196〕。1941年2月8日起，美國總統私人代表、行政助理居里訪華，轉達羅斯福意見，調停國共矛盾。同日，美國眾議院通過軍火法案，蔣介石政府在與居里接觸的過程中，將重點放在了

〔註191〕總統蔣公大事長編初稿，卷四上，1938年1月14日，p163。
〔註192〕美國衛斯理學院藏，宋美齡檔案，p98。
〔註193〕美國衛斯理學院藏，宋美齡檔案，p303。
〔註194〕總統蔣公大事長編初稿，卷四下，1941年11月10日，p752～753。
〔註195〕總統蔣公大事長編初稿，卷四下，1941年12月7日，p767，記載：「美國羅斯福總統接見我駐美胡適大使，告以：「昨致日皇電，乃爲和平作最後之努力，惟不見樂觀，恐四十八小時內，日本海陸空軍即將開釁，此爲人類之一大悲劇，但爲中國計，亦可謂最大轉機也」。由此可知，宋美齡此次廣播演說的時機，已經是在最後關頭的一把火。
〔註196〕美國斯坦福大學胡佛研究所，《蔣介石日記》（手稿本），1941年1月19日。

陳述國內困難，進一步爭取美國援助。

　　1941 年 2 月 12 日，宋美齡返回重慶〔註 197〕。從此時起，宋美齡開始在外交領域大放異彩。通過居里訪華，「建立了一個新模式：宋美齡不但在蔣介石和居里的會談中充當口譯，而且越來越頻繁的參加實質性商討，最後成為貨真價實的全程參與人……等到她和居里建立了私下溝通管道時，她在中美外交過程的涉入程度，就變得更深入，因為雙方都大量使用這個管道互通信息和傳達向對方的要求……拉鐵摩爾成為政治顧問後，幾乎所有他和蔣介石之間的商議，都要通過宋美齡傳達」〔註 198〕。

　　1943 年 7 月，宋美齡陪同蔣介石參加英、美、中三方首腦高峰會晤的「開羅會議」，中國代表團重要成員雖皆能操英語，但宋美齡嫌他們「無法轉述委員長思想的全部意義」，常親自重譯蔣的聲明和對方的談話。

　　1949 年，宋美齡在美期間，為蔣介石聯絡外國政要，並安排美國赫斯特報系記者，採訪蔣介石到臺灣後的行政安排。實際上，獲知美國消息向蔣介石進行彙報和核實，向蔣介石確認國內消息後，對美國進行解釋，類似活動一直貫穿在宋美齡第二次訪美期間。1949 年蔣宋往來電報中，還涉及宋美齡向蔣介石核實美國報紙的報導是否準確，如 1949 年 6 月 9 日，「宋美齡電蔣中正據紐約報載兄在臺灣廣播四個月內不能收復上海則自盡確否，蔣中正覆電從未向記者發表此無稽之談」〔註 199〕。

　　在與美國的外交和宣傳上，宋美齡是蔣介石的得力助手，宋對蔣的決定也是堅決執行，訪美期間，蔣宋之間的頻繁電報反映了兩人配合的親密無間。但蔣是國家領導人，第一夫人只是他手中的一員大將，他同時還考慮其他大將的功用，這方面，宋美齡的配合就消極的多。對美外交和宣傳上，董顯光就是這個與宋美齡同心不同德的人。「茶杯風暴」中，孔令侃直接取代董顯光成為秘書長，不久，「董顯光向顧維鈞透露：不但他和劉鍇退出核心決策圈，甚至連宋子文，堂堂外交部長，蔣介石派赴美國的特使，如今也靠邊站，退到一邊去了，給宋美齡出主意的人就剩孔令侃」〔註 200〕。

〔註 197〕總統蔣公大事長編初稿，卷四下，1941 年 2 月 12 日，p639。
〔註 198〕齊錫生（2017），《從舞臺邊緣走向中央：美國在中國抗戰初期外交視野中的轉變 1937～1941》，臺北：聯經出版公司，p408～409。
〔註 199〕臺灣國史館藏，蔣中正總統文物，電報摘要，1949/06/09。
〔註 200〕王豐（2016），《宋美齡，蔣介石的一號情報員》，臺北：商周出版，p306。

4.6 針對性外交與外宣布置

出於當時政府機構不健全和人才短缺，與外交任務的急迫，蔣介石常常派私人代表出國進行溝通。1936 到 1937 年間，蔣介石向外派遣大量親信，如赴德國的蔣方震（即蔣百里），蘇聯的楊傑，英國的孔祥熙等，1939 年，向美國派出其「個人代表」顏惠慶，並進一步派出宋子文。私人外交一來極具便利性可以避免組織系統帶來的冗長外交程序，二來可以更靈活的探討敏感問題，在瞬息萬變的大戰期間，非常具有實用性。

當時不僅蔣介石如此，「羅斯福對於傳統外交部門工作人員缺乏信任，也不尊敬他們的專業能力」〔註201〕，客觀上爲蔣介石對美私人外交的展開提供了便利。

史迪威來華是蔣介石私人外交的一個產物，蔣介石曾認爲中國在美國的全球戰略中排名太低，要求派將領到中國，緬甸反攻作戰中，「美國強力壓迫蔣介石出動駐紮在雲南的遠征軍，最後甚至要求蔣介石交出實際軍事指揮權」〔註202〕。史迪威與蔣介石不和，白修德曾訪問過史迪威、周恩來、蔣介石，並由於對河南災荒的報導最終使他接受了史迪威的態度：中國政府無法統治這個國家，並且將這個原因歸結到蔣介石和他的中央政府頭上。用一種來自「文明社會」的，帶有種族優越感和正確性，尤如「宣道」一樣的眼光看待中國遇到的問題，而全然沒有考慮當時中國的社會生產力、社會組織形式和組織效率。

這種矛盾顯而易見，雙方無法徹底合作。「昆明機場美籍志願軍飛行員營房設在機場附近，營房和機場指揮中心之間依靠電話聯絡，每當敵機來襲之前，指揮中心即會通知飛行員馳往機場備戰，但是電話線在當時大後方物資極度匱乏的環境下，成了搶手物資，黑市價格昂貴，幾乎每晚都被偷竊，多至一夜喪失 500 英尺」〔註203〕。白修德雖然認爲美國常常使用罷免外國領導人的外交策略不見得對當地是正確的，但卻始終認爲，如果當時史迪威罷免蔣介石成功，對美國、中國、世界都是更好的選擇〔註204〕。

〔註201〕 齊錫生（2017），《從舞臺邊緣走向中央：美國在中國抗戰初期外交視野中的轉變 1937～1941》，臺北：聯經出版公司，p369。

〔註202〕 王建朗（2009），信任的流失：從蔣介石日記看抗戰後期的中美關係，《近代史研究》，p49～62。

〔註203〕 齊錫生（2017），《從舞臺邊緣走向中央：美國在中國抗戰初期外交視野中的轉變 1937～1941》，臺北：聯經出版公司，p382。

〔註204〕 http://www.jiemian.com/article/1796151.html，我親歷的史迪威事件。

4.6.1 向主要國家派遣特使

自 1928 年濟南慘案開始，蔣介石就開始向國際公佈戰爭信息，以求將日本置於國際輿論壓力之下。在中美外交當中，宣傳是排頭兵。蔣介石希望爭取美國援助，認為「中倭戰事問題，實為國際問題，非有國際干涉，共同解決，則決不能了結，如果直接講和，則中國危矣」〔註205〕。但這種對美宣傳，從最開始只是一種鋪墊，美國孤立主義盛行，並不重視中國的對日作戰。直到 1940 年軸心國同盟成立，才實現了中國的抗日戰爭與二戰的合流。通過向媒體發布講話，影響輿論，試圖影響政府政治決策，「促進美國瞭解中國」。

1937 年七七事變後，蔣介石「電倫敦孔祥熙特使，告以盧案演變情形，並請特別運用」〔註206〕，明確將中日戰爭實況作為對外宣傳的工具。9 月 7日，蔣介石開始向主要國家派出特使，進行人際宣傳，「以胡適赴美，蔣百里赴德、意，說明日本侵華經過及其暴行事實」〔註207〕，9 月 12 日，宋美齡「在南京通過美國廣播網，直接向美國民眾，說明中國艱苦抗戰狀況，呼籲美國支持」〔註208〕。9 月 21 日，蔣介石接見「巴黎晚報記者，表示，中國決以全力奮鬥到底，直至日本根本放棄侵略而後已」〔註209〕。24 日，接見外國記者，對日本的暴行廣而告之，並表明中國抗戰決心。11 月 26 日，撤守南京前，蔣介石謁中山陵後，再次對外籍記者發表談話，說明政府雖然撤守重慶，單仍堅決抗戰到底，「雖至僅餘一人寸土，亦必堅守不屈」〔註210〕。

「在公共關係領域中，中國政府最基本的目標是爭取美國對中國抗日的支持，而王正廷本人也正是中國官員中最早強調美國公共輿論重要性的一位。王正廷的看法是，美國政府對日本的態度頗為曖昧，但是人民態度則顯然同情中國。因此他建議中國應該準備長期地增加對美宣傳經費，爭取美國輿論轉向對中國有利，藉此導使美國政府採取親華政策」〔註211〕，但由於王正廷在開展相關工作時表現出對美國政局的無知和專業技能缺失，1938 年 9

〔註205〕美國斯坦福大學胡佛研究所，《蔣介石日記》（手稿本），1938 年 7 月 28 日。

〔註206〕總統蔣公大事長編初稿，卷四上，p87～89，1937 年 7 月 24 日。

〔註207〕總統蔣公大事長編初稿，卷四上，p112，1937 年 9 月 7 日。

〔註208〕總統蔣公大事長編初稿，卷四上，p113～118，1937 年 9 月 12 日。

〔註209〕總統蔣公大事長編初稿，卷四上，p121，1937 年 9 月 21 日。

〔註210〕總統蔣公大事長編初稿，卷四上，p144～145，1937 年 11 月 26 日。

〔註211〕齊錫生（2017），《從舞臺邊緣走向中央：美國在中國抗戰初期外交視野中的轉變 1937～1941》，臺北：聯經出版公司，p57。

月 17 日，胡適接替王正廷成為駐美大使。9 月 20 日、21 日，「蔣介石指示孔祥熙和王寵惠從速加強在美國的宣傳工作」〔註212〕。至 1940 年 5 月，「陳光甫致電孔祥熙直言，孔氏所派出的人員工作效率非常差，他們由於內部意見分歧，反而讓美國政府無法回應」〔註213〕，因此，胡適和宋子文成為了對美宣傳和游說的實際操作人。

「胡適在演講中所接觸到的對象並不是美國一般人民大眾，而是其中受教育程度較高而且關心國際事務的人群，俗稱之為公共意見領袖」〔註214〕，但是胡適慢慢意識到，他能產生的作用僅限於此。胡適是個誠實務實的學者，善於綜合分析並客觀對待事物，他作為駐美大使對美國民眾進行的公開演講，極大的增進了美國對中國的瞭解，他的品行和形象也增進了美國對中國的好感度，但他並不是一個善於折衝尊俎的外交家，宋子文卻精力旺盛，充滿野心，追求政治利益。從影響認知，到影響態度，再到影響行動，是一個緩慢遞進的過程，在當時的中美外交中，這屬於不同的工作領域。要真正改變美國的對華政策，需要向真正產生政治影響的官員進行攻關，因此，蔣介石隨後派宋子文赴美。

根據《蔣介石日記》，宋子文在蔣宋聯姻初期，與蔣介石關係密切，但後來由於在蔣介石主政初期，數次拒絕撥發軍費，宋與蔣的關係惡化，同時孔祥熙對蔣介石全力支持。宋與孔、蔣均不睦，蔣介石認為宋子文有意對他取而代之。孔祥熙作為特使在美期間，承接蔣介石的命令，1937 年 6 月 23 日，蔣介石電報孔祥熙，將宣傳與經濟談判結合起來：「對於吸收華僑向國內投資之獎進，應速作有組織有系統之計劃，積極進行，並注重宣傳，一面擴充信託局之機能，以調整華僑貨物之輸出與輸入，同時對於各國以貨易貨之組合，亦可利用華僑貨物之銷運，而其清算手續，亦由信託局為之經理，此事若成，必收大效。請兄在美與將來回國時，道經南洋荷英各屬，一面聯絡感情，一面從事宣傳與組織，最好在各處派委員先往調查聯絡，待兄到時即可進行也。

〔註212〕齊錫生（2017），《從舞臺邊緣走向中央：美國在中國抗戰初期外交視野中的轉變 1937～1941》，臺北：聯經出版公司，p66。

〔註213〕陳光甫致孔祥熙電，1940 年 5 月 4 日，《蔣中正總統文物》，#001088201007，轉引自，齊錫生，從舞臺邊緣走向中央：美國在中國抗戰初期外交視野中的轉變 1937～1941，臺北：聯經出版公司，2017 年，p70。

〔註214〕齊錫生（2017），《從舞臺邊緣走向中央：美國在中國抗戰初期外交視野中的轉變 1937～1941》，臺北：聯經出版公司，p80。

英國聯絡人員何時來華，望爲代催」〔註215〕。

　　1939 年 7 月以後，財政危機加深，蔣介石開始尋求啓用宋子文。宋子文本人對中美關係非常重視，也非常重視輿論對於美國政治、中美關係的影響，「他在 1938 年初就曾經建議中國政府，每月撥 10 萬元美金在美國進行大規模公共關係活動，以贏取美國民意支持」〔註216〕。宋到美國後，首先，「明白告訴蔣介石，中國僅是依靠公開演講和宣傳活動，絕對無法得到美國援助。中國眞正的出路是必須表現出耐力、勤奮和持之有恆的精神，在美國官員們身上去做大量的工作才行」〔註217〕，其次，開始使用「中國抗戰是爲了世界和平二戰，事關美國本身」的宣傳策略。

　　1941 年下半年，近衛內閣致力於美日談判，宋子文「首次得知美方正在和日本代表們進行秘密談判時，立即恫嚇要在公開場合予以揭露和譴責……他也相信所有政治人物都害怕公共輿論的力量」〔註218〕。羅斯福一度希望與日本達成協議，蔣在《日記》中曾有「接閱美國所擬對倭放鬆妥協之條件，痛憤之至」〔註219〕的表述。重慶政府不惜一切代價進行阻止，羅斯福在白宮會見宋子文，「羅斯福顯然還想辯說美日妥協旨在保護滇緬路，宋子文立即反駁此說不通，並且當場表示，中國寧可因爲抵抗而犧牲，但是絕不能接受因爲美日妥協之侮辱而崩潰」〔註220〕。

　　宋子文赴美，實在是當時中國已經失去繼續等待的能力，必須不惜一切代價爭取美國援助。1942 年 2 月 2 日，在多方努力下，美國終於宣佈給予國民政府 5 億美元貸款，這項貸款「無擔保、無利息、無償還年限、無指定用途、無附帶條件」〔註221〕。宋子文在美國的游說和公關活動，爲中國取得美

〔註215〕總統蔣公大事長編初稿，卷四上，1937 年 6 月 23 日，p54～56。

〔註216〕蔣介石致宋子文宋美齡電，1938 年 1 月 16 日，籌筆，轉引自，齊錫生，從舞臺邊緣走向中央：美國在中國抗戰初期外交視野中的轉變 1937～1941，臺北：聯經出版公司，2017 年，p238。

〔註217〕齊錫生（2017），《從舞臺邊緣走向中央：美國在中國抗戰初期外交視野中的轉變 1937～1941》，臺北：聯經出版公司，p246。

〔註218〕齊錫生（2017），《從舞臺邊緣走向中央：美國在中國抗戰初期外交視野中的轉變 1937～1941》，臺北：聯經出版公司，p514。

〔註219〕美國斯坦福大學胡佛研究所，《蔣介石日記》（手稿本），1941 年 11 月 26 日。

〔註220〕齊錫生（2017），《從舞臺邊緣走向中央：美國在中國抗戰初期外交視野中的轉變 1937～1941》，臺北：聯經出版公司，p504。

〔註221〕楊雨青（2015），《無效的美援——戰時中國經濟危機與中美應對之策》，臺北：蒼璧出版有限公司，p135。

援立下了汗馬功勞。

4.6.2 利用宋美齡進行對外交涉

　　宋美齡曾接受長達十年的美國教育，加之她與她的整個家族的基督教信仰，美國新聞媒體對她十分友好。作爲中國的第一夫人，她在蔣介石的外交和宣傳意志的執行中，是一個獨特的重要武器。她主要承擔的工作有，一、依據蔣介石的意願，與媒體的接觸和行動，直接指導國民黨對外宣傳工作，聯絡外國友人及記者，進行人際傳播和媒體公關。早在 1930 年，電報中便有「蔣中正電宋美齡中外新聞記者可准來但要派員招待帶來方可」〔註222〕，直接幫助蔣介石聯絡記者。二、向美國發表演說，爭取輿論支持。三、赴美訪問，推動美國社會與政府對中國的支持。四、作爲蔣介石的私人代表，進行非正式的國際溝通。蔣介石非常信任宋美齡在這一方面的工作能力，除了親自參與的外宣工作外，宋美齡還對整個的外宣系統進行非正式領導，蔣介石曾令董顯光每日向宋美齡彙報國宣工作：「董顯光擔任國際宣傳處處長，受命天天向宋美齡彙報，宋美齡堪稱是國府國際宣傳單位的太上人物，因而常給董顯光電話指示」〔註223〕，曾虛白認爲，宋美齡「對於如何利用外國傳播媒體，不時提出驚人的指示」〔註224〕。

　　在新聞宣傳領域，宋美齡對蔣介石的意義，第一是具有合適的儀表和政治地位，作爲第一夫人對內代表政府，對外代表中國；第二，作爲蔣介石的夫人，與高官的家屬進行溝通，爲蔣處理部屬關係，也代替蔣介石「慰問傷病官兵」〔註225〕；第三，宋美齡出身基督教家庭，又在美國留學多年，具有深厚的美國宗教和文化背景，是蔣介石處理中美關係中，可遇不可求的獨門利器。

　　宋美齡與蔣介石自結婚起，一直是民國八卦的熱門話題，關於他們關係的謠言一直持續至今。總有觀點認爲，蔣介石娶宋美齡純粹出於借勢和借錢，而宋美齡嫁給蔣介石，出於借政治，借軍權。利用私人問題攻擊政敵，是一種常用的政治策略。

〔註222〕蔣中正致宋美齡函（一）／062，蔣中正總統文物／家書／致宋美齡，1930/06/15，數位典藏號：002-040100-00001-062。
〔註223〕王豐（2016），《宋美齡，蔣介石的一號情報員》，臺北：商周出版，p289。
〔註224〕曾虛白（1988），曾虛白自傳（上）〔M〕，臺北：聯經出版事業公司，p184。
〔註225〕總統蔣公大事長編初稿，卷四上，1939 年 11 月 3 日，p435～436。

　　我們無法揣測在關係伊始，兩人是否有如此考慮。從《蔣介石日記》在此日期前後一年的記載來看，蔣介石有對與姚冶誠和陳潔如關係的記載，時愛時憎，感情起伏劇烈，甚至爲了陳潔如，「幾病神經矣」〔註226〕。在與宋美齡婚前，蔣見過宋美齡數次，其在《日記》中對宋美齡的記述，語氣有如單純羞澀的少年，與前兩者形成巨大反差：「下午美齡將回滬，心甚依依」〔註227〕。結婚之後，兩人關係迅速升溫，1927 年 12 月，幾乎每天必記載「與三妹歡爭」〔註228〕，12 月 27 日記「以三妹煩憂，余亦不悅，十時慰勤後即睡」，轉年 1 月 2 日記「三妹憐愛可敬」，3 月 25 日記「三妹之樂無窮」。另外，與宋子文的關係也迅速發展爲政治盟友，數次「與大弟子文議事」〔註229〕，在抗日戰爭期間，宋子文也順理成章的成爲蔣介石對美宣傳的重要武器。

　　此後，毛福梅、姚冶誠、陳潔如、蔣緯國生母，均再沒有出現在《蔣介石日記》中。蔣介石 1927 年 12 月 1 日與宋美齡結婚，發表《我們的今日》專文，在感情上對宋美齡極依賴，對宋美齡的勸誡，也心悅誠服，蔣介石軍務纏身，故在早年，宋美齡常駐上海，1928 年 6 月 19 日，宋美齡原定回滬，但兩人如膠似漆之狀，被蔣介石凝結在歷史中：「三妹上車以不忍離別，故仍折回會客，下午休息後到中山陵園眺望風景爲南京第一名勝也，與三妹相議甚樂，其規陳有理，故惑之決，自明日起按時排事再不厭心墮氣令戒我嫌我以懊悔非丈夫氣概亦有理也，晚宿於湯山」〔註230〕。

　　西安事變伊始，宋美齡受到政府高官的質疑，「詞色之間似謂：彼一婦人耳，僅知營救丈夫而已」〔註231〕，但事變的和平解決，則將宋美齡推到了名副其實的美譽中，她被輿論推到了政治的前臺，因其容貌、氣度、學識、家庭背景，成爲了蔣介石內政外交的獨門利器。對國內，宋美齡發揮女性在人際關係處理中的優勢，爲蔣介石拉攏部屬，聯絡部署家眷，於鳳至本就是宋母的乾女兒，東北易幟後的幾年裏，蔣介石與張學良頗親近，宋美齡與於鳳至也相映成趣，臺灣國史館藏有兩人來往電報：「宋美齡電于鳳至，謂身體微

〔註226〕美國斯坦福大學胡佛研究所，《蔣介石日記》（手稿本），1925 年 4 月 30 日。
〔註227〕美國斯坦福大學胡佛研究所，《蔣介石日記》（手稿本），1926 年 7 月 2 日。
〔註228〕美國斯坦福大學胡佛研究所，《蔣介石日記》（手稿本），1927 年 12 月檔。
〔註229〕美國斯坦福大學胡佛研究所，《蔣介石日記》（手稿本），1927 年 12 月檔。
〔註230〕美國斯坦福大學胡佛研究所，《蔣介石日記》（手稿本），1928 年 6 月 19 日。
〔註231〕宋美齡，西安事變回憶錄，蔣夫人宋美齡女士言論選集，p30～31。
　　　　http://www.ccfd.org.tw/ccef001/index.php?option=com_content&view=article&id=3278:2015-04-20-05-51-14&catid=453&Itemid=258。

恙漸痊，承注甚感尙祈珍重」〔註232〕。陳布雷曾因病在南京休養，在 1936 年 1 月 28 日，蔣介石到南京，陳往行營謁見，「蔣夫人贈余藥一盒」〔註233〕。

1928 到 1949 年，宋美齡在宣傳上的主要工作，有兩方面，一是作爲「宣傳對象」，二是作爲「宣傳者」。媒體對宋美齡一直很友好，1937 年，《大西洋月刊》曾發表《中國的宋氏家族》一文，評價宋美齡：美麗、活潑、足以擁有任何一個男人。

一、宋美齡向國外人士、媒體接觸

宋美齡的活動還橫跨官方和非官方，她與外國人士間的私人通信，是她傳遞中國抗戰信息，爭取國際同情的重要渠道。1937 年，宋美齡在上海前線慰問返京途中被炸傷，其後不久，在《復澳洲雪黎某夫人書》中，宋美齡描繪戰時中國慘烈的景象、日本軍隊的殘忍和中國人民抗戰的勇氣與堅韌，「我們是如何渴望著國內、外同胞一致的幫助，尤其是醫藥用品方面的幫助」〔註234〕。

打理與外國媒體和文化界關係。當時中國的很多機構兼以宋美齡的名義，與外國記者聯繫。1940 年，中華婦女慰勞會也曾以宋美齡的名義與美國著名中國通卡爾-克羅通信，保持聯繫〔註235〕。

1943 年，宋美齡在美期間，按照蔣介石的意志接觸各類人士，並進行相關表態和交涉。6 月 21 日，宋美齡第三次訪問白宮，正值蔣介石對史迪威不滿，向羅斯福尋求更換之際，此事成了蔣介石交代宋美齡代爲協商的事務之一。行前，蔣介石要求宋美齡，「對於戰後遠東和平與善後處理之各種政策，應照余所面囑各件，再與羅總統詳商，作一結論帶回……應相機提出史迪威問題，但不必太正式，亦不以要求其撤換之方式出之，只以眞相與實情在閒談中不著意之方式告之」〔註236〕，按照這些指示，宋美齡於 24 日，第三次訪問白宮，並於次日將詳細會談情形電報蔣介石。

二、演講影響輿論

宋美齡作爲女性，在進行戰爭控訴的宣傳中有獨特的「弱者控訴」的性

〔註232〕臺灣國史館藏，電報摘要，1931 年 12 月 31 日。

〔註233〕陳布雷日記選，1936 年 1 月～2 月，中國第二歷史檔案館，民國檔案史料，p21。

〔註234〕王豐（2016），《宋美齡，蔣介石的一號情報員》，臺北：商周出版，p318。

〔註235〕美國密蘇里州歷史研究會藏，Carl Crow 檔案，中華婦女慰勞會與 Carl Crow 的通信，p6。

〔註236〕總統蔣公大事長編初稿，卷五上，1943 年 6 月 21 日，p329～332。

別優勢。她在針對西方世界的宣傳中，常以「弱者」身份引起同情。據統計，宋美齡在抗戰時期的對外演講爲：對澳洲 1 次，對英國 4 次，對加拿大 2 次，對印度 3 次，對美國 26 次。

　　1937 年 10 月 12 日，《中國固守立場》一文，以宋美齡的名義，發表於美國論壇雜誌。1940 年 3 月 21 日，《紐約前驅論壇報》登載了宋美齡的《致美國婦女》一函，她在文中說到：「一場不宣而戰的戰爭所帶來的恐怖，已經使成千上萬的中國婦女淪爲犧牲品。如果人們能注意到她們的悲痛，眼淚以及她們被燒毀的房屋所冒出的黑煙，那麼美國婦女一定會在震驚之餘，立即認識到這場正在威脅文明的災難所帶來的深遠後果。……假如過去曾有過遠方戰鼓震動的威脅，現在……只有通過聯合行動，至少從經濟上，才有可能阻止自由和正義的民主思想趨於崩潰，才能使美國，特別是弱小和不幸的民主國家免遭所謂『不可預測的危險』。4 月 18 日，其「對美發表廣播演說，希望美對侵略者勿存恐懼與姑息心理，並停止對侵略者的鼓勵行動」〔註 237〕。

　　1941 年 11 月 10 日，宋美齡通過無線電臺對美國人民發表演說，指出：「我覺得美國這一個國家，決不會因勢乘便，以作便利自己的打算的，美國決不會像法西斯國家那樣認爲犧牲弱小是正當的行爲。我們中國爲了正義與人道，流血鬥爭，迄今已四年有半了，因此，我相信我中美兩國的友誼是建於一致的理想上」〔註 238〕。

三、作爲第一夫人訪美進行演講和外交活動

　　1942 年 12 月，宋美齡以治病名義赴美，蔣介石致電羅斯福謂：「內子非僅爲中之妻室，且爲中過去十五年中，共生死，同患難之同志，對中意志明瞭，當非他人所能及。故請閣下坦率暢談，有如對中之面罄也」〔註 239〕。而宋美齡也不負所託，向蔣介石表明：「無論如何，妹抵美宗旨以代表社稷及兄，當盡力爲之，惟決不肯失國家及兄之尊嚴」〔註 240〕。爲配合宣傳，11 月 17 日，蔣介石「爲紐約《前鋒論壇報》第十一年時事問題討論會發表專文，由中國國駐美公使劉鍇代爲宣讀，嗣並經由電臺向全世界播出，呼籲人類基於

〔註 237〕總統蔣公大事長編初稿，卷四下，1940 年 4 月 18 日，p525～526。
〔註 238〕美國衛斯理學院藏，宋美齡檔案。
〔註 239〕古屋奎二編：《蔣總統秘錄——中日關係八十年之證言》，（臺北）中央日報社1977～1978 年譯印，第十二冊，p45。
〔註 240〕王豐（2016），《宋美齡，蔣介石的一號情報員》，臺北：商周出版，p298。

三民主義之共同祈求，建立平等互賴的世界，以消弭一切帝國主義」〔註241〕。次日，宋美齡飛美。

1943年2月18日，宋美齡在美國參議院、眾議院，分別演說，其中參議院演說爲即席演講。國會演講原文，3月2日，麥迪遜廣場演講，3月22日，芝加哥體育場，3月27日，三番演講。4月14日，「在紐約接見記者，發表談話，主張中、美、英、蘇四國成立戰後世界委員會，以奠定世界和平之基礎」〔註242〕。

宋美齡在美國的一系列演講，將假定聽眾設置爲「美國人民」，「他講到美國人民願意看到太平洋方面有更多的行動，一次也沒有提到過美國總統」〔註243〕，這裡「人民」的所指，並不是最大多數美國民眾，而是能夠接觸並且關心這些演講的人，宋美齡直言「她的演講是爲知識階層」〔註244〕，鼓動輿論的意圖非常明顯。

宋美齡的外交活動，在抗戰期間，作爲中國政府和蔣介石意志的代表，爲中國爭取美國援助；與蔣介石共同出訪和出席國際會議，增進中國的國際美譽度；在蔣介石退守臺灣前後，宋美齡在美國爲蔣介石進行了大量的溝通工作，最大可能爭取美援。

中印關係上，宋美齡與蔣介石也持一致意見：同情甘地，支持印度民族獨立運動。蔣介石訪問甘地時，本應由董顯光隨蔣進行翻譯，但甘地以自己沒有官方身份爲由，特地要求宋美齡進行翻譯。宋美齡在外交領域完全是蔣介石意志的執行者，1942年，宋美齡訪美帶來了很好的國際反應，英國也曾嘗試安排宋美齡訪美後訪英，雙方接洽到英王都已發出正式邀請函。就在宋美齡準備啓程時，邱吉爾發表演說，再次重申應該「先歐後亞」，世界秩序應該由英、美、蘇三國主導，蔣介石立即電報阻止宋美齡訪英，認爲一旦成行：「將被視爲有求於人，否則，亦只有爲其輕侮，或反被其欺詐耳」〔註245〕。可見，宋美齡取消訪英，完全是蔣介石針對國際形勢和國家尊嚴做出的決定，

〔註241〕總統蔣公大事長編初稿，卷五上，1942年11月17日，p234～237。
〔註242〕總統蔣公大事長編初稿，卷五上，1943年4月14日，p307。
〔註243〕王豐（2016），《宋美齡，蔣介石的一號情報員》，臺北：商周出版，p310。
〔註244〕《胡適日記》，1943年3月4日，轉引自：王豐，《宋美齡，蔣介石的一號情報員》，臺北：商周出版，2016年12月第一版。
〔註245〕王豐（2016），《宋美齡，蔣介石的一號情報員》，臺北：商周出版，2016年12月第一版，p370。

但由於此前顧維鈞等人已反覆與英國政府進行聯絡，並安排了訪問事宜，突然取消行程，使得相關外交人員對宋美齡的反覆無常滿是抱怨。

1942 年 2 月，宋慶齡陪同蔣介石訪問印度，還於 21 日在加爾各達電臺親自用英語廣播了《告印度人民書》，宣傳中國抗戰，並對印度人民爭取獨立運動表示理解和同情，引起國際社會強烈反響和好評。

爭取國外援助的宣傳，除其直接目的外，還隱含著對內宣傳的目的。爭取外援過程的最後一步，是在得到外援後，進行對內宣傳。「中國對美新政策之中的一個重要部分，是期望美國政府能夠做出一個戲劇性的宣佈，給予中國以極大規模的經濟和軍事援助，其目的就是要激勵中國的民心士氣和提高它的國際地位」〔註 246〕。

1940 年，12 月初，「英國決定追隨美國，向中國貸款 1 千萬英鎊，但是此時蔣介石卻認為不值得為 1 千萬英鎊而讓英國人得到援助中國的宣傳效果」〔註 247〕。

滇緬公路封路期間，對內宣傳封鎖，再度開放以後，也是媒體報導的禁區。

1941 年下半年，美國與近衛政府的談判，「日本在華的宣傳工具此時也已經全面開動，宣稱美日會談已經達成秘密協定，重點是美國承諾不插手中日戰爭，換取日本承諾不南進，雙方解除資金凍結，恢復商務關係，這個宣傳攻勢在中國立即造成了強烈震撼，全國人心惶惑，軍事經濟為之動搖」〔註 248〕，也讓蔣介石大感憂慮，「為美國有放鬆對倭經濟之意，乃彙集全神，致胡宋各電，要求美國立即宣佈其不妥協態度」〔註 249〕。

4.6.3 外宣與外交中的應勢和造勢

宋美齡訪美，在美國掀起「中國風暴」，歷來被認為是夫人外交的典範，也被認為以其優雅的身姿和談吐，為中國贏得了美國的戰爭援助，進而促成

〔註 246〕齊錫生（2017），《從舞臺邊緣走向中央：美國在中國抗戰初期外交視野中的轉變 1937～1941》，臺北：聯經出版公司，p342。

〔註 247〕美國斯坦福大學胡佛研究所藏，Soong Papers，Box 58，Folder 3，蔣介石致宋子文電。

〔註 248〕齊錫生（2017），《從舞臺邊緣走向中央：美國在中國抗戰初期外交視野中的轉變 1937～1941》，臺北：聯經出版公司，p502。

〔註 249〕美國斯坦福大學胡佛研究所，《蔣介石日記》（手稿本），1941 年 11 月 25 日。

了中國的抗戰勝利。實際上，當時中美已對日宣戰。而早在 1941 年，「美國國內報紙已經開始討論，假如日本果眞推行南進政策的話，則美日之間可能發生衝突」〔註250〕。1941 年底，宋美齡多次對美廣播演說，12 月 4 日，珍珠港事件爆發前 3 天，宋美齡以《民主中國的貢獻》爲題，對美廣播演說。據《蔣公大事長編初稿（卷四下）》，記載，1941 年 12 月 7 日，「美國羅斯福總統接見我駐美胡適大使，告以：「昨致日皇電，乃爲和平作最後之努力，惟不見樂觀，恐四十八小時內，日本海陸空軍即將開釁，此爲人類之一大悲劇，但爲中國計，亦可謂最大轉機也」〔註251〕。由此可知，宋美齡此次廣播演說發表時，雖然日美之間尙未開戰，但各方已經勢同水火，箭在弦上，這一演說，不過是中國方面進行的已經最後關頭的助力。

1942 年的美齡訪美，更多的是一場順應形勢的錦上添花。宋美齡當時赴美的本意是治病並在美國進行人際活動，威爾基將這一行程升級爲國會演講，有明確的拉攏中國，在太平洋戰場上圍攻日本的企圖。

從美國援華的資金方面，其實際金額，並沒有達到改變戰局的地步，但隨著二戰形式的變化、太平洋戰爭的爆發和宣傳力量的不斷跟進，借款數量無疑在遞增。1939 年的桐油借款僅爲 2500 萬美元，1940 年的華錫借款和鎢砂借款合計 4500 萬美元。這些借款的作用，蔣介石在 1941 年 2 月 8 日的《日記》中寫道「但吾人抗戰，全恃自力更生，外物本於我無事也」。1941 年的金屬借款和平準基金借款合計一億美元。1942 年的財政援助借款合計 5 億美元。租借援助自 1941 年開始撥付，共計 8 億美元。

美國在中日對抗中，選擇中國，與其說是中方努力爭取的結果，不如說是日本主動挑釁的結果。美國的國際布局中，經歷了在中日之間猶豫不決，並最終選擇中國的過程。《斯諾檔案》中夾存的《Petition to the President of the United Stated for a Loan of U.S. $50,000,000 to the Chinese Industrial Cooperatives》中，我們能夠清楚的看到這一算計：

「如果中國贏得戰爭，將是一個運轉良好的民主國家，從而阻止在遠東形成帝國主義勢力。援助中國的工業發展，就是在左右兩派之間，謀求一個中間路線，影響廣泛的小型工業能夠在戰時形成國內市場，在戰後成爲迫使

〔註250〕出自《徐永昌將軍日記》，1941 年 2 月 20 日，轉引自：齊錫生（2017），從舞臺邊緣走向中央：美國在中國抗戰初期外交視野中的轉變 1937～1941，臺北：聯經出版公司，p340。

〔註251〕總統蔣公大事長編初稿，卷四下，1941 年 12 月 7 日，p767。

中國實現民主化的力量。相反，如果日本贏得戰爭，日本就會奴役中國勞動力，低廉的商品將向整個國際市場進行傾銷，從而最終降低美國人民工資水準和生活水平」。

美國停止對日售賣石油，在日美 8 個月的談判失敗後，東條英機內閣上臺，1941 年 12 月 7 日，日本偷襲珍珠港，美國民意沸騰。而中美關係，也從中國全力以赴爭取美國援助，變成了美國想要拉攏中國，共同夾擊日本。抗日戰爭中，日方的失敗，從內因上說，還是歸於「貪心不足蛇吞象」。

宋美齡的一系列到訪和演講的系列活動，很難講受眾是否有意瞭解其中的具體內容，或者是否能準確理解，宋子文認為這些演講沒有考慮到受眾的感官，「太學究氣」，胡適對此也頗有微詞，認為她「滿是虛傲之氣」。但她國會演講的真正目標受眾，美國兩會議員們，卻給予這次演講非常高的評價，議員凡登堡、依頓、鮑華，以及羅斯福夫人，都認為宋美齡的出現讓他們真正看到了中國，認識到中國可能發揮的國際作用，國會必會考慮中國的實際要求，給予中國戰爭援助。美國衛斯理學院收藏的宋美齡檔案中，存放了大量媒體對當時系列演講活動的報導和評論，表述的都是類似觀點，甚至稱讚演講內容，用詞準確靈巧，認為宋的英語口語出人意料的嫻熟。宋美齡面向「知識分子和輿論界」的演講，明顯的取得了她所期望的效果。

宋美齡在此次訪美期間，十分注重活動規模，她在紐約入住當時世界頂尖的 Waldorf-Astoria Hotel，包下一整層飯店以保護團隊私密性，行轅行列也蔚為壯觀，在華盛頓受邀入住白宮時，顯示中國國家外事活動的莊重。她以維護國家尊嚴為出發點，但是在美國輿論對此的反應卻分了兩個陣營，一方面，美國是商業國家，政治活動的排場很容易與腐敗掛鉤，另一面，中國向來是「神秘東方」的代表，美國人對她又充滿了獵奇的心態。這兩種情緒何者佔據上風，與變化著的局勢相對應，在當時，宋美齡譽滿天下，這些行為就不可厚非，顧維鈞評價其時的演講情形：「大廳裏擠滿了人，估計至少有一萬，他們都興高采烈、目不轉睛地看著中國第一夫人，她也確實雍容華貴，像個女王」〔註252〕。

對當時的美國來說，中國還是一處神秘之地，「祛魅」是宋美齡出訪的成果之一，鮑威爾評價說：「宋美齡最大的貢獻是向美國人展示了，中國人是真正的人。但是她的健康狀況使得她沒能到真正的美國人民當中去，而只是被

〔註252〕王豐（2016），《宋美齡，蔣介石的一號情報員》，臺北：商周出版，p309。

置於少量的幾個被選擇的團體中」〔註253〕。

而幾年之後，當蔣氏政府和四大家族處在腐敗無能的輿論漩渦中時，這又與「前方吃緊，後方緊吃」遙相輝映，成了腐敗的證據，當時陪同訪問的孔令侃和孔令偉，也成了這一集團紈絝子弟的典型。

作為「宣傳對象」本身，媒體對宋美齡的報導也不是完全正面，在衛斯理學院的《宋美齡檔案》中，有幾份開羅會議時期的剪報，題目分別為《Little Lady at Big Conference》，本文在標題旁配了文本框，其中大字加粗的寫著：Why China's『Queen』Sat With Mighty？。另外還有《First Lady of China，Too Chic in Dress》《First Lady of China Too Chic》的報導，發表的報紙和日期已不可考。

本次「中國旋風」，幾乎是國民政府和蔣宋兩人，在美國的輿論頂峰，此後數年間，這種美國輿論的支持，每況愈下，到了 1948 年 11 月 28 日，宋美齡二次訪美，失去了 1943 年國會演講時的「世界大勢」，這次訪美外交失利，回到臺灣後，宋美齡的政治影響力大減，自此隱居幕後。

4.7 戰爭中的過度宣傳

國民黨的新聞宣傳始終新聞與宣傳不分，在新聞中過分誇大事實，這在宣傳方看來是戰時的非常措施，但卻容易引起受眾反感。

首先，蔣對宣傳的重視，也導致了他對誇大戰爭勝利宣傳的執著，即便戰爭的實際局勢使他「通常憂慮之情形見諸紙間，反面則雖經宣傳機關高度渲染之勝利，在日記中無驚喜情調」〔註 254〕。更有甚者，宣傳有時虛假到己方都難以估計戰爭傷亡的程度，日方更是時而應和，以混淆視聽，美方則認為這種形勢下，不需多少援助，中國就可取得對日抗戰的勝利。徐永昌曾在《日記》中說：「蔣先生略於督責訓練，督責戰鬥，一意於宣傳工作，豈知作戰宣傳須名實相稱，否則事實稍遲即明，無異自暴其醜，非善後計也」〔註 255〕。當時駐中國的外國記者，對此非常反感。哥大圖書館所存中國情報委員會檔案的索引介紹中，也認為「這些報導當中，中國的經濟和軍事形

〔註253〕密蘇里州立歷史檔案館，Powell, J.B., Papers, *Journalism in Wartime and The China Society Book*, F.37, 1943.
〔註254〕黃仁宇（2008），《從大歷史的角度讀蔣介石日記》，北京：九州出版社，p155。
〔註255〕《徐永昌日記》第五冊，第 257 頁，1940 年 1 月 3 日，轉引自：王奇生，抗戰時期國軍的若干特質與面相，http://www.cssn.cn/zgs/zgs_zgxds/201408/t20 140826_1305171_6.shtml。

勢都是光明的，對於日本一側的報導均爲批評和低估」。

其次，中國的傳統宣傳體制，本來就有誇大戰功的慣性。

從新聞報導的角度來說，「不實宣傳」是中國抗戰宣傳受到的主要批評，作爲記者的白修德，兼任記者和學者的費正清，以及當時的駐華記者團，都認爲關於戰爭的虛假宣傳過多。甚至曾虛白本人，也認爲：「爲主軍政者在外國記者面前誇耀成功，掩飾眞相的笨拙措辭所窘，弄得面紅耳赤」〔註256〕。

宋子文在美期間，曾電陳誠：「我屢次勝利，如臺兒莊長沙等役，每以宣傳過甚。反令友邦懷疑。現在六區戰事，美軍部及史迪威等不信敵有攻陷都企圖……我方爲他日計，應有切實眞確之報告，供給總統及其左右之友華派，彼等能對中國作戰能力有眞確之認識」〔註257〕。

第三，中國在戰時外宣中存在的賄賂問題：「據聞大美晚報主筆某氏以前在漢口接受蔣介石及宋美齡相當數目之津貼（傳美齡以操縱外人記者之名目支出二萬元），又上月底接受宋子文致送之反對維新政府宣傳費五萬元以上，事實被認可者爲宋子文之駐滬代表、大美晚報編輯長，張治旭（音譯）現爲該社之董事，本月初旬以來，該新聞之反日宣傳依然熾烈，逐日所載之新聞及論說均爲惡辣之排日論調」〔註258〕。

蔣介石全面開展對外宣傳工作，是從全面抗戰開始。董顯光此時向蔣介石提出將「情報」和「宣傳」作爲贏得戰爭的兩大方針開始實行。但蔣介石對於外宣的看法，比較簡單粗放，強調多發經費，影響民間輿論，促使美國轉而同情中國、敵視日本。董顯光將中國對美宣傳的不力歸結爲經費不足和專業人員缺乏，實際上，蔣介石在對美宣傳開始，就要求孔祥熙撥款 25 萬美元專款，只是，「蔣介石所構思的對美宣傳政策，並未按照計劃展開。因爲到了 1938 年夏天，美國本身的政情也發生了變化。在 6 月份，美國國會對於外國政府在美國利用宣傳手段去鼓動美國輿論一事，視爲屬於以非法手段干涉內政而深切反感」〔註259〕。於是對美宣傳才改爲低調行事運作。

從宣傳、公關的專業角度，以及戰時宣傳的特殊性來說，「實與不實」並

〔註256〕曾虛白（1988），《曾虛白自傳（上）》，臺北：聯經出版事業公司，p283。

〔註257〕美國斯坦福大學胡佛研究所，宋子文檔案，Reel 73，Box 59，Folder 10。

〔註258〕美國斯坦福大學胡佛研究所，孔祥熙檔案，Reel 19，Box 15，Folder 7，1938年 4 月 16 日。

〔註259〕齊錫生（2017），《從舞臺邊緣走向中央：美國在中國抗戰初期外交視野中的轉變 1937～1941》，臺北：聯經出版公司，p69。

不是關鍵所在，能否採用高效的策略、達到宣傳目標。「必須極力採取攻勢，拿出各個片段事實，來指謫敵人的罪，待敵人答辯時，則對此問題放下不談，重新指出敵人另外一個事實來大肆宣傳」。只有這樣，中國在對外宣傳上才能「處處站在上風，對方永遠變成尾巴，我只管到處縱火，讓敵人隨後趕來救火，自可操宣傳戰必勝的左券」〔註260〕。

「蔣及國民黨之宣傳政策過度炫耀，尤至抗戰後期所說不能兌現，仍以一己之設想與希望，當作業已構成之事實，曾引起外界極端反感，可是在1930年間，此同一政策卻曾產生實際效果。涂克門書中稱上海戰役爲「自一九一八年突破興登堡防線之後全世界經歷到最易目見，最經過宣揚，而且最爲重要的一場戰鬥」。她又敘述說：「上海的防禦戰使全世界意識到中國（之存在），中國被視爲爲民主而作戰，其代表人物則爲意志堅決的委員長和他出奇漂亮毫不畏懼受過美國教育的夫人。美國認爲中國意志堅決，眾志成城。這印象一經接受就已固定，不受從上海撤退時軍事失策的影響，也不受空軍犯大錯的影響（此指企圖炸日軍艦時彈落租界死傷平民多人）」〔註261〕。

另外，中國兵工廠生產力不足，軍械不夠，影響作戰士氣。八年抗戰，又窮盡了中國的資源，所有的社會問題整個暴露。而曠日持久的戰爭，對民族主義熱情本身就是最實際的消耗，因此，民族主義在戰爭中的動員與宣傳的力度也難以把握。這三者，是當時蔣介石政府無法進行有效宣傳的重要原因。唐縱曾在《日記》中，清晰的記載了執政地位給宣傳工作帶來的困難，其5月11日的《日記》記載：「委座對於宣傳，近來甚爲注意，曾對中宣部、《中央日報》責備備至，幾至負責人無地自容。陳主任〔註262〕對此亦頗不安！何以本黨言論低落？至於此問語，陳主任亦頗不解。我謂無他，本黨在朝，對於政府之缺點，不能不加掩飾，攻擊的話容易講，亦容易聽，頌譽的話不易講，亦不易聽」〔註263〕。

〔註260〕王一之，我國國際宣傳技術上的研究〔J〕，新政治，1939（4），轉引自：莊廷江、蔡尚偉，抗戰時期國民黨國際宣傳處對外宣傳策略探析。http://media.people.com.cn/n/2012/1016/c40628-19281770.html。

〔註261〕黃仁宇，《從大歷史的角度讀蔣介石日記》北京：九州出版社，2008年1月第1版，p144。

〔註262〕作者注：陳布雷。

〔註263〕唐縱，公安部檔案館編注，《在蔣介石身邊八年——侍從室高級參謀唐縱日記》，北京，群眾出版社，1991年8月，p355。

第 5 章　1943～1949：國內外輿論環境的極速惡化

　　在戰爭初始階段，向國外發布戰況，既是一種戰爭手段，也是一種外交手段。1928 年，蔣介石北伐途中發生濟南慘案，在給譚延闓的電報中，蔣介石「擬即將其暴宣佈中外，促國人覺悟而博世界同情」[註1]。濟南慘案的發生，據楊天石考察，是由於日本希望以「支持蔣介石統一中國」為條件，換取蔣介石承認日本在東北的權益，濟南事件的「主要目的就在於相對蔣介石施加壓力」[註2]。但是當時蔣介石認為只要國聯給予國際仲裁，日本便不會從中國截取多少利益，因此並未接受這一交換。他向中外發布日軍暴行的目的，有三重：一、敦促國人覺醒，二、爭取世界輿論的同情，三、希望國際輿論將日本置於壓力中，從而實現軍事目的。蔣介石在九一八事變和一二八事變時期，也出於相似目的，對國內外發送戰爭新聞，暴露日軍在中國的侵略，希望從人權角度形成國際輿論壓力。可惜，關於中國事務的國際輿論能不能形成對外國政府的壓力尚且不說，各國政府僅僅因為迫於本國輿論壓力而聲討日軍對中國的進攻，本身也不現實。全面抗戰開始後，蔣介石對外新聞宣傳的三重目的並沒有改變，但是對外新聞宣傳變成了一種長期規律性的工作，並且，其短期目的集中在補充外交的一種途徑，同時還承擔著對外交涉的目的。「蔣介石為軍人，可是他的政治頭腦強於軍事，不易為人發覺的則

〔註1〕　臺灣國史館藏，革命文獻——濟南事變，《蔣中正總統文物／革命文獻／北伐時期》，1928 年 5 月 4 日，典藏號：002-020100-00020-018。

〔註2〕　楊天石（2009），濟案交涉與蔣介石對日妥協的開端，《蔣介石與南京國民政府》，北京：中國人民大學出版社，p169。

是他之過問於外交尙且超過對內政之注意」〔註3〕。

1942 年 7 月，斯大林格勒戰役，以蘇聯的勝利告終，國際形勢劇變。美國參戰，也使得太平洋戰爭局勢頓時明朗，而美國援助中國的原因，內在是防止日本成爲東亞強國，表面是中國承諾成爲與日本不同的民主憲政國家。因此，面對國內各方的輿論攻擊時，蔣介石必要向美國證明自身政府的民主性，而收斂懲罰，這一點被國內輿論界抓住。1943 年開始，蔣介石逐漸失去國內、國外兩個輿論陣地，美日宣戰後，對國民黨軍隊的戰鬥力不滿，主動尋求與中共的合作，中共也抓住機會，增強了自身宣傳力度和對國民黨的輿論打擊。

以 1943 年爲節點，蔣介石主要面對幾個重大問題：

一、中途島戰役後，太平洋地區戰局已定，國民政府爭取美援的行動變爲「利用美援」，美國對中國的關注從被動變爲主動，因此監管和責問變多，國際輿論形勢利於抗戰，但不利於蔣介石政府；對外宣傳爭取援助，但是美國的援助一旦執行，美國對中國的輿論就變了，中國本來被視爲爲民主而戰，結果，援助受到美國監督後，政府運作不得力，又使用暴力壓制中共發展，都強化了蔣介石的獨裁形象，獨裁傾向使得美國深感受騙。

二、抗日戰爭曠日持久，軍民懈怠，國內輿論氛圍變差，中共取得相對的輿論優勢。拉鐵摩爾曾在駐華期間，向居里提出中國「從內部崩潰的可能性」，認爲中國內部各種勢力錯綜複雜，很可能造成全面分裂。雖然《時代週刊》1945 年 9 月 3 日出版的《時代》以蔣介石的頭像作爲封面，刊發《China：I am very Optimistic The Nations：Light in the East》一文，認爲「委員長已經證明他的政府得到普遍的支持，如果獲得和平，他能在中國建立起有效的管理」，但這篇報導實際摻雜了盧斯個人的主觀嚮往。當時的中國知識分子，則被突如其來的抗戰勝利沖昏了頭腦，認爲中國可以迅速進入民主政治時期，而不顧及當時中國的社會生產力基礎，國民政府也在戰後迅速進入「憲政時期」。

三、一旦抗日戰爭局勢明朗，國民黨將失去「民族主義」這一宣傳和動員的主要旗幟，國共矛盾越來越顯在化。1943 年 3 月出版的《中國的命運》中，民族主義指向了包括英美在內的百年來曾侵略過中國的國家，引起各盟國政府和國內知識界的警惕和反感。蘇聯也開始站到國民政府的對立面，1943

〔註3〕 黃仁宇（2008），《從大歷史的角度讀蔣介石日記》，北京：九州出版社，p196。

年 8 月 11 日，「蘇聯莫斯科出版之「戰爭與工人」刊物，發表羅果夫所撰「中國內部發生嚴重問題」文字，一面謂中國遭遇嚴重之內部困難，可能造成內戰或日本之勝利；一面對美國宣傳，謂我限「中共」於八月十五日以前歸順政府，否則即伸討伐，以聳動美國當局。美國參謀總長馬歇爾將軍竟被其煽動，電宋子文部長以此事相詢，並勸我勿用武力」〔註4〕。

四、中國民眾對政府的要求，最根本的是經濟環境穩定，但此時的國民政府已經無力完成這一基本任務。從戰前開始的國內財政經濟環境惡化，在多年戰爭消耗的作用下，持續發酵，通貨膨脹惡化民生，民眾對政府的抱怨增加。《中國的戰時財政與通貨膨脹，1937 年～1945 年》一書指出：「1938 年中國的零售價格上漲率為 49%；1939 年為 83%；1940 年為 124%；1941 年為 173%；1942 年為 235%；1943 年為 245%；1944 年為 231%；1945 年 1～8 月為 251%。據張嘉璈著作，單月通貨膨脹的高點是 1945 年 6 月，達到 302%」〔註5〕。由此帶來的社會恐慌和民不聊生可想而知，而在整個物價上漲的過程中，公務員階層與教育人員的購買力大幅下降，這也是國民政府民心漸失的原因。此外，蔣介石歷來是財政問題的門外漢，在北伐戰爭期間，就有強行向上海富商和銀行界借款的先例，「劫收」又極大的侵害了民族資本家的利益，促使政府和官僚資本家站在了民族資本的對立面。政府為了贏得民眾支持，一般的做法是挑唆資本家與民眾的矛盾，而此時的蔣介石和國民政府，卻成功地夾在了資本與民眾的中間。1944 年，7 月 11 日，蔣介石致電孔祥熙：「聞華副總統此次在昆明、桂林接其軍官和教士等報告……軍民皆對我政府全失信仰，軍民之間亦不能合作，如往日者豫西失敗時，農民即沿途繳奪軍隊槍械等各種報告」〔註6〕。

「到了民國三十一年（1942 年）以後，與日本周旋五年的國民政府已經是窘態畢露了：民生凋敝、通貨膨脹、戰事僵持、政局漸趨動盪、中共的宣

〔註4〕　總統蔣公大事長編初稿，卷五上，1943 年 8 月 11 日，p354。
〔註5〕　Kia-ngau Chang. The inflationary spiral: the experience in China, 1939-1950. Technology Press of Massachusetts Institute of Technology. 1963（英語），轉引自：https://zh.wikipedia.org/wiki/%E4%B8%AD%E5%9C%8B%E9%80%9A%E8%B2%A8%E8%86%A8%E8%84%B9_(1938%E5%B9%B4-1950%E5%B9%B4)#cite_note-Chang1963-2。
〔註6〕　《蔣主席自重慶致行政院副院長孔祥熙囑注意華萊士副總統訪問時所接美軍官與教士等向其所作對我不利之報告電》，1944 年 7 月 11 日，載秦孝儀主編《中華民國重要史料初編——對日抗戰時期》第 3 編《戰時外交》(1)，p876。

傳逐步發生效力，再加上時任中國戰區參謀長的史迪威將軍引進了以謝偉志和戴維思爲首的親中共顧問群，使得國府的形象頗難維持」〔註7〕。

費正清也以 1943 年爲節點，認爲「一九四三年下半年，蔣介石政府的無能，已經明顯暴露出來，儘管他一再努力實施更加嚴格的控制和個人獨裁。通貨膨脹日益嚴重，導致工薪階層營養失調且感到絕望。對於外國觀察家來說，左派似乎是切實可行的選擇」〔註8〕。他們認爲，當時中國戰場，沒有充分的戰爭動員，蔣介石政府「在情感上」不信任民眾，「在物質上」無法爲民眾提供基本生活，而在中國傳統的政治觀中，失去人心就意味著「大勢已去」。1943 年 1 月 25 日《蔣介石日記》記：「預定二，各大學教授在講堂反動之言論」，此日前前後後的《蔣介石日記》中，也有多處表達了對大學教授，即知識分子群體的不滿。政府與知識分子的矛盾激化，這與費正清的觀察重合。城市中的工薪階層，正是社會輿論的主要製造者，失去了這些人的支持，政府的輿論處境可想而知。

對此蔣介石雖然部署了反擊，但是傚果不明顯。當蔣與中共之宣傳戰正進入緊張階段時，宋子文正往倫敦參加英美之太平洋會議。8 月 11 日由美軍駐歐總司令派員向宋致達馬歇爾由美京發出之急電，謂蔣限中共於 8 月 15 日前歸順國民政府，否則採取行動。馬希望宋阻止。宋子文以此意旨轉蔣介石，並附稱此電似由羅斯福授意。

《蔣介石日記》在這一天全長兩千字，他提醒自己：

「宣傳重於軍事：當先以明白之表示，堅定態度，決定宣佈中共在抗戰時期之罪行，以澄清國際視聽」〔註9〕，「故應先用宣傳，說明中共對共一貫政策，只要服從命令，放棄割據，即可承認其軍隊與地位……則又和重於戰」〔註10〕。

1943 年 5 月 22 日，蔣介石提出《指示本黨宣傳業務應改進之事項》，對抗日戰爭中後期宣傳輿論工作出現的失控現象做出整體指導：

「一、中央日報總編輯一職，應由中央秘書處會同宣傳部遴選黨中富有

〔註7〕 王凌霄（1997），《中國國民黨新聞政策研究（1928～1949）》，臺北：近代中國出版社，p145。
〔註8〕 費正清（2014），《費正清中國回憶錄》，臺北：五南圖書出版股份有限公司，p304～305。
〔註9〕 美國斯坦福大學胡佛研究所，《蔣介石日記》（手稿本），1943 年 8 月 25 日。
〔註10〕 美國斯坦福大學胡佛研究所，《蔣介石日記》（手稿本），1943 年 8 月 25 日。

學識能力熟諳主義政策之人擔任，社論由其負責主持，黨報社論委員會各委員所撰擬之論評，應由總編輯切實審查後始可發表以專責成。

二、新聞檢查事宜，現由局長商震同志副局長李中襄同志辦理，而局務則係李副局長經常負責。該局名義上雖隸屬軍事委員會但實際上仍須由宣傳部負責管理。

三、中央宣傳部、教育部、外交部、政治部，與青年團，凡遇有關宣傳事項，應隨時密切聯繫，協力合作，各部處主管同志，最好每天能集會一次，交換情報，研究宣傳辦法，否則亦應於每日晚間彼此電話聯絡，報告重要新聞，商定應付辦法。

四、戰地宣傳經費過少，應予增加，以後戰地宣傳與對敵宣傳可改由政治部負責主持，宣傳部予以協助。

五、基層宣傳之分隊、區隊，組織雖多，功效難期，應予調整，今後關於鄉村宣傳可交由青年團負責發動各地學校教師與學生參加，規定於每次紀念週或每日朝會時，由教職員將政府隨時頒佈之重要政令與黨部所發下之宣傳要點，向學生宣佈講解，再由教職員學生傳佈於家庭社會，以收普遍宣傳之效。

六、各部對於宣傳業務之改進與發展，應指定專門負責設計之人員，平時留心調查研究，發現缺點，即須設法改良，力圖補救。黨報之內容材料與編輯撰述排印發行等事，每週或每日應有一次檢討，發現缺點，立即改進，主管人員尤應殫精竭慮，銳意經營，務求達成宣傳任務。

七、宣傳經費中之經臨各費，應如期撥付，以利工作，遇有困難，可於每次中央常會時商討解決。

八、廣播講演之講稿，應由各機關團體出席廣播人員事先擬就，於三日前送宣傳部審查決定後始可播講，如其內容空泛，或不免千篇一律之弊，寧使謝絕不用。宣傳部應隨時準備廣播稿二三篇，以備臨時之需要。

九、對付共產黨在美國之反動宣傳，最須注重。現在共產黨利用他的國際組織在美國發行報紙書刊，對於本黨和國民政府造作種種反動宣傳，煽惑國際視聽，本黨亟應研究種種有效方法，以資對付，或由中央派幹員赴美，或督促駐美黨部就近切實辦理。一方面要發動黨的宣傳，積極闡揚國策，以爭取友邦人士之瞭解與同情，一方面要廣事聯絡美國新聞界，供給彼邦各地權威報紙雜誌以正確之材料，應將其具體事實，供給國外，使為我擴大宣傳。

例如共產黨近年來違反軍令政令，割據地方，破壞抗戰尤其對於共產黨勾結
汪僞組織，聯絡僞軍，暗通敵寇等各項材料，應儘量搜集宣佈，間接地用各
種方法，向友邦社會宣傳，或借助友邦新聞機構，擴大宣傳，以打破共產黨
反宣傳之陰謀。

　　十、電影與戲劇爲本黨宣傳最有效之方法，然近來審閱本黨所編制之影
片與話劇，無立場、無重心、無對象、無目的，非爲三民主義而宣傳，非爲
本黨而宣傳，亦非爲國民政府而宣傳，甚至其所取題材與內容涵義，往往爲
反三民主義，反黨與反政府之宣傳，此實爲目前宣傳業務最大之缺點，而爲
本黨前途最大之危機，亟應設法迅予補救。此事應由中央秘書處會同有關各
機關，對本黨現有之電影戲劇與報紙之宣傳，作一番嚴格之檢討，研究澈底
改進之辦法。而負電影戲劇審查之責者，尤須明瞭其職責之所在，切實盡到
其任務」〔註11〕。

　　但是「上層感情主義之慷慨是一回事，下端在實用的場合內能否協同地
執行是另一回事」〔註12〕，蔣介石作爲領導者的想法，與現實的新聞宣傳工
作的進行、目標受眾對宣傳內容的接受程度、社會輿論的反應，總會或多或
少的存在差距。在《蔣介石日記》中，曾先後幾次爲了新聞宣傳的不合心意
而破口大罵：「看中國兒女影片，較前所看者進步，然缺點甚多也……文白誠
愚魯無識之人也，道藩等宣傳無方無智，令人徒歎而已」〔註13〕。到了1943
年之後，抗日戰爭局勢基本明朗，美國爲其在亞洲本土作戰尋找更多盟友，
開始在中國尋找除蔣政府之外的政治軍事力量，國內黨派間鬥爭日趨激烈，
日軍投降後，惡化的經濟形勢和極權統治沒有了這個敵人的掩護，輿論壓力
逐漸集中到蔣介石和他代表的政府和政治體制，在整個新聞宣傳領域中，蔣
介石的意志可執行性逐漸縮小。1944年3月3日，《陳布雷日記》記載，蔣介
石「痛言黨內宣傳之不充實，無氣力，言之甚爲憂憤」。

　　日本作爲戰敗國，逐步退出新聞宣傳領域的角力，蔣介石與國民黨、中
國共產黨、美國駐華部隊和新聞界，成爲新聞宣傳領域的三個主角。

　　美方一直對國民政府和國民黨的外電審查制度頗爲不滿，最初由於對中
國在抗日戰爭中的處境深感同情，而進行配合。美國施行民主體制，政府希

〔註11〕先總統蔣公思想言論總集，卷三十七，別錄，p263～265。
〔註12〕黃仁宇（2008），《從大歷史的角度讀蔣介石日記》，北京：九州出版社，p221。
〔註13〕美國斯坦福大學胡佛研究所，《蔣介石日記》（手稿本），1943年1月10日。

望參與二戰，但需要首先進行宣傳造勢來影響輿論，因此，美國記者和軍方、政府甚至有意配合中國外宣部門在美國的宣傳活動。但當局勢變化，援助中國和進軍太平洋戰場成爲美國的既定國策，駐華的美國作家和記者，就不再配合，明確反抗這一制度的是白修德，他在 1942 年河南災荒報導中，實地勘查了受災情況和難民處境，對政府上層無視和隱瞞實情深感震撼和不滿，從而在新聞事實的驅使下，突破新聞檢查，利用美國軍機運輸新聞，向美國發出相關報導。自皖南事變後，對新聞檢查的不滿與反抗成爲駐華外國記者的普遍行爲，因此在 1943 年 5 月，在重慶成立了外國記者俱樂部，來反抗新聞檢查。在這一過程中，蔣介石懷疑「太平洋學會」從中做梗。

　　「太平洋學會」與中共確實在對美宣傳中進行配合，但支持美國援助中共的，還有美國外交和軍事人員，他們的反蔣宣傳並非爲了支持中共，這些人被總結爲以戴維思爲中心的「謝偉志、伊默森、盧登、以及 Kenneth C. Krentz」〔註14〕，他們將在華的調查報告給華盛頓或史迪威、馬歇爾、史汀生等。

　　1944 年 2 月的《蔣介石日記》中，記載有「共黨在美國宣傳及擬派出延安考察團」等方面的內容，稱「最近共黨對美國宣傳鼓勵干涉我國內政，要求我政府准美國派視察團到延安，實地調查眞相。此次共黨政治攻勢，國內外互相聯絡，可謂最大最猛之一擊，非毅然拒絕並乘機予以反擊，絕不能平息此風潮，遺患且將無窮也」〔註15〕。「據國宣處統計，福爾曼、愛潑斯坦、斯坦因在延安拍發電訊達 100 多篇，大量報導了他們在陝甘寧邊區的所見所聞，其中有關於游擊戰的、統一戰線的、日本工農學校的以及國民黨軍隊的曲線救國等內容。文章對中共領導的抗日武裝力量在抗戰中的作用與地位給予了充分的肯定，並對國民黨的反共摩擦予以批評」〔註16〕。「中共在美宣傳稱我軍已不打日敵而集中力量將攻中共……可慮者，美國朝野已爲其宣傳所惑，信以爲眞矣」〔註17〕。

　　抗戰勝利後，美國成爲世界秩序的主導國之一，也是蔣介石戰後重建援助的主要來源，蔣介石格外關注美國的外交和輿論狀況。但由於蔣介石加緊

〔註14〕秦孝儀主編（1981），《中華民國重要史料初編第五編——中共活動眞相 4》，p102。

〔註15〕美國斯坦福大學胡佛研究所，《蔣介石日記》（手稿本），1944 年 2 月 19 日。

〔註16〕王曉崗、戴建兵（2003），中國共產黨抗戰時期對外新聞宣傳研究，《中共黨史研究》，p4，p63。

〔註17〕美國斯坦福大學胡佛研究所，《蔣介石日記》（手稿本），1944 年 2 月 26 日。

內戰準備、政府效率低下、國內通貨膨脹惡化等狀況，使得美國媒體對蔣介石政府的報導趨向負面，這讓蔣介石十分困擾。

1945 年後，宣傳形式進一步惡化，國共的宣傳較量越來越表面化。

「1945 年 8 月 11 日，蔣介石頒令禁止中共軍隊接收日軍佔領區，並言違令者爲國家公敵。8 月 17 日，《解放日報》第一版刊出醒目的標題：〈人民公敵蔣介石發出了內戰信號〉。作者毛澤東將國民公敵改爲人民公敵，且把這個標籤直接貼在蔣介石身上……其後數日，《解放日報》連篇累牘地以毛文要旨爲中心，繼續抨擊蔣的引發內戰論……蔣介石 15 日對全國人民的廣播中，提及對於已經投降的日本人民不可以暴制暴，中共報紙將其解釋爲仁義道德背後的居心不良，代表他與日本法西斯的一種默契和關懷」〔註18〕。

1945 年 11 月 5 日，《蔣介石日記》載「俄國陰謀與宣傳之奇妙與美國輿論之龐雜及其目光之短淺……認爲內戰開始，彼美軍在華者即將全部撤退，而且此有接濟物資一概停止，不寧惟是並將其在華作戰此餘物資已移交於我政府者亦將完全燒毀，此其最近之輿情，由其人民要求其政府者」。可見蔣認爲此時美國報紙的報導只是對民間輿論的反映，是民眾對政府的呼聲。1945 年 12 月 8 日，《日記》載「美國政策不定，輿論龐雜更令人憂慮也」，可見蔣認爲美國國內輿論對政府政策具有很大的影響力。美國輿論對中國不利，其原因則被蔣歸結爲「宣傳不利」，1947 年初，馬歇爾離開中國，美方對國共關係的調解宣告失敗，1947 年 3 月 31 日的《日記》中，蔣認爲「美國在華記者幾乎完全誹謗我政府，尤以臺灣事變爲甚，此皆我宣傳之不得其人所致」〔註19〕。

5.1 外宣中的問題與國際輿論轉向

國際輿論轉向不利的一面，有內部宣傳機制弊端、國內貪污和通脹醜聞導致國內意見領袖向國外傳達負面信息、外國記者自身認識、新聞檢查制度加重記者反抗、美國對自身國家利益重新權衡等幾方面因素。

〔註18〕余敏玲（2013），偉大領袖 vs. 人民公敵：蔣介石形象塑造與國共宣傳戰（1945～1949），《蔣介石與現代中國的型塑，第一冊：領袖的淬煉》，臺北：中央研究院近代史研究所，p89～91。

〔註19〕美國斯坦福大學胡佛研究所，《蔣介石日記》（手稿本），1947 年 3 月 31 日，注意二。

　　蔣政府對外宣傳存在的首要隱患，是用理想狀況代替中國所面臨的現實問題，在美援到達之前，這當然是爭取美元的一種游說策略，但是當美國眞正對中國感興趣，撥發資金並派出大量人員來華時，蔣與國民政府治下的中國的實際情形使他們大加失望。這是一個不可解決的矛盾，與當時世界主流的資本主義國家相比，中國自然是大大落後的，不描述一個「自由中國」的未來，則無法使他們對中國感興趣，而對於美國人的落差以及接管中國軍事權的要求，中國政府承認腐敗就意味著出讓權利。

　　當美國人進入中國，現實狀況令他們難以置信，「抗戰至此階段，國軍中之派系依然存在，而人員武器裝備則有急劇地退化，宣傳機構所報的捷信，一般甚少實質。更大的困難則是後方社會的情景。如果抗戰初期，國軍所在的沿海地帶社會情形有如晚清，則內地情況大似於明朝。除了物質環境的困難外，社會上缺乏適當的架構去支持數百萬大軍及應有的文官組織。蔣實在是以一己塡補此中缺隙。白修德書中寫著：

　　有一次新聞局的局長穿著長袍去謁見他。蔣告訴他，他年紀尚輕，不應著長袍應著西裝。蔣決定誰可以去美國，誰不當去。他決定政府公辦的新聞學院研究生誰可以留美。國立中央大學的學生抗議政府供應的伙食不好，蔣委員長親自到該大學吃一餐飯，他結論飯菜並不差」〔註20〕。

　　新聞宣傳措施的實施效果，與整個社會的政治經濟環境和國際輿論環境密切相關。自 1943 年後，蔣介石的新聞宣傳不得力，與這兩個大環境分不開。

　　由於國力和戰爭消耗，國民政府一直處於財政危機中。法幣幣值不穩，蔣介石雖然多次利用外匯和黃金回收法幣，平穩幣值，但都只能起到短期效果，隨著有限外幣黃金的用盡，「停止兌換」頻繁發生，反而導致社會對法幣更沒有信心。1939 年 7 月中，中英兩國平準基金用完，政府停售外匯，就導致法幣大幅貶值，汪偽政府趁機操縱匯率，再度加重貶值。

　　蔣介石提出十億美元借款，當時美國認爲，中國尚有 5 億美元外匯沒有用。蔣介石提出法幣二十兌一美元，而當時黑市的價格爲一比一百二十。這都引起美國官員的憤怒。

　　1942 年 1 月 29 日，根據蔣介石要求，美國派史迪威來華擔任中國戰區統帥部參謀長。當年 6 月，第一次緬甸戰役失敗，蔣介石與史迪威發生衝突，7 月起不再接見史迪威，居里來華反覆會見蔣介石，專門調停此事並代表羅斯

〔註20〕黃仁宇（2008），《從大歷史的角度讀蔣介石日記》，北京：九州出版社，p168。

福直接與蔣介石商討作戰計劃，商討中、英、蘇的外交關係。1943 年 6 月 28
日，蔣介石「約見史迪威參謀長，與談反攻緬甸及陳納德出任我航空委員會
總顧問事，史迪威持不合作態度」〔註21〕。1944 年，豫湘桂大潰敗，美國政
府要求蔣介石將指揮中國軍隊的權利交給史迪威，並由美方支配美國援華物
資。蔣介石大怒，認為這與亡國無異。最終美國政府妥協，於 10 月 19 日電
告蔣介石，召回史迪威，另派魏德邁繼任中國戰區參謀長。蔣介石贏了史迪
威，卻輸了美國，「美國在華軍事與外交人員對華態度亦欠佳」〔註22〕。史迪
威對蔣介石的負面態度，影響到駐華大使高斯以及外交人員和駐華記者，《紐
約時報》一直唱衰國民政府。據蔣介石觀察：「史迪威回美以後，其反宣傳，
不僅詆毀我個人，且必欲推倒我政府。其各種誣衊詆毀，以《紐約時報》阿
特金森之專論為代表，可謂侮辱已極」〔註23〕。其實「史迪威同情中共由來
已久，但是並非贊成其政治企圖與革命理論，而是欣賞其部隊有效率……美
國駐華大使秘書戴維士（John Davies）及謝偉志（John Service）生長中國，
為史之政治助手及顧問，又有將他在此方面繼續推前的力量。國軍之每下愈
況，只增強各人信念」〔註24〕。「在三叉會議的會場上，史迪威又在強調中國
軍隊無戰鬥力……《華盛頓郵報》之出版人梅亞（Eugene Meyer）邀史晚餐，
到全國聞名記者數人，餐後又續來記者約二十人，史迪威坦白而率直的對談，
政治問題則由戴維士答覆。此後史又派遣戴維士回美數次，專程向新聞界報
告中國近況」〔註25〕。

在蔣介石看來，只有「美國《基督教世紀》週刊發表社論，以「三強合
難中國」為題，對更迭史迪威事，作公正之評論……此為美國輿論鳳毛麟角
之讜論，當全文錄存之也」〔註26〕，可見當時美國國內新聞媒體，幾乎都對
此持反面意見。

1944 年的通貨膨脹，是國民黨宣傳失控的重要誘因之一。國民黨的統治
因為通貨膨脹而遭到了國內外對其執政效率和政府廉潔的質疑，正如陳翰生
所說的，在中國，政治和經濟是一回事，經濟的惡化直接導致了國民黨政治

〔註21〕總統蔣公大事長編初稿，卷五上，1943 年 6 月 28 日，p333～334。
〔註22〕總統蔣公大事長編初稿，卷五上，1942 年 9 月 11 日，p195。
〔註23〕美國斯坦福大學胡佛研究所，《蔣介石日記》（手稿本），1944 年 11 月 4 日。
〔註24〕黃仁宇（2008），《從大歷史的角度讀蔣介石日記》，北京：九州出版社，p245。
〔註25〕黃仁宇（2008），《從大歷史的角度讀蔣介石日記》，北京：九州出版社，p251。
〔註26〕總統蔣公大事長編初稿，卷五下，1944 年 11 月 15 日，p636～640。

生產環境的惡化，這也直接削弱了其政府宣傳的力量。「整個環境幾乎全部改變，通貨膨脹已經惡化到沒有任何人能負擔得起的程度。蔣介石仍然在大量印鈔用來安撫軍閥，整個國家都要被通貨膨脹淹沒，部隊處在飢餓當中，有些士兵甚至光腳上戰場」〔註27〕。

　　1946 年 8 月，美國完全斷絕對國民政府軍事和經濟援助，爲取得美國援助，蔣介石無法按照自己的意志進行國內管理，左右顧忌，時刻處在看美國態度行事的境地中，「接見司徒雷登大使，知馬歇爾特使態度轉佳」〔註28〕。1947 年 3 月 31 日，《蔣介石日記》載：「注意二、美國在華記者幾乎完全誹謗我政府，尤以臺灣事變爲甚，此皆我宣傳之不得其人所致，三、對日宣傳組織之加強計劃」。

　　對外宣傳面臨的問題，並不是蔣介石的錯誤導致的，而更多是的是由於客觀情勢造成的。首先，當時外國駐華記者受自身政治觀點、報導經費、報導受重視程度等因素影響很大，其次，國民政府的新聞管控一方面控制官方消息發出，另一方對成稿進行新聞審查，前者迫使記者向社會各方收集信息，嚴重超出了蔣介石和中宣部的控制範圍，後者雖然放行了大部分新聞稿件，但仍給西方記者留下了國府強權管控輿論的印象。第三，政府內部本身意見不統一，孫科曾「對艾切森表示，蔣介石習慣於個人決斷，很少聽取左右的意見，而其親信中也沒人敢與之坦率交談」〔註 29〕，由政府內部人員向國外散發負面消息。

　　外國記者、作家、學者對中國問題的認識，存在一個問題：用現代化社會視角中的觀點來評價原始農業國的中國對民主、戰爭、官僚體制的處理。造成這種現象的原因，首先是國民黨的持續對美國進行的「自由中國」宣傳，型塑了來華的外國人對中國現狀和未來的想像，對中國的現實帶著浪漫單純的印象，對其未來有著一種高度的期待。

　　1947 年魏德邁訪華，蔣介石希望趁機開展對美宣傳，並解釋應戰不利。「7 月 19 日，國民政府方面擬出應對人選，由俞大維代表蔣主席負責接洽之

〔註27〕 MacKinnon, Stephen R. *China Reporting: An Oral History of American Journalism in the 1930's and 1940's* / Stephen R. MacKinnon and Oris Friesen. Berkeley: University of California Press, c1987, p51.

〔註28〕 總統蔣公大事長編初稿，卷六上，1946 年 12 月 9 日，p322～325。

〔註29〕 王建朗（2013），信任的流失：從蔣介石日記看抗戰後期的中美關係，《近代史研究》，3，p49～62。

總責，陳誠贊助；張群代表政府各部門之接洽，王世杰與翁文灝贊助；董顯光負責輿論，李惟果贊助。至於與魏德邁接洽之要點爲：（甲）先明瞭魏氏所欲求瞭解之問題與事實；（乙）使美方相信中國有革新內政之決心；（丙）使美方相信大多數民眾是痛恨共產黨者；（丁）使美方相信共匪之叛亂，已至不能用政治方式解決之時，故政府有武力戡亂之決心」〔註30〕。針對作戰不力問題，這份準備文件也提出了解釋：「（一）一年來經濟方面已日趨惡化；（二）過去之和談拖延過久，致使共軍得以擴充實力；（三）蘇聯日益加強支持中共」〔註31〕。

雖然進行了如此全面的預先準備，對美解釋的效果卻不理想，蔣介石感慨道：「美國政府與民間之態度，幾乎皆爲共產國際心理作戰之宣傳所控制，彼等只想其曾經以少數之軍經援助爲恩德，而不想我國爲條約義務與人類正義所受之犧牲與損害，實過於其千百倍也。而且雅爾達會議對東北問題之密約，無異出賣中國」〔註32〕。

5.1.1 官方信息壟斷帶來的信息源混亂

國民政府遷都重慶之後，各項社會運作基本穩定，政府也實行了嚴格的消息管控措施，戰爭信息主要由國民黨中央社和《中央日報》進行壟斷刊發，信息有限，記者急切想獲知消息，而官方消息緊缺，這爲各種消息源進入駐華記者的報導中提供了豐厚的土壤，各派政治人物、中國知識分子、軍隊、外交使團都成爲當時影響外國記者報導的重要力量。

「重慶的報導者克服了很多阻礙新聞收集和傳播的障礙。首先，是個性極強且極具說服力的人們，他們試圖向媒體展示他們自己版本的眞實，其中個人色彩最強烈的採訪，無疑來自宋美齡和周恩來。宋美齡不僅僅是他丈夫的政治代表，還是受過美國教育的，國民黨的西方關係設計者。戰爭期間，她頻繁到訪美國，至少兩次在國會聯席會議上發表演講。從長征開始，周恩來就以中共的首席發言人的身份來應對外國事務。戰爭期間，他維持著延安和重慶的溝通，並構築了共產黨的對外政策。比爾-鮑威爾從報導初期就發現，來自國民黨的消息總是不夠好，因此大多數駐華記者開始尋找新的消息來

〔註30〕臺灣國史館出版，蔣中正總統檔案事略稿本，2010 年版，1947 年 7 月 19 日。
〔註31〕臺灣國史館出版，蔣中正總統檔案事略稿本，2010 年版，1947 年 7 月 19 日。
〔註32〕總統蔣公大事長編初稿，卷六下，1947 年 7 月 26 日，p522～523。

源，周恩來、龔澎的中共駐重慶代表團，確實是一個消息補充源，但很多駐華美國記者並未見過周恩來，也未去過任何一個新聞發布會。心懷不滿的中國知識分子是最主要的信息源，他們與當時的記者保持了長時間的密切的信息交換，並且人數眾多，當時絕大部分中國報人和教授對國民黨不抱幻想」〔註33〕，駐華記者依靠這些人來獲得信息，信息就會遠遠偏離蔣介石和宣傳部的主觀意圖。

　　蔣介石政府與當時作為社會意見領袖的整個知識分子集團的疏離，這些知識分子將這種不滿直接傳達給外國記者，也是其輿論控制失敗的另一重要原因。知識分子群體對蔣介石政府的不滿，來自於很多方面。一方面，嚴重的通貨膨脹和貨幣貶值，導致其生活缺乏保障，陷入窘迫和不安。另一方面，當時的知識分子反感蔣介石「思想一律」的政策。知識分子有必要維持自身的獨立性，雖然其本身作為一個社會群體，可能對社會的認識也具有局限性。但蔣介石從未正視過知識分子的訴求，反而認為「法幣貶則以後一般智識分子，又恐慌動搖，以為經濟動搖，人心不安，始望速和，此種名為智識分子，實為無識之徒，更不知革命與抗戰之道，其實我內地物產豐富，法幣對於外匯雖貶值，此乃上海通商碼頭受有影響，而於我根本，則無甚關係，即使法幣再落，此為革命時代，當然無足為慮」〔註34〕，並未嘗試理解和爭取知識分子的輿論支持，直接將知識分子推向了對立面。

　　第三，「外交官和軍事人員的信息分享達到了前所未有的程度。謝偉思（John Service），時任美國駐華外交官，解釋了這一做法的必要性——1941到1945我在重慶。當時的中國處在一個極端的環境當中：旅行困難，隨著時間的推移，全面的新聞審查系統建立起來，國民黨官方提供的消息嚴重不足，人們一直再為找清中國正在發生什麼而工作，當一個旅行者進入到城市中，能與他說話的人，都會向他打聽消息，並將自己掌握的信息傳遞給他，會談和信息就這樣成環狀散佈。信息傳遞在某些層面上可能存在競爭，比如我在史迪威的總部擔任很底層的工作，我就接觸不到史迪威的政治顧問。約翰-戴維斯則表示——我在重慶只是個多餘的人物，無法與宋子文這樣的人物交談，但是可以與《時代》《生活》駐重慶的通訊員交談，比如白修德。而且白

〔註33〕 MacKinnon, Stephen R. *China Reporting: An Oral History of American Journalism in the 1930's and 1940's* / Stephen R. MacKinnon and Oris Friesen. Berkeley: University of California Press, c1987, p92-93.

〔註34〕 美國斯坦福大學胡佛研究所，《蔣介石日記》（手稿本），1939 年 6 月 20 日。

修德與其他通訊員一樣，極為慷慨的分享他們從各種渠道得到的信息，如果我掌握的信息是關於中國的政治情況、實際處境、發展狀況、人物性格等各種各樣的，都會分享給媒體」〔註35〕。

1945 年 9 月 19 日，「據報載：美國務院派其前在駐華大使館任職之艾其遜及謝偉志等為麥克阿瑟元帥之政治顧問，協助決定美國遠東政策，並將組團前來重慶雲」〔註36〕。可見，這些曾在重慶接觸過各類人員的美國記者、外交官對戰後美國的對華政策仍產生極大影響，他們曾接觸到的針對蔣政府的負面信息和負面觀點，也影響了美國後續政策。

5.1.2 新聞審查制度與外國記者的反抗

新聞審查幾乎困擾著所有記者，新聞宣傳中的偏差，有些是有審查制度本身帶來的。埃德加斯諾在 1936 年曾在信件中表達：「我兩年前那篇寫蔣介石的文章，給我帶來了長達兩年的麻煩，如果我不道歉，南京政府外交部想要取消我的發稿特權。我回應說，如果相關部門能指出文中失實的部分，我將進行更正，但無果」〔註37〕。這種交涉影響到記者和政府的關係。

新聞審查是一種戰爭策略，但新聞審查制度本身就存在天然問題，其一，馬克思曾經論述過，新聞檢查員，以非專業人士的身份審查專業稿件，本身資格不足；其二，審查範圍過大，則會導致審查員的行政權過大，這就賦予了審查員「調節尺度」的權力，造成不同審查員，或者針對不同機構和稿件的審查標準不一，怨聲載道；第三，由於主要資本主義國家經過了長期針對「言論自由」的討論，使得「新聞審查」本身成為一種「非民主」社會的標示，因此「新聞檢查」的存在與蔣介石努力營造的「民主政府」的宣傳相違背。

最初「報導中國本是一個很邊緣的活動」，「雖然記者的任務是考慮新聞，而不是考慮費用，但是中國與美國距離遙遠，報導費用就成了一個顯著的問題，這也阻止了很多美國的編輯和出版者，在中國問題上投入更多的報導篇

〔註35〕MacKinnon, Stephen R. *China Reporting: An Oral History of American Journalism in the 1930's and 1940's* / Stephen R. MacKinnon and Oris Friesen. Berkeley: University of California Press, c1987, p68-70.
〔註36〕總統蔣公大事長編初稿，卷五下，1945 年 9 月 19 日，p836～837。
〔註37〕密蘇里大學堪薩斯城分校藏，《埃德加斯諾檔案》，KC: 19/1，F.10.，1936 年 4 月 14 日。

幅和採訪力量」〔註38〕，「只有在 1937 年全面抗戰開始後，中國事務才開始
引起關注。中國的首都從南京遷到漢口，最後遷到重慶，中國報導開始變得
更加重要和嚴重，工作環境發生了變化，作品自然發生了變化，1938 年，漢
口政府時期，是報導最開放的時期」〔註39〕。「漢口在短暫的幾個月中，成爲
戰時首都，士氣高昂，國民黨和共產黨在十年中首次在表面上聯合起來，組
成了戰爭前線。回想起來，儘管短暫，但這幾乎是戰時中國最爲浪漫主義和
理想主義的時期。這種民族的高昂和浪漫，只是殘酷戰爭的一小部分。中國
的政治和軍事的統一，自 20 世紀 20 年代初就一直努力但沒有實現過，出於
絕望，此時的中國似乎要實現這一統一了。外國記者享受著這種在任何的中
國首都，都沒有享受過的最自由的氛圍」〔註40〕。這種情況在國民政府遷入
重慶後急轉直下。

　　駐華美國記者，在應對中國新聞審查的同時，還需接受來自美國政府的
新聞審查。中國的新聞審查雖然給尖刻的記者設置障礙，並且經常拖延稿件
的實效，但是「絕大部分稿件得以過審」〔註41〕。因爲很多記者不會說中文，
他們只能依賴於翻譯和自己認識的少數聯繫人。即便文章已經完稿，也得再
經歷中美新聞審查管的刻薄審視（美國自 1943 年開始對這些稿件進行審查）。
「中國的審查制度不允許任何批評本國政府和傷害美國人感情的報導，而美
國的審查制度則不允許任何報導美國軍隊失誤和傷害同盟軍感情的新聞發
出」〔註42〕，記者在雙重審查的夾縫中，積累著不滿。

　　1942 年的災荒報導，蔣介石和外國記者爭的，僅僅是當前的中國政府是
否是個合格的政府。而到了延安考察團時期，已經變成了，哪個黨能在遠東

〔註38〕 MacKinnon, Stephen R. *China Reporting: An Oral History of American Journalism in the 1930's and 1940's* / Stephen R. MacKinnon and Oris Friesen. Berkeley: University of California Press, c1987, p125-126.

〔註39〕 MacKinnon, Stephen R. *China Reporting: An Oral History of American Journalism in the 1930's and 1940's* / Stephen R. MacKinnon and Oris Friesen. Berkeley: University of California Press, c1987, p36.

〔註40〕 MacKinnon, Stephen R. *China Reporting: An Oral History of American Journalism in the 1930's and 1940's* / Stephen R. MacKinnon and Oris Friesen. Berkeley: University of California Press, c1987, p37.

〔註41〕 MacKinnon, Stephen R. *China Reporting: An Oral History of American Journalism in the 1930's and 1940's* / Stephen R. MacKinnon and Oris Friesen. Berkeley: University of California Press, c1987, p117.

〔註42〕 MacKinnon, Stephen R. *China Reporting: An Oral History of American Journalism in the 1930's and 1940's* / Stephen R. MacKinnon and Oris Friesen. Berkeley: University of California Press, c1987, p51.

戰場上，給予美國更多的配合，等到抗戰結束，局面就成爲了：哪個黨能領頭，爲中國建設一個高效民主的政府了，使中國成爲值得美國信賴的遠東盟友。

美國記者對日本侵略暴行，報導的高峰時期，始於太平洋戰爭爆發之前。當時在華美國記者，對中國的同情在檔案材料中有充分表達：「媒體和政府常常呈對立關係，但在當時，我們感覺我們位於同一陣營，並且都是正義的一方。中國，正被日本侵略和殘酷對待，我們對中國人具有深刻的同情和合作精神」〔註43〕。Fred J. Tooker 在 1940 年 1 月 23 日專門就自己所聽聞的事件郵發給 Carl Crow 參考〔註44〕。這一高潮一直持續到 1941 年 1 月的皖南事變。

從新聞專業的角度出發，我們往往把文本的客觀性作爲記者專業性的重要評價標準，然而「新聞報導是記者與其所處情境互動的產物」〔註45〕。「客觀報導認爲記者能夠像鏡子一樣，超然於社會紛爭之上，經由正反與陳言必有據等方法，精確反映社會事實。這種觀點隱含三個預設：記者能夠掌握社會眞實、記者可以摒除私見、記者不受情境影響，但每個預設基本都經不起檢驗」〔註46〕。客觀報導與其說是一種職業執行標準，不如說是一種「理想範式」。

記者在報導中摻雜個人情緒、政治觀點的情況很普遍，當外國記者認同國民政府，他們發回的報導就會掩蓋負面事實，同理，當他們不認可國民政府，這些負面事實又會被放大。「美國的新聞業要求記者保持客觀性，間接引述各種領導人的觀點，這種要求的出發點是好的，卻在客觀性和主觀性之間

〔註43〕 MacKinnon, Stephen R. *China Reporting: An Oral History of American Journalism in the 1930's and 1940's* / Stephen R. MacKinnon and Oris Friesen. Berkeley: University of California Press, c1987, p39.

〔註44〕 美國密蘇里州立歷史檔案館藏，《Carl Crow 檔案》，Box 41，Folder 167，Fred J. Tooker 致 Carl Crow 電報手稿本：
有一些中國人拍攝的照片，記錄了在日本人將監獄中的中國女人作爲玩物。一個中國人將這些照片從暗室中偷出，送往西中國政府。（如果被日本發現的話，此人當然會被立即處死）。我的一個 brother in law 發現了這些照片，並將其重新印刷。我將儘量快的將我聽聞的暴行寫出來。我所知另一個曾生活在日本佔領區的美國人，是 Dr. Theodore Greene, 12 Shaker Lane Cambridge, Mass.。

〔註45〕 鍾蔚文等（2002），新聞記者如何紀實避禍？——傳播者與社會情境互動的本土研究，https://doc.mbalib.com/view/d4d328ecafa407a1246d1696d0229f7c.html。

〔註46〕 陳順孝（2002），《新聞控制與反控制：紀實避禍的報導策略》，臺北：臺灣五南圖書出版股份有限公司，p10。

製造了很多混亂」〔註47〕。記者個人的政治觀念必然影響其報導角度，這是
考察新聞真實度時必須正視的問題。盧斯「在《美國世紀》發表三個月之後，
到訪中國，帶著偶像崇拜的姿態面對蔣介石和宋美齡，同時，還被耀眼的白
修德所挑戰，並被他吸引，他回美國時，白修德一同回國，並擔任了他雜誌
的編輯，他有意藉此來將白修德收到自己麾下」〔註48〕。白修德不希望被定
義為記者，他是費正清的弟子，想做歷史學家、哲學家，也做過小說家。但
在中國的抗日戰爭時期，他確實曾紮紮實實地為《時代》週刊做過記者工作，
在中國問題的報導上，白修德和盧斯分別持有強烈的政治觀點，這也導致了
兩人在報導上的衝突。另外，「作為一個記者來說，史沫特萊與亨利盧斯極為
不同，她深信共產黨是中國未來的關鍵所在，從1929年開始，持續撰寫他們
在中國邊區的艱難生活」〔註49〕。

　　此外，當時還存在少量的記者受賄問題，斯諾曾在給《每日郵報》編輯
的信件中指出，當時「路透社消息可能不是獨立報導，路透社駐南京記者是
名中國人〔註50〕，其受賄問題已被數次曝光，但因其與國民黨某位高官有密
切的私人聯繫，而尚未被路透社罷免。經他發出的報導很可能代表南京政府
的觀點。美聯社因向南京出售新聞而取得大量利潤，調轉了航向，Roy Howard
先生（美聯社的社長）成了蔣介石的首席發言人」〔註51〕。

　　我們歷來用宣傳的邏輯理解中國新聞業，用商業的邏輯理解西方新聞
業。而實際上，兩者的區別可能並非如此大，無論在哪種語境下，在報導淺
層新聞，報導內容不會影響自身利益集團的情況下，新聞記者都有客觀反映
事實的「主觀意願」，而在真正涉及利益的情況下，新聞報導就要受更多因素
的影響。抗戰時期，美國記者對中國的報導，就集中體現了這一點。中國政

〔註47〕 MacKinnon, Stephen R. *China Reporting: An Oral History of American Journalism in the 1930's and 1940's* / Stephen R. MacKinnon and Oris Friesen. Berkeley: University of California Press, c1987, p44.

〔註48〕 MacKinnon, Stephen R. *China Reporting: An Oral History of American Journalism in the 1930's and 1940's* / Stephen R. MacKinnon and Oris Friesen. Berkeley: University of California Press, c1987, p17.

〔註49〕 MacKinnon, Stephen R. *China Reporting: An Oral History of American Journalism in the 1930's and 1940's* / Stephen R. MacKinnon and Oris Friesen. Berkeley: University of California Press, c1987, p39.

〔註50〕 作者注：此人即趙敏恒。

〔註51〕 美國密蘇里大學堪薩斯分校圖書館藏，埃德加・斯諾檔案，1937年1月5日，kc: 19/1，f.10。

府希望美國人來，爲中國政府進行公關，而美國人來，則是爲了給自己的政府和人民收集客觀情報。這種利益的差別，給蔣介石的對外宣傳工作，造成了極大的障礙。

當美國人漸漸看清，中國政府對於新聞批評的容忍度之低，美國新聞工作者與中國政府的宣傳任務有著不可調和的矛盾。輿論管制，被看作是政府專制的表徵之一，到了抗戰後期，尤其是 1946 年，國共矛盾激化後，不但記者群體對國民黨的輿論管制非議頗多，美國政府官員也持有同樣觀點，1946年 6 月 30 日，蔣介石在會見馬歇爾時，也不得不向其解釋道：「本黨對黨員之統制，不如中共之嚴密，本黨黨員皆有言論自由……普通人民可任意發表言論」〔註52〕，藉以申明中國政府對於「言論自由」的保護態度。

5.1.3 美國軍事代表團與延安考察團的合力

美國先後派往延安的軍事代表團和記者團，在離開延安後，都對中共稱讚有加，極大的削弱了國民政府的宣傳效力。「美國軍事代表團部分軍官返美後，散佈流言，謂國軍囤積軍用器材，不予應用，現駐西安一帶之部隊，始終保存實力，不參與戰事，因之美國軍政部若干人士甚至倡議美國不期待中國協助作戰。此外，一般由華返美之美人，亦多任意作不利於中國之報告，故華盛頓方面印象，輒感中國但知儘量需索，而不願有所施與」〔註53〕。蔣介石回答道：「在華外人形成其對話概念……內容複雜，例如其中有共產黨推波助瀾，又有舊封建勢力，以及敵國第五縱隊等，從中造謠惑眾，挑撥搗亂，凡此讕言，積漸既久，故一般外來之觀察者，遂對現局把握不定……有人責難中國軍隊知駐守西安爲保全實力計，此即爲共產黨之宣傳」〔註54〕。1942年 8 月 6 日，居里返美前，予蔣介石忠告：「美國人士之心理，輒同情於弱勢方面者，一旦戰事不免，輿情向背可以預斷，故亟盼鈞座在可能範圍內儘量優容共黨」〔註55〕。

〔註52〕總統蔣公大事長編初稿，卷六上，1946 年 6 月 30 日，p198～205。
〔註53〕呂芳上（2015），《蔣中正先生年譜長編》（第七冊），1942 年 7 月 22 日，臺北：國史館、中正紀念堂、中正文教基金會，164。
〔註54〕呂芳上（2015），《蔣中正先生年譜長編》（第七冊），1942 年 7 月 22 日，臺北：國史館、中正紀念堂、中正文教基金會，164。
〔註55〕呂芳上（2015），《蔣中正先生年譜長編》（第七冊），1942 年 8 月 6 日，臺北：國史館、中正紀念堂、中正文教基金會，p181～182。

　　否定中共，是當時國民黨對美宣傳的一個重要主題，但美國駐華記者幾乎對此均不認同。1944 年，美國有意派出考察團赴延安，蔣介石在《日記》中，忿忿道「最近共黨對美國宣傳鼓勵干涉我國內政，要求我政府准美國派視察團到延安，實地調查真相。此次共黨政治攻勢，國內外互相聯絡，可謂最大最猛之一擊，非毅然拒絕並乘機予以反擊，決不能平息此風潮，貽患且將無窮」〔註56〕。3 月 16 日，「美《新共和週刊》社評謂，中央拒絕與中共合作，以其最精銳軍隊包圍共產軍，而不對日作戰」〔註 57〕，唐縱推測，對這種傳言進行核查，應該就是記者團要求赴延安的原因。

　　1944 年 3 月 18 日，美國向延安地區派遣軍事觀察團（United States Army Observation Group），美國國內稱之為 Dexie Mission，俗稱「迪克西使團」（Dixie Mission），是美國首次嘗試與當時在延安的中國共產黨及其八路軍建立官方關係，其原初目的是在試探中共及其控制的軍隊，是否能夠為美國在亞洲的抗日戰爭提供援助。使團的任務從二次世界大戰期間的 1944 年 7 月 22 日開始，到 1947 年 3 月 11 日結束。

　　1944 年 6 月 9 日，中外記者西北參觀團抵達延安。記者團成員有美聯社、合眾社、路透社、塔斯社等外國新聞社的 6 名駐華記者。中國記者有 9 人，分別是，徐兆鏞（中央社記者）、楊嘉勇（中央社記者）、張文伯（中央日報主筆）、金東平（商務日報總編輯）、周本淵（國民公報採訪主任）、孔昭愷（大公報編輯主任）、謝爽秋（掃蕩報採訪主任）、趙超構（新民報主筆）、趙炳烺（時事新報編輯），其中謝爽秋為中共地下黨員，加上國民黨官員、翻譯等，共 20 餘人。該團在延安參觀訪問一個月左右。中共領導人多次和他們會見交談，介紹國共談判、中共的希望和工作、中共抗戰情況等。

　　蔣介石一直以合法政府自居，阻止中共與美國的聯繫，但蔣的軍事力量薄弱，美國希望為自己的亞太戰場找到更多軍事力量，開始嘗試與中共進行聯繫。這一點，蔣介石與羅斯福的認識，存在一個根本性的矛盾，就是蔣介石認為共產黨是他的敵人，中共的軍隊自然就是他的敵人的軍隊，但美國認為中共在抗日戰爭上是美國的盟友，美國需要中國的軍隊來牽制日本，則凡屬於中國的軍隊都屬於爭取的對象，這其中自然包括中共的軍隊。1944 年 4 月，國民黨軍隊在豫湘桂戰役全面失敗，美軍向延安派出軍事考察團的時機

〔註56〕　美國斯坦福大學胡佛研究所，《蔣介石日記》（手稿本），1944 年 2 月 19 日。
〔註57〕　美國斯坦福大學胡佛研究所，《蔣介石日記》（手稿本），1944 年 3 月 16 日。

成熟。

延安軍事參觀團在 1944 年 6 月 20 日，向美國政府發回《中國局勢和關於美國政策的建議》一文，認為國民黨統治下的中國，簡直一塌糊塗，通貨膨脹，士氣低落，土地集中化趨勢加強、地方勢力正在攬權，「國民黨和委員長的地位比過去十年更加脆弱」〔註 58〕，國民黨並沒有全力抗戰，將美國援助變成外匯儲備用於戰後，政府無力徵稅，官辦資本家利用通貨膨脹囤積原材料，重創民營工商業，而對於美國在中國的軍事行動，並未給予應有的配合。在這份文件中，明確提出「應爭取通過每一種切實可行的方法擴大我們對中國輿論的影響。戰時情報局的活動不應像目前這樣僅限於報導美國戰爭新聞，它應進行宣傳，比如強調民主的重要意義，闡明它是永恆的政治制度和反極權主義戰爭中的輔助因素」〔註 59〕，此時的共產黨就是他們心中「民主的代表」。在立場上，延安考察團，傾向於說服美國政府與中共合作，並認為蔣介石在積極準備內戰，於 1945 年 3 月 22 日，發回題為《蔣所作的任命與宣佈的和平意圖相矛盾》〔註 60〕的文件。

1944 年 6 月 9 日，中外記者西北參觀團抵達延安。莫里斯·沃陶（《巴的摩爾太陽報》）、哈里森·福爾曼（倫敦《泰晤士報》和《讀者文摘》）、伊斯雷爾·愛潑斯坦（《紐約時報》、《時代生活》）和《紐約時報》的阿金森。福爾曼和愛潑斯坦在訪問後寫了生動的報導，使全世界進一步瞭解到中共領導的抗日軍隊。中共高層的毛澤東、朱德、周恩來、彭德懷、陳毅、賀龍、林彪、聶榮臻在延安多次會見美軍觀察組並系統介紹八路軍和新四軍的抗日情況，各抗日根據地的局勢、軍民關係、敵後游擊戰、日偽軍情況。中共部隊在各抗日根據地營救墜機的美國飛行員達一百二十多名。其中一些在華北獲救的美國飛行員被八路軍護送數千公里經延安轉回後方。中共給美國軍隊和政府留下了正面印象。雖然此後不久，史迪威收到召他回國的電報，美國也不再需要中共在太平洋戰場的軍事支持，美國對華政策轉變為完全支持蔣介石。

〔註 58〕謝偉思（1989），美國對華政策（1944～1945），北京：中國社會科學出版社，266。

〔註 59〕謝偉思（1989），美國對華政策（1944～1945），北京：中國社會科學出版社，287。

〔註 60〕謝偉思（1989），美國對華政策（1944～1945），北京：中國社會科學出版社，263。

　　1945 年 8 月 15 日日本投降後，美軍駐延安觀察組，改爲美軍聯絡組，仍駐延安，執行美國和中共之間的聯絡任務。此後，蔣介石下令，嚴禁中外記者訪問延安。而時間到了同年 11 月，美國擊敗日本艦隊、登陸菲律賓，在中國尋找另外援助部隊的計劃已沒有繼續的必要，延安軍事觀察團沒有達成原初的目的，但爲美國政府、新聞界和民間瞭解中國共產黨提供了寶貴的機會。

5.2 來自國內的輿論攻勢

　　來自國內的輿論攻擊，是蔣介石自北伐開始就難以解決的頑疾，如是事實，尚可接受，但這種指責常無根據，甚至發展到人身攻擊的程度，例如，淞滬抗戰期間，社會充滿對蔣介石不抗日、偏袒黃埔嫡系部隊、軍隊無紀律無戰鬥力等，蔣介石曾說「有許多人說上海戰事發生以後，我想保存實力，不願與倭寇戰事……他們兩個重要的口號：第一個是凡屬黃埔系的軍隊，在上海作戰，不管你怎樣努力犧牲，他們總是事先把宣傳品或報紙做好，污蔑你打敗仗。明日打戰，失敗的消息今日已傳出。某師長被槍斃了，等等謠言散佈出來了。這樣一來，我們不僅吃力不討好，而且從前的光榮與名譽也都完全敗壞了。第二個口號很毒，若是軍隊不能立刻加上去，他們就說蔣某人不援助上海戰事想保存實力，盡讓別人的軍隊失敗，並且還來我們的軍隊中間挑撥離間，務使隊伍以後不受我們指揮。軍隊不能立刻加上去，就說我們不願戰事，只想保存實力。軍隊加上去，便說我們軍隊不行，搶劫姦淫打敗仗。凡是軍隊的失敗，就都說是我們的軍隊。這種宣傳比日本的槍炮還要厲害好幾倍」〔註61〕。

　　蔣介石對中共的敵視，自有來由。早在 1926 年 5 月 14 日，《日記》就載：「對共黨提出條件雖苛，然大黨允小黨在黨內活動。無異自取滅亡。余心實不願此之亡黨條件，但總理策略既在聯合各（　），故余不願主張建教分裂也……」。

　　1943 年，抗戰局勢日益明朗，壓抑多年國共關係的矛盾再次浮出水面，第三國際在 5 月 22 日突然在莫斯科宣佈解散。蔣介石認爲這是一個很好的輿

〔註61〕臺灣國史館藏，《蔣中正「總統」文物》，特交檔案，檔案號：080103，第 14
　　　　卷，縮微號：08A-01126。

論鬥爭點，是「中國民心與內政之一大事……世界思想之一大轉變」〔註62〕。蔣介石的新聞宣傳布置更多地傾向於向國際社會宣傳中共的非法性。國民黨中宣部發布《對共產國際解散問題之宣傳方針》，在宣傳上，將共產國際的解散與中共是否有必要存在聯繫在一起。而實際上，當時國際輿論的主流觀點，傾向於認為中共與共產主義本身並無關係，而只是和國民黨類似的另一個革命黨。但蔣介石對國際上這種認識並不知情，開始部署圍攻延安，並在國際宣傳上，明確國共矛盾。

國民黨的文藝宣傳始終不到位，抗戰期間，國民黨派往各軍區的文藝慰問團均由中共掌握，1943年，文藝宣傳的失控開始呈現在蔣介石的視野中。4月21日，蔣介石觀看由曹禺創作的《蛻變》，4月25日晚，又觀看電影《日本間諜》，兩者均在作品中抨擊國民黨腐敗無能，讚頌共產黨的抗日功績，蔣在觀看後勃然大怒，「本黨宣傳幹部之無識無能，反為共黨利用，痛心之至」〔註63〕。27日，蔣介石召開特別小組會議，商議宣傳問題，當日記「對宣傳部與政治部之宣傳藝術，毫無本黨革命意義與主義色彩，反被共黨作宣傳，尤以【日本間諜】之影片為甚，凡黨與政有關之劇，幾乎皆被共黨無形中之操縱，而張道藩與張治中不僅不自知其愚蒙，而反自為得意，可謂廉恥蕩然，為黨國前途悲也」〔註64〕。王世杰則在當日日記中說，「蔣先生以極憤恨之詞，責斥宣傳部、政治部過去及近來工作」〔註65〕。

無法深入基層和農村，是蔣介石政權的致命缺點，到1943年之後，這一缺點顯露無疑，而此時「共產黨的意識形態、組織方式都已發生了結構性的改變，它正在把貧農轉化為農業社會管理者，具備了實現社會上、中、下三層次整合之功能，擁有巨大社會動員潛力」〔註66〕。

國內輿論開始擺脫蔣介石的掌控。這種失控主要來自三方面，一，中共作為敵對政黨，利用國統區的新聞媒介和深入延安地區的外國記者，對蔣介石和其黨、政府進行有計劃的宣傳攻勢；二，國內主要的意見領袖群體，不

〔註62〕美國斯坦福大學胡佛研究所，《蔣介石日記》（手稿本），1943年5月24日。
〔註63〕美國斯坦福大學胡佛研究所，《蔣介石日記》（手稿本），1943年4月26日。
〔註64〕美國斯坦福大學胡佛研究所，《蔣介石日記》（手稿本），1943年4月27日。
〔註65〕王世杰（1990），《王世杰日記》（手稿本），臺灣：中央研究院近代史研究所出版社，p63。
〔註66〕金觀濤、劉青峰（2011），《開放中的變遷：再論中國社會超穩定結構》，北京：法律出版社，p343。

滿於蔣介石的統治，進行自發或自覺的輿論攻擊；三，蔣介石所布置在各單位的新聞宣傳機構和黨務部門被主動削弱，爲敵對勢力的滲透騰出了空間。在這種情況下，蔣政府宣傳系統的不得力被放大，蔣介石有意進行的幾場宣傳策動，不是由於內部失誤而造成效果下降，就是變成了敵對方反宣傳的著力點。

5.2.1 無法有效控制黨媒

　　關於媒體的職責和定位，不同哲學體系和政治現實中，都有不同的邏輯。「恩格斯在《關於工人階級的政治運動》一文中明確指出：報紙的政治態度也是政治，主張放棄政治的一切報紙都在攻擊政府。問題只在於怎樣干預政治和干預到什麼程度」〔註67〕。

　　新聞業的重要性分爲兩個方向，向下，在於其爲社會生活提供必需的「信息血液」，向上在於其與政治的密切關係。政黨對黨媒的控制，對於表達政治立場至關重要。受歷史階段的局限，國民黨大陸時期並沒有意識到這一點，中央政治官員、黨屬媒體，並沒有明確的政治立場和鬥爭意識。

一、中央新聞官員

　　在《蔣介石日記》中，蔣介石點名表示過不滿的主管新聞宣傳方面的官員，分別有陳布雷、王世杰、董顯光三人。

　　1943 年 7 月，國民政府的內外宣傳皆陷入一片亂象，美國對華政策受英國負面情報影響，中共方面的輿論攻勢也開始加強：

　　1943 年 7 月 22 日《蔣介石日記》稱：「英國之日本通皆在美國活動，使美國對遠東情報，完全受其操縱，以排斥我國與美情報之合作……美國對華政策，亦皆受其影響，最足顧慮」。同日，國民黨召開中央黨政軍聯合彙報，討論對中共的宣傳方針，陳布雷宣讀蔣介石的五條指示：「（一）如果發動宣傳，應側重於揭發奸黨少數人之罪惡而啓迪彼黨多數人之覺悟；（二）須知此乃奸黨內部動搖，故造作謠言，希挑起戰爭，以促其黨內之團結；（三）他們想籍此挑起戰爭，是決達不到目的的；（四）從該黨七七以後言論看來簡直是通敵賣國；（五）不必說決不致有內戰，根本無所謂內戰」〔註68〕。

〔註67〕馬克思、恩格斯（1956），《馬克思恩格斯全集》，北京：人民出版社，1，191。
〔註68〕唐縱，公安部檔案館編注，《在蔣介石身邊八年——侍從室高級參謀唐縱日記》，北京，群眾出版社，1991 年 8 月，p369。

　　1943 年 7 月 23 日《日記》稱：「速換中央日報編輯……上午批閱公文，省察時局，研究對中共反宣傳對策，決定發布勸告中共黨員書，說明政府對中共一貫政策……晚與布雷談對共文稿要旨」。

　　1943 年 7 月 25 日《日記》稱：「昨晚再與布雷商發告中共書，彼以此時發書，爲出以寬容之意，則適中匪類此次反宣傳之計，否則爲出以嚴正態度，則又爲匪類藉口作反宣傳材料，故當此輕重皆然之時，惟有暫取靜默，以事實證明匪類反宣傳全出誣妄也，天何言哉，故能從布雷諍諫決定對匪言，置之不理也」。

　　以上所記種種表明，陳布雷是蔣介石掌控輿論的主要助手和諮詢對象，但是陳布雷給出的意見是「置之不理」。陳布雷對蔣介石的宣傳政策和行動具有建議權，但其本人性格較爲保守〔註69〕。西安事變後，陝西局勢動盪，「楊虎城操縱其間，尤其是頑強不講情理，蔣曾手電數次，並作長信二封教導楊，陳布雷建議蔣不將此二封信交媒體刊布，以保全其顏面」〔註70〕。從宣傳技術上講，「置之不理」是一種錯誤，一來，輿論鬥爭需要先佔領輿論場，給出曝光率，二來，影響受眾，需要從「影響認識」到「影響態度」，再到「影響行動」，「使知之」是實現所有宣傳目的的第一步。這些都說明陳布雷的輔佐工作是十分無力的。時至 1944 年 2 月，蔣介石「面授陳布雷主任揭發共黨虛妄宣傳之要領」〔註71〕。

　　王世杰擔任宣傳部部長期間，直接承命於蔣介石，主要負責布置宣傳任務，調查新聞宣傳方針的實施效果，管理宣傳人員等方面的工作，對抗戰時期的宣傳起到了重要作用，但王世杰在具體問題上的宣傳措施，往往自作主張。在印度問題上，蔣介石始終支持印度的民族獨立運動，並曾親自訪印，會見甘地。1942 年 8 月 5 日，蔣介石曾當面向居里提議，由美國出面調解印度局勢〔註72〕。

〔註69〕陳布雷曾對自己的工作進行過定義：「我的作用，就等於剎車，必要時可使速度稍減，保持平穩」，引自，邵毓麟，布雷先生的無私與積極，傳記文學，第28 卷第 4 期，1976 年 4 月，p18，轉引自：張瑞德，侍從室與戰時中國的黨政決策（1933～1945），《近代史釋論：多元思考與探索》，臺灣東華書局股份有限公司，2017 年 6 月，初版，p285。

〔註70〕陳布雷，陳布雷回憶錄，p119，轉引自：張瑞德（2017），侍從室與戰時中國的黨政決策（1933～1945），《近代史釋論：多元思考與探索》，臺灣東華書局股份有限公司，p247。

〔註71〕總統蔣公大事長編初稿，卷五下，1944 年 2 月 19 日，p487。

〔註72〕總統蔣公大事長編初稿，卷五上，1942 年 8 月 5 日，p167～169，「公鄭重指

1942 年 7 月 28 日，《蔣介石日記》載：「昨王宣傳部長特提我黨報對印度問題應有主張，余乃漫應之曰，可，但須公平合理，對於英國爲用高壓手段則達反同盟國抗戰之宗旨，應特加警告，孰知今日中央日報社論主張印度國民大會執行會不可通過【不服從運動】之決議案，而希望應該爲何條件則並未提及，此種人品，知英國爲不可開罪，一意奉承其宣傳，而對於我中央最大最重之決策則不加注意甚至黨國前途被其一言犧牲，亦此不惜此種根本不知革命爲何物，而故弄其小智，以布惠於外人，痛之至。令布雷擬稿再論印度問題，登載明日社論而人見此或可不致悲憤誤會」〔註73〕。

此外，王世傑作爲倡導自由法治民主的法學家的專業背景，使其本身並不認同新聞管制，曾自稱「予任宣傳部部長職三年，未嘗停一報或封一報」〔註74〕。不少宣傳事件，蔣介石要求嚴懲涉事官員，也由王世傑出面，大事化小，不以黨的利益放在第一位，倒是首先完成了「不停封報紙」的追求。事實上，國民黨執政時期，正值世界資本主義革命的浪潮中，新興資本國通過工業革命發展爲帝國主義國家，富國強兵與國家民主化進程扭轉在一起，成爲後起的中國優先模仿的對象。王世傑等黨國體制內的高級官員多受西方教育，當時無論在朝在野，主流知識分子均未對這種邏輯提出質疑。在資本主義爭奪政治權的過程中，自由主義報刊理論和商業運營體制也同時確立，當時中國具有「報館不封門，不是好報館；主筆不入獄，不是好主筆」的社會風氣，倡導言論和民主成爲一種理所當然。

另一起宣傳事故，則源於董顯光。1949 年 6 月 26 日，宋美齡通知蔣介石，美國即將發表「對華關係白皮書」，希望蔣介石盡快接見美國記者，以沖抵惡劣影響。7 月 6 日的《蔣介石日記》載「最足悲痛之事，即左右幹部幾乎皆神志昏昧利害倒置，莫過於近日董顯光之拙劣失卻常識甚至對朝報晚報究屬何種緊要而亦不顧，忘了其宣傳職責，無異拋棄其主官而討好其美友霍華德係之報館致預定宣傳計劃被其消失而通得相反之後果，此種愚而好自用之幹部，思之只有悲憤，不得不加以痛斥怒責，事後仍覺其愚可誅而不可怒也」，

出：印度前途關系聯合國甚大，如不能作適當之處理，則必爲日本所利用，在目前情況之下，美國亟應出而調解，否則印度局勢演變爲流血衝突，聯合國均將蒙其不利」。

〔註73〕 美國斯坦福大學胡佛研究所，《蔣介石日記》（手稿本），1942 年 7 月 28 日。
〔註74〕 王世杰（1990），《王世杰日記》（手稿本），臺灣：中央研究院近代史研究所出版社，1942 年 12 月 7 日。

表示對董的極度不滿。

蔣介石脾氣急躁，凡是罵過某人，一般在隨後的日記中會加以反悔，並勸告自己修身養性，早年的日記中，出現過幾次宋美齡勸其平心靜氣的記載，蔣本人對這些規勸也表示認可。但是本次憤怒從未反省，隨後的《上月反省錄》中又言：「一、爲美國記者談話，董顯光發表新聞之偏見所延誤，竟動怒痛憤至不能自制，令人難堪」〔註75〕。

同日的《董顯光自傳》中也記載了這次事件。緣爲當日爲蔣介石下野後第一次接見外國記者，董顯光爲其安排了霍華德報系的方士華，而此前宋美齡已在紐約爲其安排了國際新聞社駐東京記者韓德孟，兩邊都堅持單獨接見，最終按照蔣介石兩邊都別得罪的指示，董從中協調的結果爲兩位記者均爲「單獨接見」，但也都失去了獨家新聞。而對於採訪結果，董認爲採訪結果很好，如實報導了蔣在當時重大問題的看法，對其親近人民和革命信心的報導都很充分，在美國輿論界引起很好的反響。而同時期美國國務院在 7 月 30 日發表《白皮書》，認爲「中國局勢之演變，乃由於國共兩黨之爭權；中國政府失敗之原因，並非由於美援之不足」〔註76〕。《白皮書》大力指責中華民國政府腐敗無能，才是同時期對中國造成最大傷害的輿論事件。

兩相對照，蔣介石不免有小題大做和嫁禍於人的嫌疑。但綜合《蔣中正總統文物》，宋美齡與蔣介石的電報，此事又不太明朗。當時宋美齡在美國，爲蔣介石爭取美國援助、進行對美宣傳，同時關注美國輿論界消息。7 月 6 日的這次單獨接見赫斯特報系記者的安排，宋美齡在 6 月初就已經反覆電告蔣介石確認，電文包括：

6 月 12 日：「宋美齡電蔣中正已與全美最大報系接洽派記者赴臺灣晉謁盼能接見以增加美國對華興趣，蔣中正覆電現非復出之時美記者請緩約」

6 月 25 日：「宋美齡電蔣中正赫司脫系報記者將於六月底前赴臺請於接見該記者時照所擬英文字句及語氣問答，蔣中正覆電未收到接見記者時之問答文稿」。

7 月 4 日：「蔣中正電宋美齡已接見赫司脫系與赫華達報記者關於問答語句經詳究後定稿預定美國時間五日見報」。

〔註75〕美國斯坦福大學胡佛研究所，《蔣介石日記》（手稿本），1949 年 7 月檔，《上月反省錄》。

〔註76〕總統蔣公大事長編初稿，1949 年 8 月 3 日，卷七下，p335～341。

以上情況說明，蔣介石在對外宣傳上，既倚仗宋美齡，也倚仗陳布雷、董顯光等幕僚。董顯光曾在蔣介石讀中學時，做過他一年的英文老師，蔣介石對董顯光一直稱「老師」，甚至在首次引薦戴笠見董顯光時，讓戴笠稱董爲「太老師」〔註77〕，本次「大罵」是唯一一次在日記中罵董顯光，與蔣的慣常態度差別很大。加之本次蔣宋如此頻繁確認採訪事宜，實在難以想像董顯光「一時接洽不力，造成失誤」的說法，蔣介石在 7 月 7 日對宋美齡的電文中說：「痛心董顯光將此事弄巧成拙將來必誤大事」。

無論宋美齡，還是陳、董等幕僚，都沒能挽狂瀾於既倒，扭轉國民黨政府「外宣」的頹勢。

二、《中央日報》

抗戰期間，中宣部部長換了十位，《中央日報》社長也換了不下十位，但《中央日報》的宣傳也是蔣介石在《日記》中罵得最多，最不稱其心的。蔣介石常「見中央日報之惡劣又起憤怒，痛斥道藩之不智無能」〔註78〕，認爲「中央日報社論宣傳，毫無技術，可憂之至」〔註79〕。

1928 到 1949 年間，蔣介石北伐成功，並在抗日戰爭中，逐步運作，將全國軍事權收歸到軍事委員會管轄，掌握了總體上的全國軍事權，但國民黨的黨權、國民政府的行政權，始終並沒有形成「權歸一人」的影響力。民間媒介不論，國民黨的黨管媒體，也因此沒能作爲蔣介石一人之器。蔣介石對輿論的把控，從大局上看，能夠照顧到方方面面，對國民黨黨媒，蔣應是希望其作爲黨的喉舌來存在，中央臺創辦伊始，「節目以重要新聞報告和宣傳大綱爲主，輔以音樂節目」〔註80〕，由於《蔣介石日記》中多見其親定宣傳大綱，可推測蔣定的宣傳大綱發到宣傳部，再發到黨媒。

但在《日記》中，蔣介石還是明確因爲幾次輿論事件而怨憤。作爲黨報的《中央日報》，其一旦有違蔣的宣傳意圖，蔣的動怒就尤其大，而《中央日報》也常常發表讓蔣難以忍受的社論。《日記》在 1930 年 2 月 8 日，就有「見中央日報登載中俄交涉案，氣憤異常，又發暴躁，黨部爲業已腐朽而任宣傳

〔註77〕曾虛白（1989），《曾虛白自傳》（上冊），臺北：聯經出版事業公司，p175。
〔註78〕美國斯坦福大學胡佛研究所，《蔣介石日記》（手稿本），1943 年 1 月 11 日。
〔註79〕美國斯坦福大學胡佛研究所，《蔣介石日記》（手稿本），1943 年 1 月 14 日。
〔註80〕王凌霄（1997），《中國國民黨新聞政策研究（1928〜1949）》，臺北：近代中國出版社，p98。

爲不免於臧正也」。

在接受美援後，爲抑制通脹、吸收遊資，重慶政府數次發售美元和黃金。1942 年，財政部發行美金公債，按照重慶政府法幣 20 元兌換 1 美元的匯率發行，即民眾可以 20 法幣購買 1 美元面值的「美元券」，政府承諾抗戰勝利後即用等值美元或法幣回收「美元券」。在發行初期，由於社會對抗戰局勢和政府信用信心不足，公債銷售不旺，但後來由於法幣持續貶值，購買美元公債成爲民眾對抗通脹的有力方法，但法幣貶值嚴重，政府按原匯率出售公債只會導致市場混亂，孔祥熙建議蔣介石停止發行美元公債，各地未售出債券統一上繳國庫。此事本無不可，但以國庫局局長呂咸爲代表的一眾權貴借機倒賣債券，以 20 比 1 的極低比率買入債券，引起社會公憤。

1945 年，蔣介石接到密報，美元公債舞弊案的始作俑者指向孔祥熙，遂安排「密查中央銀行美金公債賬目」〔註81〕。密查尚未有結論，又發生黃金提價洩密案。1944 年 9 月，中央銀行出售黃金，因爲 1945 年通貨膨脹惡化，同樣用來吸收遊資的黃金也難以支撐原價發售，宋子文經蔣介石核准，安排於 1945 年 3 月 29 日提高黃金售價。這一重大財政政策提前洩密，3 月 28 日，銀行通宵達旦的辦理黃金業務，29 日提價消息一出，輿論譁然。《中央日報》《大公報》等無數媒體進行大規模報導。

兩件事的影響遠及美國，「5 月 14 日，美國著名廣播評論家雷蒙特-斯文突然在電臺中報告重慶黃金舞弊案的詳情，並介紹《大公報》攻擊政府的言論，引起美國朝野的極大關注，同時也給正在美國進行對華出售黃金談判的宋子文帶來重大障礙」〔註82〕。最終，由於孔祥熙的特殊地位，以及參政會並不掌握直接證據，其餘案情未予曝光和追究，以孔祥熙不再擔任中央銀行總裁、四聯總處副主席兩職位爲終。

因爲醜聞頻現，宋子文最終取代孔祥熙，於 1947 年繼任財政部長。在當時的環境下，出售黃金、美元置換法幣，是一種極無遠見的財政政策，不但無助於穩定社會、市場對法幣的信心，還造成了黃金、美元被作爲保值物品被民間儲藏和轉賣，導致國家財政虧空。布雷頓森林體系之後，美元也仍然

〔註81〕 美國斯坦福大學胡佛研究所，《蔣介石日記》（手稿本），1945 年 2 月第一週，預定工作課目。

〔註82〕 鄭會欣（2011），抗戰勝利前後的蔣介石——以 1945 年〈蔣中正日記〉爲中心，《蔣中正日記與民國史研究》，臺北：世界大同出版有限公司，p478。

延續著世界貨幣的地位，這與其國家的黃金儲備規模密不可分。作爲這一政策的主導者和執行人，很難不被懷疑含有私心。孔祥熙是典型的商人從政，而宋子文則是產業經濟專家，卻不是財政專家。

1944 年，國共談判期間，國共雙方都更重視其宣傳的作用，陳布雷擬定《林祖涵來渝應付對策之要點》：「中央之對案，應注重其宣傳性，而並不期待其成功」。

國民黨在對中央媒體的管理上，一直存在「黨」優先，還是「新聞」優先的爭執，「1932 年，國民黨當局開始認識到國際宣傳的重要性，將中央通訊社和《中央日報》一同改組，由蕭同茲出任中央社社長。蕭同茲向國民黨中央提出三項要求：一是要使本社成爲一個社會事業，必須機構獨立，對外不用中國國民黨中央執行委員會宣傳部的帽子……三是在不違背國法和黨紀的原則下，能有處理新聞的自由」〔註83〕。同時，程滄波在《中央日報》實行社長負責制，使《中央日報》具有了人事權和財務獨立核算權。「1942 年 11月召開的國民黨五屆十中全會上，陶百川提出了改進黨報經營體制等三個提案」〔註84〕，1943 年，國民黨又將黨報收歸到黨的直接監督之下。1945 年，馬星野在抗戰勝利後出任社長，繼續在《中央日報》實行企業化經營改革。

這延續十數年的較量，其實是新聞事業組織兩種不同範式的爭執，從蕭同茲到程滄波的「新聞優先」的原則，是當時黨媒工作者的主流觀點，但是本應是商業媒體的原則，而非黨營媒體的原則。其時，他們考慮社會環境局限，新聞優先才能爭取讀者，爭取讀者才能爭取輿論陣地。這一思想其實只是一種邏輯推演，另外一種可能性是，國民黨失去黨媒這一重要的發聲機關，輿論陣地未戰先丟。國民黨先期的宣傳第一的原則，其中暗含了「讀者並不一定關注眞相，黨媒也不一定要強調眞相，黨媒的首要任務是發聲與宣傳」這一理念。這一理念在國民黨成爲執政黨後，漸漸被廢棄，在路線選擇時，國民黨最終放棄了「黨管黨媒」。1945 年，全國出版界爆發「據檢運動」，《中央日報》刊發《輿論政治時代的來臨》一文，對運動進行聲援和響應。

從蔣介石的立場出發，另一次輿論問題發生在 1947 年的《中央日報》。此時國民黨已經處於國共較量的下風，國內惡性通貨膨脹，放眼望去，全都

<hr />

〔註83〕蕭同茲（2009），《中央社二十週年紀念會講詞》，轉引自：向芬（2009），國民黨新聞傳播制度研究，北京：中國社會科學院，p45。

〔註84〕蔡銘澤（1995），大陸時期國民黨黨報經營管理體制的變化，《新聞與傳播研究》，2，p79。

是大廈將傾。董顯光將其稱之爲「一種腐蝕性的失敗主義造成的空氣」〔註85〕。陳翰生曾告訴休-迪恩（Hugh Deane），「在中國，政治和經濟是一回事」，通貨膨脹的惡化直接威脅了蔣的政治統治。軍政界對孔祥熙家族的不滿，自孔祥熙任行政院長時就已經存在，孔祥熙曾將向美國訂購飛機一事，交給孔令侃辦理，結果買回來的都是時速二百八十里以下的舊機，孔祥熙又極力爲孔令侃辯護，「貪腐腐敗」成了孔氏的標籤。

　　社會輿論對孔祥熙的指責，有四個層面的問題，其一，孔氏家族本身存在問題，其二，孔祥熙任命的財政系統官員的腐敗，自然被認爲是孔祥熙的無能或者默許，其三，國家財政被認爲是可以截取巨大利潤的系統，聚集了社會目光，其四，是財政系統的業務性質決定的，當時國家財政枯竭，面對如此巨大的戰爭，能不破產已經不易，但是這種業務運行不良自然會被算到財政部長頭上。1947 之後的全國性通貨膨脹，其實本身是一個系統性問題，戰爭消耗、全國的金銀流失和蘇聯對東北地區的經濟擾亂所引發的蝴蝶效應，都加重了戰後的民不聊生。但是孔氏由來已久的腐敗名聲加上通貨膨脹下的民怨沸騰，揚子公司一案的新聞報導，成了壓倒國民政府輿論控制的最後一根稻草。

　　蔣介石左右爲難，即憤恨孔家無法無天，又憤恨陸鏗膽大妄爲，卻只能在日記中痛罵，兩邊都無力做出處罰：「最近軍事經濟形勢險惡已極，而社會與智識分子，尤其是左派教授及報章之論評詆毀誣衊無所不至，甚至黨報社論亦攻訐我父子無所顧忌，此全爲孔令侃父子所累，人心動搖怨恨，未有此今日之甚者，此乃自三十二年共匪一貫造謠中傷陰謀毀減余個人威信，至今已深入我黨政軍幹部之中，此謂浸潤之潛，其由來漸而久矣，此一毒素比任何武力爲凶也」〔註86〕。

　　自 1943 年開始，輿論就開始攻擊孔祥熙、宋子文腐敗，1947 年「打老虎」中，《中央日報》攻擊揚子公司的報導之所以具有新聞價值，與孔宋家族在蔣介石政府中的特殊地位有極大關係。宋子文、孔祥熙對蔣介石的財政和外交工作做出了很大貢獻，宋美齡又對孔令儀、孔令侃姐弟十分倚賴。陸鏗對揚子公司的報導風雲一時，但蔣經國卻傾向於認爲這是一起輿論事件，他《日

〔註85〕董顯光（2014），《董顯光自傳——報人、外交家與傳道者的傳奇》，臺北：獨立作家，p232。
〔註86〕美國斯坦福大學胡佛研究所，《蔣介石日記》（手稿本），1948 年 11 月 5 日。

記》中說，「前天發現的楊子公司倉庫裏面所囤的貨物，都非日用品，而外面則擴大其事，使得此事不易處理，眞是頭痛」；「楊子公司的案子，弄得滿城風雨。在法律上講，楊子公司是站得住的。倘使此案發現在宣佈物資總登記以前，那我一定要將其移送特種刑庭。總之，我必秉公處理，問心無愧。但是，四處所造成的空氣，確實可怕」〔註 87〕。當時的輿論環境，並不關心揚子公司的行爲到底合不合法，陸鏗需要一個勁爆的新聞，社會需要蔣氏政府腐敗的例證，一則轟動的新聞就此產生。

這幾起《中央日報》的輿論事故，不少是觀點先行的報導，蔣在《日記》中憤恨之極，但實際並沒有什麼動作，對黨報社論嚴重違反國家外交政策，僅僅是命陳布雷寫一篇駁斥文，對陸鏗的懲罰，也僅僅限於口頭威脅。陸鏗則依仗自己的記者身份，打著「言論即是正義」的旗號，對製造假新聞毫無節制。

另外，「蔣介石在國民黨六大前，主動有意取消國民黨的軍警學黨部，此事對於大學校園內國共力量對比的逆轉極爲關鍵」〔註 88〕。此時的中國，面臨著由蔣介石政府領導改革，和有共產黨領導革命兩個選擇。歷史給了蔣介石機會，但蔣的改革並未成功。蔣並非對政府的弊病全然不知，在《日記》中常常怪罪下屬的無能，但他無力改變，他只能抱怨美國的短視、背信，以證明他自己不需承擔責任。

三、中央社

1922 年 6 月 16 日，孫中山與宋慶齡在廣州越秀山，遭遇陳炯明炮轟總統府，史稱「六一六事變」。事發後，蔣介石從上海趕到廣州隨侍左右，由此自詡爲孫中山的衣缽承襲人，與孫中山合作的這段的事蹟一直被他看做是革命歷史教育和保障國民黨、國民政府合法地位的重要宣傳材料。

1945 年 6 月 18 日，國民黨中央通訊社進行廣州蒙難日宣傳，結果把「廣州蒙難」寫成了「倫敦蒙難」，錯的匪夷所思，令蔣介石大發脾氣。6 月 20 日，蔣介石發手令給中央秘書處秘書長吳鐵城、中央宣傳部部長王世杰、陳布雷，

〔註 87〕 蔣經國，《滬浜日記》，轉引自：https://www.baidu.com/link 跡 url=cxsFywBwbec
QDgnYHggIMPRJXwdAiIOJfzBvWGLaXOXTqUnGiXB22_2bN5if9s9eR0cLGr
4RKZ62nYSMTIIrP_&wd=&eqid=93c2804c00030fa3000000035bba8c05。

〔註 88〕 桑兵（2011），日記內外的歷史——作爲史料的日記解讀，《蔣介石日記與民國史研究》，臺北：世界大同出版有限公司，p73。

要求嚴懲中央社相關責任人，認為一來，基本的宣傳任務沒有完成，二來，作為國民黨中央通訊社發出這樣的新聞，嚴重影響了國民黨形象，給中外各界留下了國民黨內部組織混亂、職務懈怠、黨國歷史被遺忘的印象，用詞非常嚴厲：

「吳秘書長（鐵城）、王部長（雪艇）、陳主任（布雷）。

六月十六日，廣州蒙難紀念，中央社誤為倫敦蒙難紀念，此中錯誤，絕非尋常之事可比，應將中央社社長及其負責發稿者從嚴懲處，以為對黨不忠，對職不實者戒，如何懲處希即呈報，須知此事成貽笑中外，為本黨之羞也。中正」〔註89〕。

在中央社中，此份稿件經記者沈善鋐撰寫，一路經編輯、採訪部主任、總編輯、社長，都沒有進行更正，6月18日發稿，但在蔣介石發現前一天的6月19日，已自行發出更正：「十八日社論中樞紀念週部委員報告，總理倫敦蒙難經禍為『廣州蒙難』之誤，特此更正」。使用了錯誤消息的《掃蕩報》也在6月20日做了更正。

整個事件經王世杰和吳鐵城調查完畢，回覆蔣介石，已經是半個月後的7月3日，與蔣介石不同，他們認為這種簡單明瞭的錯誤，之所以經過層層把關，還是漏了網，僅僅是記者和責編的小失誤，鑒於相關人員過往表現尚好，警告一下便可：

「該稿係該社外勤記者沈善鋐所撰，編輯部副主任劉竹舟編發改稿，未予更正，均屬十分疏忽。採訪部主任蕭蔚民、編輯部主任唐際清、總編輯陳博生、社長蕭同茲，均有失察之責。又查沈善鋐平日工作尚稱努力，過去當陪都遭受敵機轟炸時，以採訪空襲消息報導迅速正確，曾蒙鈞座召見嘉獎。劉竹舟平日奉職尚稱勤奮，此次過失本應予以較重之處分，姑念沈劉兩員以上情形，擬各予記過處分。至蕭蔚民、唐際清、陳博生、蕭同茲四同志，擬本分層負責之旨，各予警告處分」〔註90〕。

這份報告由陳布雷7月4日轉呈蔣介石，蔣並未不滿足於「記過處分」和「警告處分」，也未要求更改為更嚴厲的處罰，但是對於事件本身，仍然忿忿難平，在呈報稿上寫下批語：

〔註89〕臺灣國史館藏，官員談話管制，國民政府／新聞／宣傳／不當言論駁斥，1945年6月20日，典藏號：001-141003-0001，蔣介石手令手寫稿。

〔註90〕臺灣國史館藏，官員談話管制，國民政府／新聞／宣傳／不當言論駁斥，1945年7月2日，典藏號：001-141003-0001，王世杰、吳鐵城呈蔣介石。

「負責機關可說太無黨的歷史與革命觀念矣，應為何徹底改正以重職責。宣傳部及本黨各宣傳機關與報章，不僅對蒙難紀念之要大誤，貽笑中外」〔註91〕。

對於當事人，蔣介石沒有繼續追究，但是，他認為此事暴露出的革命紀念日宣傳匱乏，以至於黨內宣傳機關人員都到了沒有革命歷史常識的地步，必須加以糾正，命令宣傳部制定「國定紀念日」與「革命紀念日」的列表，發給宣傳部門和報社，以供紀念日的順利進行。對此，王世杰與吳鐵城分別以各自名義，發送了內容一樣的文書給蔣介石，彙報指令貫徹情況。實際上，宣傳部早就編發過各項紀念日簡明列表、革命史略，以及宣傳要點、宣傳指示，並於 1942 年 1943 年，按照紀念日更新和黨史資料更新，重新編發並按期分別登報或向各級黨部印發專門講述材料。隨後每年，各種紀念日印在年曆上進行宣傳，自 1944 年起，每逢革命紀念日前一天，由宣傳部寫成一篇特稿，發送各報紙刊載。但是在 1945 年，紀念日宣傳又回到了「年初發報社一表格」的做法，棄用了 1944 年，每個紀念日的一篇特稿，於是在「六一六」廣州蒙難宣傳中，出現紕漏，這才被蔣介石發現。彙報文最後，吳鐵城和王世杰表示，將恢復「臨時頒發宣傳指示特稿及紙型地圖等辦法」〔註92〕，此外將過去的種種辦法合併執行。

1945 年，中央社宣傳事故，是確確實實的記者失誤導致，並且中央社是國民黨中央宣傳部的下屬機構，因此處理起來，相對便利，蔣介石責令宣傳部進行查處，宣傳部調查後，將處理結果進行彙報。其中也可以看到，蔣介石本人對新聞宣傳事業非常關注，中宣部在 1944 年之前，做了很多紀念日宣傳，1945 年稍加鬆懈，立即就出現了紕漏。同時，蔣介石脾氣急躁，他做出的「嚴懲」的指示，也被宣傳官員軟化掉，「嚴懲」變成「小懲」。

5.2.2 《中國之命運》成為節點上的靶子

在主持中國廢除與列強的不平等條約後，蔣介石令陶希聖寫成《中國之命運》一書，在 1942 年雙十節的國慶會場，宣佈英美放棄不平等條約後發表，

〔註91〕　臺灣國史館藏，官員談話管制，國民政府／新聞／宣傳／不當言論駁斥，1945
　　　　　年 7 月 4 日，典藏號：001-141003-0001，陳布雷轉呈蔣介石，蔣介石批示手
　　　　　寫稿。
〔註92〕　臺灣國史館藏，官員談話管制，國民政府／新聞／宣傳／不當言論駁斥，1945
　　　　　年 6 月 20 日，典藏號：001-141003-0001，王世杰、吳鐵城呈蔣介石稿。

並希望藉此書爲自己進攻解放區、主持戰後中國秩序進行宣傳造勢。

隨後，英美兩國準備於 1943 年元旦簽訂新約，蔣介石「召集宣傳與外交幹部，指示美英二約簽字後宣傳要旨與修正元旦告書」〔註 93〕，不料「忽接美國電稱改期五日簽約，英國亦如此」。按照蔣介石的設想，宣傳策劃只需稍作後移即可，誰知《中央日報》沒有更改宣傳計劃，於 1 月 1 日，刊發廢約新聞，蔣介石對此非常痛恨：「中央日報泄布元旦簽約之消息，最爲痛憤，黨中幹部幾乎無一人能任事，無虧其責任，實離時代太遠，奈之何哉」〔註 94〕。

1 月 11 日，新約終於訂立，13 日，《中央日報》刊登蔣介石的《告全國軍民書》，表示：「我們革命建國失敗的主要原因，是因爲有不平等條約的存在之故。百年以來中國在不平等條約重重壓制之下，政治陷於割裂，經濟流於偏枯，社會趨於黑暗，積習所至，竟使國民心理卑怯而不知自拔，倫理頹廢而不知羞恥，國民道德的墮落，民族自信的喪失，至此可謂已到了極點……今日不平等條約既經取消，從前因緣而生之不健全的現象，皆將失其掩護」〔註 95〕。

1 月 12 日，國民黨中央發布《中美中英訂立平等新約擴大宣傳辦法》，要求機關學校放假、集會，「講述平等新約訂立於我民族國家之重大意義」〔註 96〕，各級黨部組織宣傳隊，「注重對鄉村農民之宣傳」〔註 97〕，全面利用影視、戲劇、廣播、演講、紀念週等方式進行新約擴大宣傳。13 日，軍委會政治部又發布《新約擴大宣傳補充辦法》，「組織宣傳隊印發並張貼國府明令、蔣委員長告軍民書，蔣介石平等新約之內容與意義」〔註 98〕

在《中國之命運》、簽訂新約兩項宣傳策劃之外，蔣介石還在此時試圖加強意識形態控制：「送新疆電影片與組織西北文化服務團，三，宣傳處與會計、審計、司法、電影主任，入黨政班，四，派湯德臣（中央社）、彭樂善（廣播）、吳文藻（國防），入黨政班……十一，各大學紀念週與入學試題之黨義講演之設計」〔註 99〕。

〔註 93〕 美國斯坦福大學胡佛研究所，《蔣介石日記》（手稿本），1943 年 1 月 1 日。
〔註 94〕 美國斯坦福大學胡佛研究所，《蔣介石日記》（手稿本），1943 年 1 月，第一星期反省錄。
〔註 95〕 「告全國軍民書」，《中央日報》，1943 年 1 月 13 日。
〔註 96〕 宣傳新約全國定期舉行，《新華日報》，1943 年 1 月 13 日，第二版。
〔註 97〕 宣傳新約全國定期舉行，《新華日報》，1943 年 1 月 13 日，第二版。
〔註 98〕 新約擴大宣傳補充辦法，《中央日報》，1943 年 1 月 14 日，第二版。
〔註 99〕 美國斯坦福大學胡佛研究所，《蔣介石日記》（手稿本），1943 年 1 月，第一星期反省錄。

　　但當時社會生活惡劣，通貨膨脹和食不果腹困擾著知識分子，《中國之命運》將蔣介石定義爲中國英雄，給他們造成了感官不適，「老金（金岳霖）拒絕閱讀《中國之命運》。社會科學家們帶著蔑視和受辱的神情稱它爲無聊的廢話。知識階層現在不會，將來也不會輕易地放棄他們的天賦特權。如今，蔣介石卻公開侮辱了他們」〔註100〕。同時，書中所做的對帝國主義侵華史的描述，也容易使國際懷疑中國正懷有排外主義的傾向。蔣介石對意識形態領域控制的加強，引起了強烈反彈。「效忠於人」還是「效忠於制度」，是區分現代整體的一個最顯著的指標。蔣介石政府一直因倡導對領導人的個人崇拜而備受指責。這些指責在抗日戰爭和民族主義大潮中被掩蓋，隨著抗戰局勢的明朗，這些國內矛盾開始浮上水面。此書成了國共輿論戰中，中共抓到的一個反宣傳的著力點。

　　7 月 21 日，陳伯達在《解放日報》發表《評〈中國之命運〉》，毛澤東爲中共中央宣傳部起草致電各中央局、中央分局並轉各區黨委的通知，專門部署對該書的宣傳工作，通知指出：「陳伯達同志《評〈中國之命運〉》一文，本日在《解放日報》上發表，並廣播兩次。各地收到後，除在當地報紙上發表外，應即印成小冊子（校對勿錯），使黨政軍民幹部一切能讀者每人得一本（陝甘寧邊區印一萬七千本），並公開發賣。一切幹部均須細讀，加以討論。一切學校定爲必修之教本。南方局應設法在重慶、桂林等地密印密發。華中局應在上海密印密發。其他各根據地應散發到淪陷區人民中去。一切地方應注意散發到國民黨軍隊中去。應乘此機會作一次對黨內黨外的廣大宣傳，切勿放過此種機會」〔註101〕。

　　《中國之命運》一書，幾乎完全是蔣介石意志的呈現，「王世杰、熊式輝和唐縱在日記中對《命運》皆持不同程度的保留意見。就王、熊兩位遺留的日記或回憶錄觀察，王世杰和熊式輝對蔣的領導作風以及欲爲未來建國階段的領袖自居皆有若干保留」〔註102〕。這一點也被中共抓住，8 月上旬中共中央對政治和宣傳策略作了新的調整，決定：爲了揭穿國民黨的實質並教育革命隊伍，擬於八、九兩月發動反中國法西斯主義的運動，通電全國要求取消

〔註100〕費正清（1991），《費正清對華回憶錄》，北京：知識出版社，p296。
〔註101〕《中國共產黨宣傳工作文獻選編》，中共中央宣傳部辦公廳、中央檔案館編研部編，學習出版社，北京，1996 年 9 月，p521。
〔註102〕王震邦（2016），蔣著《中國之命運》的傳播與反響，《民主與科學》，3，p29～35。

各種特務組織，嚴禁傳播法西斯主義思想。《解放日報》於 8 月刊登了一系列反法西斯的社論，如 8 月 15 日《要求國民政府整頓軍紀軍令》、8 月 16 日《論中國的法西斯主義——新專制主義》、8 月 21 日《請重慶看羅馬》、8 月 23 日《袁世凱再版》等等。蔣介石由於組織力行社，而被扣上的法西斯的帽子，又被紮實的帶了起來。

《中國之命運》主要帶了幾種輿論指責：一、對內的法西斯統治；二、對外關係中的民族主義。

從 1935 年藍衣社成立之後，社會便盛傳蔣介石具有法西斯思想，並將力行社當作他所建立的法西斯組織。《中國之命運》一書發表後，這種說法又捲土重來，成了指責蔣介石妄圖建立個人極權國家的重要輿論觀點。

王世杰認爲，當時是中國通貨膨脹的時期，通貨膨脹必然嚴重危害工薪階層的生活，這就危害了當時絕大部分知識分子、工人、城市居民的生活，這些失望毫無疑問的指向國民政府，指向蔣介石，而此時出版的《中國之命運》，不過是剛好多了個靶子。

5.2.3 針對輿論機關的暴力被放大

1945 年 12 月 19 日，蔣介石經過 8 年抗戰，終於回到南京。「1945 年 12 月到 1946 年 7 月，國民黨地方軍政當局就接連四次公開採用政府暴力的手法打殺異議人士，包括昆明一二一慘案、重慶較場口慘案、南京馬關慘案和昆明李聞慘案，此外，各地類似事件也多有發生，如 1946 年 3 月 1 日，民盟西北總支部機關報《秦風工商日報》營業部被特務搗毀。19 日，該報記者楊賓青夜乘人力車回寓所時，被暴徒打成重傷。27 日，該報再被特務縱火。4 月 13 日，國民黨西安保安司令部以煙犯的罪名，槍決了民盟西北支部成員王任竟。5 月 1 日，西北民盟成員、著名教育家李敷仁遭特務綁架槍殺，幸而未死，被中共輾轉救去延安」〔註103〕。相比社會其他暴力事件，針對輿論機關的暴力，本身就更容易被傳播和放大。

1946 年 2 月 26 日，《蔣介石日記》記「立夫狹窄果夫瑣屑，毫無政治常識，令人煩悶，與馬歇爾談話……彼對本黨表示不滿，尤以暴力搗毀新華報與北平執行組共黨部分，乃知彼之部屬左右受共黨包圍與宣傳中毒已深，而

〔註103〕楊奎松（2011），蔣介石與戰後國民黨的「政府暴力」——以蔣介石日記爲中心的分析，《近代史研究》，4，p45。

本黨則毫無組織宣傳事事反授人以口實也」。這相當於直接承認了暴力搗毀《新華日報》的行爲，他是知情者，甚至可能是命令的發出者，並且認爲這一行動毫無問題，馬歇爾不應就此事表示不滿。蔣介石對於「迫害輿論」可能帶來的惡性後果沒有預計，而實際上，這對宣傳工作是一個很致命的危害，媒體是社會輿論機關，迫害媒體的政府，經過同業宣傳，影響力廣泛，自然要背上「專制威權」的罵名。政府無論進行多少正面宣傳，都會因此一項被對沖掉。這個問題從蔣介石當權以來就一直存在。

中央政策的實行，並不僅僅在於政策本身的意義，其可能導致的結果，可能遠遠大於預想，這本身是所有大政府的弊端，政府的權利設置需要充分考慮變量，但人力又無法窮盡系統變量。即便針對社會名流的暗殺活動並不全出自蔣介石的命令，但國民黨本身是暴力革命的政黨，蔣介石在早年也親自參加過暗殺行動。蔣介石當權後，對於不合心意且「規勸無效」的報人，存在暗殺行爲，史量才就是其中之一。這種行爲的影響不止惡劣，而且長久。此後再出現類似行爲，都會被拿來類比。已經有研究證明，聞一多被殺案並非蔣介石直接授意，但蔣介石「罵名」在身，宣傳的敵對方放出這類謠言，就很容易被輿論接受。

國共鬥爭時期，時常發生針對國統區內中共新聞機構的衝擊。在蔣介石的認知體系中，對於不服從他管理的各種組織和人員，進行「打擊」，是理所應當的。但是，新聞媒體和從業者，作爲社會輿論權的直接行使人，針對媒體的暴力襲擊，自然會被無限放大，在國共輿論鬥爭寸土必爭的時期，蔣介石對此類暴力造成的後果，認識不足。

1946 年 2 月 10 日，國民黨、三青團及其社會服務隊，與慶祝政協成功召開的民眾，在較場口發生搶奪話筒、霸佔主席臺等衝突，多人受傷，史稱「較場口事件」。此事的輿論較量如前文提到的一樣，不但「國民黨的暴力統治」被敵對方抓住，大肆宣傳，而且國民黨方也同樣主動放棄「輿論陣地」，不理宣傳。

張道藩奉旨電告重慶中央黨部秘書長吳鐵城稱：「陪都各界民眾爲慶祝政治協商會議在較場口互毆事，雙方均作擴大宣傳，使國人是非莫辨，可能造成不良影響，奉總裁諭，請先生轉知渝市黨部，對本黨同志及擁護中央之民眾團體，善爲勸阻，停止擴大宣傳，不必再與彼輩計較」〔註104〕。隨後，國

〔註104〕《南京張道藩致重慶中央黨部吳秘書長鐵城電》（1946 年 2 月 19 日），臺北，

民黨中央社和《中央日報》均發表消息，說明事件經過。

與蔣介石「停止擴大宣傳，不必再與彼輩計較」不同，此事成為中共擴大宣傳的焦點：「《新華日報》《新民報》《民主報》等 9 家報社於下午召開記者回憶，發表《致中央社的公開信》，指出中央社對較場口事件報導，頗有失實之處。在公開信上簽名的有石西民、浦熙修等 42 名記者。重慶《民主報》發表社論《民主恥辱》」〔註105〕。

1946 年 4 月 6 日，「延安《解放日報》發表社論，並由重慶《新華日報》轉載，對公在參政會之政治報告，惡意誣衊，並為其割據東北罪行作欲蓋彌彰之辯護，此蓋為其擴大對東北軍事行動之先聲」〔註106〕。

1946 年 6 月 7 日，蔣介石「分析「中共」近日之動態，自記曰：（一）『共黨』解放日報於五日對美國援助國民政府，大肆攻擊，未知馬歇爾氏又作何感想？（二）周恩來聲明：十五日停戰期限太促，且須連帶解決整個政治問題，是其毫無誠意接受余停戰之條件可知矣！」〔註107〕

1946 年 6 月 23 日，上海人民和平請願團抵達南京下關火車站，請願團人士，連同學生、記者被打傷，其中包括《大公報》記者高集、《新民報》記者浦熙修，史稱「下關事件」。此時蔣介石在 8 年抗戰後，回到南京不久，發生在國都的暴力事件，將國家的和平建設籠上了陰影。

不久後，聞一多、李公樸被殺，引發國內外輿論的高度關注，蔣介石認為這是反動派在趁機進行宣傳鼓動，「政府必須主動究案，並注意宣傳技術」〔註108〕。1946 年 7 月 20 日，「接見司徒雷登大使，告以政府對於下列三事之處理方針：「（一）對昆明李、聞案、政府必切實查究，並重申負責保護人民之生命與自由。（二）合法保障人民言論出版之自由。（三）政治協商會議決議案仍屬有效；其未議決各案，當繼續覓取協議，但必須取決於多數，並應待『共黨』停止攻勢後方得實施」〔註109〕。儘管處置措施均經蔣介石周密佈置，效果仍然不佳，「下午總覽美國輿論，以論壇報對我文告社評為最壞，咸

中國國民黨中央委員會黨史館藏，特 9/3.8，p50。

〔註105〕方漢奇主編（2018），《中國新聞事業編年史（第二版）》，福建：福建人民出版社，p790。
〔註106〕總統蔣公大事長編初稿，卷六上，1946 年 4 月 6 日，p100～101。
〔註107〕總統蔣公大事長編初稿，卷六上，1946 年 6 月 7 日，p173～176。
〔註108〕美國斯坦福大學胡佛研究所，《蔣介石日記》（手稿本），1946 年 7 月 25。
〔註109〕總統蔣公大事長編初稿，卷六上，1946 年 7 月 20 日，p220～221。

以昆明暗殺案指明為餘部下所為一事，更加深刻，心神頓受刺激」〔註110〕。次日，蔣再次審閱昆明聞一多被刺案之全卷，指示應注意的「要點」。晚上，蔣仔細閱讀《申報》所載昆明聞案公審情形，發現報導中多與其「所要指正者有礙也」。蔣再次召見冷欣，「補充數點後，令即赴滇」〔註111〕。

　　雖然這些暴力事件，不全與蔣介石有關，但也暴露出政府管理的低效和無力。但這一系列暴力事件的發生，已經脫離蔣介石的控制，成為一個體制性問題。其產生了嚴重的輿論後果，也對政府統治的合法性造成了威脅。

　　1946 年 2 月，雅爾達密約內容傳到國內，中共公開要求政府承認其在東北駐軍，《日記》2 月 20 日，記「共黨在東北問題上的態度，引起群情憤激，中立各報無不對共黨鳴鼓圍攻，多數青年亦皆覺共黨之所為在出離民族利益，而絕非真正之國民革命也」。蔣介石一向反感學潮，但當學潮聲討的對象是自己的敵人時，立場大幅轉變，鼓動學生示威，並為此沾沾自喜。針對蔣介石和國民黨「一黨專制」的指責，其實多少有些無視現實，國民黨並不是唯一謀求「一黨制」的政黨。中共「一時一刻也未放棄其主要的長遠目標，即在共產黨的領導和專政下的一個完全的社會主義革命」〔註112〕。中國的政治體制運行中，執政黨和政府沒有本質的區別，幾乎所有的重要的社會組織都處在政府的控制之下。

　　埃德加‧斯諾認為：在國民政府的統治之下，中國的社會革命並未完成。根據戈德斯通的理論，「當一個社會同時遭遇以下幾個困境時，革命和國家崩潰便有可能發生。第一個困境是國家財政危機……第二個困境是精英嚴重分裂，包括精英與政府之間的疏離……第三個困境是潛在可動員的民眾團體的出現，這是由日益上升的社會不滿和易於促使大眾團體採取行動的社會結構所引起的。一般而言，這三個困境結合起來就會導致第四個困境的產生，即異質文化、異端宗教思想和革命意識形態的日益凸顯和傳播，社會不滿和要求在潛在的革命行動者之間廣泛共享，異端團體、革命團體開始成為反對國家的領導者和組織者。第五個困境則源於國家針對社會不滿而採取的行動，如果國家行動被視為過度、專斷、不義、無效，或妨礙變革，受到侵害的各

〔註110〕美國斯坦福大學胡佛研究所，《蔣介石日記》（手稿本），1946 年 8 月 22 日。
〔註111〕美國斯坦福大學胡佛研究所，《蔣介石日記》（手稿本），1946 年 8 月 24 日。
〔註112〕埃德加‧斯諾，《紅色中國雜記》，p32～33，轉引自：李楊，「記錄歷史」與「創造歷史」──論斯諾《西行漫記》的歷史詩學，《天津社會科學》，2015 年第 5 期，p108。

方可能會從支持改革轉向支持革命」〔註113〕。「戈德斯通將斯考切波的革命理論的構成歸結為三個方面：外部壓力、阻礙國家應對這些壓力的精英階層、能夠被動員起來的自主和自治的農村人口。他將斯考切波的革命理論稱為無情的結構主義，認為這種結構主義導致斯考切波忽視兩個要素：革命的行動者和普遍的社會不正義感」〔註114〕。而抗戰結束後，蔣介石政府面對的國內形勢，幾乎完全符合這一理論模型。

1947年10月31日，國民政府頒佈《出版法修正草案》，規定「報刊等出版物違法，均按《刑法》規定懲處」，大批憲兵、特務開始搗毀報館、拘捕報人。國民政府隨即被認為是「過度、專斷、不義、無效」的政府，由中共動員的農村人口進行的更徹底的社會革命，勢在必行。

5.2.4 回應謠言不利

長期以來，作為國民政府重大負面新聞的幾個案例，飛機洋狗事件、揚子公司貪腐事件，已經被史學家明確考證為謠言。而同時，中共一方在對內宣傳和對外宣傳中，使用了不同的論調，使得蔣介石疲於招架，1944年2月26日，蔣介石觀察「中共在美宣傳稱，我軍已不打日敵，而集中力量將攻中共，此與其去年宣傳我政府將投降日敵之手段無異也。可慮者，美國朝野已為其宣傳所惑，信以為真矣」〔註115〕，3月12日，「共黨《新華日報》社論，又作擁護公之論調」〔註116〕。

一、飛機洋狗事件

《大公報》在1941年12月22日發表社評《擁護清明政治案》，指責太平洋戰爭爆發，香港岌岌可危，國民黨利用有限運力從香港撤離重要人士時，胡政之沒能坐上飛機，而孔家竟用此逃難飛機運送自家無數行李、老媽與洋狗。一時間，輿論大嘩，重慶甚至爆發學潮要求打倒孔祥熙，此事也成為國民黨腐敗無力，大家族掌權謀私的證據。經楊天石考證，經《大公報》憤慨報導，以至於引起大後方學潮的此次事件，是「貌似確鑿而嚴重違離真相的

〔註113〕李振軍、董標（2007），革命的國家中心理論及其批評——以斯考切波、戈德斯通和伍斯諾為中心的考察，《河南師範大學學報（哲學社會科學版）》，1，p82。
〔註114〕李振軍、董標（2007），革命的國家中心理論及其批評——以斯考切波、戈德斯通和伍斯諾為中心的考察，《河南師範大學學報（哲學社會科學版）》，1，p82。
〔註115〕總統蔣公大事長編初稿，卷五下，1944年2月26日，p488。
〔註116〕總統蔣公大事長編初稿，卷五下，1944年3月12日，p491～494。

報導」〔註 117〕。而經俞凡考察，報導發出後，蔣介石當日便要求大公報查明事實眞相，並立即要求交通部徹查眞相，12 月 29 日，交通部長張嘉璈「將調查結果具函告知《大公報》社，函稱：胡政之之所以未能同機返渝，是因爲香港與九龍間交通斷絕，電話亦因轟炸不通，導致無法通知；大批箱籠乃是中央銀行公物，而洋狗則是美籍機師所攜帶，與孔家毫無干係」〔註 118〕，次日，王芸生在《大公報》發表此函，屬題爲「交通部來函」。王芸生在明知《擁護清明政治案》一文使用了虛假事實的情況下，沒有明確承認報導失誤，放任由虛假報導引發的社會動盪。對於觀點先行的虛假報導，王芸生並無誠意進行修正，他是否因爲這篇報導引發的社會效果沾沾自喜，無從揣測。但他「之所以始終未曾明言失察，當是由於其對國民政府特別是對孔的極端不滿」〔註 119〕。

太平洋戰爭爆發後，中共迅速表態並開始營救滯留在香港的各類文化民主人士，並發表《中共中央關於開展太平洋反日民族統一戰線及華僑工作的指示》。當時社會對於國共兩方的態度可以明瞭，王芸生的私心無疑給國民黨造成了輿論場上的重擊。

二、陸鏗的三次新聞造假

陸鏗曾任《中央日報》採訪部主任，堪稱記者界的一座豐碑。1946 年，徐永昌「與馬歇爾、周恩來爲國共和解事舉行三人小組會議，一直拒見記者」〔註 120〕，陸鏗幾次欲採訪他而不得，就直接在《中央日報》發表消息說：「徐永昌失蹤」，引起了中外震動，倒逼徐不得不接見他。這一由記者公然製造假新聞的事件，陸鏗本人頗爲得意，但在其晚年所著的《回憶與懺悔錄》中，對他製造的另一起假新聞，做出了反思。時逢抗戰勝利，國民政府向日本派出駐日代表團，「以朱世明爲對日和約代表團首席代表」〔註 121〕。代表團的朱世明將軍據傳與當時中國歌壇的日籍女歌手李香蘭有戀愛關係，陸鏗曾借記

〔註 117〕楊天石（2010），「飛機搶運洋狗」事件與打倒孔祥熙運動——一份不實報導引起的學潮，《找尋眞實的蔣介石》，北京：華文出版社，p257～272。

〔註 118〕俞凡（2012），《青年與政治》眞的是「違心之作」嗎？——兼論王芸生與蔣介石、孔祥熙之關係，《國際新聞界》，6，p103～107。

〔註 119〕俞凡（2012），《青年與政治》眞的是「違心之作」嗎？——兼論王芸生與蔣介石、孔祥熙之關係，《國際新聞界》，6，p103～107。

〔註 120〕陸鏗（1997），《陸鏗回憶與懺悔錄》，臺北：時報文化出版事業公司，p98。

〔註 121〕總統蔣公大事長編初稿，卷六下，1947 年 8 月 27 日，p553。

者身份之便，發表新聞，指責李香蘭爲日本間諜，導致朱世明將軍被撤職並造成朱李二人分手。我們可以藉此一窺他作爲「專業主義」楷模，在一些「製假售假」的新聞事件中的心路歷程：

「首先，個性好管閒事，痛恨小人動作。聽到駐日代表團的人攻擊張鳳舉先生，爲了陞官如何用美人計博取朱的信任，不加調查瞭解，便信以爲眞。

其次，自認代表南京《中央日報》，而央報當時爲全盛時期，朱世明將軍接待記者團，我雖排位不能在前，但亦應排於中間，不能排後，似乎受重視程度不夠，因而產生一種病態心理反彈。

其三，當時入行不滿七年，缺乏專業記者修養，自以爲是，任性而爲，犯了錯誤，還很得意」〔註122〕。簡單的說，第一條爲對代表團本身懷恨在心，第二條爲「受到忽視，幾欲報復」，第三條爲任性，只見私心，全無公益。這樣一篇「全是私心」的假新聞直接導致朱世明撤職。

陸鏗對揚子公司的報導，來源於經濟部商業司司長鄧翰良，但他在一系列調查下，都沒有透露消息來源，爲時人所欽佩。這篇報導，對國民黨和國民政府造成了很大衝擊，國民黨也因此對他開展了調查。與開展調查時的猜想不同，陸鏗並不是 CC 系，甚至對二陳還頗有微詞，與蔣「立夫狹窄果夫瑣屑，毫無政治常識」〔註123〕的評價不謀而合。他也並不屬於任何反對派，這令國民黨高層十分困惑，蔣介石只能在《日記》中洩憤，眞正面對外界，還是採取了不處罰的決定。

除去政府內外各種反對者有意挑逗輿論、群眾對於謠言的附議趨勢兩重因素，蔣政府無法控制謠言的一個重要原因，是這些謠言傳播具有深刻的社會背景。

社會大眾長期處於這種社會背景的耳濡目染中，也就是說，謠言事件雖然是假的，但是由於此事件包含的各種要素，由社會大眾根據其長期生活的社會背景推定爲眞，則大眾就願意相信其爲眞。在飛機洋狗事件中，雖然此事確實爲假，新聞媒體的造假也直接違法職業道德和社會公德。但孔祥熙作爲重慶政府最高級別官員，在戰時物資匱乏，甚至「公務員之生活痛苦，尤爲可慮」〔註124〕，難以維持的情況下，「修葺孔祥熙的寓所和購置傢具就耗資

〔註122〕陸鏗（1997），《陸鏗回憶與懺悔錄》，臺北：時報文化出版事業公司，p152。
〔註123〕美國斯坦福大學胡佛研究所，《蔣介石日記》（手稿本），1946 年 2 月 26 日。
〔註124〕美國斯坦福大學胡佛研究所，《蔣介石日記》（手稿本），1943 年 4 月 11 日。

7000 餘元……這筆錢最終由行政院、中央銀行和財政部三家商定共同承擔，各負責 2400 元」〔註 125〕，這種公私產不清的狀況，使得公眾有理由相信「飛機運洋狗」的真實性。孫科「在戰爭期間生活一點不肯降低，常常向銀行舉債，以維持個人的生活水平。舉債的數目很不少，往往是一百數十萬。他並且告訴人，法幣是愈來愈不值錢的，為什麼不舉債來維持個人的生活呢」〔註 126〕。孫科尚且如此，普通大眾又怎麼會有「法幣信仰」？宋子文拋售黃金和美元儲備，必然引來擠兌，而無法維持社會對法幣的信心。

5.3 最後的失敗

　　太平洋戰爭爆發後，美國政府與蔣介石政府的主要分歧，在於美國希望「中國」成為它的盟友，這個中國需要有一個積極高效、得到人民擁護的政府，從美國的國家政策的角度來講，始終並未將這個國家的領導權限定在蔣介石。蔣介石則認為，只有他的政府最終統一中國，才能使中國成為完整高效國家。

　　1941 年，居里訪華時，帶來了羅斯福的口信說：「在萬里外，我們瞭解中國共產黨，就是我們所稱的社會黨。我們喜歡他們對農夫、對婦女、對日本所採取的態度。我覺得這些所謂共產黨和國民政府類同的地方，多於矛盾的地方。我們希望它們可以消除矛盾，為了抗日戰爭共同的目標，求更密切的合作」〔註 127〕。在整個抗日戰爭中，國內外的人始終認為中共是左傾社會黨，而沒有像北洋時期，認為「共」是洪水猛獸，即認為中共與國民黨是都是革命黨，與「共產主義」沒有關係。蔣介石本應首先駁斥這一觀點，但他卻並未抓住這個關鍵，其對美國進行的反共宣傳，仍以「共同反對赤化」為著力點。

　　1944 年 4 月 27 日，蔣介石向魏道明發電，指示其對羅斯福陳述要點：「關於中共在抗戰期間之罪惡，以及其破壞抗戰、危害國家、虛偽宣傳、眩惑世人之事實，恐無時間向羅斯福總統詳述，反有掛一漏萬之弊，而最要之點，應特別提明者，即共產國際對中國之一貫政策，使中國政府抗戰至精疲力竭，

〔註 125〕鄭會欣（2018），抗戰時期後方高級公務員的生活狀況，《近代史研究》，2，p141。

〔註 126〕陳克文日記，1943 年 8 月 8 日，下冊，p745。

〔註 127〕王豐（2016），《宋美齡，蔣介石的一號情報員》，臺北：商周出版，p295～296。

不能持久，而彼乃奪取中國政權，然後即與日本妥協媾和，使美日在東方兩敗俱傷，則其赤化遠東，獨霸世界之政策，乃得如計實現，此乃共產國際之陰謀，且其在美國之宣傳，已奏大效矣。如其問我政府對共黨之政策如何，可答以仍照去年十一中全會之決議，當謀政治方法解決，若其不明白叛變，則政府決不用武力討伐，惟加以防範而已」〔註128〕。可見其對美的反宣傳也並未說到點子上。

不只美國政府對中共持同情態度，美國軍方也有不少親共人士。王世杰在日記中記道，「黃（炎培）及左舜生均表示國共問題可由其他黨派出任調解，實則中共與左、黃等近甚接近，中共方面漸欲脫離赫（爾）利之壓迫，故促左等爲此表示。至美方與中共之關係，在史迪威爾時期，美國軍人 Col.Baret 及 Major General McClure，原已與延安商定，由美方直接以軍火接濟中共，最近赫（爾）利已不許彼等與延安接近，故中共對赫（爾）利暗中甚不滿」〔註129〕。

蔣判定中共的最終目的是要奪取國民黨之政權，因此，蔣不覺得與中共談判會有好的結果。周恩來讓王世杰轉告蔣，「欲求政治之解決，蔣先生不宜以中共有無奪取國民黨政權之『動機』爲決策之因素，而當以能否造成國共必然合作之『環境』爲決策之標準」〔註130〕。王如實轉告蔣。

蔣介石在國共宣傳戰中的失敗，表層的原因有三：一、社會動員本身，具有將社會引向無政府主義的風險，因爲反體制是調動最廣大的民眾力量的最有效方法，是在野黨政治鬥爭的重要武器。國民黨也曾利用宣傳手段廣泛調動社會同情，來贏得推翻清政府和北洋軍閥的鬥爭，但國共戰爭時期，作爲即有政治體制的掌控者，蔣介石已經無法利用這一優勢，無法調動民眾力量。二、當時中國社會，存在精英階層與平民階層的高度分化，國民黨作爲精英階層的領導者，沒有選擇彌合鴻溝，而是「挺一踩一」，雖然精英階層掌握更多的話語資源，但是兩個階層人數差距太大，一旦作爲輿論鬥爭的兩方對立起來，精英階層就失掉了話語優勢，宣傳效果自然不佳。三、中國與美國在遠東利益上是基本一致的，但美國並沒有將蔣介石政府等同於中國。美國希望中國作爲其遠東盟友，美國也是當時蔣介石主要爭取的外援力量，但

〔註128〕總統蔣公大事長編初稿，卷五下，1944 年 4 月 27 日，p513～514。
〔註129〕王世杰（1990），《王世杰日記》（手稿本），臺灣：中央研究院近代史研究所出版社，1945 年 1 月 19 日。
〔註130〕王世杰（1990），《王世杰日記》（手稿本），臺灣：中央研究院近代史研究所出版社，1945 年 2 月 4 日。

美國政府與國民政府的利益存在很大分歧，蔣介石希望借用美國力量統一中國，而一個高效廉潔的統一中國才是他們尋找的目標，蔣介石政府的腐敗低效與美國國家利益相悖。

內在，社會革命尚未完成，行憲過於匆忙。進一步說，蔣介石的政府，不是這個社會合格的管理者，它在一個階段，名義上，統一中國，代表中國，幫助中國完成了從古老貧窮的農業國走向現代化國家的一步，但也僅有一步，在對待民營工商業的態度，蔣政府延續了清政府的傳統：不建立有效稅收機制，將民營工商業當作自己圈養的家畜，養肥就殺，節約了現代化管理的成本，毀滅了國家走向現代化的可能。1928 年到 1949 年，中國社會所取得的成就，很難說哪部分是因爲這個政府而達成的，更多的源於社會單元在鬆弛的政治環境下自發的創造力。中國的民族資本，對內無法解決家族管理帶來的財產代際分割和後繼無人，對外謀求政府扶持而不得，更抵抗不了軍權政府。國民政府利用戰爭和收復，無章無度的吞併原屬於民族資本家的產業，迫使他們走入對立陣營，無法推進土地改革，難以給最廣大的底層民眾真正的基本保障。我們不知道蔣介石是否同意政府的這些做法，我們能看到的是，他根本無力規制，他可以利用舊制度的漏洞實現集權，但要改革制度，面對人身依附的政治與一無法度的社會，他會如同螳臂當車。中國，在等待的是一場翻天覆地的變革。

外在，1947 年，美國派魏德邁調查團赴中國，調查團在中國進行了一系列的訪問，「幾乎所有訪談對象都認爲國民政府無力自救，而寄望美國爲最後的希望。若是沒有美援協助國民政府進行軍事、政治、經濟的大規模改變，則中國必無希望」〔註 131〕，扶植這樣一個遠東政府，無異於美國主動撿拾一個巨大的財政包袱。1947 年 8 月 24 日，魏德邁離華發表聲明，也承認其訪問的人士「甚爲偏左」：「吾人已順利與以經濟地位、知識程度及不同政見爲衡量之各階級及各種人士獲得接觸，吾人亦已訪問外國商界人士及官員，吾人曾會晤中央及地方政府之官吏及各政黨之黨員，其中甚多坦率批評政府者，同時且有若干人之意見甚爲偏左」〔註 132〕。但他同樣認爲評估的結果公平公正，較爲客觀。

〔註 131〕《蔣中正日記與民國史研究》，臺北：世界大同出版有限公司，2011 年 4 月，初版，p322。
〔註 132〕總統蔣公大事長編初稿，卷六下，1947 年 8 月 24 日，p550～553。

　　蔣介石新聞宣傳事業的失敗，以及對美國的外交失敗，與失掉大陸一樣，不是一朝一夕的事。

　　進入 1948 年之後，《蔣介石日記》中幾乎沒有新聞宣傳的布置，軍事布置與失利，幾乎占滿了所有篇幅，此前《日記》中反覆記載過的反宣傳策略的商討，此時變成了單向的污蔑中共。

　　1948 年 10 月 10 日，中華民國建國 37 年國慶，也是國民政府在大陸時期的最後一個國慶。蔣介石「於總統府主持國慶典禮並致詞，指出我們民族的敵人，是陰毒險狠的共匪；期勉全國同胞，提高警覺，認清共匪眞面目，發揮我們愛國家、愛民族的良知，同仇敵愾，犧牲奮鬥，來消滅這個最後的敵人，保障我國家的統一和獨立」〔註 133〕。10 月 14 日，美國政府計劃從平津地區撤僑，蔣介石「即電覆囑轉告美國駐華大使司徒雷登，以此事不惟對於我國剿共之影響甚大，即中美兩國共同之利害，亦非淺尟，務望設法停止撤僑，或暫緩發表，並告以對美僑之安全，我政府自必特別關切，萬一以後確有撤僑之必要時，定當事先負責通告」〔註 134〕，隨後，司徒雷登答應僅以口頭形式通知撤僑，減少蔣政府的輿論壓力。同日，蔣介石「爲聯合國日發表文告，指出「聯合國之宗旨與原則，尚未完全實現，欲求聯合國組織之成功，尚有待於各國人民之共同努力。中國人民賦性和平，不久以前復慘遭侵略之害，早經誓以全力協助聯合國組織目的之達成，此種努力，決不稍懈。」蔣夫人爲慶祝聯合國日向全國廣播重申信心，並報告聯合國勸募兒童救濟金中國委員會之勸募成績」〔註 135〕。盡力維持作爲全國政府的宣傳播發力度。

　　10 月 29 日，蔣介石在北京接見《紐約先鋒論壇報》記者史迪祿，對方就國共交戰情況進行基本詢問，蔣介石強調：「共產國際實行世界革命之傳統策略及其當前擴張之方向，皆以亞洲爲主要目標，而亞洲之前途又以中國爲決定點，共產黨之信條，欲控制世界必先控制亞洲，欲控制亞洲又必先控制中國」〔註 136〕。

　　11 月 21 日，宋美齡「對美國人民廣播，重申我戡亂決心，並說明如果共產主義在中國得逞，美國亦難幸免」〔註 137〕。1949 年 1 月 12 日，《日記》中

〔註 133〕總統蔣公大事長編初稿，卷七上，1948 年 10 月 10 日，p144～147。
〔註 134〕總統蔣公大事長編初稿，卷七上，1948 年 10 月 14 日，p155～157。
〔註 135〕總統蔣公大事長編初稿，卷七上，1948 年 10 月 14 日，p155～157。
〔註 136〕總統蔣公大事長編初稿，卷七上，1948 年 10 月 29 日，p159～164。
〔註 137〕總統蔣公大事長編初稿，卷七上，1948 年 11 月 21 日，p179～183。

載：「宣傳會報綜覈半月來美國記者皆造謠惑眾，每日總有動搖政局之消息，尤以合眾社記者張國興為甚，不斷報導余三日內下野及已離京之消息，此為桂系甘介戾等有計劃之造謠供給其消息，借美國記者反宣傳，陰謀顛覆政府也」。儘管此時蔣宋還未放棄宣傳發聲，其在大陸的統治也已經如強弩之末。

在另一方面，1949 年 1 月間，《總統蔣公大事長編初稿》中記錄的中共方面的廣播卻變得密集起來，國共雙方的宣傳呈現此消彼長之勢：

1949 年 1 月 14 日，毛匪澤東廣播提出所謂「八項條件」，作為「和平談判」之基礎。其「八項條件」為：「（一）懲治戰犯。（二）廢除憲法。（三）廢除中華民國法統。（四）依『民主原則』改編政府軍隊。（五）沒收『官僚資本』。（六）改革土地制度。（七）廢除『賣國條約』。（八）召開『沒有反動份子參加的政治協商會議』，『成立民主聯合政府』，接收南京政府及其所屬政府的一切權力。」〔註138〕

1949 年 1 月 21 日，蔣介石召開中國國民黨中央常務委員會臨時會議，宣佈引退，李宗仁宣告代行總統職權。《大事長編》幾乎記載了各方的輿論意見：「共匪廣播拒絕行政院所提和平意見，並主張「先談條件，然後停戰……國際各方連日對公引退與我國局勢甚表關切，一般輿論，大略如下：（一）美國國會方面有人指謫杜魯門總統未能積極援華反共，但白宮與國務院均暫守緘默。（二）美國民主黨參議院外交委員會主席康納利向記者稱：「余希望蔣氏之退休，足使國民黨力量團結與增強，俾中國局勢終趨穩定」。共和黨參議員白里奇稱：「蔣氏引退，似預示共產黨將控制中國，此種時局，不論最後結果如何，美國政府難辭一部分責任，蓋以其未能體認中國局勢，甚至國會批准之援助，遲不運出，致使功效盡失。」共和黨參議員周以德稱：「蔣氏之引退，與其個性相一致。蔣氏不願為和談之一方，深知和談僅可使中國成為和平奴隸，失去獨立。蔣氏之去，實為莫斯科共產黨控制世界運動歷來所未有之最大勝利，莫斯科在其環球計劃中，早已抱定亞洲第一、歐洲第二主義，一九二七年三月二十四日，蔣氏與蘇聯顧問團決裂以來，莫斯科即知蔣氏為共黨之勁敵」。（三）舊金山各報均刊載：公引退文告全文，一般認為，公之引退，係為國家利益計，然共黨是否誠意談和，而不提出苛刻條件，則實可懷疑，因黨共所求者為絕對之控制也。舊金山新聞報以「吾人犧牲一友人」為標題，謂：「造成中國此一悲慘局勢者，華府應負責任，美國人對此均不能無遺憾」。

〔註138〕總統蔣公大事長編初稿，卷七下，1949 年 1 月 14 日，p232～234。

（四）美國前亞洲艦隊司令顏露爾致函華盛頓郵報，盛譽「蔣總統在珍珠港事變前，即已因抵抗侵略，而從事四年有半之戰爭，若非中國起而抵禦日本，則美國在遠東尚不知將犧牲若干人民之生命，就此點而言，吾人對蔣總統應表感謝。」顏氏並稱：「蔣總統雖引退，但無所偏倚之歷史家，對於蔣總統在太平洋戰爭期間，對美國之貢獻，必有正確之評價。」（五）香港各中央文報皆於首頁刊載公引退消息，民間且驚且懼，工商日報社論稱：「中國人民對蔣總統之畢生盡瘁於國家民族，將永志不忘，今為求早日實現和平而決然引退，益足表現其光明磊落與令人敬佩之完整人格。」」〔註139〕。

至此，蔣介石在大陸的統治結束，但他對國內輿論的關注和對中共的污蔑還在延續：

1949 年 1 月 25 日，共匪廣播悍稱：「（一）與『南京政府』談判，並非承認『南京政府』，乃因其尚控制若干軍隊。（二）談判地點俟北平『解放後』，在北平舉行。（三）反對彭昭賢為『南京政府』代表。（四）戰犯必須懲治，李宗仁亦不能免。」〔註140〕

1949 年 1 月 28 日，「共匪廣播聲明：對李宗仁等「迫切求和」，極盡譏諷，不但不承認我中央政府，而稱之為「南京的先生們」，並且要「迅速逮捕一批內戰罪犯」，然後開始「和談」。」〔註141〕

1948 年 11 月 13 日，陳布雷自殺，陳布雷一直有精神衰弱症，住處寂靜無聲，說話也輕聲細語，《蔣介石日記》中並未記錄蔣對他自殺的評價。卻曾記載陳布雷大發雷霆的一幕，令蔣介石震驚不已：「為黃宇人荒唐放肆以致布雷發怒，此實所罕見，以布雷從未當眾發怒」〔註142〕。

陳布雷十二歲時作詩有：「遊子浮雲夢不成，挑燈獨坐夜淒清，明朝欲向橫塘路，大雨瀟瀟未久晴」〔註143〕。他一生的終點，似乎就是如此，也如國民黨在大陸的統治，大雨瀟瀟，無處可去。

1949 年 2 月 11 日，戴季陶自殺，使得蔣這場丟盔棄甲的慘敗，又充入了血雨腥風的絕望。戴季陶是國民黨理論家，與蔣介石相識於日本，名副其實

〔註139〕總統蔣公大事長編初稿，卷七下，1949 年 1 月 21 日，p239～241。
〔註140〕總統蔣公大事長編初稿，卷七下，1949 年 1 月 24 日檔（25 日未單獨列出），p239～241。
〔註141〕總統蔣公大事長編初稿，卷七下，1949 年 1 月 28 日，p246。
〔註142〕美國斯坦福大學胡佛研究所，《蔣介石日記》（手稿本），1946 年 3 月 17 日。
〔註143〕陳布雷（1962），《陳布雷回憶錄》，香港：天行出版社，p7。

的「老友」，1928 年到 1949 年間的《蔣介石日記》中，記載接見最多的人，就是戴季陶。戴對蔣介石的政治支持，也並非自始至終，在蔣介石與胡漢民的約法之爭中，戴季陶曾在國民會議開幕前請假一週，致使蔣介石在《日記》中感歎「季陶悲觀消極，見之心傷」〔註 144〕。蔣介石是在 1949 年 2 月 12 日當天得到戴季陶自殺報告的，據蔣經國的日記載：父親聞耗悲痛，故人零落，中夜嘘唏。正如戴詩所言：往事已成空，還如一夢中。

　　蔣介石在新聞宣傳事業的失敗，還沒有停止，1949 年，蔣介石撤入臺灣，著手布置再次復出，「糧草未動，宣傳先行」，即使已兵敗一隅，這次復出對蔣來說仍是一個新的開始。此時，美國《對華政策白皮書》即將發布，為及時回應國內外輿論，宋美齡、董顯光緊鑼密鼓的為蔣安排接見美國記者的事宜。結果又在專訪權的問題上出了亂子。

　　正如斯諾來華不久時所看到的：「本想以革命已經結束，國家已經統一的報導去招徠美國人到中國這個和平、友善的國家來觀光。然而，當他看到北京以西那個發生特大旱災，到處是人吃人的死亡地帶後，他開始對前輩們頌揚的蔣政權的革命性產生了懷疑，如夢初醒地斷言：這個國家遠未統一，真正的革命未必已經開始」〔註 145〕。

〔註 144〕美國斯坦福大學胡佛研究所，《蔣介石日記》（手稿本），1931 年 5 月 19 日。
〔註 145〕李楊（2017），埃德加·斯諾與「西方的中國形象」，《天津社會科學》，5，p125。

第6章　失落：蔣介石在新聞宣傳布置中的限制

　　中國的革命完全不能忽視領袖的力量，以及黨內主要官員的能力和氣質。蔣介石雖然兼具軍人與文人的特質，但整個新聞宣傳系統卻深具儒人氣質，在宣傳理念和技術上較為落後。蔣介石的新聞宣傳布置，還同時受到政權內部紛爭、國內知識界不諒和外交限制中。相比之下，同時期的中共卻在組織、宣傳、群眾運動上，均優於國民黨。

　　陳布雷作為直接進行新聞宣傳的官員，面對抗戰之後國民政府的宣傳頹勢，曾反思道：「身居繁要之地，而不悟責任之重，遷延因循，只以勤慎二字自畫，好靜惡動，畏難就易」〔註1〕。其遺書中，又寫道：「回憶在渝當三十二年〔註2〕時，公即命注意敵人之反宣傳，而四五年來，布雷實毫未盡力，以挽回此惡毒之宣傳，即此一端，已萬萬無可自恕自全之理」〔註3〕。

　　體制龐雜，官員因循，作為領導人的蔣介石，一方面無法堅定改革的決心，另一方面，深入徹底的改革也超出了蔣的能力。唐縱即從權利集中度的角度看待宣傳戰的失敗，認為：「委座之權力在形式上事務上日見集中，而在實質上（如對大員顧慮多而不能加以法律）日見降低」〔註4〕，每每「勵精圖

〔註1〕　美國斯坦福大學胡佛研究所，陳布雷日記（手稿本），1945年7月29日。
〔註2〕　作者注：可見，蔣介石在1943年就已經叮囑陳布雷注意中共宣傳態勢。
〔註3〕　總統蔣公大事長編初稿，卷七上，1948年11月13日，p176～178。
〔註4〕　唐縱日記，1944年5月7日，5月21日，12月20日，轉引自，楊奎松，蔣介石與戰後國民黨的「政府暴力」──以蔣介石日記為中心的分析，《近代史研究》，2011年第4期，p66。

治，要求改變現狀，但同時顧慮太多，處處維持現狀，一進一退，無補於時艱，徒然苦了自己，苦了國家民族」〔註5〕。1943 年 5 月，蔣介石曾向陳布雷詢問社會上對孔祥熙的評價，陳布雷回答其「官僚、資本家、買辦都在重慶合而爲一，黨內的批評，孔不瞭解黨的政策，違背政府政策行事……（陳布雷向唐縱言）委座沒有徹底改革決心」〔註6〕。此處，孔祥熙對於政權的影響力，也超出了蔣介石能夠控制的範圍，其中一例便是，1949 年時任美國國防部長的詹森，曾擔任過孔的律師〔註7〕。

　　蔣介石雖然熱衷於演講，但他的主要宣傳內容——「禮義廉恥」和「基督教思想」均無法傳達給普羅大眾。王鼎鈞回憶錄裏提到，他逃去臺灣後（1953年），看到一篇蔣介石的奇文，在文章裏，蔣介石提倡用「愛」去反共，他說，愛是永遠不會爲恨所掩蓋的，而且只有愛，終於可以使恨得以消滅。面對中國大陸，他宣示：我們要用愛去使他們覺醒，用愛去使他們堅定，用愛去使他們團結，讓愛去交流，讓愛去凝固，讓愛結成整個民族的一體。蔣介石也反思自己，「因循寡斷、取巧自誤」。蔣介石讀經，毛澤東讀史，在宣傳技巧上，毛澤東的講話方式與蔣介石差別非常大，張季鸞等人也曾私下認爲，蔣介石的宣傳方式過於老派。

　　蔣介石在統治大陸的二十餘年間，其新聞宣傳工作密集，建成了以他自己爲中心的宣傳網，達到了輔助內政和外交建設的各種目的，但也最終在國共宣傳鬥爭上，以失敗而告終。這其中，無法得到知識階層的支持、政權內部紛爭削弱了宣傳力量、受外國牽制而在內宣主題和力度上受限制、中國社會特定發展階段和輿論環境等幾方面，有著密切聯繫。

6.1 知識階層的困惑與疏離

　　在《蔣介石日記》（手稿本）中，能夠非常清楚的看到，蔣介石對於作爲一個群體的「知識分子」頗有微詞，1932 年初，中日交涉遲遲沒有結果，蔣

〔註5〕　唐縱日記，1944 年 5 月 7 日，5 月 21 日，12 月 20 日，轉引自，楊奎松，蔣介石與戰後國民黨的「政府暴力」——以蔣介石日記爲中心的分析，《近代史研究》，2011 年第 4 期，p66。

〔註6〕　唐縱日記，1943 年 5 月 22 日，p432。

〔註7〕　《蔣中正日記與民國史研究》，臺北：世界大同出版有限公司，2011 年 4 月，初版，p337。

介石希望對日進行長期抵抗，向知識分子尋求意見：「在勵志社，群疑塞胸無人敢下斷語，而無聊書生之談，仍不脫庚子年態度，會晤五小時仍無結果」〔註8〕，其與汪精衛會見，也嫌惡其「總未能脫書生習氣」〔註9〕。1939 年，法幣貶值引起知識階層恐慌，蔣介石又記：「法幣貶則以後一般智識分子，又恐慌動搖，以為經濟動搖，人心不安，始望速和，此種名為智識分子，實為無識之徒，更不知革命與抗戰之道，其實我內地物產豐富，法幣對於外匯雖貶值，此乃上海通商碼頭受有影響，而於我根本，則無甚關係，即使法幣再落，此為革命時代，當然無足為慮」〔註10〕。

　　1941 年，蔣介石開始對知識階層進行思想教育：「一，各大學教授之培植與統制，二，各大學學生必須信奉三民主義，入青年團，三，各大學教務、總務、訓導，三長，必須切實統制」〔註11〕，知識階層認為這是對他們獨立人格的侮辱。與知識分子群體不睦，但試圖教育知識階層與政府思想保持一致，是蔣政府統治後期與知識階層矛盾激化的原因之一。1942 年 10 月 17 日，他寫道：「胡適乃今日文人名流之典型，而其患得患失之結果，不惜藉外國之勢力以自固其地位，甚至損害國家威信而亦不顧。彼使美四年，除為其個人謀得名譽博士十餘位以外，對於國家與戰事毫無貢獻，甚至不肯說話，恐獲罪於美國……文人名流之為國乃如此而已」〔註12〕。1946 年，聞一多被殺期間，蔣介石認為：「最可恥者，以此案出後，在昆之民盟酋首，八人皆逃至美國領事館，求其保護，此等智識分子而且皆為大學有名之教授，其求生辱國，寡廉鮮恥。平時自誇所謂不畏死者，而其畏死至此，書生學者毫無骨骼乃如此也」〔註13〕。

　　這種矛盾有知識分子自身的原因，蔣介石本身的認識原因，也有在當時社會背景下，政府與知識分子無法一致的客觀原因：

　　中國歷來有「學而優則仕」的傳統，但未能進入政治體制的知識分子作為一個特殊的社會群體，則以「獨立於權力」，進行「清議」為驕傲，但是任何社會群體，均有其認知的局限性，知識分子這個群體，一方面具有自身局限性，

〔註 8〕　美國斯坦福大學胡佛研究所，《蔣介石日記》（手稿本），1932 年 2 月 20 日。
〔註 9〕　美國斯坦福大學胡佛研究所，《蔣介石日記》（手稿本），1932 年 3 月 17 日。
〔註 10〕　美國斯坦福大學胡佛研究所，《蔣介石日記》（手稿本），1939 年 6 月 20 日。
〔註 11〕　美國斯坦福大學胡佛研究所，《蔣介石日記》（手稿本），1941 年 8 月 23 日。
〔註 12〕　美國斯坦福大學胡佛研究所，《蔣介石日記》（手稿本），1942 年 10 月 17 日。
〔註 13〕　美國斯坦福大學胡佛研究所，《蔣介石日記》（手稿本），1946 年 7 月 17 日。

另一方面具有巨大的影響社會輿論的能力。他們的一些片面的認知具有強大的傳播力；另一方面，知識分子對於輿論的認識，總有一種趨勢，就是高估理性的傳播範圍，也高估理性對輿論的影響，忽視受眾情感的個性、自私、短視、偏見、情緒化。知識分子向社會和媒體傳達的負面情緒，會被放大。

近代中國，政黨辦報，文人論政，商辦報紙參政。報紙經歷了相當長的「黨報」時期，是各個政治黨派必爭的輿論陣地。關於文人論政，黃遠生1915年對自己的職業生涯進行懺悔，認爲這是「一大作孽之事」〔註14〕，梁啓超在1915年的《政治之基礎與言論家之指針》中，也有過類似反思。陸鏗在晚年也對自己的職業也有很多反思，認爲自己年輕時的新聞造假，有很多意氣用事的成分。

此外，民國時期，民族處在各種危機的夾縫中，也是中國知識分子對自身社會責任的定位較爲模糊的階段。「中國知識分子的政治困惑，其實是自人類有文字以來所有知識人共同的困惑。在政治選擇中，民族國家還是起著絕對的支配作用，任何主義都跳不出民族國家這樣一個集體主義」〔註15〕。面對國家危機，民國時期的知識分子具有強烈的救亡圖存的意識，「知識分子的個人功利心很弱，社會功利心卻很強」〔註16〕，但面對政府腐敗並試圖對其進行思想統一時，知識階層也對現政府感到絕望，蔣介石政府因此動輒得咎也毫不足奇。

與同時代人相比，蔣介石對重大政治問題的看法其實比較先進，可惜他未來得及向他的輿論反對者一一解釋他政策的目的。黃仁宇認爲，「史迪威、白修德諸人以及不少受到西方教育之人士，尚未閱及蔣之文字，已認定此人陳舊呆板，看錯了時代，誤解他本人在歷史上之任務。當日中國缺乏合乎時代之社會架構，一般人民知識未開，高級人士則議論多於實際貢獻，軍人亦受地域觀念及將領之人身關係束縛，一般離心力強，向心力薄弱，倘非蔣在此時以神學與哲學、道德與紀律拳拳規勸，其結局如何無法臆度。中國知識分子慣以本身之觀感視作全國民意之向背」〔註17〕。

〔註14〕 唐海江（2014），出入之間：民國初年輿論界對於「政治」的態度和思維轉向，《國際新聞界》，7，p160～171。

〔註15〕 http://www.aisixiang.com/data/75223.html。

〔註16〕 向芬（2018），新聞學研究的「政治」主場、退隱與回歸——對「新聞論爭三十年」的歷史考察與反思，《清華大學學報（哲學社會科學版）》，1，p183～193。

〔註17〕 黃仁宇（2008），《從大歷史的角度讀蔣介石日記》，北京：九州出版社，p115～116。

當時知識分子自己對蔣政府感官不佳，並且出於對自己專業主義信仰的維護，和保持自身言論合法性的目的，反對與蔣介石進行輿論合作，並樂於將這種意見傳達給輿論界。而中國近代報業，從本質上是各種政治派別的政治宣傳陣地，即便後來由《申報》《新聞報》等領銜進入短暫的商業報刊時期，作為宣傳工具的報紙也絕不罕見。國民黨從興中會時期，就極為重視利用新聞媒體進行社會宣傳和社會動員，蔣政府時期，由於蔣介石事無鉅細的個性和對宣傳工作的極端重視，他對全國新聞輿論的看法、策略，直接影響了宣傳部人員的工作方針。當時政府組織的權利集中和缺乏制衡，中國官方意志和官員的個人意志，始終難捨難分。記者、報人作為與知識階層緊密聯繫的一部分，其在進行新聞生產的過程中，處在社會環境、政府意志、新聞專業和個人欲望的夾縫之中。最終到達受眾的新聞，經過最高統治者、新聞官員、新聞從業者三個人群的篩選，很難說新聞產品更接近社會現實，還是更接近統治者、新聞管理和生產人員的意志。

另外，「記者」作為知識分子中的一個群體，記者的不同背景和立場，也直接影響了新聞的真實度。對不同主體的考察，會得出關於新聞生產、新聞真實的不同的結論。民國時期，曾留美的中國記者有，徐寶璜、董顯光、馬星野、汪英賓、趙敏恒、沈劍虹、吳嘉棠、梁士純、蔣蔭恩、謝然之等等。中國本土記者有，邵飄萍、黃遠生、陸鏗；新中國建立前後時期，中共新聞界有號稱「五朵金花」的楊剛、彭子岡、戈揚、浦熙修和韋君宜等。以記者為主體的研究中，個體主觀認知能力、關於成名的想像、具體的工作環境等影響了新聞真實的實現。張季鸞曾坦言，記者的報導工作：「不求權不求財容易，不求名卻不甚容易」。在抗日戰爭初期，鑒於國際普遍同情中國境遇，埃德加斯諾也認為「有關中國的壞消息在日本人那裡就是好消息，最認真的記者想到這一點，就會對國民黨所做的壞事，保持緘默」〔註18〕。

淞滬抗戰中，包括《字林西報》等外報在內的上海媒體，對十九路軍英勇抵抗的系列報導，片面強調了十九路軍，而沒有報導八十七師、八十八師等其他參戰的部隊，造成了新聞沒能「全面」反映事實，也沒能最終通過片面的真實拼湊出全面的真實。這一點董顯光和曾虛白均認為，其原因是當時十九路軍陣地在左翼，靠近租界，方便民眾犒勞軍隊和記者採訪報導，蔣介

〔註18〕薛梅克著，鄭志寧等譯（1985），《美國人與共產黨人》，長春：吉林文史出版社，p112。

石也特別「密令囑政府派去的軍隊對外不許宣傳來表示中央軍不僅不是不抵抗的軍隊，並且顧到國家大局的利害」〔註19〕。

　　民國時期，駐華的國外記者，由於外電檢查的存在，情形則相對簡單。據當時主管外電檢查的董顯光回憶，除日本記者自用電臺發報外，其他國家的駐華記者的新聞均受外電檢查處檢查。但經歷了皖南事變後，這些駐華記者漸漸脫離國民黨控制，成立記者協會反抗新聞檢查。權力結構影響新聞生產，「一般來說，一個報人越接近政治家的眼光，越熟悉政治的脈搏，那麼他的言論就能很好的和政治互動——不論是用贊同的目光還是用批評的語言——於社會的作用力越大」〔註20〕。米歇爾福柯認爲一切事物的發展皆蘊含權力運作，什麼聲音能被聽到也是一種權利運作的結果。輿論並不是多數人的聲音，多數人是沉默的，輿論是最終能被聽到的聲音，而權力是躲在輿論背後的東西。「傳播成爲權利認可的儀式，傳播的話語規則體現了話語的社會結構、表明了誰可以講話、可以講多少，可以講什麼，以及在什麼場合講」。

　　蔣介石統治時期，知識階層對於輿論的影響力，變成一種權利，直接影響了社會輿論與政府的互動。這種輿論與政府的不睦，進一步導致了政府對社會輿論的管控失利。蔣介石政府與知識分子、記者群體的疏離，爲其新聞宣傳的布置，製造了過大的漏洞。

6.2 政權內部紛爭與外交對內宣的牽制

　　社會輿論控制能力、國家動員能力，是國家力量最爲明顯的兩個表徵。如果全國政府無法凝聚社會共識，這個政權的合法性毫無疑問的會受到質疑。在政權內部，黨國機器推動不易，民國時期「政策制定機構過多，政策制定過程分散，各機構之間又缺乏聯繫，一遇危機，即難以應付」〔註21〕，蔣介石以一己之力建立的，只是一小部應急機器，在內政外交環境允許的情況下，勉強起到臨時的作用。一旦外部環境有風吹草動，這部機器便會故障叢生，其背後能夠吞噬和掩蓋向上因素的那部龐大失修的機器便會漏出爪牙。巨大的內耗是摧毀一切政權的利器，摧毀其宣傳系統只是一個表徵。

〔註19〕曾虛白（1988）.《曾虛白自傳（上）》.臺北：聯經出版事業公司，p125～126。
〔註20〕王潤澤（2008），《報人時代，張季鸞與大公報》，北京：中華書局，p123。
〔註21〕張瑞德（2017），侍從室與戰時中國的黨政決策（1933～1945），《近代史釋論：多元思考與探索》，臺灣：東華書局股份有限公司，p287。

　　抗戰前夕，「蔣介石在國民黨六大前主動有意取消國民黨的軍警學黨部，此事對於大學校園內國共力量對比的逆轉極為關鍵，同時牽涉國民黨內二陳與朱家驊的明爭暗鬥……陳果夫給蔣介石上密函告御狀，明確自覺兩派的惡鬥為你死我活，水火不容」〔註 22〕。為了解決黨內爭端，而取消已經建設好的軍警學黨部，失去對這些機構的政治控制，足以見黨爭的嚴重。

　　1947 年 6 月 30 日，蔣介石意識到國民黨內部機構過多、力量分散，其「主持中國國民黨中央常務委員會議，講：「當前時局之檢討與本黨重要決策」。會中並決議：撤銷三民主義青年團，歸併於中國國民黨，集中黨團力量……認為青年團與本黨不宜再有兩個形式的存在，必須把青年團與黨統一組織，成為一體，將黨團力量匯合起來，對共同目標而努力，這一點，希望大家最短期間研究具體辦法，立即實施」〔註 23〕。但蔣介石雖然意識到這些問題，並著手開始解決，但社會和歷史環境卻沒有給他機會。

　　在新聞宣傳系統的最內層，國民黨的《中央日報》對自身的定位始終不甚清晰，《日報》社長的位置，幾乎成了「輪崗」，歷任社長對中央黨報的管理，也長期處在摸索中，國民黨在其整個大陸統治時期，未發展出清晰的中央黨報的工作方針。陶百川任社長期間，《中央日報》曾搶到外交部之前發布重大外交新聞，馬星野治下，《中央日報》不僅很少刊登中央社的稿件，而且還一度面對「先中央後日報」還是「先日報後中央」的路線之爭，這其中最著名的事件，當屬陸鏗的《孚中暨揚子等公司破壞進出口條例，財經兩部奉命查明》。國民黨連其《中央黨報》的宣傳方針和內容，都無法控制，其內部人員和理念的紛爭程度可見一斑。

　　抗戰對於國民黨已經十分不完善的組織結構，也是毀滅性的打擊，「公務員生活水平的急劇下降，不僅對基層政治及國家機器的管控帶來影響，而黨國高幹享受特權的現象也引致一般公務員的強烈不滿，更重要的是，它又從另一方面刺激了眾多官員走上貪污之路」〔註 24〕。「不患寡而患不均」，加上後方物資緊缺、通貨膨脹，知識分子心懷不滿、生活難以為繼，又將負面信息傳導到媒體和輿論中。

〔註 22〕桑兵（2011），日記的內外歷史——作為史料的日記解讀，《蔣中正日記與民國史研究》，臺北：世界大同出版有限公司，p73。

〔註 23〕總統蔣公大事長編初稿，卷六下，1947 年 6 月 30 日，p485～488。

〔註 24〕鄭會欣（2018），抗戰時期後方高級公務員的生活狀況，《近代史研究》，2，p143。

　　蔣介石在對內宣傳的過程中，還處處受到外國制掣。日軍全面侵華的意圖，在 1933 年熱河戰役後就已經十分明顯，當時在北京的埃德加・斯諾就寫信給友人道：「世界竟還在懷疑日本的軍事意圖，他們已經佔領河北部地區，預計會在年底前佔領察哈爾和綏遠，並最終佔領黃河流域」〔註 25〕。但 1932 年的蔣介石沒有任何外援，面對日本的外交脅迫，故意壓低國軍抗日的興論情有可原，其在《東北問題與對日方針》的演講中指出，如果對日本絕交或者宣戰，是自動放棄了國際盟約，是送給日本的擴大戰爭的藉口。各種因果機遇加總，本次事件為十九路軍贏得了非凡的政治資本。這也可以說是新聞單品在權利博弈中一個較為清晰的例子。

　　出於戰爭實際考慮，從哪個第三國尋求外援，始終制約著蔣介石的內政外交政策，進而嚴重影響著宣傳政策。1932 年初，在《蔣介石日記》的預定計劃中，列有：「今日基本政策，一、對外，美德親善，俄法妥協，英意聯絡；二、對內，以政治建設為目的，不主張內戰亦不參加，樹立中心勢力，鞏固七省基礎；三、對西北掌握，對西南聯絡，對南部妥協，對北部親善；四、民國以國術為重，經濟以農業為重，教育以修身為重，商業注重國外貿易制度。國民教育以童子軍與學生軍為重，國防以交通為中心，對外貿易以政府對商會合作先行登記而後以商人合作方式集中貿易力量」〔註 26〕。這一記述，直觀的表現出蔣介石所面臨的複雜環境和任務，他甚至直接發出「馬歇爾問題以及美國政策不定，興論龐雜更令人憂慮」〔註 27〕的感慨。

　　蔣介石很清楚，無論他的敵人是日本還是中共，美國在資金和興論上的援助對於他的政府至關重要。為了取得美援，他在對內布置時，需要處處考慮美國的意見，在進行內外宣傳時，因為考慮美國人的感官，而放棄對敵對方的興論佔有和反駁宣傳。這種外交中的親善關係，與對內的民族自尊存在衝突，這也是蔣介石十分重視廢除不平等條約的宣傳的原因，他將廢約宣傳作為受外國牽制中的一種發洩，但這毫無疑問又帶來了同盟國對其政策走向的質疑。

　　這一矛盾並未得到根本改善，美國戰後選擇援助日本重建時，中國民間興論大嘩，親美的蔣介石政府的興論形象又受到了美國政府的拖累。對此，

〔註 25〕美國密蘇里州立大學堪薩斯城分校藏，《埃德加斯諾檔案》，KC19/1，F6，1933年 5 月 11 日。
〔註 26〕美國斯坦福大學藏，《蔣介石日記》（手稿本），1932 年檔。
〔註 27〕美國斯坦福大學藏，《蔣介石日記》（手稿本），1945 年 12 月 8 日。

蔣介石無可作爲。1945 年年初，「盟軍正開始發動全面反攻，英、美、蘇三國首腦在雅爾塔密謀，重新劃分戰後遠東的政治格局，但作爲四強之一的中國國家元首蔣介石竟然毫不知情」〔註 28〕。在接受日本投降的過程中，中英在香港問題上爆發衝突，蔣介石試圖趁機收復香港，並試圖派軍隊入港，「先佔領後談判」，英國同時派軍艦火速前往香港，並爭取到美國的支持，最終，蔣介石不得不讓步，但他在《日記》中記到「惟英國侮華之思想，乃爲其傳統之政策，如我國不能自強，今後益被侮辱矣」〔註 29〕。

英美蘇等大國的國際策略，也影響著蔣介石政府的權利和宣傳走向。「1914 年 5 月，孫中山寫了一封信給社會黨國際局，呼籲他們給予幫助，讓中國成爲世界上第一個社會主義國家」〔註 30〕，中國革命始終需要向國外勢力尋求幫助，因此也必然受制於人。二戰結束後，美蘇關係緊張，一方面是出於對國民政府統治中國能力的質疑，另一方面爲了避免刺激蘇聯，美國決定停止對內戰中的國民黨一方提供軍事和經濟援助。但美國這些舉動，希望達到的效果是國共在戰場上的僵持，進而實現政治談判。這樣，美國在國際輿論中可以獲得阻止中國內戰的名聲。因此美國爲國民黨的全面戰敗忿忿不平。

在戰後世界重建格局中，中國問題並沒有被美國政府放在重要地位。「杜魯門主義不是表示漫無限制的提供經濟援助來對付共黨得勢之地區。同時，美國經濟力量有限，如要達到成功的圍堵蘇聯，必須找到美國的首要利益地區，優先加以援助。反過來說，次要利益地區則不應該妨礙此政策」〔註 31〕。

中國作戰的意義，經過《開羅公報》向世界廣播，得到世界的承認。但是開羅會議中，「《伊利奧回憶錄》中說起，乃夫第一次見蔣後謂與之一席談勝過與聯合參謀團四小時之會議，乃是發覺國軍只一意監視中共，無心作戰，相信蔣在阻撓史迪威之訓練計劃」〔註 32〕。在蔣介石敗至臺灣後，美國發布

〔註 28〕鄭會欣（2011），抗戰勝利前後的蔣介石——以 1945 年《蔣中正日記》爲中心，《蔣中正日記與民國史研究》，臺北：世界大同出版有限公司，p464。

〔註 29〕美國斯坦福大學胡佛研究所，《蔣介石日記》（手稿本），1945 年 9 月 1 日，上星期反省錄。

〔註 30〕鄧紹根等（2018），馬克思主義在華早期傳播與馬克思主義新聞觀中國化萌芽，《新聞與傳播評論》，3，p8。

〔註 31〕《蔣中正日記與民國史研究》，臺北：世界大同出版有限公司，2011 年 4 月，初版，p313～314。

〔註 32〕黃仁宇（2008），《從大歷史的角度讀蔣介石日記》，北京：九州出版社，p264。

《對華關係白皮書》，中國外交部指示顧維鈞向美國表達諸多意見，其中提到：「然白皮書仍強欲將一切失敗之責完全諉諸我政府，試問如非中國政府尊重盟邦之意見，於抗戰勝利後，立即與「中共」開始談判，而使「中共」獲得一坐大之機會，則其何致有今日之猖獗乎？惟在白皮書中尚有使我國人引爲欣慰者，即其對於「中共」與蘇聯之密切關係，曾加以明顯之斷言，並根據事實，承認蘇聯將日本關東軍所繳之軍械移交「中共」，使「中共」獲得強大之武力，此爲過去馬歇爾將軍所不肯或不願承認者。艾其遜國務卿在其報告書中更明白指出「中共首領已自絕於中國傳統，且公開宣佈他們服從俄國。在過去五十年中，不論帝俄或俄共無時不處心積慮，圖向遠東伸張其勢力，以前中國人民對於外來之侵略，曾經堅決抵抗，並獲得最後成功。但在今日此一時期，俄共以外力侵略中國之企圖，因透過『中共』，已帶上一『解放運動』之假面具，致使不少中國人誤認此事完全爲中國本身及內部問題。」又謂：「中共政權所致力的不是中國人民本身之福利，而是蘇聯之利益。」於此可見美國政府對於「中共」之本質及其與俄共之關係，已有更進一步之認識，而不再如過去受共黨及其國際同路人之虛僞宣傳所欺騙，誤以「中共」爲「農村改良派」，並「非眞正馬克斯主義者與蘇聯更毫無關係」者。艾其遜國務卿在其報告書之結語中，曾對「中共」與蘇聯作一嚴厲之警告，明白指出「中共政權若竟甘爲蘇聯帝國主義之工具，而企圖侵略中國鄰邦，則美國及其他聯合國會員國將認爲已造成一種違背聯合國憲章原則及威脅國際和平與安全之局勢」。此固足以顯示美國反對共黨侵略之決心，但何以又將中國除外，如以此種方法，對付「俄共」與「中共」，將來必致失敗。因爲自由世界反抗共黨侵略，應有其整體性，自不可在歐洲所行者如彼，在亞洲所行者又如此，今日美國反共，中國亦反共，兩國國策相同，利害一致，兩國人民基於百年來傳統友誼與大戰時期並肩作戰之熱忱，誠應通力合作，共同一致抵抗共黨侵略，以爭取共同勝利，則不僅爲中國之幸，亦爲世界和平之福也」〔註33〕。

　　等到冷戰開始，麥卡錫主義出現，美國國內又掀起了「緣何丟失中國」的討論，1948 年，宋美齡「會晤美國杜魯門總統，告以中國局勢之嚴重及待援之急切。杜魯門總統表示極願相助我國，並對公及夫人表示欽佩，謂俟馬歇爾國務卿病況稍好，即親赴醫院商談援華宣言及辦法」〔註34〕。隨後，12

〔註33〕總統蔣公大事長編初稿，卷七下，1949 年 8 月 3 日，p335～341。
〔註34〕總統蔣公大事長編初稿，卷七上，1948 年 12 月 10 日，p196。

月 29 日，「美國代理國務卿羅維特對新聞記者發表談話，斥責「中共」誣衊中國政府領袖爲「戰犯」之聲明，謂：「經世界多數國家所承認之中國合法政府領導當局，竟被共產黨稱爲戰犯，實屬不堪想像。」渠認爲「共產黨之行動，絕不致代表中國人民之意見，或任何文明國家人民之意見。」並重申「美國將繼續以經濟、軍事援助，供給蔣總統所領導之中國政府。」今日杜魯門總統亦有同樣之表示，並謂：「在相當時期，將向國會提出繼續援華方案」〔註35〕。這些表態沒有能夠挽救蔣介石在大陸的統治，卻凸顯出新聞宣傳的實際效果在政治形勢的翻雲覆雨之下的無力之感。

6.3 特定社會傳統中的新聞宣傳體制

曾任國民黨立法委員和參政員的陳光甫曾在日記中對中國社會進行過評價：「余積四十餘年之經驗，對於中國之政治及社會狀態，可稱閱歷豐富。概括言之，可用九字形容一切，即，敷衍，不認眞，及，以勢欺人，是也。政府大員動輒以謀國家福利爲口號，實際上但求得保持祿位。只求眼前舒服，不吃力，不至有嚴重問題」〔註36〕。「魏源在《海國圖志》中，痛陳常時彌漫朝野的兩大弊害：一是寐，二是虛」〔註37〕。這種獨特的社會氛圍，影響了新聞業對眞實性的追求，也影響到當時特殊的輿論環境的形成。

金觀濤在《探索現代社會的起源》中認爲，現代性有三要素，工具理性、個人權利、基於個人觀念的民族認同。「新教倫理認爲人們通過在現世的奮鬥和成就而得到上帝的恩寵，形成了天職、專業精神、敬業精神等新規範」〔註38〕。西方文化是高批判度、高寬容度的文化，而東方文化是低批判度、低寬容度的文化，對政府的全民批評，往往意味著政府下臺，甚至整個政治管理模式的崩潰。民主與法治是現代國家的基本特徵，但就民國時期社會的生產力發展水平，還遠遠稱不上是「現代」國家。本研究並不反對「新聞應該是眞實的」，但「一切事實都是經由主觀解讀的事實」，新聞專業訓練並沒有強

〔註35〕總統蔣公大事長編初稿，卷七上，1948 年 12 月 30 日，p205。
〔註36〕陳光甫，《光公使美日記》，1940 年 4 月 6 日。
〔註37〕金觀濤、劉青峰（2011），《開放中的變遷：再論中國社會超穩定結構》，北京：法律出版社，p51。
〔註38〕金觀濤、劉青峰（2011），《興盛與危機──中國社會的超穩定結構》，北京：法律出版社，p253。

大到讓從業者褪去主觀性。「質言之，客觀報導忽略社會眞實的複雜性，漠視記者的預存立場，也低估了社會情境的險惡和對新聞的影響力，試圖以簡單策略因應複難世界，結果自然脫離現實，成爲傳播學者批判的「太簡單的神話」〔註39〕。

　　民國時期，政府對批評的低容忍與社會現代性缺失，造成了整個社會矛盾在輿論領域的不可調和。蔣介石在宣傳領域的直接控制，確實能夠高效處理危機，但是也造成了宣傳系統內的人員，人浮於事，將決策和責任都順歸到最高領導人，事事寄希望於「請示」，事事易招致「批評」，如遇記者違規，則處處依託人情，上下逢源，大事化小。這種局面的形成，蔣介石負有責任，但蔣介石對組織結構的認識，不是在眞空中形成的，他處在歷史的、文化的環境中，在中國的政治體制之下，最高領導人就意味著最高決策權。當時中國，作爲落後的農業國，在社會沒有工業化、現代化之前，要形成一種高效的政府宣傳組織，無異於癡人說夢。

　　並不是所有的社會群體都能夠到參與到社會發言中，這是一種共識，但是社會輿論是民主社會運行的重要參與力量，這就暗示著，民主社會的運行，本身就不是一種全民參與。社會輿論場中的發言者有其特殊的構成，其中，知識分子是一個重要部分，尤其是在民國時期，文人論政的傳統之下，知識分子有更強的意願和能力參與到社會輿論中。無論戰爭的對象是誰，新聞宣傳都是一種戰爭的輔助手段，媒體是進行戰爭動員，以及發布迷惑信息的平臺，通過誇大戰果，用來凝聚己方力量，瓦解敵方心理的重要工具。

　　對於蔣介石在輿論控制領域的做法和偏差，與當時的社會、文化、國際、組織背景，都深刻相關。目前，在抗戰研究、國民黨組織研究、中國近代社會文化研究領域，已經給出了很多研究成果，本文只是借助《蔣介石日記》原文，從新聞史、輿論史的角度，尋找新視角、補充新材料的一種嘗試。「但屈指，西風幾時來？又不道，流年暗中偷換」。政權機構，需要新陳代謝，辭舊迎新，蔣介石的失敗，與其說是中共路線之爭的勝利，不如說是與社會更貼合、組織制度更完善、理論層次更高的政黨的勝利，時代更迭，歷史潮流浩浩。

〔註39〕陳順孝（2002），《新聞控制與反控制：紀實避禍的報導策略》，臺北：五南圖書出版股份有限公司，p11～12。

6.4 蔣介石與時代的新聞宣傳環境

　　從新聞業本身來說，力求客觀公正是從業者的一種主觀自律性要求，但文本必然帶有主觀性，媒體、媒體人無論如何都會將傾向性帶入到新聞中，這是一種客觀存在的事實。尤其是在民國期間，社會巨大動盪的環境中，新聞造假成風成爲參與者實現自身目的的奇觀。其次，媒體言論與公眾意見高度交叉，在很多情景中甚至等同，兩者的區分更多的只是一種學理區分，在1928～1949 年間，知識分子群體是主要的意見領袖，知識分子本身的利益、立場極大的影響了「可見的」公眾意見。第三，由於近代中國資產階級革命中，報刊作爲一種特殊的政治平臺的作用，1928～1949 年間，蔣介石，以及當時大部分中國的軍政領袖都極爲重視新聞宣傳的作用，積極搜集、拉攏，並試圖影響媒體。第四，從歷史到現實，以上所說的三點，在現代社會中，仍然廣泛存在。在中國特殊的語境下，專業主義的要求與其說是一種標準，不如說是一種限度，一種自我約束和保護。新聞共同體對獨立性和自由性的爭取，更像是一種「回力」，以防止言論控制過分嚴格而導致的「以言治罪」的發生。

　　蔣介石宣傳系統的組織結構混亂，並不令人意外。中國的各種社會系統都有人身依附的傳統，在文，科舉制度講究「同年」和「門生」，在武，即便是朝廷的軍隊也因主將的不同，而稱爲某家軍。中國地域太大，不同方言和生活習慣，足以支撐氏族和同鄉體制，在部隊體制中形成向長官個人效力的小集團……清末的湘軍、淮軍，軍隊對曾國藩、李鴻章個人負責，後來發展爲北洋軍閥系統的袁世凱新軍，也充滿了與袁氏的個人聯繫。蔣介石在軍事上，毫無疑問更偏向黃埔嫡系，在處理對外關係時，也慣用非正式的外交途徑，如聘請拉鐵摩爾爲私人顧問，就是爲了與羅斯福發生私人關係，拉鐵摩爾來華後，也主要與王寵惠、王世杰發生聯繫〔註40〕。

　　這種控制方式，與戰時決策的迫切相呼應，抗戰八年，給蔣介石的集權管理，提供了充分的時間和契機，但也直接影響了當時國民黨和國民政府，

〔註40〕據《蔣公大事長編初稿》卷四下，p709 記載，1941 年 7 月 20 日，「國拉鐵摩爾顧問來謁。拉鐵摩爾乃美共重要幹部，與羅斯福氏素不相識，乃羅斯福總統竟貿然使之來華擔任顧問，公爲之訝異不置」，可知蔣介石此日才知道拉鐵摩爾並非羅斯福的入幕之賓，與拉鐵摩爾的交往無益於增加與羅斯福之間的私人聯繫。

建立有效的現代化組織和運行機制的進程。導致機構臃腫，人員冗餘，「中央公務員達三十萬人」，尾大不掉。這也可以說，是連年戰爭，阻礙了中國政治結構的現代化。

經過清末民初的分裂與混亂，到 1928 年，民國政府完成北伐，中國開始恢復到政治強人領導中央政府，中央政府進行全國管理的狀態。蔣介石因為掌握軍權而贏得國民黨黨內鬥爭，領導全國，從此直到其 1949 年退入臺灣，前後 21 年的時間。在初期，胡漢民掌握黨權，曾力圖控制蔣介石的軍權，但「胡漢民後來曾被迫承認，自 1928 年以來同蔣介石兩年多的合作，『是沒有黨治，只有軍治』」〔註41〕。在這前後 21 年中，雖然國民黨和政府的權力結構盤根錯節，但蔣介石仍可被視作國家最高權力人，他如何看待宣傳和輿論，如何認識、指導、管控全國的輿論宣傳，如何接觸宣傳官員和新聞界人士，如何應對輿論事件，是窺見民國時期輿論情況的重要窗口。

蔣介石本人具有重視新聞宣傳的自覺。1926 年，北伐戰爭討伐孫傳芳時，戰爭陷入膠著，據《日記》記載，10 月 24 日，蔣介石曾與鄧演達商議對孫部和談的三個條件，其中第二條便是，「孫範圍內本黨得以自由宣傳」〔註42〕。同時，蔣介石也有接觸新聞媒體和進行新聞管制的自覺。1927 年 10 月、11月間，蔣介石下野後來到日本，受到日本媒體的廣泛關注，他也時常閱報，關注時事進展，並於 10 月 2 日、4 日、5 日，分別會見記者「談天」，但作為政治人物，蔣更多的與新聞記者的交談，視為傳達自己觀點的途徑，一旦記者的行為超出這一限度，便有厭惡之情，如 11 月 9 日，《日記》載：「上午九時，新聞記者登船來訪，必欲見余，種種下流行為，無所不施，余終未與其會晤也」〔註43〕。1928 年 12 月 22 日，蔣介石曾電令時任淞滬警備司令的熊式輝：「密令報紙檢查員凡李石曾、蔡元培，二人文字概行撤去，不准登載，但不必明言，須秘密」〔註44〕。

北伐一經結束，一心想謀求最高統治權的蔣介石，就陷入了國民黨內部的傾軋之中。包括胡漢民、孫科的「積極」倒蔣，戴季陶的「消極」迴避。寧漢合流後，蔣介石在與胡漢民的約法之爭中，將胡漢民軟禁，1931 年 5 月，

〔註41〕 金以林（2009），《國民黨高層的派系政治》，北京：社會科學文獻出版社，p131。
〔註42〕 美國斯坦福大學胡佛研究所，《蔣介石日記》（手稿本），1926 年 10 月 24 日。
〔註43〕 美國斯坦福大學胡佛研究所，《蔣介石日記》（手稿本），1927 年 11 月 9 日。
〔註44〕 蔣中正總統文物，國史館藏，1928 年 12 月 22 日，典藏號：002-010100-00016-128。

汪精衛、孫科、李宗仁等人另立廣州政府等等。

西安事變，糾葛起西北軍、東北軍、中共、蔣、宋、外國斡旋力量，一直在爲中國高級官員充當幕僚的端納走到前臺，在國內國際宣傳外交領域叱詫一時的宋美齡也初登歷史舞臺。隨著抗日戰爭的開始，國民黨、國民政府內部權力逐步被統一到蔣介石一人，蔣介石的目光逐步從派系鬥爭轉移到國共的鬥爭。1938 年 4 月 18 日，《新華日報》發表社論《論國民參政會的職權和組織》，認爲成立「相當民意」機關，是社會的呼聲，而這個民意機關，「要眞能包括抗日各黨派各軍隊各有威信的群眾團體代表」〔註45〕。4 月 19 日，蔣介石電令當時的政治部部長陳誠：「新華日報昨日社論，有各黨派各軍隊字樣，嚴令不許再有『各軍隊』字樣之登載，否則應作拆散國軍、有意反宣傳視之」〔註46〕。

自 1940 年，英國短暫封閉滇緬公路三個月後，滇緬公路、東南亞戰事、西南交通、工業問題，成爲敏感話題，蔣介石爲此多次發布手令，禁止報刊登載相關消息。1942 年 11 月 13 日，《日記》載「預定三、不得宣傳反攻緬甸」。1942 年，蔣介石夫婦訪問印度，考慮到中印關係的發展，可能與英美的遠東利益相悖，蔣介石十分謹愼，一來「跟印度人接觸時，隨時說明自己的立場是個人的行動並不代表官方」，另外，嚴格提防新聞界，「嚴囑各方，此行不向新聞界透露消息，隨行人員皆不辦簽發護照手續俾絕對保密」〔註47〕。

這一路走來，蔣介石親力親爲的實踐著他的新聞宣傳思想，首先，蔣介石自認爲是中國的拯救者，推崇自己的領導人魅力，將自己作爲宣傳體，通過演講，親自參與鼓動造勢。其次，蔣介石對媒體具有很強的控制欲，並認爲親自接見記者是拉近媒體關係、清楚闡釋自己主張的好辦法。再次，蔣介石十分重視新聞宣傳方針的貫徹，因此重視新聞宣傳基層人員的訓練，並且將新聞工作與情報工作相結合，提高信息收集和派發的效率。最後，蔣介石認爲宣傳應該偶而放煙霧彈，他在很多演講中的觀點與其《日記》中記載的實際觀點有出入。

〔註45〕 中國國民黨中央委員會黨史委員會，中華民國重要史料初編——抗日戰爭時期，第五編，中共活動眞相（一），p525。

〔註46〕 中國國民黨中央委員會黨史委員會，中華民國重要史料初編——抗日戰爭時期，第五編，中共活動眞相（一），p513。

〔註47〕 董顯光（2014），《董顯光自傳——報人、外交家與傳道者的傳奇》，臺北：獨立作家，p175。

　　蔣介石的新聞宣傳思想和具體操作中，埋藏了很多隱患。首先，蔣介石用來指導新聞宣傳工作的理論思想，與當時的社會環境不符，其次，其對新聞宣傳的具體操作，存在行政干預過多，且時而使用暴力、秘密警察，越過司法的行爲招致輿論反感，第三，對新聞宣傳從組織結構來說，是對蔣介石個人負責的，運行效率低，爲 1943 年之後，國內、國外兩個陣地的新聞宣傳工作的失利埋下了隱患。「身懷利器，殺心自起」，蔣介石出身軍旅，崇拜直接力量、強權政治也是意料中事。從蔣介石檔案與《日記》中，能夠看到，蔣介石從未將「新聞」作爲獨立的事業來看待。蔣介石頻頻會見記者，但是「新聞」、「新聞記者」對他來說，是他瞭解時事，並服務於自身政治目的的途徑和媒介。如果新聞記者的行爲超出了他的預想，也常照來反感。

　　不同社會結構下，組織新聞眞實的方式不同。綜合歷史、現實、國際因素，官方媒體、黨營媒體、商業媒體的劃分，是從所有者的角度對媒體進行的劃分，公營媒體、私營媒體是從資金來源對媒體進行劃分，無論哪種劃分方法，其下的各個類別，都沒有一種形式是另一種形式的歷史替代品，無法定性誰比誰更先進。數字化新聞時代已來臨十餘年，對媒體的盈利模式的討論，幾乎偃旗息鼓，因爲現實已經雄辯的證明，無論哪種盈利模式，都無法挽救媒體廣告收入，「二次售賣」模式，僅僅適用於一個歷史階段，而這個歷史階段已經成爲過去。新聞業無法盈利，新聞與任何盈利的捆綁都會消解新聞的專業性，新聞必須向公益化發展。

　　中國龐大的人口、多樣的地理環境，加之相對匱乏的資源，使其呈現出一種特殊的社會發展狀態，本身就是社會歷史學者研究的富礦。美國得天獨厚的地理條件和稀少的人口，使其社會形態發展相對簡單，整個社會在建國 300 年的歷史中，呈現漸進變革。兩國間的這種懸殊，也是很多中國人在美國居住時，感到異常「無聊」的原因。新中國「黨管主流媒體之所以較爲行之有效，根本原因在於我國主流媒體與政治邏輯的一致性，使得這個場域更具可控性和可預見性」〔註48〕。

　　國必自伐而後人伐之。這些歷史，就如蒸汽機車，帶著長長的白煙，駛向遠方，似乎什麼都發生過，又好像什麼都沒有發生。當時情境已過，我們只能通過檔案中的蛛絲馬蹟，試圖還原新聞角力和生產的現場。至於是否專

〔註48〕王慶（2018），政治媒介化與黨管媒體的地方實踐邏輯——基於「海口強拆」
　　　　事件的個案研究，《現代傳播》，9，p79。

業、是否正確，我們無意評價。只是基於以上論述，希望「意志」、「權力」
等維度的研究能夠引起新聞學研究的重視，使新聞研究有更大的覆蓋度和現
實說服力。關於新聞學界和業界已經進行充分討論的新聞眞實等問題，本文
也無意糾纏，但是本文立意的角度相對悲觀。本文傾向於認爲，眞實、獨立、
全面、客觀四原則是新聞理念和業務操作的基本原則，卻不是理解眞實發生
的新聞事件的有效的維度。與此相比，權利運作、現實角力的維度更能高效
的理解新聞輿論事件在現實中的發生、發展和醞釀。

後記：銀河系漫遊指南——美國及臺灣地區的民國新聞史檔案的儲存情況及可訪問性

　　目前新聞史研究大致分爲兩個部分，一部分是人類歷史中新聞活動的研究，包括媒介史、人物史、活動史，第二部分是針對「新聞史」學科本身的研究，包括新聞史應涵蓋的研究對象、研究方法、研究範式。從歷史分期來說，民國新聞史研究，一直是中新史的重中之重。在方漢奇先生《近代中國報刊史》和《中國新聞事業通史》的框架下，民國時期報刊、廣播、報人活動，以及抗戰新聞史，國共輿論鬥爭史都已經得到了比較充分的研究。按照新聞生產流程的五個環節來劃分，新聞文本研究始終是學界重點，目前新聞史研究使用的「新聞史料」也主要集中於新聞文本。由於歷史輿論數據無法統計，新聞效果研究受到限制，有些研究使用預設立場，將「媒體發表」與「輿論影響」等同，另外，由於新中國成立前，中國文盲率高企，當時的話語權更多的集中於上層社會手中，所以新聞史中的新聞效果研究的學術價值，還有待評定。新聞生產研究，也是新聞史研究中比較缺乏的領域，現有的人物史研究集中研究媒體從業人員，一是研究報人如何生產新聞，二是研究某個個人與最高領導者的關係是否影響了新聞的價值取向。官方對於新聞管的研究，主要集中在政府新聞審查和管制的體制、法規研究，影響新聞生產的政治人物，未曾被作爲新聞史的研究主體。

　　民國時期的輿論控制，已經有研究成果存在，早期的成果受意識形態影響比較嚴重，用有色眼鏡看待管制，忽略了政治管理的普遍性，將限制輿論

的措施歸結為國民黨統治的反動性。總體來看，目前中國新聞史研究慣性較大，出於各種原因，國民政府系統的新聞官和報人研究較少，可以說尚有半壁江山有待開掘。

對已公開的海外檔案利用不足，是中國大陸相關研究領域普遍存在的問題。美國斯坦福大學胡佛研究所藏有《宋子文檔案》，但中國大陸的很多宋子文傳記均未使用這份檔案。「3S」檔案，目前在美國本土也都處於「公開閱覽」狀態，但並未得到廣泛應用。

目前中國新聞史學研究在史料使用上，主要存在兩個問題，一是對已開放檔案缺乏重視，新聞史學界對檔案的儲存、開發和調閱情況缺乏公開的詳細信息，例如蔣介石研究中常被提及的《大溪檔案》，其實早在 1996 年便從大溪檔案室移交至國史館，檔案名稱也變為《蔣中正總統檔案》；二是當下使用的新聞史材料主要集中於新聞文本，主要原因是新聞文本經由正式發表，容易收集、統計、分析。至於這些新聞文本的真實性、影響力，由於驗證困難，而被漠視，易得性慢慢發展成思維慣性，凡經發表的新聞，就被默認為具有輿論影響力，新聞產生的背景研究被忽視。僅利用已有報導作出的研究，往往只能闡釋「其然」，而不能解釋其「所以然」。我們無法從停滯的表面感受到背後的暗藏洶湧，新聞史研究需要更多的檔案材料，解釋新聞背後的機理，新聞學研究也需要新聞史學者開拓歷史真實，論從史出，只有完善的新聞史，才能支撐更好的新聞理論，沒有事實作為支撐的理論，其解釋性可想而知。

美國本土和臺灣地區都儲存了大量民國重要人物、機構，以及民國時期，曾在中國境內活動過的美國記者、傳教士、軍人的個人檔案，除《蔣介石日記》、《陳布雷日記》只可紙筆摘抄之外，大部分可拍照。這些材料為中國新聞史的研究提供了豐富的檔案庫，新聞官員的檔案中所含的工作記錄、新聞記者檔案中所含的新聞撰寫和發送過程的記錄，為充分瞭解歷史中的新聞生產過程，進一步開拓中國新聞史的研究題材提供了廣闊的空間。

關於民國時期的檔案資料在北美的儲存情況，哥倫比亞大學東亞圖書館的王成志博士等人專門著有《北美民國研究檔案資源指要》一書，如仍不確定具體的存檔館，可以利用美國本土的數據庫「WorldCat - Books in U.S. and Worldwide」進行搜索，漢語中所稱的「一手檔案材料」，在英語中的對應詞為「Papers」，按照行業標準進行裝在檔案盒（Box）中，檔案盒中有檔案夾（Folder）

進行進一步分類，全美圖書館的分類標準，檔案盒、檔案夾的標準都是一致的。在「Worldcat」數據庫中，輸入想要查找檔案的「人名」＋「papers」，再對產生的結果進行人工篩選即可。對於資料的可調閱性，網頁中會標注「onsite」或「offsite」，前者表明在館，後者則需預約調取，但並不是在館的就可以隨時調閱，建議訪問前都先進行預約，爲圖書管理員留出查找和分類的時間。

網絡檢出後，對於檔案存儲地不清晰的，頁面中一般有聯繫郵箱，發送郵件說明自己需要的檔案題目，以及訪問日期，大多會在短時間內得到比較明確的回覆，預約時長和具體位置、訪問程序都可以郵件詢問。建議學者在訪問具體檔案前，提前兩週開始聯繫，發送確認訪問郵件的日期與最終確定的訪問日期需間隔一週，以免對方準備不及。

《北美民國研究檔案資源指要》一書，沒有對檔案進行學科分類，本文主要對其未提到的部分檔案的儲存地，以及作者親自訪問過的圖書館的具體地點、機構設置、訪問流程，臺灣地區的相關檔案存儲情況做出補充。另外，針對中國新聞史的學科特殊性，對這些材料的內容做出簡單歸納，以求研究者可以借助本文，更有針對性的尋找研究所需要的材料。

一、國民黨高級官員的檔案、書信、日記的存儲與訪問

蔣介石作爲民國時期中國領導人，曾直接參與或影響了當時的新聞宣傳政策和部分新聞審查、宣傳策劃活動，陳布雷作爲蔣介石的文膽，幫助蔣介石制定新聞宣傳政策、草擬稿件，宋美齡曾直接參與國際宣傳處的領導工作，陳誠、孔祥熙、宋子文等也曾直接參與軍隊輿論管控、國際宣傳等事務，這些人的檔案對於民國新聞宣傳史的研究頗具意義。

美國斯坦福大學胡佛研究所存有大量國民黨檔案，以及包括孔祥熙、宋子文、張功權在內的國民黨高級官員檔案。《蔣介石日記》《陳布雷日記》備受新聞傳播學界關注，兩者均爲手稿影印本。由於胡佛研究所只享有這兩份日記的代管權，因此訪問者在查閱過程中，不能攜帶任何私人物品，只能手抄，不能拍照，也不能用電子設備摘錄，紙筆也由胡佛檔案館提供。

《蔣介石日記》目前流傳在國內的版本很多，但一來大多是摘抄版，其中涉及新聞宣傳的內容常常未被摘入，二來眞實度難考，甚至有很多摘抄自《事略稿本》、《大事長編》、及其他類抄本、仿抄本的內容，被當作《日記》原文流傳。實際上，《事略稿本》對不少日記原文進行了潤色和改寫，也增加

了《日記》中並不存在的內容。將《事略稿本》作爲《日記》來引用，混淆了學術界的視聽，如，《事略稿本》在 1932 年 7 月 29 日，有「下午批閱電汪兆銘文幹，頃閱勘日滬上各報載路透電消息中俄復交內容完全披露」。而斯坦福大學的《蔣介石日記》手稿本中，並無此記載，這一天的日記沒有任何閱報的記錄。因此《蔣介石日記》手稿本對於學術研究非常重要。

在臺灣地區，蔣介石的有關檔案，主要儲存在國史館和國民黨黨史館。其中，國史館不開放給大陸籍學者訪問，但其館藏的《蔣中正總統文物》《國民政府文物》等大部分檔案都已電子化，可以在線閱覽，且不需要申請國史館的網絡賬戶，極爲方便。《蔣中正總統文物》分爲「籌筆、革命文獻、特交文卷、特交文電、特交檔案、領袖家書、文物圖書、蔣氏宗譜、照片影集、其他」幾大部分，每份檔案的題目和摘要都可檢索，因此，如特別需求「新聞」相關的檔案，可以直接在數據庫檢索「新聞」關鍵詞。

國民黨黨史館位於臺北市中山區八德路，靠近中影八德大樓。目前由於經費原因，黨史館閱覽室只在每週一三五開發，館存也已大部分電子化，但只能在閱覽室提供的臺式電腦上閱覽，因此，每日工作量十分有限。館存有《中央執行委員會政治會議議事錄》《中央政治臨時會議速紀錄》《國防檔案》《漢口檔案》《特種檔案》《敵方廣播新聞紀要》《蔣中正總裁批簽檔案》等。其中《蔣中正總裁批簽檔案》所含文件自 1949 年開始。《敵方廣播新聞紀要》由中國國民黨中央執行委員會宣傳部編輯，時間自 1938 年 12 月 7 日至 1940 年 1 月 17 日止，每日一報。對日方廣播的監聽，是中央宣傳部國際宣傳處掌握敵情、關注敵方宣傳情況的利器，也能從此窺探日方在戰爭期間所釋放出來的訊息，進而規劃在宣傳上如何應對的重要素材。另外，黨史館存有與新聞宣傳相關的檔案，還包括《對匪廣播資料及對臺灣民眾宣傳工作計劃草案》、《擬再複製總理遺聲片及發行特刊以利宣揚案》、《加強對美廣播之研究及應行充實器材經費案》等。目前，由於臺灣局勢的不確定性，國民黨黨史館所存檔案材料可能轉移到臺灣政治大學進行保存，一旦轉移，開放時限未知。

斯坦福大學所藏《陳布雷日記》的訪問要求與《蔣介石日記》相同。陳布雷承接蔣介石的新聞宣傳命令，將蔣介石的命令向外轉發，也將中宣部、中央秘書處回覆的辦事情況轉錄再發給蔣介石，參與蔣介石宣傳方針、稿件的草擬，並一度是國民黨《中央日報》的實際領導者。但他的日記可用性較差，不但字跡潦草，且多記錄陳布雷自己生活起居、社會聯絡狀況，工作內

容涉及較少。

除《蔣介石日記》、《陳布雷日記》外，胡佛研究所檔案館，還藏有宋子文、孔祥熙、史迪威等，在民國時期有重大影響力的人物的檔案材料，其中《宋子文檔案》和《孔祥熙檔案》已經制作爲微縮膠卷，調閱和存檔極爲方便。文檔中，包含大量當事人與各政府要員及蔣介石的往來函電，對瞭解民國時期的歷史眞實和行政邏輯具有很強的參考價值。

《孔祥熙檔案》最大的價值，在於其中第 19、20、21 個微縮膠卷，收錄了大量的戰時情報信息（Intelligence Reports）。

斯坦福大學的胡佛檔案館將與中國相關的材料，分爲中國（China）、香港（Hong Kong）、臺灣（Taiwan）是三個獨立的文件，各列清單，據清單來看，胡佛檔案館是北美地區集中收藏民國檔案最多最集中的地方。2018 年，胡佛檔案館更新了電子註冊系統，調閱檔案需要先在網站註冊，並提前兩天申請，建議研究者提前準備，以免到達後無法及時調閱資料。

陳誠作爲蔣介石的心腹幹將，曾參與抗日戰爭時期兵役動員宣傳和軍內政治思想工作。加州大學伯克利分校的東亞圖書館存有已出版的《陳誠先生書信集》，其中有兩冊爲「陳誠與蔣中正往來函電」，這些函電中，包含大量蔣介石向陳誠發出的手諭，指示其處理軍中的輿論管理和政治思想工作。伯克利分校的東亞圖書館，是美國西海岸，除胡佛研究所外，存儲東亞研究資料最集中的圖書館，館員何建業女士，對該館的圖書購入和整理工作做了很大努力。除陳誠書信集外，該館還購進了民國時期《社會日報》和《方形週報》的重印件。

宋美齡曾在美留學十年，抗日戰爭和解放戰爭期間，曾長期在美國，幫助蔣介石處理中美關係，聯繫美國媒體，維護國民政府和蔣介石在美國的公共關係，在蔣介石去世後在美國定居並葬於美國紐約。《宋美齡檔案》儲存在她的母校衛斯理學院，校內的 Clapp Library，檔案室需預約，但進入圖書館不需要辦理任何手續。衛斯理學院位於波士頓西郊，距市區有一小時的火車車程。

《宋美齡檔案》，主要內容是美國各報對於宋美齡生平各種活動的報導，以及宋美齡家屬捐獻的照片和部分器具。

宋美齡檔案的電子索引網址：

http://academics.wellesley.edu/lts/archives/mss.1.html

宋美齡與其美國密友 Emma DeLong Mills 的通信，已電子化，可在線閱覽。

米勒與宋美齡通信在線閱覽網址：

https://repository.wellesley.edu/mills_chiang/

這份《宋美齡檔案》，共 21 個檔案盒，收錄了 1916 年到 2004 年間，宋美齡的照片、通信、剪報，對宋美齡各項公開活動、訪問、演講的新聞報導，聲音、錄像資料，其中一個檔案盒，存放了茶具等生前用過的器物。由於衛斯理學院是宋美齡的母校，又信奉基督教，學院、波士頓地區、馬塞諸塞州，都頗以宋美齡為驕傲，在檔案 1949 年前的部分，藏有大量《衛斯理雜誌》、《生活》雜誌、《時代》週刊、《波士頓環球報》（The Boston Globe）、《底特律新聞》、《國家地理雜誌》、《基督教科學箴言報》，抗日戰爭時期發表的報導，除了描述她所做的實際工作外，對她個人的描寫比較積極，主要在於表現她抗戰愛國。

這份檔案包含的剪報非常豐富，收集了大量美國媒體報導蔣介石、宋美齡的文章，但是對新聞史的研究者來說，使用的最大障礙在於很多文章發表日期的不可考，剪報人專注於剪下文章部分，只有很少一部分留下報頭、報名、發表日期等數據。本檔案還收集了十冊左右的《戰時中國》（China at War），一份《中國評論週報》（The China Critic），一份《英文中國月報》（China Monthly）。《戰時中國》涵蓋戰爭局勢、政府稅收、戰後經濟重建等各種題材，也刊登蔣介石對美國人民的講話。

聯絡外國政要和記者、作家，是宋美齡對外宣傳策略的一部分，宋美齡在訪問美國期間，有意與美國文化界保持聯繫，西奧多·德萊塞作為作家，也屬於被宋美齡團隊「統戰」的一員。位於美國費城的賓夕法尼亞大學，收藏有 1943 年到 1944 年，宋美齡與德萊塞的通信和電報，共 6 份。早期幾份的內容，是德萊塞送給宋美齡自己的著作，而宋美齡回信感謝。第 5 份，是 1944 年 3 月 31 日，宋美齡電德萊塞，讚揚他取得的成就，最後一份是 1944 年 7 月 3 日，德萊塞致宋美齡長信，信中表明，他曾向宋美齡詢問蔣介石對共產主義的看法，宋美齡明確回答，蔣介石的建國方針是走美式的資本主義道路。對此，德萊塞表示，失望至極，對於當時國民政府向美國宣傳的中共不再進行抗戰的說法，德萊塞也做出了回應，他認為國民政府表現出了，一旦抗戰勝利即將對解放區作戰的傾向，使得解放區人民必須提防後續的「侵略」和「歧視」。同時，德萊塞認為斯大林是一心一意為人民爭取自由的人，而美國雖然戰時取得了巨大成功，但「我們」處境悲慘，一旦戰爭結束，「他們」將再秀獠牙。

　　賓夕法尼亞大學大學是費城最主要的學術機構，但東亞研究相對較弱，也沒有專門的東亞圖書館。在本研究收集資料的過程中，唯獨發現西奧多-德萊塞與宋美齡通信的檔案，存在賓大主圖書館（Van Pelt Library）內。如其他圖書館一樣，這份資料存於「Special and Rare Collection」，位於圖書館五層，訪問時需持賓大一卡通進入，國內的研究者可預先詢問門禁事宜。訪問這份資料最大的困難是無法得知是否預約成功，以及資料是否已到館。

　　賓大圖書館網址：

http://www.library.upenn.edu/access/visitors/visitors.html

二、中國情報委員會檔案的存儲與訪問

　　《中國情報委員會檔案》位於美國紐約，哥倫比亞大學 Burke 圖書館，其英文檢索名爲《China Information Committee Papers》，是「Records」，也就是經過整理的已發表成果，並不是發文手稿本。圖書館的檔案索引介紹：中國情報委員會成立於 1937 年末，隸屬於當時中國國民黨新成立的信息部。其成立目的就是向國際受眾進行宣傳，使其知曉中日戰爭的進展情況，蔣介石作爲軍事委員會委員長，是該組織的最高領導者。中國情報委員會辦公室最初駐於上海，由於戰事原因相繼遷往南京、漢口、長沙，最終在 1938 年末遷入重慶。它同時有駐紮在香港和其他國家的分理處。中國情報委員會最初的領導是曾虛白。1937 到 1945 年間，它出版了大量的英文書籍和小冊子講述中日戰爭，以吸引外國援助，它曾在漢口設立無線電臺，呼號 XTJ，短暫播音。由於 CIC 本身是宣傳辦公室（而非新聞辦公室），關於日本戰爭罪行和中國難民的困境的報導佔據了主要頁面，其間穿插了對蔣介石夫婦的報導，涉及傳教士和外國的故事也很突出。

　　國際宣傳處的英文翻譯爲 Overseas Publicity Department，但從 China Information Committee 的領導者和歷史變遷的描述來看，這份檔案應該是當時國際新聞處駐美機構利用「China News Service」名義發布新聞宣傳稿時的新聞原文，其本質上還是隸屬於國際宣傳處。綜合美國所存的三份以 China Information Committee 名義集存的檔案，我們大致可以看到當時中國對美宣傳概況。如果再結合當時美國駐華記者發回美國的新聞報導，可以總結出對同一主題，不同群體由於各種原因所報導的新聞可以呈現何種程度的差異。

　　這份材料需要預約，不能即到即訪。在訪問前，需在線填寫表格：

http://library.columbia.edu/locations/burke/materials_request_form.html。

　　這份資料共 3 個檔案盒，前兩盒爲報導原文的重排版，原文發表的期刊已不可考，第三盒中有部分剪報，尚可看到原文發表的情形。資料涉及 1937 到 1939 年間，中國經濟、戰爭、難民等諸多問題，通過閱讀這些文章，基本能夠瞭解當時戰爭中的中國社會面貌。本份檔案，按照公開要求，可以全文拍照。

三、部分民國時期美國駐華記者檔案

　　埃德加·斯諾、卡爾·克勞、約翰·本傑明·鮑威爾、斯特朗、史沫特萊都曾在二十世紀上半葉長期駐中國，從事中國的新聞報導工作，極大影響了海外社會對當時中國的認識。

　　《埃德加·斯諾檔案》，存在密蘇里州堪薩斯城，密蘇里大學堪薩斯分校，米勒圖書館。斯諾 1905 年生於堪薩斯城，著有《紅星照耀中國》。檔案中收錄了斯諾 1928 年到 1960 年的日記，照片、剪報、聲音、影像材料。其中包含斯諾與宋慶齡的通信、與周恩來、毛澤東的採訪與信件。在編號爲「KC: 19/1，f.10.」文件夾中，存有張學良與斯諾的電報，還有署名 He Ysing Ching 致蔣介石的一封信。

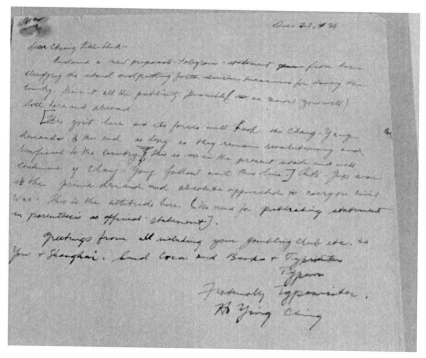

這份檔案卷帙浩繁，甚至每次查看都有驚喜。斯諾在 1936 年為《每日郵報》（Daily Herald）撰稿，檔案中存有大量他與編輯 Mr. Macbride 的通信，當時斯諾如何突破中國的新聞檢查制度、如何與編輯商量稿件題材與發表問題、甚至當時的電報費用、兩國匯率都有詳細展示。是研究民國時期，外國駐華記者微觀生態的富礦。

本圖書館網址：https://library.umkc.edu/mnl

密蘇里州州立歷史檔案館（The State Historical Society of Missouri），在聖路易斯、哥倫比亞、堪薩斯城，設三處分館，凡存在州歷史檔案館的資料都可以網上申請，在任何一處分館調閱。歷史檔案館的堪薩斯城分館設在在密蘇里大學堪薩斯分校內，建築名稱是 Newcomb Hall，與米勒圖書館相距不遠，調閱檔案需至少提前一週預約。

密蘇里州歷史檔案館網址：https://shsmo.org/

赫伯特・卡爾・克勞（Herbert Carl Crow），中國通，1910 年代，任職於上海《大陸報》，1929 年參與創立上海《大美晚報》，並短暫擔任主編，後創辦旅行雜誌《中國公路》，是國際宣傳處重點聯絡的美國作家之一，日本全面侵華後，返回美國。他曾見並採訪過孫中山、蔣介石、宋姓姐妹及周恩來，著有《中國旅行指南》（The Travelers' Handbook for China）、《四萬萬顧客》（Four Hundred Million Customers）、《洋鬼子在中國》。

約翰・本傑明・鮑威爾（John Benjamin Powell），畢業於密蘇里大學新聞學院，1917 年赴中國，從事新聞工作，主持《密勒氏評論報》，也曾擔任《芝加哥論壇報》記者，著有《我在中國的 25 年》（My Twenty Five Years In China）。《約翰・本傑明・鮑威爾檔案》收錄了 1910 年到 1952 年間的筆記、演講、書信和報刊發表文章，各種材料按主題分類非常清楚，利用索引能迅速找到所需部分，例如，在索引中，就有「Journalism—China」一項，有關中國的新聞，在第「10、11、138、139、148」檔案夾。這份檔案包含了大量草稿、一改稿、終稿，對於研究文本的形成過程具有參考價值。西安事變的相關稿件也包含在內，用美國人的視角，展示了西安事變前後各方的立場和博弈。

林語堂與埃德加斯諾和卡爾・克勞都曾有書信聯繫。

四、延安考察團檔案的儲存與訪問

1944 年，出於在中國尋求新的同盟軍的需要，美國向延安派出美國軍事

考察團，同時駐華外國記者組成記者團訪問延安，向世界全面報導中共和延安解放區的政治、經濟、社會情況。「延安考察團」在美國被稱爲「the United States Army Observation Group」或「Dixie Mission」，其檔案存放在美國國家檔案館。

由於是國家級機構，訪問量巨大，此檔案館回覆諮詢郵件就需要 6 週時間，6 週後還需要進一步與館員溝通所需材料的預約時間和訪問日期，所以應盡早發郵件聯繫。

國家檔案館中，將第一次世界大戰、第二次世界大戰、冷戰的材料，分類進行索引，分類檢索網址：https://www.archives.gov/research/foreign-policy/state-dept。

《General Services Administration National Archives And Records Service》，收藏了 1946 年第三季度，美國在中國收集的各地交通情報，以及其主管機構「交通組」（Communication Group）的會議情況。這份文檔展示了美國方面，如何看待中美合作中遇到的實際困難，包括中方對美方意圖的配合程度。

檔案館資料不像大學圖書館一樣分條縷析的十分清楚，這份考察團檔案，甚至連索引都沒有電子化，檔案管理人員，會現場使用紙質索引，研究者確定好要看的資料後，進行現場調閱，一般調閱在 1 小時內完成。除紙質版外，此份檔案還有微縮膠卷版本，存在同館。

美國國家檔案館，目前主要的所存檔案，都已經轉移到馬里蘭州的分館（the Textual Reference Branch of the National Archives and Records Administration（NARA）in College Park，MD），研究者可在華盛頓市內的國家檔案館乘坐免費擺渡車，擺渡車站在國家檔案館東側路西。美國國家檔案館網站：https://www.archives.gov/。

在首都華盛頓特區，除了美國國家檔案館之外，也有部分中國新聞傳播史材料儲存在美國國會圖書館。美國國會圖書館在華盛頓市區，分爲三棟建築，學者訪問需先辦理閱覽卡，再進入閱覽室。國會圖書館存有很多民國時期出版的圖書，以及 1942 年出版的，《美西各報-中國抗日建國五週年紀念言論集》，由舊金山總領事館編印。

五、《端納檔案》的儲存與訪問

端納全名 William Henry Dolnard，先後任張學良、蔣介石夫婦顧問，曾參與斡旋西安事變的和平解決。《端納檔案》篇幅簡短，只有一個檔案盒，主要

是端納的書信。最引人矚目的，是端納在 1937 年 1 月和 4 月，分別寫給 Harold 的兩封信，信中講述西安事變中張學良、楊虎城以及其他各方在事變中不同的角色，在端納看來，西安事變主要的策動者應該是楊虎城，張學良的行動主要是在保護蔣介石的安全，這一看法與目前中國大陸對西安事變的主流看法相差很大。

這份檔案所在的「Special and Rare Collection Room」位於哥倫比亞大學主圖書館，這裡存有不少民國時期的檔案，《張學良檔案》也存在此館。很多民國時期出版的書籍已經制作爲微縮膠卷，存在此圖書館內。

紐約市的民國資料儲存，主要在哥倫比亞大學的東亞圖書館，Burke 圖書館和 Butler 圖書館，其中 Butler 圖書館是哥大主圖書館。哥倫比亞大學東亞圖書館與 Butler 圖書館距離很近，但東亞圖書館的結構很讓人困惑，正面進去似乎只有兩層：大廳和閣樓一般的環狀二層。樓下卻還有不止 3 層，主要用於藏書，像是國內的密排書庫，樓層編號自下而上有 100、200、250。實際圖書館的入口所在，已經是 300。東亞圖書館的存書，涉及學科很廣，內容也相對泛泛，從感官上說，不太適合中國學者的專題研究。

當前美國及臺灣地區存儲的檔案材料，調閱手續較爲簡易，是一座尚待開發的寶庫，這些材料的進一步應用，也將爲中國新聞史的研究提供更多原始材料的支持，以進一步提升中國新聞史研究的嚴謹性和學術價值。

參考文獻

一、檔案

1. 美國賓夕法尼亞大學圖書館藏,《德萊塞與宋美齡通信》。
2. 美國波士頓衛斯理學院藏,《宋美齡檔案》手稿本。
3. 美國波士頓衛斯理學院藏,宋美齡與 Emma Mills 的通信,1917 到 1918 年。
4. 美國哥倫比亞大學圖書館藏,《蔣馮書簡,民國二十四年到三十四年》。
5. 美國哥倫比亞大學圖書館藏,《中國情報委員會檔案》。
6. 美國哥倫比亞大學圖書館藏,威廉-亨利-端納檔案,1924 年到 1946 年。
7. 美國國會圖書館藏,《美西各報報導抗戰五週年》,「中華民國駐舊金山總領事館」編印,1942 年版。
8. 美國國家檔案館藏延安考察團檔案(Dixie Mission)。
9. 美國密蘇里大學堪薩斯城分校藏 Edgar Parks Snow(1905～1972)檔案。
10. 美國密蘇里州歷史檔案館藏 Crow Carl(1883～1945)檔案。
11. 美國密蘇里州歷史檔案館藏 Powell John Benjamin(1886～1947)檔案。
12. 美國斯坦福大學胡佛研究所,《陳布雷日記》手稿本。
13. 美國斯坦福大學胡佛研究所,《蔣介石日記》手稿本。
14. 美國斯坦福大學胡佛研究所,《孔祥熙檔案》微縮膠卷。
15. 美國斯坦福大學胡佛研究所,《史迪威檔案》手稿本。
16. 美國斯坦福大學胡佛研究所,《宋子文檔案》微縮膠卷。
17. 臺灣國史館藏,《戴笠史料》。
18. 臺灣國史館藏,《國民政府文物》。
19. 臺灣國史館藏,《蔣中正總統文物》。

20. 臺灣國史館藏，《政治檔案》。

二、著作

1. W-蘭斯-班尼特（2005），《新聞：政治的幻象》，北京：當代中國出版社。

2. 陳布雷（1962），《陳布雷回憶錄》，臺北：天行出版社。

3. 陳誠（2009），《陳誠回憶錄——抗日戰爭》，北京：東方出版社。

4. 陳冠任（2010），蔣介石的秘書陳布雷，北京：中國青年出版社。

5. 陳紅民主編（2013），《中外學者論蔣介石——蔣介石與近代中國國際學術研討會論文集》，杭州：浙江大學出版社。

6. 陳順孝（2002），《新聞控制與反控制：紀實避禍的報導策略》，臺北：臺灣五南圖書出版股份有限公司。

7. 陳蘊茜（2009），《崇拜與記憶——孫中山符號的建構與傳播》，南京：南京大學出版社。

8. 程其恒編著，馬星野校訂，《戰時中國報業》，1944 年 3 月，初版，桂林，銘真出版社。

9. 戴鴻超（2015），《槍桿、筆桿、政權：蔣介石與毛澤東治國之道》，臺北：時報文化。

10. 董顯光（2014），《董顯光自傳——報人、外交家與傳道者的傳奇》，臺北：獨立作家。

11. 端納口述，澤勒撰（2013），《端納回憶錄》，北京，東方出版社。

12. 范小芳、包東波、李娟麗（2011），《蔣介石的國策顧問戴季陶》（修訂版），北京：團結出版社。

13. 方漢奇（2007），《探索與發現（方漢奇自選集）》，北京：中國人民大學出版社。

14. 方漢奇主編（2018），《中國新聞事業編年史（第二版）》，福建：福建人民出版社。

15. 方勇（2013），《蔣介石與戰時經濟研究（1931～1945）》，杭州：浙江大學出版社。

16. 高郁雅（2005），《國民黨的新聞宣傳與戰後中國政局變動 1945～1949》，臺北：國立臺灣大學出版委員會。

17. 古屋奎二編：《蔣總統秘錄——中日關係八十年之證言》，臺北：中央日報社，1977～1978 年譯印，第一版。

18. 漢娜・阿倫特（2008），《極權主義的起源》，北京：生活・讀書・新知三聯書店。

19. 黃仁宇（2008），《從大歷史的角度讀蔣介石日記》，北京：九州出版社。

20. 黃自進、潘光哲（2011），《蔣中正總統五記：困勉記》，臺北：國史館出版社。

21. 蔣介石，《抵禦外侮與復興民族》，福建民報社，1938 年。

22. 蔣介石，《告全國國民書》，武漢文史資料，1998，第 3 期。

23. 蔣介石，《黃埔訓練集》，南京拔提書店出版社，1936 年。

24. 蔣介石，《蔣委員長抗戰言論集》，1938 年。

25. 蔣介石，《蔣中正總統五記》，臺北：國史館，2011 年 12 月，第一版。

26. 蔣介石，《抗戰到底》，生活書店，1937 年。

27. 蔣介石，《新生活運動綱要》，新生活運動促進總會，1946 年。

28. 金觀濤、劉青峰（2011），《開放中的變遷：再論中國社會超穩定結構》，北京：法律出版社。

29. 金觀濤、劉青峰（2011），《興盛與危機——中國社會的超穩定結構》，北京：法律出版社。

30. 金以林（2009），《國民黨高層的派系政治》，北京：社會科學文獻出版社。

31. 李金銓主編（2013），《報人報國——中國新聞史的另一種讀法》，香港：香港中文大學出版社。

32. 李金銓主編（2004），《超越西方霸權》，香港：牛津大學出版社。

33. 李金銓主編（2008），《文人論政——民國知識分子與報刊》，臺北：政治大學出版社。

34. 李瞻、劉振強（1983），《新聞學》（第五版），三民書局股份有限公司。

35. 林桶法（1997），《從接收到淪陷——戰後平津地區接收工作之檢討》，臺北：東大圖書股份有限公司。

36. 林毓生（1998），《中國傳統的創造性轉化》，北京：生活讀書新知三聯書店。

37. 劉大禹（2012），《蔣介石與中國集權政治研究（1931～1937）》，杭州：浙江大學出版社。

38. 劉景修（1996），國民黨對美宣傳活動緣起和發展，《中華文史資料文庫政治軍事編第五卷》，北京：中國文史出版社。

39. 陸鏗（1997），《陸鏗回憶與懺悔錄》，臺北：時報文化出版事業公司。

40. 陸詒（1979），在周總理領導下做新聞工作，《新華日報的回憶》，成都：四川人民出版社。

41. 呂芳上（2015），《蔣中正先生年譜長編》（第七冊），1942 年 7 月 22 日，臺北：國史館、中正紀念堂、中正文教基金會。

42. 呂芳上主編（2011），《蔣中正日記與民國史研究》，臺北：世界大同出版有限公司，2011 年 4 月。

43. 倪偉（2003），《民族想像與國家統制：1929～1949年南京政府的文藝政策與文學運動》，上海：上海教育出版社。

44. 齊錫生（2017），《從舞臺邊緣走向中央：美國在中國抗戰初期外交視野中的轉變1937～1941》，臺北：聯經出版公司。

45. 秦孝儀主編（1981），《中華民國重要史料初編第三編》，中華民國重要史料初編編輯委員會外交。

46. 邵元沖（1990），《邵元沖日記（1924～1936）》，上海：上海人民出版社。

47. 沈劍虹（1990），《半生憂患——沈劍虹回憶錄》，臺北：聯經出版事業公司。

48. 唐縱（1991），公安部檔案館編注，《在蔣介石身邊八年——侍從室高級參謀唐縱日記》，北京：群眾出版社。

49. 王豐（2016），《宋美齡，蔣介石的一號情報員》，臺北：商周出版。

50. 王凌霄（1997），《中國國民黨新聞政策研究（1928～1949）》，臺北：近代中國出版社。

51. 王奇生（2010），《黨員、黨權與黨爭，1924～1949年中國國民黨的組織形態》，北京：華文出版社。

52. 王潤澤（2008），《報人時代，張季鸞與大公報》，北京：中華書局。

53. 王世杰（1990），《王世杰日記》（手稿本），臺灣：中央研究院近代史研究所出版社。

54. 王泰棟（2011），《陳布雷日記解讀》，上海：作家出版社。

55. 王泰棟（2011），《蔣介石的第一文膽陳布雷》（修訂版），北京：團結出版社。

56. 王泰棟（2011），《蔣介石的第一文膽陳布雷》（修訂版），北京：團結出版社。

57. 王中（2004），《民呼日報、民吁日報和民立報》，《王中文集》，上海：復旦大學出版社。

58. 謝偉思（1989），《美國對華政策（1944～1945）》，北京：中國社會科學出版社。

59. 薛梅克著，鄭志寧等譯（1985），《美國人與共產黨人》，長春：吉林文史出版社。

60. 閻沁恒，《蔣中正先生的新聞傳播思想》。

61. 楊奎松（2009），《中國近代通史，第八卷，內戰與危機（1927～1937）》，南京：江蘇人民出版社。

62. 楊天石（2010），《帝制的終結——插圖本簡明辛亥革命史》，長沙：嶽麓書社。

63. 楊天石（2002），《蔣介石密檔與蔣介石真相》，北京：社會科學文獻出版社。

64. 楊天石（2007），《蔣介石與南京國民政府》，北京：中國人民大學出版社。

65. 楊雨青（2015），《無效的美援——戰時中國經濟危機與中美應對之策》，臺北：蒼璧出版有限公司。

66. 易勞逸（1992），《流產的革命：1927～1937年，國民黨統治下的中國》，北京：中國青年出版社。

67. 曾虛白（1989），《曾虛白自傳》，臺北：聯經出版事業公司。

68. 曾虛白（1966），《中國新聞史》，臺北：三民書局。

69. 張謹（2015），《抗戰時期中國共產黨在重慶的輿論話語權研究》，重慶：重慶出版社。

70. 張瑞德（1993），《抗戰時期的國軍人事》，臺北：中央研究院近代史研究所專刊。

71. 張威（2013），《端納檔案——一個澳大利亞人在近代中國的政治冒險》，北京：清華大學出版社。

72. 張威（2012），《光榮與夢想：一代新聞人的歷史終結》，北京：清華大學出版社。

73. 張秀章（2007），《蔣介石日記揭秘》，北京：團結出版社。

74. 張育仁（2009），《重慶抗戰新聞史與文化傳播史》，成都：重慶出版社。

75. 張祖冀（2013），《蔣介石與戰時外交研究（1931～1945）》，杭州：浙江大學出版社。

76. 章大工、必宇真選編（2011），《蔣介石文墨密檔》，北京：團結出版社。

77. 中共中央宣傳部辦公廳、中央檔案館編研部編（1996），《中國共產黨宣傳工作文獻選編》，北京：學習出版社。

78. 中國國民黨中央委員會黨史委員會（1985），《中華民國重要史料初編——抗日戰爭時期，第五編，中共活動真相（一）》。

79. 中國國民黨中央委員會文化工作會編印（1974），《總裁重要號召及有關宣傳問題訓示集要》。

80. 左雙文（2011），《民眾公共輿論與國民政府外交研究，1927到1949》，北京：北京師範大學出版集團。

三、期刊論文

1. 蔡銘澤（1995），大陸時期國民黨黨報經營管理體制的變化，《新聞與傳播研究》，2。

2. 蔡銘澤（1998），論抗日戰爭時期國民黨人的新聞思想，《新聞與傳播研究》，2。

3. 蔡銘澤（1996），三十年代國民黨新聞政策的演變，《新聞與傳播研究》，2。

4. 陳布雷，陳布雷日記選，1936 年 1 月～2 月，中國第二歷史檔案館，民國檔案史料。

5. 陳蘊茜（2005），時間、儀式維度中的「總理紀念週」，《開放時代》，4。

6. 宮炳成（2015），動員與控制：國民黨執政前後民眾政策的轉型，《民國檔案》，4。

7. 胡漢民（1933），什麼是我們的生路，《三民主義月刊》，第一卷第三期，3。

8. 胡震亞（1999），蔣介石日記類鈔，《民國檔案》，4。

9. 經盛鴻、孫宗一（2014），國民政府揭露南京大屠殺的國際宣傳，《南京社會科學》，3。

10. 李楊（2015），「記錄歷史」與「創造歷史」——論斯諾《西行漫記》的歷史詩學，《天津社會科學》，5。

11. 李楊（2017），埃德加-斯諾與「西方的中國形象」，《天津社會科學》，5。

12. 李振軍、董標（2007），革命的國家中心理論及其批評——以斯考切波、戈德斯通和伍斯諾爲中心的考察，《河南師範大學學報（哲學社會科學版）》，1。

13. 劉楠楠選輯（2016），中國第二歷史檔案館，1939 年國民黨中央宣傳部國際宣傳處工作報告，《民國檔案》，4。

14. 呂曉勇（2014），抗戰時期蔣介石全國總動員理念釋辯，《民國檔案》，4。

15. 石君訥（1985），國民黨的新聞檢查（1934～1945 年），《新聞與傳播研究》，1。

16. 唐海江（2014），出入之間：民國初年輿論界對於「政治」的態度與思維轉向，《國際新聞界》，7。

17. 王涵、張皓（2017），控制與反控制：桂南會戰中的蔣白之爭，《民國檔案》，4。

18. 王建朗（2009），信任的流失：從蔣介石日記看抗戰後期的中美關係，《近代史研究》，3。

19. 王文隆，中國國民黨文傳會黨史館所藏日僞《敵方廣播新聞紀要》，《國史館研究》，第九期。

20. 王曉崗、戴建兵（2003），中國共產黨抗戰時期對外新聞宣傳研究，《中共黨史研究》，4。

21. 王曉樂（2016），中國現代公共關係實踐之發軔——對全面抗戰時期國際宣傳的歷史考察，《新聞與傳播研究》，10。

22. 夏蓉（2016），1943 年宋美齡訪英態度變化及原因考察，《廣東社會科學》，4。

23. 夏蓉（2004），宋美齡與抗戰初期盧山婦女談話會，《民國檔案》，2004年，1。

24. 向芬（2018），新聞學研究的「政治」主場、退隱與回歸——對「新聞論爭三十年」的歷史考察與反思，《清華大學學報（哲學社會科學版）》，1。

25. 許金生（2017），侵華日軍的宣傳戰——以日軍第 11 軍的紙質宣傳品宣傳爲中心，《民國檔案》，7。

26. 許茵、鄒偉選輯（2015），蘇聯方面採訪宣傳中國抗戰情形相關函電，《民國檔案》，3。

27. 楊奎松（2016），關於民國人物研究的幾個問題，以蔣介石生平思想研究狀況爲例，《南京大學學報（社會科學版）》，3。

28. 楊奎松（2011），蔣介石與戰後國民黨的「政府暴力」——以蔣介石日記爲中心的分析，《近代史研究》，4。

29. 楊樹標、楊菁（2002），評蔣介石研究，《史學月刊》，8。

30. 楊天石口述，劉志平記錄整理（2014），楊天石談《蔣介石日記》，《紅岩春秋》，10。

31. 俞凡（2012），《青年與政治》眞的是「違心之作」嗎？——兼論王芸生與蔣介石、孔祥熙之關係，《國際新聞界》，6。

32. 俞凡（2013），九一八事變後新記大公報明恥教戰，《國際新聞界》，4。

33. 俞凡（2015），再論新記〈大公報〉與蔣政府之關係——以吳鼎昌與蔣介石的交往爲中心的考察，《新聞與傳播研究》，1。

34. Jeremy E. Taylor, The Production of the Chiang Kai-Shek Personality Cult, 1929-1975, The China Quarterly, No. 185 (Mar., 2006), pp. 96-110.

四、學位論文

1. 曹立新（2009），《在統制與自由之間：抗戰時期國民政府的新聞政策與國統區報紙的新聞實踐》，北京：中國人民大學。

2. 劉繼忠（2010），《新聞與訓政：國統區的新聞事業研究（1927～1937）》，北京：中國人民大學。

3. 向芬（2009），《國民黨新聞傳播制度研究》，北京：中國社會科學院。

4. 王潤澤（2008），《北洋政府時期的新聞業及其現代化（1916～1928）》，北京：中國人民大學。

5. 展江（1996），《戰時新聞傳播諸論》，北京：中國人民大學。

6. 周全（2016），《動員・認同・抗爭：〈中央日報〉淞滬抗戰宣傳策略研究》，南京：南京師範大學。

五、英文文獻

1. *A Study of the Kuomintang's Mass Media Policy: 1928-1949* by Matthew L. Wang. Kuomintang History Library, No. 2.

2. Benjamin I. Schwartz, *Chinese Communist and the Rise of Mao*, Harvard University Press, Cambridge, Massachusetts, London, England, 1979.

3. Carolle J Carter, Mission to Yenan—American Liaison with the Chinese Communists, 1944-1947, University Press of Kentucky, Lexington, Ky, 1997.

4. David D. Barrett, *Dixie Mission: The United States Army Observer Group in Yenan, 1944*, University of California, Berkeley, CA, 1970.

5. Hannah Pakula, *THE LAST EMPRESS --Madame Chiang Kai-shek and the Birth of Modern China*, Simon & Schuster, 2009.

6. Haruhiro Fukui, *Mass Politics in China*, Westview Press, 1996, in the United States of America by Westview Press, Boulder, Colorado.

7. James A. Schnell, *Perspective on Communication of PRC*, Lanhan, Maryland, Published United States of America by Lexington Books.

8. Jeremy E. Taylor, *The Production of the Chiang Kai-Shek Personality Cult, 1929-1975*, The China Quarterly, No. 185 (Mar., 2006), pp. 96-110.

9. John King Fairbank, *China—a New History*, The Belknap Press of Harvard University Press, Cambridge, Mass, 1992.

10. MacKinnon, Stephen R. *China reporting: an oral history of American journalism in the 1930's and 1940's* / Berkeley: University of California Press, c1987.

11. Peter Rand, *China Hands— The Adventures and Ordeals of the American Journalists Who Joined Forces with the Great Chinese Revolution*, Simon & Schuster, New York, NY, 1995.

12. Robert E. Herzstein, *Henry R. Luce, Time, and the American Crusade in Asia*, Cambridge University Press, New York, NY, 2004.

13. Roger B. Jeans, *The Marshall Mission to China, 1945-1947, the letters and diary of Colonel John Hart Caughey*, Rowman & Littlefield Publishers, Lanham, MA, 2011.

14. Stephen R. MacKinnon and Oris Friesen, *China Reporting— An Oral History of American Journalism in the 1930s and 1940s*, University of California Press, LA, CA, 1983.

15. Wenfang Tang, *Public Opinion and Political Change in China*, Stanford, Calif, Stanford University Press, 2005.

致　謝

　　本文的完成，最該感謝的是我的導師，方漢奇先生。2015 年 9 月開始跟隨方漢奇先生攻讀中國新聞史方向博士研究生，先生給予的耳提面命、悉心鼓勵自不用說。只是對於歷史研究，當時博士一年級的我，太過幼稚不識好貨。恰逢新聞學院建院 60 週年，又第一次承辦 ICA 的會議，我主力操辦了這兩個大會，學院裏的各種會務忙得不可開交。每月一次的讀書彙報成了最大的享受，上午 10 點鐘，到先生書房來，坐定，沏一杯茶，聽先生講述他所經歷的歷史，歷史中的人。

　　先生在新聞樓的辦公室，門打開，右手邊的一副字，格外顯眼，「咬定青山不放鬆」，是廖沫沙送給先生的。這是先生一生治學的寫照，也是先生對我治學態度的要求。2015、2016 年間，新聞傳播領域最新鮮的話題集中在網絡傳播，當時網絡傳播中，情緒湧動非常明顯，焦慮、憤怒的態度常常主導著網絡熱點事件的傳播過程，我雖入了新聞史的門，卻不能安定心性，從事史學研究，對此，先生看在眼裏，不斷將我往「規定動作」新聞史上引，讓我將網絡傳播領域作為「自選動作」。直到 2016 年夏天，我因訪學赴美前，先生幫我敲定了畢業論文題目：以《蔣介石日記》為中心的蔣介石新聞宣傳布置與管制研究。此時面對遲遲不開竅的我，先生拿起榔頭道：

　　「蔣介石日記臺灣的黃天宇，大陸的楊天石等學者已經有成果問世。早已公開出版，不妨先看看，有點感性的積累。但他們都沒有從新聞史這個角度進行深入觀察，因此給我們新聞史研究者留下了很大的研究空間。能把握這個機會把這個題目拿下，將會不虛此行。要作好這個題目要熟悉民國史包括民國時期的新聞史。要熟悉那一時期政界和新聞界的人物和事件。私人日

記裏的人物會用字、號、代號、小名、別名等，不熟悉這些背景知識是發現不了問題的。你這方面的知識儲備不足，要惡補。以前也許你的興趣和關注點不在此，但一旦進入角色了，便會感到興味無窮，倘有新發現，更會萬分欣慰。這是一個未開掘的寶庫，通過它你可以從內部觀察到蔣和國民黨是怎應對輿論利用媒體和掌控新聞工作者的。倘能把握住這個題目，你就等於『小耗子掉進米缸了』。有這樣的機會，你會讓國內搞新聞史的學者羨慕死，千萬不要等閒視之。你在治學上既想趨時，又猶疑多變。東一囊子，西一棒子的過了一年。不要忘了你是新聞史方向的博士生。這是認定了就要『咬定青山不放鬆了』。別再游移不定見異思遷了。我於你有厚望焉！

剛剛發了一批文章到你的電子信箱，供參攷。關鍵還在看日記的手稿本。因爲每個人看的角度不同。別人看的和關注的，不等於是你看的和關注的。」

我對歷史的研究也以此起步，專注下來。赴美一年，除燕京學社外，幾乎走遍了所有存有與民國新聞史檔案材料相關的圖書館、檔案館，並摘抄了將近六萬字的《蔣介石日記》（手稿本），此後又赴臺灣補充收集了部分資料。爲今後的新聞史研究擴充出目前尚未被大陸新聞傳播學界利用的一手檔案。

先生有大幽默，來應付生命中的一切苦難。在特殊時期，他吃了很多苦，經歷了顛沛流離，但每次提到，總是當笑話一樣給我講。有時擔心先生去食堂打飯不方便，先生總會以年輕時在江西幹校當過大廚爲例，證明自己會做飯，還說，當時做完飯還要賣飯，自己的窗口隊伍總是排很長，因爲自己手不抖，不會撈一勺，一抖，掉半勺。

2017 年農曆新年，應老師邀請，赴芝加哥拜訪了一次，當時已有一年沒見方彥師兄，5 個月沒見方老師。飛機凌晨從紐約起飛，一路輾轉，清晨到達時已經 9 點，老師仍在等我吃早飯，水果沙拉、茶葉蛋、麵包、黃油俱全。至於咖啡，我少吃糖，所以師兄給做了帶奶泡的拿鐵，老師愛全脂牛奶、愛糖，所以是摩卡。本來我與老師在飯量上勢均力敵，等咖啡上桌，老師的杯子莫名的大，精力集中到咖啡上，笑稱自己有了一缸咖啡。我吃飯有清盤的習慣，先是清了沙拉，聊著聊著又把茶葉蛋也清了，師兄來一看：拌沙拉還剩半個酸奶，你也一起吧。老師樂了：小姑娘戰鬥力還挺強的。按照老師安排，由師兄帶著，參觀了芝加哥大學、林肯公園、市區河岸和千禧公園。由於提到前一週的費城餐館節，吃到了不好吃的西班牙餐，師兄晚上帶我們來到了 Tapas Valencia，不起眼的門面，卻有最好吃的扇貝。次週一，我啓程赴

堪薩斯城繼續收集材料，師兄趁午休時間把我送到芝加哥市區。離開家的時候，老師把我們送到車庫，朝我們揮揮手，這段兒有老師照看的日子是結束了。出門前，Coco 在沙發上坐著，45 度角望天，老師說：「Coco，你在想什麼呢，想寫本兒回憶錄嗎？」當時的感覺，直像年少時每次離家，不捨，又不得不，這是那段日月於徵的收集檔案材料的旅途中，不多見的家的溫柔。

感謝王潤澤教授參與了本文從開題開始的所有工作，抽出個人時間，指導我的論文框架和學術寫作，幾乎重構了我對邏輯寫作的認識。感謝我的碩士生導師趙雲澤教授。2013 年，我進入人大新聞學院學習，是雲澤老師一路提攜鞭策，把我引上了學術的道路，在給中國新聞史課程做助教的兩年中，我必須一節不落的參加新聞史課程，批閱 206 名學生作業和試卷，整理課堂筆記，由此打下了堅實的新聞史基礎。感謝鄧紹根教授，時時撥冗，對我的新聞史研究進行悉心指導。

本文一手材料的收集工作，完成於 2016 年 9 月至 2017 年 10 月，我在賓夕法尼亞大學社會學系訪學期間。訪學期間的導師楊國斌教授，給予了無私的幫助。如果沒有楊老師的邀請函，13 個月的訪美無法成行，一手檔案收集無從談起。在首次得知我的畢業論文題目時，楊老師便介紹了哥倫比亞大學東亞圖書館的王成志博士。2016 年 12 月 13 日，王成志博士於哥倫比亞大學東亞圖書館，就本書選題，當面教授了可選檔案範圍和搜索方法，一舉解決了本文一手資料的收集問題。在此之前的 3 個月，我一直在各種相關選題的著作中利用索引查找可能存在的一手資料，效率極低。如果沒有王成志博士的幫助，本文一定無法完成。

訪美期間，是我第一年在異國生活，語言和環境的驟變，帶來了不少困惑，感謝這一年中遇到的所有人，他們爲這段生活提供了語言幫助和社會支持，他們也引見了很多當地的朋友給我認識，爲我瞭解美國中產階級實際生活、思想，深入瞭解美國社會狀況、風土人情以及新聞輿論狀況都提供了機會。在賓大旁聽的社會心理學課程由 Burcu Gurcay-Morris 博士執講，她是個悠悠的研究者，爲我提供了很多學理方面的建議。

感謝人大新聞學院，在人大的這 6 年裏，我得以迅速成長。首先，人大新聞傲居全國之首，其頂尖的師資和生源，讓我時刻處於一種被新觀點包圍的狀態，形成了全面收集和迅速整理信息的習慣，極大的磨練了我認知能力。其次，正是由於人大新聞的平臺，讓我獲得赴美國訪學的機會，以此爲起點

的各國遊歷，讓我有了更豐富的世界視角，也得以從外部視角觀察中國問題。第三，在讀博期間，隨著對歷史的深入研究，極大的改變了我的世界觀和思維方式，這使我在研究社會文化問題時，會首先進行歷史背景研究，以求將視角全面化。學新聞的十年，讓我把掌握和處理信息變成安身立命的技能。感謝生命中的一切際遇。

感謝父母對我的包容，並以他們的遠見糾正著我的人生道路，教我常懷感恩之心，律己，不發惡聲。爸爸對我的專業水準要求很高，他很關心我文章寫得是否好，有沒有在努力做到最好。他一直嚮往科學的美妙和純粹，並堅定地認爲他之所以從事商業，是爲了我能有一個寬鬆的環境從事科學研究。相對於爸爸要求我「成事」，媽媽更關注我的熱情所在，她以她的溫柔強大，教我耐心地面對人生的一切不順利。感謝他們讓我見識了如此廣闊的世界。

父母和方先生對我的要求出奇的一致，「讀萬卷書，行萬里路，做千秋文章」。這個目標可能需要幾十年來完成，偶然爲人，偶然爲學，希望最終不要讓他們失望。

蔣介石曾在 1927 年 10 月 4 日到訪日本的寶冢歌劇團，出於好奇，按圖索驥的看了寶冢不少歌舞劇，這些作品，爲我提供了高度的審美體驗，也建構起了我對歐洲和日本政治史、藝術史的基本瞭解。寶冢歌劇以其華麗感聞名，劇團的選拔機制甚至暗含了東亞社會的政治邏輯。但在我看來，其最難得之處在於歷史政治題材的作品中關注人性本身，在描述拿破崙、羅伯斯庇爾、路德維希二世等等這些人物時，能試圖從一個「人」的角度，理解他們面臨的選擇和決定，並彰顯和讚揚人的美德。宋美齡曾寫道：無論書籍、藝術家、展覽如何詮釋中國和東方各國，它們詮釋的都是人類的欲望、人類的自然和人性本身。深以爲然。感謝寶冢歌劇團的歷屆首席演員，以一生懸命的態度對待專業和作品。她們始終活得認眞乾淨，有信念，爲我展示了一條完整的人生軌跡，並爲之嚮往。想起天海祐希說的，即便是從事熱愛的專業，努力想呈現出好作品的過程也仍然是痛苦的，如果這個過程很快樂，往往意味著作品的平庸。「文章者，經國之大業，不朽之盛事」，希望博士論文的完成，是一個起點，在這條道路上，能最終戰勝軟弱的自己。